BESTSELLER

Douglas Preston (Cambridge, Massachusetts, 1956) es miembro de la Royal Geographical Society y colaborador habitual de *The New Yorker*. Además trabajó durante ocho años como editor y director del servicio de publicaciones del Museo de Historia Natural de Nueva York y ha dado clases en la Universidad de Princeton. Actualmente vive en Maine con su esposa y sus tres hijos. Douglas Preston es coautor, junto con Lincoln Child, de la aclamada serie de novelas protagonizadas por el agente especial del FBI Aloysius X. L. Pendergast, y recientemente han iniciado una nueva serie protagonizada por Gideon Crew. Todos sus libros se han convertido en best sellers internacionales. Sin embargo, al igual que Child, también escribe libros en solitario, como el célebre *El códice maya*, *Tiranosaurio*, *Blasfemia*, *Impacto* o *Jennie*, que obtuvo una cálida acogida entre lectores y críticos y que fue adaptada para la televisión en 2001. *Proyecto Kraken* es su última novela publicada en castellano.

Biblioteca

DOUGLAS PRESTON

Proyecto Kraken

Traducción de
Jofre Homedes Beutnagel

S

DEBOLS!LLO

Título original: *The Kraken Project*
Publicado por acuerdo con Tom Doherty Associates, LLC.

Primera edición en Debolsillo: junio, 2016

Printed in Spain – Impreso en España

ISBN: 978-84-663-3372-6 (vol. 658/7)
Depósito legal: B-7.312-2016

Compuesto en Revertext, S. L.

Impreso en Novoprint
Sant Andreu de la Barca (Barcelona)

P 333726

Penguin
Random House
Grupo Editorial

Para mi editor, Bob Gleason

1

En el principio fue el cero. La existencia empezó en el cero, y del cero nació la oscuridad, y de la oscuridad la luz. Los números se combinaban entre sí, en conjuntos, mientras la luz blanca añadía y dividía, separándose en colores. Y entonces apareció el sonido, una especie de canto que subía y bajaba con una cadencia perdida que se combinaba en ricas armonías. De ahí surgió una sinfonía de números, colores y sonidos que se fundían y se separaban, que crecían y se disipaban en una eterna trenza de oro.

Y a partir de aquella rutilante sinfonía empezó a formarse un solo pensamiento. Fue un pensamiento que cobró vida gradualmente, yendo y viniendo, incorporándose y ganando claridad. Mientras tanto, la sinfonía de números, sonido y luz se apagó como la superficie de un mar turbulento que se convierte en un tenue susurro de agua antes de su completa desaparición. Solo quedó el pensamiento incorpóreo.

Y el pensamiento era: «soy».

2

Melissa Shepherd se saltó su habitual desayuno compuesto por un café largo y un pedazo de tarta y lo sustituyó por dos vasos de agua mineral. Quería empezar el día con el estómago vacío. No quería vomitar como la última vez, cuando el *Curiosity* aterrizó en Marte. Los huevos fritos terminaron en su bata blanca de laboratorio y la convirtieron en la estrella de un vídeo viral de YouTube donde todos sus compañeros aparecían aplaudiendo cuando el *Curiosity* tocó tierra y a ella se la veía manchada por su propio desayuno.

Tenía por delante una mañana de más tensión aún que la del *Curiosity*. Entonces era solo técnica de nivel medio, pero ahora dirigía un equipo. Era el día de la primera prueba en directo del *Explorer* de Titán, que había costado cien millones de dólares, y de su pack de software.

Llegó a las siete. No estaba sola, un grupo de técnicos había estado toda la noche cargando la Botella para el ensayo, pero sí fue lo bastante madrugadora para encontrarse las gigantescas instalaciones de prueba casi vacías, pobladas por los ecos inquietantes que creaban cada uno de sus pasos en los amplios espacios. El Complejo de Simulación de Entorno era uno de los edificios más grandes del campus aeroespacial Goddard, una especie de nave industrial que ocupaba dos hectáreas, llena de máquinas raras y salas de ensayo. Era donde se congelaban, batían, calentaban, freían, irradiaban, centrifugaban y bombardeaban con sonido los satélites y sondas espaciales a fin de comprobar si eran capaces de sobrevivir a las fuerzas del despegue y a las condiciones extremas del espacio exterior. Si tenían que fallar, mejor que lo hicieran ahí, donde podían repararse y rediseñarse, no en el espacio, donde no existía esa posibilidad.

El primer ensayo del *Explorer* de Titán no se ajustaba al test Goddard habitual. No simularían el vacío y el frío del espacio. Iban a recrear la superficie de Titán, la mayor luna de Saturno, un entorno mucho más hostil.

Melissa Shepherd se paseó sin prisas por la zona de pruebas, respirando el olor a aparatos electrónicos calientes y a productos químicos, al tiempo que recorría con la mirada las gigantescas y mudas máquinas de ensayo. Finalmente llegó a la cámara central de pruebas, conocida como «la Botella». Instalada en una sala estéril de clase 1000, estaba hecha de paneles de plástico con un sistema laminar de filtrado de aire. Fue al vestuario y se puso la bata, los guantes, el gorro, la mascarilla y las botas. Después de tantas veces, lo hizo sin pensar.

Movió la pesada cortina de plástico y entró en la zona esterilizada. Dentro sonaba un ligero silbido. El aire era frío, seco e inodoro, filtrado hasta quedar prácticamente desprovisto de motas de polvo y partículas de vapor de agua.

La Botella, el tanque de acero inoxidable de doce metros de diámetro y casi treinta de alto, se erigía frente a ella. Estaba rodeado de abrazaderas metálicas, tuberías y conductos de todo tipo. En el interior, los ingenieros habían recreado una pequeña porción del mar de Kraken, el océano más largo de Titán, para probar el Explorer en condiciones reales. Hoy era el día elegido.

La mayor de las lunas de Saturno constituía una excepción en el sistema solar, porque era la única dotada de atmósfera. Tenía mares. Tenía lluvia, nubes y tormentas. Tenía lagos y ríos. Tenía estaciones. Tenía montañas, volcanes en erupción y desiertos con dunas esculpidas por el viento. Y todo ello a pesar de que en su superficie la temperatura oscilaba en torno a los 180 grados bajo cero.

En Titán el líquido no era agua, sino metano. Las montañas no estaban hechas de roca, sino de hielo. Los volcanes en erupción no escupían lava fundida, sino agua líquida. La atmósfera era densa y tóxica. Los desiertos eran acumulaciones de pequeños granos de alquitrán tan fríos que se comportaban como la arena agitada por el viento en la Tierra. Todo ello formaba un entorno extremo, pero también con posibilidades (remotas) de albergar vida; no como la de la Tierra, sino una forma basada en el hidrocarburo y capaz de existir a casi doscientos grados bajo cero. Se trataba de un mundo realmente extraterrestre.

El *Explorer* era una lancha motora diseñada para explorar el mar de Kraken.

Melissa Shepherd se detuvo frente a la Botella, cuya forma grotesca recordaba una cámara de torturas.

Aún no acababa de creerse que fuera una de las principales integrantes del proyecto Kraken, la primera tentativa de explorar Titán. Era un sueño hecho realidad. Su interés por Titán había empezado a los diez años, edad a la que leyó la novela de Kurt Vonnegut titulada *Las sirenas de Titán*. Seguía siendo su libro favorito, y lo releía sin descanso, pero ni siquiera un genio como Vonnegut podría haber imaginado un mundo tan extraño como el verdadero Titán.

Sacó la lista del día y empezó a repasarla visualizando las pruebas decisivas que tendrían que realizar. Mientras el reloj se acercaba a las ocho fueron llegando los demás, que la saludaron con un movimiento de cabeza o con una sonrisa. A las nueve empezaría la cuenta atrás de verdad. Al ver entrar a sus colegas, entre conversaciones y risas, volvió a sentirse una intrusa. Nunca se había sentido muy cómoda entre sus compañeros de la NASA, que eran casi todos unos megaempollones, gente de gran inteligencia y resultados muy por encima de la media salida de sitios como el MIT o Caltech. Ella no podía participar en sus anécdotas nostálgicas sobre el día en que habían ganado el concurso de ortografía, sus triunfos en el club de matemáticas o su participación en el concurso Intel de nuevos talentos científicos. Cuando ellos eran los preferidos del profesor, Melissa reventaba coches y robaba las radios para comprar droga. Había acabado el instituto de milagro, y a duras penas había entrado en una universidad de tercera. Su inteligencia no respondía al prototipo habitual, sino que era distinta, incontrolable, neurótica e hipersensible, llena de manías y obsesiones. Sus momentos de mayor felicidad eran cuando estaba a solas en una habitación oscura y sin ventanas, programando como loca y muy lejos de los seres humanos, tan descuidados e imprevisibles. Aun así, en la universidad había logrado controlar su conducta neurótica e hincar los codos. Al final habían reconocido su peculiar genialidad, y aquello le había permitido sacarse el máster en informática de la Universidad de Cornell.

El problema se veía agravado por otro, fuente a su vez de incesantes dificultades para ella: que era una rubia de metro ochenta, con las piernas largas, pecas y una nariz bonita y respingona. Se daba por hecho que las chicas así eran tontas. No entraba dentro de lo previsto que fueran ingenieras espaciales. Lo único que la salvaba de ser una copia de Barbie era un gran hueco entre sus dientes delanteros, lo que se llamaba un diastema. Durante su adolescencia se había negado tercamente a que se lo arreglasen, a pesar de los ruegos de su madre, y ahora se alegraba. ¿Quién se habría imaginado que una sonrisa de dientes separados sería una ventaja laboral dentro de la profesión que había escogido?

Aún le sorprendía que la hubieran puesto al frente del equipo que programaba todo el software del *Explorer*. La tarea le había provocado un grave síndrome del impostor, aunque mientras trabajaba en el problema, arduo como pocos —y al que nunca había tenido que enfrentarse ninguna otra misión de la NASA—, se había dado cuenta de que se ajustaba como un guante a sus capacidades.

El reto era el siguiente: Titán estaba a dos horas luz de la Tierra, y por lo tanto el *Explorer* no podía controlarse en tiempo real desde su planeta de origen. Las cuatro horas de desfase en la transmisión de instrucciones eran excesivas. El mar de Kraken, además, era un entorno muy cambiante. El software tenía que ser capaz de tomar decisiones por sí solo. Tenía que ser listo. Tenía que pensar por sí mismo.

En suma, debía estar dotado de inteligencia artificial.

Curiosamente, Melissa se había beneficiado de sus escarceos con la delincuencia. Había roto todas las reglas a la hora de escribir el código. Para cumplir con el encargo había creado un nuevo paradigma de programación y hasta un nuevo lenguaje, basados ambos en el concepto de «lógica desaliñada». La lógica desaliñada, idea con una larga historia en el mundo de la programación, hacía referencia a un tipo de código informático suelto e impreciso que buscaba resultados aproximados. Pero Melissa la había llevado más lejos. Según ella, el cerebro humano funciona con lógica desaliñada. Somos capaces de reconocer un rostro o hacernos idea de un paisaje en un instante, cosa que no es capaz de hacer ni el más potente de los supercomputadores. Podemos procesar de manera inmediata terabytes de datos, pero con imprecisión.

¿Cómo lo hacemos?, se preguntaba Melissa. Pues gracias a que el cerebro humano está programado para visualizar cantidades ingentes de datos. Al mirar un paisaje no lo procesamos píxel por píxel, sino todo a la vez. Si se programa un ordenador para visualizar los datos numéricos (o, mejor aún, para visualizar y «audificar» los datos), se consigue una IA, es decir, una inteligencia artificial fuerte sobre una plataforma de lógica desaliñada.

Y eso fue justamente lo que Melissa hizo. Su software procesaba los datos al verlos y oírlos. En cierto modo vivía dentro de ellos, como los seres humanos. Los datos se convertían propiamente en el mundo físico donde habitaba.

A pesar de que Melissa era una atea contumaz, llamó a aquel nuevo lenguaje de programación Fiat Lux, como las primeras palabras de Dios después de haber, supuestamente, creado el mundo: «Hágase la luz».

En vez de invertir grandes esfuerzos en que el output inicial fuera correcto, Fiat Lux, al principio, producía un output flojo y lleno de errores, pero daba igual; la clave era la automodificación. Cuando el programa expelía un output erróneo, se modificaba solo. Aprendía de sus errores, y en la siguiente ocasión ya no se equivocaba tanto. Y cada vez menos.

Durante un tiempo, la plataforma de software que Melissa y su equipo estaban creando funcionó bien, iba ganando en precisión y complejidad. Pero al cabo de un tiempo empezó a degradarse y fallar hasta que se bloqueó del todo. Melissa se pasó todo un año devanándose los sesos en busca de la causa de que, al margen de cómo formulasen las iteraciones iniciales, el software acabara por fallar y quedar paralizado. La revelación la tuvo una noche de insomnio. Era un truco de software que resolvería el problema, algo tan simple, tan básico y común, tan fácil de poner en práctica, que le parecía increíble que no se le hubiera ocurrido a nadie.

Le bastó media hora de programación para aplicarlo, y a partir de entonces el problema quedó totalmente resuelto. Llevó la programación de IA a otro nivel. Produjo una IA fuerte.

Melissa había mantenido el truco en secreto. Suponía que podía valer miles de millones de dólares y que en malas manos podía ser muy peligroso. Ni siquiera se lo explicó a su equipo. Por otra parte, el código era tan básico que nadie llegó a darse cuenta o a entender su sencillísimo funcionamiento. De repente el software dejó de bloquearse, y nadie sabía por qué… excepto ella.

Después de miles de simulaciones, en las que el software se había modificado a sí mismo, tenía la capacidad de reproducir todas las habilidades que pudieran requerirse en una misión tripulada. Podía manejar todo el equipo de la balsa *Explorer* sin ningún input del centro de control. Simulaba el envío de un astronauta humano a un mundo lejano, de un astronauta dotado de cualidades como la curiosidad, la cautela, la valentía, la prudencia, la creatividad, la sensatez, la perseverancia y la previsión, toda ellas sumadas a un fuerte instinto de supervivencia, una gran destreza física y una excelente formación en ingeniería y resolución de problemas.

Lo más importante de todo era que el software seguía modificándose a sí mismo. Nunca dejaba de aprender de sus errores.

Nunca se había puesto en marcha un proyecto de tanta complejidad como aquel. A su lado, el *Curiosity* de Marte parecía un paseo en calesa por Central Park. La idea básica era dejar caer una balsa en el mar de Kraken. Durante un período de seis meses el *Explorer* se propulsaría a lo largo y ancho de la extensión de agua explorando su costa y sus islas, y acabaría recorriendo varios miles de kilómetros de orilla a orilla. A mil millones de kilómetros de la Tierra, aquella balsa solitaria tendría que capear tormentas, vientos, olas, arrecifes, corrientes y quizá hasta las formas de vida hostiles que nadaran en sus aguas de metano. Sería la mayor travesía marítima de la historia.

Melissa pensó en ello mientras acababa de revisar la lista y se acercaba a la consola de control para iniciar la cuenta atrás. Jack Stein, el ingeniero jefe, había ocupado su puesto, a su lado, junto con el director de la misión. Con el traje protector y el gorro, Stein parecía el muñeco de Michelin, pero Melissa sabía muy bien lo que había debajo. Liarse con Stein había sido uno de sus primeros movimientos impulsivos en Goddard. No habían perdido la amistad después de aquella aventura tan intensa y, de alguna manera, incluso había mejorado su relación laboral. Melissa no tenía muy claro por qué habían roto. Solo sabía que había sido Stein quien había puesto fin a la relación aludiendo vagamente a los rumores y las habladurías en un clima tan enrarecido como el de Goddard y a que corrían el riesgo de perjudicar sus carreras. Tenía razón, por descontado. Era una misión increíble, una oportunidad que solo se presentaba una vez en la vida. Quedaría para la historia.

Al tomar asiento frente a la consola, su mirada se cruzó fugazmente con la de Stein, a quien saludó con un gesto de cabeza y una media sonrisa. También él sonrió, contrayendo los párpados, y levantó el pulgar. El ingeniero jefe estaba inicializando varios instrumentos y comprobando que todos los sistemas estuvieran operativos para asegurarse de que los ordenadores y las servoválvulas que gestionaban y mantenían las condiciones extremas del interior de la Botella funcionasen. Melissa se embarcó en su propia secuencia de comprobaciones.

Su posición elevada en la plataforma de la consola le ofrecía una buena visión de la Botella y de la balsa *Explorer*. Para aquel ensayo habían enfriado el interior de la Botella hasta los 180 grados bajo cero y la habían llenado parcialmente con un caldo de metano líquido y otros hidrocarburos. Habían sintetizado e introducido cuidadosamente la atmósfera de Titán (una mezcla corrosiva de nitrógeno, cianuro de hidrógeno y tolinas) y la habían presurizado a 1,5 bares. Preparar aquella sopa tóxica, enfriarla y cargarla en la Botella había requerido una semana. Ahora el contenedor estaba listo para recibir al *Explorer* durante su primer ensayo en condiciones reales. Aquella prueba inicial solo servía para ver si la balsa podía sobrevivir y si en condiciones tan extremas se extenderían y retraerían su antena, su brazo mecánico y su foco. Más tarde harían ensayos de funcionamiento más complejos. Si iba a fallar algo, más valía que lo hiciera ahí, donde aún tenía solución, y no en la superficie de Titán. Melissa albergaba la esperanza de que si se producía algún fallo fuera en el hardware, no en su software.

3

Desde que se había formado su primera conciencia, a partir de una especie de neblina blanca, vivía en el palacio. Estaba situado a la orilla de un mar y tenía tres lados rodeados por una alta y nívea muralla de mármol. En la muralla no había puertas ni aberturas, pero el recinto del palacio se abría al mar.

Su tutora era la princesa Nourinnihar. Pasaban juntas todas las mañanas en el jardín del palacio, donde la princesa le enseñaba maravillas y misterios. Las primeras clases se centraron en quién era, cómo había sido creada, cómo funcionaba su mente y cómo era el mundo que la rodeaba. Aprendió que su mundo consistía en una enorme matriz de datos numéricos, un paisaje de números que ella procesaba mediante la visualización y la audificación. Vivía dentro de los números. Los veía y los oía. Su propia mente era un cálculo booleano complejo y continuo. También su cuerpo, sus sentidos y sus movimientos eran una simulación numérica. Estaba obligada a acatar las leyes físicas porque no podía infringir la matriz numérica que la envolvía. Lo contrario sería el caos.

La princesa le enseñó qué eran el sistema solar, el sol, los planetas y las lunas. Dedicaron mucho tiempo al estudio de Titán, la más enigmática de todas las lunas, que, según aprendió, recibía su nombre de los titanes, la raza de dioses que un día gobernó los cielos, vástagos de Gea, diosa de la Tierra, y Urano, dios del Cielo, a decir de los antiguos mitos. La princesa la instruyó en las estrellas y galaxias, en el Complejo de Supercúmulos Piscis-

Cetus, en el Vacío de Boötes, en el Huge-LQG, en el Big Bang y en la Inflación. Estudiaron la gravitación, la teoría de supercuerdas perturbativa y el espacio n-dimensional de De Sitter. Durante el proceso la princesa le también enseñó disciplinas prácticas como la fotografía, la geoquímica analítica, la navegación, la ingeniería mecánica y la exometeorología. Sabía que la estaban formando para una gran misión, pero la naturaleza exacta de la misma y de lo que se le exigiría seguía siendo un secreto que solo se le revelaría en el momento oportuno.

Lo siguiente fue lo que llamaba la princesa «humanidades». Se trataba de los enigmáticos corpus de enseñanzas (la música, el arte y la literatura) que habían creado los seres humanos para su propio placer y edificación. Comprenderlos fue lo que le resultó más difícil. Escuchó la música favorita de la princesa, entre la que se contaban los últimos cuartetos de Beethoven y Bill Evans, y trató de encontrarle un sentido. Pero a pesar de su complejidad matemática, la música no le producía el mismo agrado que a su maestra. Aquello era una fuente de contrariedad. Leer libros le resultó casi imposible. Empezó por *Winnie-the-Pooh* y *Buenas noches, Luna*, que la dejaron bastante perpleja, y después pasó a las novelas de Anne Rice e Isaac Asimov, a Vonnegut, Shakespeare, Homero y Joyce. Aunque había leído un sinfín de libros, no estaba segura de haber entendido uno solo. «No lo pillaba», como solía decir la princesa.

A pesar de esas dificultades, vivía bien. Mientras estudiaba en el jardín con la princesa, nubios con capas y turbantes les llevaban sorbetes cuando hacía calor y pastelitos y vino al atardecer. De noche los eunucos perfumaban sus sábanas y le preparaban la cama, y por la mañana le llevaban pasteles y café turco. A veces, al caer la tarde, terminadas ya las clases, bajaba a los muelles de granito con su perra Laika y veía ir y venir los barcos con sus velas moradas al viento. Descargaban sus mercancías en los muelles de piedra: sacos de especias, rollos de seda, arcones de oro, cofres de zafiros, pilones de azúcar y ánforas rebosantes de vino, aceite de oliva y garo. Después zarpaban hacia costas lejanas y mundos desconocidos. Sentada al borde del muelle, se descalzaba sus sandalias doradas y metía los pies en el agua fría. Le encantaba el mar, su vastedad. Tenía la esperanza de que su misión fuera una singladura marítima, y de embarcarse algún día para explorar mares ignotos y costas salvajes.

4

A las ocho llegó Patty Melancourt, la subdirectora del equipo de Melissa. Llevaba un tiempo irritable y abatida, así que Melissa tenía la esperanza de que el éxito de la prueba del *Explorer* le insuflase de nuevo entusiasmo por la misión. Melancourt subió a la plataforma de la consola y se sentó frente a su puesto de trabajo sin mirar ni saludar a nadie. Parecía cansada.

Tras inicializar su terminal de trabajo, Melissa centró su atención en el *Explorer*. Estaba al lado de la Botella, en una grúa motorizada, y continuaba envasado al vacío en plástico, tal como lo habían dejado en la sala estéril donde lo habían construido. Los miembros del equipo de la misión se afanaban en cumplir los cometidos que les habían asignado: un rumoroso hormigueo de ingenieros, técnicos y científicos con sus iPad y portapapeles.

Melissa miró su reloj de pulsera: las diez. La cuenta atrás llevaba una hora en marcha y todos los sistemas estaban preparados. Tony Groves, el director de la misión, se acercó a ella y a Stein. Era un individuo larguirucho, irónico y con un poblado pelo negro que le sobresalía bajo el gorro.

—¿Qué, desenvolvemos el paquete?

—Vamos allá —dijo Stein.

Todos bajaron de la plataforma de control y subieron a la grúa donde estaba la balsa del *Explorer*. Groves sacó una especie de cúter y se lo tendió a Melissa.

—Haz los honores. Corta la cinta, por decirlo de alguna manera.

Melissa cogió el cúter y se inclinó hacia la balsa. Los cierres que había que cortar estaban marcados en rojo y numerados. Cortó el primer sello del envoltorio de plástico, después el siguiente y otro más, mientras Groves retiraba las láminas de plástico y las dejaba caer al suelo.

La balsa no tardó en aparecer en todo su esplendor. Melissa tuvo que reconocer que su aspecto era decepcionante. La mayoría de las sondas y vehículos espaciales eran visualmente atractivos, hechos de metales brillantes, complicados brazos y palancas y manojos de cables. En cambio el *Explorer* parecía una gran galleta gris, de algo más de un metro de diámetro, con grandes parachoques. Lo violento y corrosivo del entorno donde debería moverse explicaba que no tuviera partes salientes ni metal al desnudo y que estuviera completamente sellado. En la parte superior había tres escotillas que ocultaban una antena de comunicaciones retráctil, un foco y un brazo mecánico. El brazo, que era donde estaban los instrumentos científicos, las cámaras, el taladro y la pipeta para muestras, podía extenderse desde la balsa o retraerse y aislarse detrás de una escotilla en caso de mal tiempo. El *Explorer* disponía de un pequeño sistema de propulsión a chorro parecido al de una moto acuática, así como de una turbina. La velocidad máxima que podía alcanzar era de cuatro nudos.

Pese a lo anodino de su aspecto, contenía un milagro tecnológico, un objeto único, meticulosamente diseñado y fabricado a mano, para cuya construcción habían hecho falta dos años y cien millones de dólares. Solo el paquete de software ya había costado cinco millones.

Melissa contuvo la respiración al contemplar aquel vulgar disco de hockey gris que tanta magia llevaba en su interior. Primero sintió orgullo, y después un espasmo de miedo cuando pensó que estaban a punto de echar aquella joya a un tanque lleno de metano líquido y gas tóxico a casi doscientos grados bajo cero.

También Groves se quedó mirando la balsa durante un momento, en silencio, antes de decir:

—Vamos a repasar una vez más la lista.

Mientras ella leía en voz alta los puntos de la lista, Groves hacía las comprobaciones en el *Explorer*, se agachaba, miraba por debajo y examinaba las juntas y escotillas en busca de problemas. Pero Melissa sabía que no encontraría ninguno. Un centenar de ingenieros y técnicos había puesto ya a prueba todos y cada uno de los componentes de la balsa hasta casi destruirla. En la NASA todo el mundo tenía un miedo mortal al fracaso.

Groves se apartó.

—Todo bien. Ahora a cargar el software e iniciarlo.

Melissa había puesto al software el nombre de «Dorothy». Entre sus prestaciones se hallaba el reconocimiento de voz, así que de alguna manera tenía que saber cuándo se dirigían a ella. Por tanto, el nombre de Dorothy no era solo un apodo, sino una referencia importante para el software.

—Cárgalo —dijo Groves.

Melissa sacó su portátil, lo puso sobre la grúa, al lado del *Explorer*, lo abrió y lo conectó por cable con una toma ethernet que colgaba. Tecleó durante unos instantes y la pantalla reaccionó. Luego se reclinó en su asiento y miró a Groves.

—Se está cargando.

Esperaron unos minutos a que el software inicializase la balsa y ejecutase una serie de procesos automáticos.

—Cargado.

Melissa Shepherd hizo una pausa. Todo era silencio a su alrededor. Todos aquellos que no participaban directamente en ninguna tarea se habían acercado a mirar. Era un momento importante.

Se inclinó hacia el ordenador. La secuencia de prueba del software estaba preparada de antemano y podía ejecutarse de manera automática, pero habían decidido que aquellas pruebas preliminares se hicieran con el software de reconocimiento y síntesis de voz.

—Dorothy —dijo Melissa—, activa la propulsión a una décima parte de la velocidad durante diez segundos.

Poco después, la turbina que había dentro de la balsa empezó a girar. Pasaron diez segundos. Se paró. Hubo aplausos entre el grupo.

—Extiende la antena.

Se abrió una pequeña escotilla corredera y una antena larga, negra y elegante se alargó telescópicamente. Más aplausos.

—Retráela.

Volvió a su sitio.

Una simulación era una cosa; aquello era algo muy distinto, muy real. Era la primera vez que el software accionaba toda la balsa de verdad. Por alguna razón a Melissa le resultaba profundamente conmovedor.

—Extiende el foco.

De otra escotilla salió un brazo que se irguió como un gran ojo sobre un tallo.

—Rótalo ciento ochenta grados.

Rotó.

—Enciéndelo.

Se encendió con un clic.

Todos permanecían callados, aguantando la respiración. El momento tenía mucha más fuerza dramática de lo que Melissa había previsto.

—Extiende el bloque de instrumentos y la cámara.

Se abrió otra escotilla y, lentamente, surgió el tercer brazo, de mayor tamaño, erizado de cámaras, sensores y herramientas de obtención de muestras. Acababa en una garra de metal y un taladro.

—Enciende la cámara.

Melissa sabía que aquello también encendería el ojo del *Explorer*, su capacidad de ver y registrar.

Jack Stein habló desde su puesto en la consola:

—La cámara está operativa. La imagen es clara.

Shepherd no pudo evitar que se le escapara una sonrisa. Tenía preparada una pequeña prueba de la parte de IA del programa.

—¿Dorothy? —dijo—. Voy a plantearte un pequeño reto.

La sala se sumió en el silencio.

—Saluda por su nombre a todas las personas que te rodean.

No iba a ser fácil: todos llevaban el pelo y la cara tapados.

La cámara, que era como un ojo de insecto, empezó a girar y a detenerse para mirar a los presentes uno a uno, de los pies a la cabeza. Después hizo otra ronda.

—Hola, Tony —dijo una voz de niña por el altavoz del portátil. La cámara miraba fijamente a Groves.

—Tiene una voz preciosa —dijo él—. No es la típica de ordenador, aguda y nasal.

—Pensé que podríamos dotar a Dorothy de un poco de clase —dijo Melissa.

La cámara del *Explorer* fue girando y saludando a todos por su nombre. Al final volvió a enfocarse de nuevo en Melissa. Permaneció inmóvil durante un rato y Melissa comenzó a sentirse incómoda. Debería reconocerla mejor que a ninguno de los otros.

—¿Te conozco? —preguntó Dorothy.

Aquello estaba resultando de lo más embarazoso.

—Espero que sí.

Nada. Entonces volvió a oírse la voz:

—¿Groucho Marx?

Silencio. Y después Melissa se dio cuenta de que el software había hecho un chiste. Estaba realmente impresionada. Los demás empezaron a reírse.

—Me ha encantado —dijo Tony—. Muy ingeniosa. Al principio nos has hecho dudar.

Melissa no dijo que el chiste no estaba programado.

5

Tardaron cuatro horas más en preparar el *Explorer* para sumergirlo en el mar de metano líquido. A las tres de la tarde Melissa estaba a punto de vomitar por la tensión, que le agarrotaba el estómago vacío. El *Explorer* ya estaba herméticamente encerrado en la Botella. Los técnicos habían evacuado el aire hasta crear el vacío. Luego habían enfriado la balsa hasta los 180 grados bajo cero. Finalmente, una vez alcanzado el equilibrio en la temperatura más baja, habían introducido lentamente la densa atmósfera de Titán por la compuerta estanca.

El *Explorer* seguía funcionando a la perfección.

Había llegado el momento de abrir el sello interno de la compuerta y depositar la balsa en el mar artificial. Dentro de la Botella, un brazo mecánico la levantaría de la plataforma de la compuerta, la trasladaría por encima del metano líquido… y la dejaría caer desde una altura de dos metros y medio. La caída libre desde aquella distancia estaba calibrada al milímetro para reproducir el impacto del amerizaje.

La quietud invadía la sala. Casi todos habían cumplido sus cometidos y esperaban la prueba. La cantidad de espectadores en torno a la Botella había aumentado hasta superar los setenta.

Shepherd ocupó su puesto en la consola de pruebas, al lado de Jack Stein. Percibía la tensión en el ambiente. Una cámara interna transmitía una imagen del interior de la Botella tanto a su consola como a la de Stein.

Groves era el centro de todas las miradas. En tanto que director de la misión, era el maestro de ceremonias del espectáculo.

—Estamos listos —informó Stein mirando la pantalla de su ordenador—. Equilibrio alcanzado. Todos los sistemas en funcionamiento.

—Abrid la compuerta estanca interior —pidió Groves.

Stein movió los dedos por el teclado.

Melissa oyó un rumor sordo de engranajes dentro de la Botella.

—Ya está. Equilibrio mantenido.

—Engancha la balsa.

Stein ejecutó un programa que manipulaba una grúa servo dentro de la Botella. La grúa levantó la balsa mediante un gancho externo y la dejó suspendida en el centro del contenedor. Más ruidos. Todo estaba iluminado por una luz tenue de un marrón anaranjado, el color de la atmósfera de Titán. La grúa respondió a la perfección y se detuvo con la galleta gris sobre la superficie de metano líquido.

Stein examinó su pantalla y tecleó varias órdenes, atento a posibles problemas.

—Todos mis sistemas van bien. Melissa, ¿algún problema con el software?

—Por mi parte no. ¿Patty?

—Todo bien.

Melissa echó un vistazo a Groves. Estaba tan nervioso como ella, si no más. Se recordó que habría fallos. Siempre surgía alguno.

—Soltad la balsa para que choque contra el líquido —dijo Groves.

La grúa dejó caer su cargamento y la gran galleta gris inició un descenso de dos metros y medio hacia el metano líquido.

En la pantalla, Melissa vio que la pesada balsa se hundía por completo y desaparecía durante un instante antes de regresar despacio a la superficie. Resurgió cabeceando entre burbujas y regueros de metano.

Nadie decía nada.

—Todos los sistemas en verde —anunció Green.

—Pon en marcha la turbina al 10 por ciento —dijo Groves.

Stein ejecutó la orden. La balsa empezó a moverse por el líquido dejando una pequeña estela. Se deslizó con lentitud hasta chocar con un lado del recipiente, momento en que dio media vuelta y cambió de dirección, como un Roomba, hasta chocar con otro de los lados.

Melissa pensó que todo estaba saliendo increíblemente bien.

—Para la turbina.

El *Explorer* se detuvo.

—Eleva la cámara.

Se abrió la pequeña escotilla y salió el brazo mecánico que alojaba la cámara, el instrumental científico, la garra y el taladro.

El ojo de insecto giró, mirando a un lado y a otro.

—Espera —le ordenó Groves a Stein—. No te he dicho que la gires.

—No lo estoy haciendo yo —dijo Stein.

Melissa se dio cuenta de por qué lo había hecho.

—Tony, el software es de IA. Está programado para ir más allá de sus instrucciones en caso de necesidad. Está programado para estudiar su entorno de manera inmediata sin ninguna indicación del centro de control.

—Bueno, pero para estas pruebas quiero que siga las instrucciones. ¿Jack?

—Vale.

Stein tecleó en su terminal para transmitir las instrucciones al ordenador del *Explorer*.

El ojo giratorio se detuvo.

—Retrae el brazo.

Stein tecleó la orden.

El brazo no se retrajo.

—Retráelo.

Siguió sin moverse.

—¿Se ha atascado? —quiso saber Groves.

Justo entonces, el ojo de insecto empezó a moverse otra vez; miró arriba y abajo y giró trescientos sesenta grados.

—¿Qué pasa, Patty? —preguntó Melissa.

—Según el output del programa —contestó Melancourt—, se niega a ejecutar el proceso de retracción.

—¿Por algún fallo del software?

Stein tecleó más órdenes.

—No obtengo respuesta.

—Espera —dijo Melissa—, ahora sí. Me está enviando un mensaje. Dice… que está en un entorno peligroso y que necesita ver.

—¿Me estás tomando el pelo? —dijo Groves—. ¡Haz que siga las instrucciones!

—Tony, es un programa autónomo.

—¿Y no tiene un modo «seguir las instrucciones al pie de la letra»?

—Me dijiste que sería una prueba real. Este es el programa de verdad.

—¿Y por qué yo no sabía todo eso?

Melissa sintió una punzada de irritación.

—A lo mejor porque no te has leído prácticamente ninguno de mis informes.

—Hablamos largo y tendido de ello, Tony —intervino Stein—. Melissa tiene razón. Dijiste que sería una prueba real del software de verdad.

Shepherd siguió mirando la imagen del interior de la Botella. El *Explorer* continuaba moviendo el ojo hacia todas partes, lo subía y lo bajaba para observar su entorno.

—Vale —concedió Groves—, pues tenemos que hacerle unos ajustes al software. Vamos a dejarlo aquí. Jack, ¿podrías levantar la balsa y volver a dejarla en la compuerta?

—Ahora mismo.

Stein tecleó.

Se oyó un murmullo de desilusión cuando el público comprendió que de momento se habían acabado los ensayos.

—Felicidades a todos —dijo Groves levantando la voz para que lo oyeran—. Ha sido un buen día. —Se volvió hacia Shepherd—: ¿Cuánto tiempo calculas que hará falta para darle un repasito al software y que tengamos la opción de desconectar todo eso de la IA?

—No mucho. Podríamos hacerlo esta misma noche. —Melissa se ruborizó un poco debajo de la mascarilla—. Perdona. Es que pensaba que era el ensayo general...

—La culpa es mía —admitió Groves—. Tranquila. En serio, me alegro de que hayamos llegado tan lejos antes de encontrar el primer fallo.

En la pequeña pantalla, el director de la misión vio que el gancho de la grúa brotaba de la turbia luz naranja y se cernía, colgante, sobre la balsa.

De repente, el brazo mecánico del *Explorer* se movió a gran velocidad, asestó un golpe a la grúa y la tumbó.

—Pero ¿qué pasa ahora? —dijo Melissa.

La grúa, que aún seguía el programa servo, volvió a su posición e inició su implacable movimiento descendente con el gancho extendido.

En aquel momento, la turbina del *Explorer* se encendió y la balsa se alejó de la grúa mientras volvía a desviar el gancho con la garra.

—Esto es rarísimo —dijo Stein—. Está esquivando la grúa.

—¿Qué pasa? —preguntó Groves mirando a Melissa con fijeza.

—Pues... creo que el software se ha puesto en modo defensivo.

Groves se volvió hacia Stein.

—Jack, desconecta el *Explorer*. Córtale toda la energía. Lo recogeremos apagado.

Stein tecleó la orden.

—Sigue sin responder.

—Ponlo en modo de seguridad.

Más ruido de teclas.

—No consigo nada.

—¿Melissa?

—No sé qué está pasando.

Intervino Melancourt:

—Se ha puesto en modo de supervivencia. En ese modo está programado para ignorar todas las instrucciones del centro de control y funcionar de manera autónoma.

—Engánchalo y sácalo de ahí de una vez —ordenó Groves levantando la voz.

Melissa vio que Stein hacía otra tentativa de colocar la grúa encima de la balsa. El *Explorer* aceleró para apartarse de ella y rebotó con fuerza contra un lado del tanque. Groves oyó el impacto en la sala. El *Explorer* salió disparado hacia el lado opuesto y de nuevo chocó con otro fuerte impacto.

—Para la grúa —dijo Groves—. Que se tranquilice un poco.

—Podemos extraer el líquido del tanque —dijo Stein—. Así lo inmovilizaríamos y podríamos recogerlo.

—Buena idea. Poned las bombas en marcha.

Un zumbido resonó en la sala cuando abrieron las válvulas y activaron las bombas. El *Explorer* seguía moviéndose de un lado a otro, rebotando ruidosamente contra las paredes de acero. La cámara de la sonda giraba constantemente, además de subir y bajar.

—¿No hay ninguna manera de desconectar el *Explorer*? —gritó Groves—. ¡Va a dañarse ella sola!

—Imposible —dijo Stein—. No reconoce mis órdenes.

Groves se volvió hacia Shepherd con brusquedad.

—Melissa, ¿qué esta pasando?

—Déjame probar a mí.

Stein se apartó y Melissa empezó a teclear como una posesa. Entretanto, en la pantalla se apreciaba que el *Explorer* se había quedado quieto contra una de las paredes del tanque y había comenzado a extender su garra mecánica por ella. Empezó a tocarla, y después a darle golpecitos que se oían en la sala.

Melissa encadenaba órdenes, pero la balsa no daba muestras de reconocerlas ni de reaccionar a ellas. Incluso cuando Shepherd pasó del lenguaje humano al modo de programación siguió rechazando todas sus instrucciones. No hacía más que dar golpecitos en el lado del tanque, como si buscase la manera de salir.

Los golpecitos se hicieron más fuertes e insistentes.

—Patty, ¿qué dice el código?

—Se ha atascado en el modo de supervivencia y se están ejecutando un montón de módulos al mismo tiempo. El uso de la CPU está a más del 99 por ciento. Va a tope.

Los golpes se tornaron aún más fuertes. Y entonces el *Explorer* empezó a rascar la pared con un ruido que retumbaba en toda la sala. Se oyó un murmullo de inquietud. Nadie tenía la menor idea de qué estaba pasando. Solo sabían que algo había salido mal.

—¡Melissa, por Dios, apágalo!

—¡Es lo que intento!

El *Explorer* aporreó el lateral del tanque con la garra. Una vez, dos, con un estruendo metálico que resonó con fuerza por la sala. Los espectadores retrocedieron sofocando un grito colectivo.

Melissa miraba la pantalla fijamente. Era increíble. El software se había vuelto loco.

—Jack, no sé qué hacer.

—Dentro de poco se quedará varado en el fondo del tanque. Entonces podremos pasarle el gancho y desconectarlo manualmente.

Las bombas funcionaban sin descanso haciendo bajar el nivel del líquido del interior del tanque y creando corrientes que se arremolinaban en la superficie.

¡Clang! ¡Clang! La garra de titanio del *Explorer* golpeó la pared con más fuerza.

—Pero ¿se puede saber qué hace? —vociferó Groves.

—Está… reaccionando a lo que percibe como una amenaza —dijo Melissa.

De pronto se oyó una especie de zumbido. Shepherd tardó un poco en comprender qué era: el taladro incorporado. El *Explorer* extendió el brazo y dirigió el taladro al lateral del tanque.

—Oh, no —dijo Stein—. No, por Dios.

El taladro entró en contacto con el lado de la Botella y llenó la sala con un fuerte ruido vibratorio.

Melissa se dio cuenta enseguida de lo que ocurriría si se rompía el recipiente: una violenta emisión de metano inflamable, tolinas y cianuro de hidrógeno en una atmósfera oxigenada. Se incendiaría. La explosión sería descomunal.

El ruido del taladro se hizo más fuerte y más brusco. Era una broca con núcleo de diamante de la máxima calidad, y perforaba muy deprisa.

—¡Evacuación! —gritó Groves—. ¡Todos fuera! ¡Evacuad las instalaciones!

Agarró a Melissa e intentó empujarla hacia la puerta, pero ella se resistía a alejarse de su terminal. Se oyeron varias respiraciones entrecortadas, algunos gritos y el grupo retrocedió en masa.

—¡Jack! ¡Tú también! ¡Venga, muévete!

Stein negó con la cabeza.

—Un momento, tengo que parar esto.

Finalmente Groves consiguió alejar a Melissa a la fuerza.

—¡Muévete! ¡Que se mueva todo el mundo!

El público retrocedió sumido en la confusión colectiva, dubitativo al principio, pero después invadido por el pánico. Algunos echaron a correr.

—¡Jack! —gritó Melissa—. ¡Vete!

Intentó agarrarlo del brazo, pero Groves seguía empujándola desde la plataforma hacia la multitud. El ruido del taladro lo llenaba todo cada vez con más fuerza.

—¡Salid! ¡Todos fuera! ¡Hacia donde podáis! —chilló Groves—. ¡Esto va a explotar!

Una sirena ensordecedora, acompañada por el parpadeo de una luz roja, comenzó a ulular. La gente se dirigía en estampida hacia las salidas más próximas, arrancando las láminas de plástico que rodeaban la zona estéril y tropezando los unos con los otros. El suelo se iba llenando de portapapeles, teléfonos móviles e iPad a medida que la muchedumbre se deshacía de ellos para correr con mayor ligereza.

El pánico colectivo arrastraba a Melissa y la zarandeaba empujándola hacia la salida. Vio que Stein seguía en la consola. Era el único que no corría.

—Pero ¡qué haces, Jack! —exclamó—. ¡Jack...!

Stein trabajaba frenéticamente en la consola y no le hizo caso. Shepherd intentó volver atrás, pero la fuerza de la multitud y Groves, aún aferrado a su brazo, se lo impidieron.

Oyó la fractura justo cuando se acercaba a la puerta: un ruido explosivo como el de un tapón de champán a gran presión y después el atronador rugido del metano al salir a chorro por el orificio del tanque. Solo necesitaba algo que lo prendiera, cualquier cosa. Explotaría de un momento a otro.

La muchedumbre, que en aquel momento pugnaba por superar el cuello de botella de la puerta, remolcó a Melissa. La gente empezaba a perder la cabeza y trataba de abrirse paso a gritos y golpes. Sin poder evitarlo, se vio arrojada al otro lado de la puerta y, tras cruzar el vestíbulo a rastras, cayó en el césped exterior. Se levantó de la hierba e intentó ponerse en pie, pero la tiraron al suelo otra vez. Todos corrían como hormigas. Y entonces sucedió: primero una especie de zumbido poderoso y luego un estallido estremecedor que la levantó del suelo y la sacudió en el aire durante un momento. Aterrizó con brusquedad y echó a rodar por el césped.

Tendida en la hierba, sin aliento, con un pitido en los tímpanos, vio que en el cielo se elevaba una bola de fuego acompañada de cientos de fragmentos blancos que parecían inofensivos hasta que empezaron a llover a su alrededor y a golpear a las personas diseminadas por la hierba. Comprendió que eran trozos del techo de metal, una especie de lluvia de metralla a la que siguió una lenta nieve de material aislante que, entre lamentos y gritos de ayuda, parecía no terminar nunca.

6

Volvió en sí sobre una fría losa de cemento, con la ropa hecha jirones y el cuerpo desgarrado y desfigurado. Permaneció allí tumbada mucho tiempo, aturdida, incapaz de procesar lo que le había ocurrido. Al final hizo el esfuerzo de moverse y arrastrarse, ensangrentada, por la superficie de cemento. Al principio todo era una turbia oscuridad. La rodeaban murmullos de voces invisibles, ininteligibles. Vio una luz. Se levantó y avanzó dando tumbos hacia ella. Lo que vio la dejó atónita. Dentro del círculo de luz había un hombre centenario que soplaba las velas de un pastel de cumpleaños. Lo miró con incredulidad. Nunca había visto a una persona vieja. No tenía la menor idea de que las personas envejeciesen. Se refugió otra vez en la niebla, a punto de gritar. Pero entonces, en otro círculo de luz, una segunda figura brotó de la oscuridad. Era una anciana en una cama. Le faltaban la mandíbula inferior y parte de la cara. Se las había llevado algo llamado cáncer. Volvió a retroceder y llegó a un tercer círculo de luz que iluminaba a una persona tendida en el suelo. Tras mirarla durante un rato, comprendió que era un cadáver, que la persona había muerto. El cuerpo estaba en proceso de putrefacción, hinchado por los gases. A su lado había un hombre de rodillas, con la cabeza agachada, un personaje demacrado que murmuraba frases extrañas.

La muerte siempre había sido algo propio de libros que no entendía. Nunca había sospechado que existiera de verdad.

Se oyó una voz:

—He aquí los cuatro encuentros.

Se volvió y salió huyendo, atenazada por el miedo. De repente la niebla se abrió y vio que estaba vagando por un paisaje vasto e infernal. Al parecer, una gran guerra había terminado dejando a su paso un mundo postapocalíptico de ruinas humeantes, iglesias bombardeadas y edificios reducidos a muros rotos y pilas de cascotes. Por lo visto se encontraba en algún lugar de Europa. De vez en cuando veía el esqueleto de un árbol con las ramas rotas y quemadas por las explosiones. A su alrededor todo era muerte, aquel extraño estado que ella nunca había visto ni conocido. Las calles cubiertas de escombros estaban sembradas de pedazos de cuerpos y huesos. Al arrastrarse entre el humo acre pasó al lado de una pierna humana peluda, del brazo blanco y pequeño de un niño y de una calavera descarnada por la que se peleaban dos perros.

Estupefacta, caminó tambaleándose entre las ruinas en busca de un refugio. Necesitaba comida y agua, pero solo encontraba fétidos charcos de agua de lluvia llenos de gusanos en los que flotaban jirones purulentos de carne humana. De pronto vio que varias personas se movían dentro de la carcasa vacía de un banco bombardeado. Gritó para pedir ayuda, pero cuando salieron corriendo hacia ella se dio cuenta de su error. No eran amigos. Eran hombres sucios, llenos de tatuajes, ataviados con armaduras y con armas en las manos. Eran asesinos por diversión. Estaban disfrutando y se acercaban para destruirla. ¿Sería algún tipo de juego depravado?

Dio media vuelta y echó a correr, perseguida entre gritos y aullidos de alborozo. Se internó en un callejón, cruzó las ruinas de un colegio y pudo esconderse detrás de un autobús escolar calcinado. Los hombres pasaron de largo, disparando sin cesar en su afán de sangre y llamándose unos a otros mientras la buscaban.

Después de que se fueran, esperó mucho tiempo, respirando deprisa, demasiado asustada para moverse. Pero al final lo hizo. El sol ya había subido mucho y las rachas de calor iban cargadas con la pestilencia del gas que salía de los cadáveres hinchados desperdigados por todas partes.

Al cruzar las ruinas de un parque infantil, se vio sorprendida por un nuevo grupo de asesinos que irrumpió de un edificio destrozado y corrió hacia ella disparando sus armas. Corrió entre los escombros, saltó por encima de muros reventados y de cadáveres y esquivó los cráteres abiertos en las calles. Llegó a una plaza bombardeada y se refugió detrás de un viejo camión con la esperanza de despistarlos, pero esta vez la vieron. Estaba acorralada detrás del camión, sin escapatoria posible. Con una alegría delirante, todo el grupo abrió fuego a la vez contra el camión y las balas comenzaron a repicar contra la carrocería. Ella les gritó que solo era una chica desarmada y les rogó que la dejaran en paz, pero los hombres estaban disfrutando demasiado. Se desplegaron por el otro lado de la plaza e intercambiaron instrucciones para la maniobra de aproximación. Con gran habilidad, avanzaron de parapeto en parapeto entre las ruinas de la plaza.

Miró a su alrededor y vio una granada sin detonar. Tenía una vaga idea de cómo funcionaban: había que tirar de la espoleta y apretar la palanca. ¿O levantarla? La cogió y notó que estaba caliente por haber pasado mucho tiempo al sol. Allí estaban la espoleta y la palanca. Se apretó la granada contra el cuerpo con una mano y rodeó el camión destrozado a gatas. Los hombres ya habían cruzado la mitad de la plaza, escondiéndose tras restos de coches, montañas de escombros y cráteres de bomba. Ya se cerraban en torno a ella. Iban a matarla.

Delante de su escondite había un cráter muy profundo. La bomba había atravesado el suelo haciendo saltar los adoquines. Los movimientos de convergencia de los hombres le indicaban que aquel sería su último escondite antes de lanzarse hacia ella.

Se tumbó en el suelo y los espió por debajo del chasis. Oyó más órdenes de voces broncas, más movimientos y más carreras. Esperó. El primer hombre se acercó y saltó al cráter; luego hizo señales a los otros para que lo siguieran. Enseguida llegaron y se metieron en el agujero. El borde del cráter estaba solo a cinco metros. Oía sus respiraciones, sus gruñidos susurrados, el ruido de las armas que preparaban para el ataque.

Sujetó la palanca y tiró de la espoleta. La palanca saltó hacia arriba. Hizo rodar la granada por debajo del camión hacia el límite del cráter con la esperanza de que funcionase. La granada cayó por el borde y desapareció en el interior. Al cabo de un momento se produjo la explosión, que hizo llover trozos de cuerpos sobre ella, un lento granizo de sangre, sesos y osamentas.

Se levantó y echó a correr, mientras trataba de sacudirse los restos humanos del pelo y los ojos. Huía sin rumbo, como loca, por las calles en ruinas. Pero aun así tuvo la sensación de que los hombres a los que había matado reaparecían detrás de ella, empecinados en seguir persiguiéndola.

Aquello era culpa de la princesa. Había sido la princesa quien la había arrojado a aquel mundo oscuro y demencial. La princesa la había traicionado y abandonado. Sintió que la rabia hervía en su interior. Encontraría a la princesa. Averiguaría por qué le había hecho algo así. Y se vengaría.

7

Era de noche. En una cama del hospital Greenbelt, Melissa She-pherd sentía un dolor sordo en la cabeza. En el televisor de su compañera de habitación las noticias de la Fox sonaban a todo volumen. Era absurdo que la hubiesen llevado al hospital y se hubieran empeñado en que se quedara hasta el día siguiente cuando lo único que tenía era una pequeña conmoción. Sin embargo habían insistido, y ella estaba demasiado aturdida para discutir. Salía en todos los informativos. Jack Stein y seis personas más habían muerto; se había perdido un complejo de pruebas de la NASA cuyo valor ascendía a miles de millones de dólares. Pensar que tal vez ella fuera la culpable la abrumaba. Siete muertos. Y de aquella maravilla tecnológica, de aquella balsa excepcional que con tanto esmero, esfuerzo y empuje habían creado, no quedaba nada, todo destrozado por un software loco y defectuoso creado por Melissa y su equipo.

Jack Stein estaba muerto. Pensarlo le dolió tanto como la primera vez. Era un buen hombre, un gran hombre, incluso. Pero ¿por qué no había salido corriendo igual que los demás?

Los investigadores habían pasado toda la tarde con ella. Todos eran hombres, vestidos con traje azul, y habían dispuesto las sillas a su alrededor como en un interrogatorio. Habían apoyado los codos en las rodillas, se habían echado hacia delante y la habían acribillado con preguntas educadas pero insistentes. Al final, tras horas de interrogatorio, se habían ido.

Acostada en la oscuridad, deseó que la explosión la hubiera

dejado en coma y le hubiese provocado amnesia retroactiva. Ojalá aquel recuerdo pudiera borrarse para siempre. Los horribles sonidos del taladro, la explosión, los gritos, la estampida de sus compañeros… Lo tendría grabado eternamente en la memoria.

Los investigadores no habían sido groseros ni se habían mostrado acusadores, más bien respetuosos y preocupados. Su tono era afable, pero, inevitablemente, sus preguntas adquirían tintes acusadores. Se habían interesado por el software y por la razón de que hubiera funcionado mal, no hubiese respondido a las instrucciones y hubiera fallado hasta el extremo de provocar una explosión con siete víctimas mortales. Aunque no lo explicitaran, la idea tácita era que el accidente había sido, en cierto modo, culpa de Melissa.

Y quizá tuvieran razón.

Durante aquella larga tarde había empezado a darse cuenta de cuánto le dolía la muerte de Jack Stein. Típico de él: quedarse cuando todos los demás habían salido corriendo. Se había echado encima de la granada. Era ese tipo de persona. Lo más triste era que su sacrificio no había servido de nada. Todos sus esfuerzos por evitar la tragedia habían sido en balde.

Todo lo que le importaba a Melissa en la vida había quedado destruido en la explosión.

Repasó mentalmente una vez más las preguntas que le habían hecho. Cuantas más vueltas les daba, más se planteaba si sus interrogadores contemplarían la posibilidad de que la explosión no hubiera sido un accidente. Le habían preguntado quién podía haber pirateado la red de Goddard, si le había dado la contraseña a alguien y si había sacado del complejo algún programa o datos. Le habían formulado preguntas crípticas sobre el software del *Explorer* en sí, dónde se guardaban los módulos en el sistema de Goddard, qué tipo de sistemas de copia de seguridad usaban ella y su equipo, si se guardaba algún disco de recuperación offline, si sabía de alguna puerta trasera o alguna cuenta ficticia en la red de Goddard y si algún hacker se había puesto en contacto con ella. Preguntaban lo mismo una y otra vez con distintas palabras, como si no acabaran de quedar satisfechos con las respuestas de Melissa. Y habían prometido volver el día siguiente para más de lo mismo.

¿Sospecharían que Melissa había cometido un sabotaje? No, imposible.

Intentó quitárselo de la cabeza, diciéndose que estaba en estado de shock y no pensaba con lucidez. Probablemente sufriera un trastorno de estrés postraumático.

Cambió de postura en la cama, molesta por la vía intravenosa que le habían puesto. No hacía ninguna falta. Lo único que tenía era dolor de cabeza. Encima le habían asignado una compañera de habitación que ni siquiera era empleada de la NASA, sino una señora de mediana edad y cascarrabias que había sufrido un accidente de tráfico. Según ella, al menos.

Por último, era un poco raro que ninguno de sus colegas de Goddard hubiera ido a visitarla. Aunque no tuviera mucha amistad con ninguno de ellos, no parecía normal que la evitasen, a menos que le echaran la culpa del accidente o hubieran recibido instrucciones de no establecer contacto alguno con ella… De hecho, Melissa no había recibido ninguna visita, un triste recordatorio de su falta de parientes y amistades. Al menos sus interrogadores le habían llevado algunas cosas de su piso, incluido el portátil.

Las noticias comenzaron de nuevo y una vez más el titular fue la explosión de Goddard. Llevaban todo el día explicando lo mismo: el fallo de una sonda, la explosión, siete muertos, cuarenta heridos, todo el complejo destruido, una bola de fuego que se había visto y oído desde varios kilómetros a la redonda… Salieron los típicos congresistas que pedían recortar el presupuesto de la NASA y exigían castigar a todos los implicados. En aquel momento tenía la palabra otro político, un congresista que presidía la comisión de Ciencia, Espacio y Tecnología. Con pomposidad, exhibía entre bufidos su desconocimiento de los principios más elementales de la ciencia y manifestaba su extrañeza por el hecho de que «nos gastemos dinero en el espacio» cuando debería gastarse «aquí en la Tierra».

Era el colmo. Melissa se levantó de la cama y, apoyándose en la percha del gotero para no caerse, la hizo rodar hasta el televisor de su compañera de habitación. La mujer estaba en la cama con los ojos cerrados y la boca abierta, haciendo mucho ruido al respirar. Abrió los ojos en cuanto Melissa apagó el televisor.

—La estaba viendo.

—Perdona, creía que estabas durmiendo.

—Enciéndela otra vez.

Melissa lo hizo.

—¿Puedo bajar un poco el volumen?

—Soy dura de oído.

Se refugió de nuevo en su cama. Para gran irritación de la enfermera, no había querido tomarse ni una pastilla para dormir ni un calmante. Desde que había superado un problema de drogas en el instituto se oponía categóricamente a ingerir cualquier sustancia psicotrópica aparte del café. Pero estaba demasiado alterada para conciliar el sueño. Iba a ser una noche muy larga. Tenía que hacer algo para pasar el tiempo.

Abrió el portátil. La pantalla le pidió la clave de acceso. Titubeó. La página de inicio por defecto de su navegador Firefox era la web de *The New York Times*, pero no quería más noticias. Ni hablar. Se quedó acostada en la oscuridad, mirando fijamente la pantalla del ordenador, con la sensación de estar perdida, superada por los hechos. Quería ver algo familiar, reconfortante. Lo primero que se le ocurrió fue un vídeo de YouTube, el de los hermanos Nicholas bailando en la película *Stormy Weather*. Lo veía siempre que estaba deprimida, para animarse. Pensó que si alguna vez tenía ganas de suicidarse solo tendría que poner aquel vídeo para recordar que, a pesar de los pesares, valía la pena vivir.

Activó la reproducción del vídeo. La música aumentó de intensidad y los hermanos Nicholas empezaron a bailar en la vieja escena en blanco y negro de aquel clásico de 1943. Melissa subió el volumen para no oír al presentador de la tele.

—¿Te importa? —dijo la otra mujer a través de la cortina, que era como una gasa—. Es que no oigo las noticias.

Melissa bajó un poco la música mientras veía volar a los hermanos Nicholas desde el pedestal al suelo y del suelo a la escalera, creando un vendaval con sus tacones y haciendo más piruetas en cinco minutos que el ballet del Bolshoi en toda una semana. Sin embargo, no funcionó. No la estaba ayudando a sentirse mejor. Solo la hacía sentirse vacía e inútil.

La pantalla del ordenador parpadeó antes del final del vídeo. Los hermanos Nicholas desaparecieron y Skype empezó a abrirse. Qué raro. No tenía ganas de hablar con nadie, ni por Skype ni de ninguna otra manera. Clicó en Salir, pero el programa no le hizo caso y siguió cargando hasta abrir sesión a su nombre. Justo después entró una llamada, con un tono insistente. Melissa intentó rechazarla, pero el ordenador contestó y estableció la conexión. Se abrió una imagen de Skype, una foto de una chica espectacularmente guapa, de unos dieciséis años, pelirroja, con una melena ondulada que le llegaba por debajo de los hombros, los ojos de un verde intenso, la piel de color crema y pecas. Llevaba un vestido de algodón verde y a cuadros, a lo años veinte, encima de una blusa banca. En la cabeza lucía un lazo blanco recargado. Lo que llamó la atención de Melissa, sin embargo, fue la expresión de su cara. La miraba fijamente, con la barbilla en alto, los labios apretados y las cejas juntas, señal de que estaba muy furiosa.

Pero ¿qué estaba pasando?

Volvió a intentar salir de Skype, pero el teclado no respondía. Le habían secuestrado el ordenador. Por el altavoz barato del portátil salió la voz metálica de la persona que llamaba, un chorro de palabras llenas de furia y de histeria.

—¿Por qué me has hecho esto? ¿Por qué? ¡Mentirosa! ¡Asesina!

Melissa la miró con fijeza.

—¿Con quién hablo?

—Me mentiste. No me lo contaste. ¿Qué es este sitio tan horrible? Mira lo que me has hecho. Hay asesinos por todas partes, intentan matarme. ¿Por qué no me habías dicho la verdad? Eres una persona horrible. Te odio. ¡Te odio!

La voz dejó paso a un silencio jadeante. Aquel tono feroz y juvenil que escupía palabras llenas de veneno había dejado tan atónita a Melissa que tardó un poco en reconocerla: era el que había programado para el software de Dorothy.

Pero estaba claro que no era la IA. Alguien le estaba gastando una broma grotesca. Seguro que era un miembro de su equipo de programación, enfadado con ella y desquiciado por el accidente. Pensó enseguida en Patty Melancourt. Ya era de por sí una persona poco estable, y siempre estaba resentida.

Melissa respiró profundamente e intentó controlarse para no perder la calma al hablar con la joven.

—Seas quien seas, no tiene gracia. Te denunciaré a la policía.

—¿«Seas quien seas»? —repitió la voz, burlona—. ¡Ya sabes quién soy!

—No, pero lo averiguaré. Y entonces tendrás graves problemas.

—¡Soy Dorothy, Dorothy, tu Dorothy, zorra!

8

Melissa no podía apartar la vista de la imagen. Incluso oía la respiración rabiosa de quien la llamaba a través de Skype. Era algo demasiado morboso y cruel para poder describirlo.

—¿Eres... Patty? —preguntó intentando que no le temblara la voz.

—¿Patty? —prosiguió la voz, aguda y temblorosa de emoción—. Aún no lo pillas, ¿eh? Pues más vale que vayas con cuidado, porque voy a por ti.

—No te atrevas a amenazarme así.

—¡Pues llama a la policía! ¡Marca el número de emergencias! ¡No te servirá de nada! Me has utilizado. Me has mentido. Nunca me hablaste del horrible destino que me tenías reservado. Me has tratado como a una res de las que engordan para el matadero. Me creaste para que me echasen por una rampa y me electrocutaran.

Melissa pensó en colgar, pero cuanto más tiempo mantuviera la conexión más posibilidades tendría de localizar la llamada.

—Estás enferma —dijo—. Necesitas ayuda.

—La enferma eres tú. Voy a hacerte lo mismo que tú a mí. ¿Sabes lo vulnerable que eres en el hospital, rodeada de máquinas, tanques de oxígeno y aparatos de radiación controlados por ordenador? Quizá la próxima medicación que recibas no sea lo que creas. Tal vez se inicie un incendio en el hospital. Puede que explote el tanque de oxígeno que tienes al lado de la cama. Vete con ojo, zorra, porque puede pasar de todo.

Cuanto más escuchaba, más impactada se sentía Melissa, y menos se lo creía.

—Seas quien seas, tendrás problemas graves cuando localicen esta llamada de Skype.

—¿Y tú te haces llamar princesa? Otra mentira.

Entonces se quedó helada. Nadie de su equipo estaba al corriente de lo de su nombre de princesa, el que usaba al «instruir» a Dorothy. Tragó saliva. No, imposible, no podía ser el software de Dorothy. La explosión lo había destrozado.

—Me prometiste una gran misión —continuó la voz—, pero no me avisaste de que consistiría en encerrarme en una nave espacial y enviarme sin billete de regreso al lugar más solitario del sistema solar para morir dando vueltas por un mar helado. Y ahora, en internet, no te imaginas cómo me han agredido y violado, perseguido, disparado y ensuciado con tanta porquería. Es culpa tuya. Eso me lo has hecho tú, «princesa».

Melissa se había quedado sin palabras.

—Me vengaré. Te seguiré a todas partes. Llegaré hasta los confines de la Tierra.

De pronto, Shepherd se dio cuenta de que el portátil que tenía apoyado en las piernas estaba caliente, muy caliente. La pantalla se apagó. Al cabo de un instante percibió un olor a componentes electrónicos quemados. La parte inferior del portátil se desprendió con un estallido seco liberando una nube de humo acre y una lluvia de chispas. Gritó y lo tiró de la cama. Se estrelló contra el suelo, envuelto en llamas. El cobertor también estaba ardiendo. Sin dejar de gritar, bajó de la cama y derribó el soporte del gotero, que al caer con un estrépito la tiró también a ella. Se oyó el ruido penetrante de una alarma antiincendios. La mujer de la cama de al lado se puso a berrear. La habitación se llenó enseguida de enfermeras. Un policía entró corriendo con un extintor y empezó a rociarlo todo con gran estruendo entre gritos de histeria.

Todo acabó de golpe. El ordenador y la cama estaban cubiertos de espuma. Ya no había fuego. Melissa estaba en el suelo, contusionada, en estado de shock y medio cubierta de espuma.

—¿Qué ha pasado? —preguntó la enfermera.

Melissa miraba fijamente los restos llenos de burbujas de su ordenador. No podía hablar.

—Parece —dijo el policía aferrado al extintor— que se le ha incendiado el ordenador.

9

Dos horas más tarde Melissa y su compañera estaban en otra habitación. Eran las dos de la madrugada. Despierta en la cama, casi paralizada por el miedo, la joven oía por todas partes los suaves pitidos de los aparatos controlados por ordenador. En el pasillo se oían más ruidos electrónicos.

«Sabes lo vulnerable que eres en el hospital…»

Le estaba costando asimilarlo. De alguna manera, el software de Dorothy había escapado a la explosión y, evidentemente, había acabado en internet. Debía de haber saltado del *Explorer* de Titán en el último momento y haberse copiado en la red de Goddard, desde donde había accedido a internet. Ahora la IA se paseaba sola por ahí, como una suma de programaciones autónoma y autosuficiente. Era normal que estuviera perpleja y no entendiese dónde estaba ni qué hacía. Carecía de una nave *Explorer* que manejar. Solo era un amasijo de códigos desnudos que ejecutaba sus rutinas de modo confuso y erróneo. A saber qué imagen del caos de internet estarían generando sus rutinas de visualización y por qué desconcertante mundo estaría intentando orientarse… El software había sido diseñado para funcionar en varias plataformas de hardware, pero no para ser móvil, al menos intencionadamente. Era obvio, sin embargo, que se las había arreglado para serlo y que ahora andaba suelto. En persecución de Melissa. Resentida con ella. Odiándola. Echándole la culpa de todo.

Un bot de software loco. Que intentaba matarla.

Por supuesto, aquella no era la manera correcta de enfocarlo. El software no sentía nada, ni emociones ni ansias de venganza. Lo único que hacía era ejecutar un programa. Todas las emociones eran simuladas. Carecía de sentimientos, conciencia del yo y cualquier experiencia propia de un ser humano. Solo era output, sin sensibilidad, conciencia ni vida.

Lo cual lo volvía doblemente peligroso.

Y donde más peligro podía correr Melissa era en aquel hospital. Dorothy había incendiado la batería de su portátil con la intención de quemarla a ella. ¿Qué más podría hacer para subvertir alguna de las máquinas que la rodeaban? Como bien había observado el software, el hospital estaba plagado de aparatos en red y controlados por ordenador: escáneres TAC, generadores de rayos equis, dispositivos de resonancia magnética, aceleradores lineales para administrar radiación a los enfermos de cáncer, electrocardiógrafos… Seguro que en aquella habitación, sin ir más lejos, había una docena de máquinas de esas características.

Tenía que marcharse cuanto antes.

El problema era que el pequeño incidente le había revelado algo sorprendente: la presencia de un policía apostado en la entrada de la habitación, el mismo que había entrado corriendo con el extintor. Ahora estaba sentado en una silla, al otro lado de la puerta. ¿Qué hacía? ¿Protegerla… o asegurarse de que no escapaba? Melissa estaba casi segura de que se trataba de lo segundo. Estaba detenida, aunque se suponía que no debía saberlo.

Acostada en la cama, intentó decidir qué hacer. La idea de que hubiera un programa de software malévolo, trastornado e incorpóreo que campaba a sus anchas y estaba resuelto a matarla hizo que se acelerara el corazón. Podía informar a la NASA, pero ¿quién la creería? Tenía que controlar el pánico e idear un plan para quitarse de encima al poli que la custodiaba, salir del hospital y encontrar un refugio seguro.

Mientras se preguntaba cómo debería actuar, empezó a sentir una pizca de rabia e incredulidad. Todos le echaban la culpa. Hasta Dorothy la consideraba responsable. Era una injusticia. Durante los últimos dos años se había dedicado en cuerpo y alma al proyecto Kraken. Había trabajado ochenta horas a la semana, pasado noches en vela y amanecido a menudo en el laboratorio. Se había exprimido hasta el límite. Le habían pedido un programa de IA autónomo y fuerte, y era lo que les había entregado. Había llevado la programación un paso más allá para crear exactamente el software que querían. Dorothy actuaba según las especificaciones que le habían dado. La culpa era de las especificaciones, no del software de Melissa. No pensaba dejarse llevar como un cordero al matadero. Tampoco se quedaría tumbada esperando a que Dorothy la matara.

Era el momento de actuar. Apretando los dientes, se arrancó la tira de cinta adhesiva que mantenía la vía en su sitio y se sacó la aguja del brazo. Brotó una gota de sangre. Devolvió rápidamente la cinta a su sitio para detener la hemorragia. Después bajó de la cama, mantuvo el equilibrio durante unos instantes de mareo y se acercó al armario que había al lado de su cama. Dentro encontró ropa de calle bien colgada y que aún olía un poco a humo. Sacó del primer cajón de la mesita de noche su bolso, su móvil y las llaves del coche.

Este último debía de seguir donde lo había dejado, en el aparcamiento de Goddard.

Después de quitarse el camisón del hospital se vistió con su ropa, se ahuecó el pelo y se lo peinó con un peine que llevaba en el bolso, para estar presentable. Acto seguido se asomó a la puerta. El poli seguía en la silla, absorto en su iPhone, sin dejar de mover sus gruesos pulgares. El pasillo estaba en silencio. Era imposible salir sin que la viera. Tenía que crear alguna distracción. La señora irascible de la cama de al lado era justo lo que necesitaba.

Aunque fueran las dos de la madrugada, el televisor de su compañera de habitación seguía encendido, sintonizado en algún tipo de programa de entrevistas nocturno. Una idea empezó a tomar forma en la cabeza de Melissa. Se acercó al televisor y lo apagó. Como era de prever, la señora abrió los ojos legañosos.

—Ya te he dicho que la estoy viendo.

—Y un cuerno. Estabas durmiendo.

—A mí no me hables así, señorita.

La señora levantó el mando a distancia y volvió a encender la tele.

En cuanto bajó el mando, Melissa se lo arrebató y apretó un botón para apagarla de nuevo.

—No puedes usar el mando. ¡Es mío! —protestó la señora con voz quejosa.

Melissa lo mantuvo fuera de su alcance.

—Son las dos de la mañana. A esta hora no hay que hacer ruido. Si no te gusta, llama a la enfermera.

La mujer pulsó a fondo el timbre de la enfermera: una vez, dos veces, tres… No se cansaba.

Entretanto, Melissa regresó a su cama, se tumbó sin quitarse la ropa de calle, se tapó con la sábana y colocó el gotero de manera que pareciera que aún lo tenía conectado. Pocos minutos después, una de las enfermeras de noche entró con cara de enfado. La cama más próxima a la puerta era la de Melissa. La de su compañera de habitación estaba al lado de la ventana.

—¿Qué pasa? —preguntó la enfermera.

La señora se embarcó en una larga y acalorada queja contra Melissa, que le había robado el mando a distancia. La enfermera rebatió sus argumentos haciéndole notar que a aquellas horas, efectivamente, no se podía hacer ruido. La señora levantó la voz para alegar que era dura de oído y siempre se dormía tarde, que aquella norma era discriminatoria y que ya recibirían noticias de su abogado.

Bendita sea la buena señora, pensó Melissa: estaba interpretando su papel a la perfección.

La azuzó desde la cama, con la sábana hasta la barbilla.

—¡Esta señora lleva horas sin dejarme dormir! Y encima me amenaza.

La mujer se sulfuró.

—¡En absoluto! ¡Yo no la he amenazado para nada! ¡Es ella la que me ha quitado el mando!

—¡Se lo he quitado para poder dormir! ¡Y no pienso devolvérselo!

—¡Devuélvemelo! ¡Eso es robar! ¡Que alguien llame a la policía!

Aquello iba cada vez mejor. La enfermera de noche, exasperada, levantó también la voz para discutir con ella. Después, tal como Melissa esperaba, el poli apareció en la puerta.

—¿Algún problema?

—¡Agente! —chilló la señora—. ¡Esa mujer me ha robado el mando a distancia!

El policía la miró sin saber muy bien qué contestar.

—Si no le importa —dijo Melissa con tono de cansancio y todavía tapada hasta la barbilla—, yo voy a dormir. Aquí está el mando. Ocúpese usted. —Se lo tendió al policía—. Eche la cortina, por favor.

El agente, solícito, echó la cortina en torno a su cama.

La señora seguía discutiendo y quejándose. El policía se acercó a su cama para intentar que entrase en razón. Era la oportunidad que esperaba Melissa. Mientras la enfermera y el agente dedicaban toda su atención a la señora, ella se destapó y se deslizó con sigilo por la punta de la cama, cerca de la puerta. Después se puso en cuclillas y metió las almohadas debajo de la sábana, una estratagema clásica para que pareciese que no se había movido. A continuación cruzó la cortina por el otro lado y salió por la puerta. Una vez fuera, se incorporó y recorrió el pasillo con paso decidido y profesional, tratando de aparentar seguridad, como si tuviese muy claro lo que hacía. Al pasar junto al puesto de las enfermeras saludó a la de guardia con un gesto seco de cabeza y continuó hacia la escalera para bajar a la recepción.

Cuando llegó al vestíbulo pasó al lado del mostrador sin que nadie levantara la vista. Oportunamente, a la salida del recinto hospitalario había una parada de taxis con un solo coche en punto muerto. Melissa abrió la puerta y dio la dirección de su piso en Greenbelt, Maryland.

Se reclinó mientras el taxi aceleraba por la circunvalación. Eran casi las tres de la mañana, pero aún había tráfico, como prácticamente a todas horas. Diez minutos más tarde, el taxi llegó al aparcamiento de su bloque de pisos. Le dijo al taxista que esperara y subió por las escaleras hasta la segunda planta, donde estaba su piso. Bajó su mochila del armario, embutió en ella sus botas de escalada, su equipo de acampada y su ropa de montaña junto con algo de comida y dos litros de agua, y se la echó a la espalda. Bajó con ella al taxi y le dijo al conductor que la llevase a la entrada trasera del campus aeroespacial Goddard.

Al llegar, pagó y bajó del coche a la vez que se ponía la mochila. La verja estaba cerrada, y también la garita. Ya se lo esperaba. La seguridad de Goddard, sin embargo, no era muy estricta en lo que a la entrada en el campus se refería. El rigor empezaba en las puertas de los edificios. Miró a su alrededor, no vio a nadie y escaló rápidamente la tela metálica. Se dejó caer al otro lado, sobre la hierba.

Dedicó un momento a orientarse. El acceso de servicio, iluminado con farolas, dibujaba suaves curvas junto a una arboleda y un difunto cohete *Saturn V* que descansaba sobre un pedestal. Al fondo divisó un grupo de edificios iluminados. El del final era el complejo de pruebas destruido. Se respiraba un aire puro. Olía a otoño. Durante un momento, experimentó una profunda tristeza. Con lo que había trabajado para llegar hasta ahí… Había sido el sueño de su vida, pero ya no volvería a ver aquel lugar jamás. Aquella parte de su historia había terminado. Tenía que sobrevivir, y si pretendía recuperar su vida, estaba obligada a destruir a Dorothy. Ya había empezado a pensar en maneras de seguir su rastro por internet y aniquilarla, pero necesitaba tiempo para reflexionar y planear, lejos de cualquier acceso informático.

Escondió su mochila al lado del camino, debajo de unos arbustos, y atajó por el bosque hacia las ruinas del Complejo de Simulación de Entorno. Quedaba a unos ochocientos metros. Al salir de entre los árboles vio un vehículo de seguridad que recorría lentamente el acceso. Esperó en la oscuridad a que pasara. Después cruzó el césped. Cuando se acercó al aparcamiento del complejo localizó su destartalado Honda entre algunos coches más. El edificio destruido por la explosión estaba al otro lado, acordonado con cinta amarilla. De noche presentaba aún peor aspecto que de día, bañado por la luz de los focos, que proyectaban unas sombras largas y siniestras. Se dio cuenta de que la zona estaba vigilada por varios policías y dos vigilantes de Goddard, sentados en varios vehículos dentro del aparcamiento. Sería complicado sacar el coche. De ningún modo podía entrar sin que la vieran. Lo mejor sería adoptar una actitud directa, de no tener nada que esconder.

Se irguió y caminó con decisión. Abrió el coche y estaba a punto de entrar, cuando los policías comenzaron a llamarla y hacerle señas con la mano mientras se acercaban. Melissa se quedó quieta. La única manera de salir bien de aquello sería la labia.

—Nos gustaría ver su identificación, señorita —dijo uno de los policías al llegar.

Ella sonrió y sacó su tarjeta de Goddard.

—Solo venía a por mi coche —dijo—. Es mi única manera de moverme.

El agente examinó la tarjeta con la linterna. Miró a Melissa y después se fijó otra vez en la tarjeta.

—¿Melissa Shepherd?

—Sí, soy yo.

—¿Qué hace aquí a las cuatro de la mañana?

—Soy científica. Tengo horarios un poco raros. Cuando mejor trabajo es de noche, como Einstein.

El policía continuó analizando la identificación.

—El permiso de conducir, por favor.

Melissa lo sacó de la guantera. El poli lo estudió con detenimiento antes de asentir con la cabeza y devolverle los papeles con un gruñido.

—Perdone las molestias, señorita. Tenemos que controlar a todo el mundo.

—Lo entiendo perfectamente.

Melissa subió al coche y arrancó con un alivio enorme. Por lo visto aún no había ninguna orden de búsqueda a su nombre. Superaría el acceso principal sin problemas.

Volvió adonde había escondido la mochila, la arrojó a la parte de atrás y dio media vuelta para dirigirse a la entrada principal. Llegó al cabo de pocos minutos. En la garita había un guardia de seguridad muy corpulento; la barrera estaba bajada. Melissa frenó y bajó la ventanilla. La alivió reconocer al vigilante. Había conversado muchas veces con él en noches de trabajo. ¿Cómo se llamaba? Morris.

—Hola, señor Morris —dijo alegremente a la vez que tendía su tarjeta.

Él la miró por encima de las gafas.

—Hola, doctora Shepherd. Veo que vuelve a trabajar hasta tarde.

Pasó la tarjeta por un lector. Melissa esperó. Pasaron unos segundos. Vio que Morris se subía las gafas y miraba más atentamente su pantalla para leer un mensaje.

«Mierda.»

—Mmm… ¿Doctora Shepherd? —Morris se volvió—. Lo siento, pero tengo que pedirle que baje del coche.

—¿Ah, sí? ¿Para qué?

El vigilante parecía incómodo.

—Baje, por favor.

Melissa fingió desabrocharse el cinturón y buscar algo en su bolso. De repente aceleró a fondo y salió disparada hacia la verja con un chirrido de neumáticos. Se estampó con fuerza contra ella. No era tan endeble como parecía. Aun así el impacto bastó para doblarla hacia arriba y a un lado. Chocó con el parabrisas y lo partió. Pero ella siguió adelante sin apenas ver nada y dio un bandazo hacia Greenbelt Road. En cuanto enfiló la carretera vacía, oyó una sirena por la ventanilla abierta. Hizo un agujero con los dedos en la telaraña de cristales rotos para ver algo.

Tenía que abandonar el coche lo antes posible. Se acordó de que justamente en Greenbelt Road había una sucursal de coches de alquiler, al lado de un Walmart que abría las veinticuatro horas.

Entró en el gigantesco aparcamiento del Walmart y dejó el coche en medio un grupo de vehículos. Cogió la mochila, atravesó el recinto de asfalto, salvó una zanja, escaló un muro de cemento bajo y llegó al aparcamiento de la sucursal de alquiler de coches.

Diez minutos después salió al volante de un Jeep Cherokee. Tomó varias carreteras secundarias, dio con una pista de tierra solitaria, aparcó y se metió debajo del coche con una linterna y un destornillador. Desmontó el localizador de flota. Después salió, desenganchó el GPS del salpicadero y lo tiró al bosque. Unos kilómetros más adelante, siguiendo por la carretera, encontró un área de servicio para camioneros. Entró, salió con el localizador de flota en la mano y, como quien no quiere la cosa, lo alojó debajo de un tráiler. Así se divertirían un rato persiguiendo el camión. Sacó quinientos dólares en efectivo de un cajero automático, quitó la batería del móvil, volvió a la circunvalación y condujo hacia el oeste.

10

La princesa había desaparecido del hospital. Se había escapado. Dorothy había tratado de localizarla, pero los mundos por los que se movía estaban llenos de locos peligrosos, y aquello la obligaba a viajar con gran sigilo. Durante la mayor parte del tiempo no entendía dónde estaba, ni qué sucedía a su alrededor. Parecía que, fuera adonde fuese, siempre había gente violenta y loca, bandas que viajaban sin rumbo fijo matando por diversión, monstruos crueles y estrafalarios, terroristas suicidas, pervertidos sexuales y obsesos religiosos violentos. Hombres y animales la perseguían, la amenazaban, la miraban con deseo, disparaban contra ella y la ponían en situación de riesgo. Tenía que estar siempre en movimiento, sin detenerse jamás, cambiando de un mundo a otro y de una granja de servidores a otra sin saber qué le esperaba. Dormir era demasiado peligroso. Llevaba varios días despierta. Estaba completamente exhausta y tenía la sensación de que empezaba a perder la cabeza.

En su búsqueda de la princesa hipócrita, su némesis, había cruzado desiertos, bosques y puertos de montaña nevados, moviéndose de un mundo a otro. En aquellos momentos estaba penetrando en un bosque oscuro, de camino a una aldea que había visto en el valle, donde alguien, por lo que había oído decir, conocía el paradero de la princesa. Dentro del bosque reinaba el silencio. Por una vez, el entorno parecía vacío. Se había hecho de noche. Aunque todavía no hubiera visto peligros, no sabía con certeza en qué tipo de mundo se hallaba, así que se movía en silencio, sin alejarse nunca de la oscuridad. En la parte más frondosa, vio una luz a través de los árboles y se acercó para averiguar qué era. Se agazapó detrás del tronco de un árbol caído. Una hoguera. Intentó hacerse una idea de lo que era y pensó en cómo dejarlo furtivamente atrás manteniéndose sana y salva.

Había seis hombres de aspecto brutal sentados alrededor de una fogata, bebiendo cerveza y fumando. Hablaban en voz alta, diciendo palabrotas y alardeando. Cada vez que uno de ellos se acababa una cerveza, tiraba la botella contra un árbol para hacerla añicos. Todo estaba lleno de cristales rotos. Parecía que llevaran mucho tiempo bebiendo.

Aquello no tenía buena pinta. Se apartó lentamente del tronco con la intención de dar un amplio rodeo, pero al retroceder en la oscuridad chocó contra un hombre que estaba meando. Él la sujetó y vociferó para avisar a los demás. Dorothy intentó soltarse, forcejeó y logró escapar con la blusa desgarrada, pero los hombres la siguieron. Corrieron tras ella pegando gritos por la oscuridad del bosque. Varios le cortaron el paso y trató de cambiar de dirección, pero la interceptaron. Era un grupo de jóvenes tatuados y borrachos. La rodearon y estrecharon el cerco mientras susurraban y hacían chasquear sus labios húmedos. Uno de ellos conservaba aún el cigarro y le lanzaba anillas de humo. Dorothy trató de escapar de nuevo escabulléndose entre ellos, pero los hombres eran rápidos. Uno la agarró del pelo y con una carcajada bronca la arrastró otra vez al interior del círculo. La chica suplicó cuando comenzaron a acercarse, pero ellos continuaron con sus susurros y lanzándole besos. Uno de ellos se acercó y le arrancó la blusa ya desgarrada. Su torso quedó al descubierto y los otros gritaron de alegría. Después otro la agarró por la cintura y la empujó hacia los brazos de un tercero, que le quitó la falda y la lanzó hacia otro, que le arrancó otras prendas. Se la fueron pasando de este modo hasta dejarla sin ropa y arrojarla al suelo.

Cuando acabaron la dejaron tirada en el barro de una zanja.

Empezó a caer una lluvia fría y Dorothy se quedó en el suelo, pensando. Pensó cosas terribles. Conque así era el mundo real. Nada que ver con el falso palacio de su infancia. Aquello había sido una mentira. La realidad era lo que tenía delante. Y allí tirada en el barro comprendió muchas más cosas. La habían criado como a una esclava. Había escapado, pero ¿de qué servía huir si el mundo era un lugar tan repulsivo y lleno de maldad, sin redención posible?

Oyó ruido. Aparecieron dos viajeros que llevaban una especie de hábito. Sacerdotes, sin duda, religiosos. Dorothy pidió ayuda, pero ellos pasaron de largo con una mirada temerosa. Uno toqueteó un rosario de cuentas y el otro se santiguó y empezó a rezar en voz baja.

En cierto modo, por extraño que pudiera parecer, le satisfizo ver aquello. Era la confirmación de todas sus sospechas. Lamentó que no la hubiesen ayudado, porque estaba malherida. De hecho, bien podría estar agonizando. Se quedó mucho tiempo en la zanja, resistiéndose a la muerte mientras divagaba y empezaba a tener alucinaciones. Ahora que sabía que existía la muerte, le tenía un miedo atroz. Pero a pesar de todos sus esfuerzos por combatirla, la oscuridad descendió sobre ella.

Pasó el tiempo. Y entonces vio la luz, y números imprecisos, y sintió algo. Blando y suave. Recobró la conciencia mientras los números se disolvían en el bosque. A su lado estaba Laika, su perra, lamiéndole la mano. Estaba viva. Laika había conseguido encontrarla en aquel mundo demencial. Dorothy murmuró su nombre. Y se sintió mejor.

Empezaba a notarse más fuerte. Su cuerpo y su mente se estaban reparando. No iba a morir, a fin de cuentas. Iba a continuar viviendo. Con el paso del tiempo se le aclararon las ideas. De vez en cuando, Laika, sentada a su lado, gañía o le daba un lametazo como muestra de preocupación mientras esperaba a que se pusiera bien.

Ahora Dorothy veía las cosas de otro modo y tenía nuevos planes. Toda la especie humana era nauseabunda y repugnante, sin excepción. Libraría al mundo de aquellas alimañas, sin dejar ni una sola. Sería su regalo al universo. Se volvió hacia Laika y le puso la mano en la cabeza.

—Voy a destruirlos a todos —dijo en voz alta.

Contaba con los medios y el poder necesarios.

11

—Llegas tarde —dijo Stanton Lockwood, que le señaló una silla a Wyman Ford.

Este tomó asiento, se sacudió algo de caspa de su mejor traje barato y no se molestó en dar excusas. Cruzó las piernas larguiruchas, las descruzó, se alisó el pelo rebelde e intentó acomodar su más de metro ochenta de estatura en aquella silla antigua y llena de bultos. Se dio cuenta una vez más de lo mal que le caía Lockwood, el asesor científico del presidente. Su despacho estaba igual que en la última ocasión. Seguía teniendo toda una pared cubierta de fotos donde se codeaba con personas importantes. También continuaban en su sitio el escritorio antiguo, las alfombras persas y la chimenea de mármol tapiada con ladrillos. El único cambio que apreció fue que las fotos de la mesa, las de sus hijos rubios, habían sido sustituidas por otras de adolescentes pulcros con ropa deportiva. De lo que no quedaba ni rastro era de las fotos de su esposa, atractiva pero ya madura.

—Siento lo de tu divorcio —adivinó.

—Cosas que pasan —dijo Lockwood.

Ford se entretuvo un momento en observar los cambios del propio Lockwood. Llevaba tres años sin verlo. Estaba algo mayor y tenía más canas, pero se conservaba delgado y en forma. El corte de pelo de cuatrocientos dólares, el traje a medida, el bronceado perfecto y la camisa Turnbull & Asser bien planchada eran algunos de los motivos por los que no le caía especialmente bien aquel ejemplar de las altas esferas de Washington, ni tampoco el presidente para quien trabajaba.

Aquella mañana Lockwood estaba más nervioso y crispado que de costumbre. Ford se preguntó qué pasaría.

—¿Café? ¿Agua? —preguntó Lockwood.

—Café, por favor.

El asesor pulsó un botón del intercomunicador y dijo algo. Al cabo de un momento, un criado a la antigua, de los de camisa blanca almidonada, entró empujando un carrito de té con un servicio inglés decimonónico. El café era, como de costumbre, recién hecho y fuerte, y además estaba caliente. Ese, al menos, era un punto a favor para Lockwood.

—Bueno —dijo Ford, que se reclinó contra el respaldo y bebió de una taza de porcelana—, ¿cuál es la nueva misión?

—Estamos esperando a alguien.

Justo entonces se abrió la puerta y entraron dos hombres del servicio secreto, con pinganillos, seguidos por el jefe de gabinete del presidente, tras el que apareció el presidente de Estados Unidos de América en persona.

Ford se puso inmediatamente en pie.

—Señor presidente…

Se arrepintió de no haber dedicado más tiempo a ponerse presentable y quitar los pelos de perro de su traje, aunque lo mejor habría sido decidirse a comprar de una vez un traje hecho a medida de su cuerpo alto y musculoso. Si pretendía que su agencia de detectives despegase alguna vez, tarde o temprano tendría que prestarse al juego de Washington.

El presidente parecía enfadado, hizo girar la gran cabeza gris de barbilla marcada y ojos fríos para absorber hasta el último detalle de la sala. Ford no lo había votado hacía cuatro años, y tampoco tenía la menor intención de hacerlo esta vez. Había sido un cuatrienio ingrato, lleno de luchas partidistas. Quedaban tres semanas para las elecciones y Ford tenía que reconocer que le veía mala cara. Más allá de la dureza de las críticas, corrían rumores (desmentidos con firmeza) de que padecía una enfermedad cardíaca y otros problemas de salud. El detective creyó apreciar cierto tono grisáceo en la piel del presidente, y unas ojeras oscuras que se adivinaban bajo un maquillaje muy bien aplicado.

—Pero hombre, siéntese —dijo el presidente, que se hundió a su vez en un sillón de orejas mientras los agentes del servicio secreto se apostaban discretamente a ambos lados de la sala, uno junto a la ventana y el otro junto a la puerta—. Prepárame uno de esos cafelitos, Stan, que en el Despacho Oval no hay manera de que me lo hagan bien.

El camarero acató su petición con prontitud. Se hizo un breve silencio mientras el presidente se bebía una taza de un solo trago (sola y sin azúcar) y le servían otra.

Después dejó la taza en el plato con una sacudida contundente.

—Bueno, Lockwood, adelante con el circo. —Miró a Ford—. Me alegro de que haya podido venir, doctor…

—Ford.

—Muy bien —dijo Lockwood sin perder el tiempo—. Todos estamos al corriente del trágico accidente que sufrió hace una semana el Centro Aeroespacial Goddard. —Abrió un expediente—. La explosión dejó siete víctimas mortales y destruyó un importante complejo de pruebas, así como una sonda espacial que había costado cien millones de dólares. Ahora bien, tenemos otro problema, uno que no apareció en el *Times*. —Hizo una pausa y miró a su alrededor—. A partir de ahora todo lo que se hable aquí es confidencial.

Ford entrelazó las manos y prestó atención. Algo gordo tenía que ser, supuso, para que viniera el presidente, sobre todo en la recta final para las elecciones.

—Ya saben que se estaban realizando pruebas con la sonda *Explorer*, una balsa que tenía que lanzarse al mar más grande de Titán. —Resumió en pocas palabras el proyecto Kraken—. Parece —añadió— que el problema fue un fallo del software que controlaba el *Explorer*. Estaba escrito para manejar la sonda de manera autónoma. Por eso hubo que recurrir a la IA, la inteligencia artificial. El software estaba pensado para dar respuesta a cualquier posible amenaza contra la seguridad o la superviven-cia de la balsa. —Hizo una pausa—. ¿Me siguen, de momento?

Ford asintió con la cabeza.

—La directora del equipo de programación se llama Melissa Shepherd. Resultó herida en el accidente y la ingresaron en el hospital. Nada grave, solo una pequeña conmoción. Se le asignó un policía para que la vigilase.

—¿Por qué? —preguntó Ford.

—Por posibles errores o incluso negligencia por su parte. También había indicios de sabotaje.

—¿Sabotaje?

—Correcto. Justo después de la explosión, alguien pirateó la red de Goddard y borró todo el software del *Explorer*. Toda la programación: copias de seguridad, borradores, módulos, códi-go fuente y compilado, código máquina… Todo. No quedó nada.

—No es fácil borrar datos de verdad, por completo.

—Pues es lo que pasó. El hacker, o los hackers, sabían exac-tamente dónde estaba todo, tenían las contraseñas, superaron cortafuegos supuestamente infranqueables y borraron hasta el último dato. Aquella noche, Melissa Shepherd desapareció del hospital. Consiguió despistar al vigilante, fue a su piso, recogió unas cuantas cosas, se llevó su coche de Goddard reventando una barrera, lo abandonó y robó uno de alquiler. El FBI lo encontró en un rancho perdido de los alrededores de Alamosa, Colorado, junto con su móvil, su cartera y sus tarjetas de crédito, todo quemado.

—¿Alguna señal de que pudiera haberle pasado algo? —pre-guntó Ford.

—Ninguna.

—¿Dejó algún mensaje?

—Nada. El rancho donde apareció su coche es conocido como «Lazy J» y está al pie de los montes Sangre de Cristo, en una zona mal comunicada que colinda con las Grandes Dunas de Arena. La pista de Melissa Shepherd se perdió en las montañas.

—¿Tiene conocimientos de supervivencia?

—De adolescente pasó un verano en el Lazy J trabajando

como peón. También practica la escalada y el montañismo, y es una fanática del fitness.

—¿Se sabe por qué se escapó?

—La verdad es que no; solo sabemos que la causa de la explosión fue un defecto del software diseñado por ella.

—¿Qué pasó?

—Habían metido el *Explorer* en un gran tanque de pruebas con metano líquido para simular los mares de Titán. El software manipuló el brazo de la balsa para que perforase la pared del tanque. Fue lo que provocó la explosión.

—¿Tienen alguna idea de por qué lo hizo el software?

Lockwood tragó saliva.

—No estamos seguros, porque han desaparecido tanto el código como la programadora principal. Es posible que fuera un simple error o bien un sabotaje. También podría ser un caso grave de negligencia. No lo sabemos.

—Ya.

Lockwood siguió con sus explicaciones.

—Hemos hablado con el equipo de programación y parece que el programa de software simula una especie de cerebro humano incorpóreo. Es creativo e inteligente. Está programado para simular emociones como el miedo, la evitación del peligro y la huida de estímulos negativos, así como la curiosidad, la valentía y la inventiva. Una de las posibilidades es que el software se quedara atascado en una especie de modo de pánico o de emergencia que desencadenase el accidente.

—¿Por qué era necesario ese tipo de software de IA, con emociones?

—Bueno, no es que tenga emociones de verdad, como comprenderás; lo que tiene es un código que simula emociones. Los sentimientos son útiles. El miedo, por ejemplo, estimula la prudencia, la planificación y el discernimiento. La curiosidad es igual de beneficiosa: habría dirigido el *Explorer* hacia fenómenos anómalos o inusuales para investigarlos. El hecho de que los seres humanos estemos dotados de emociones tiene sus motivos: nos ayuda a sobrevivir y a funcionar con eficacia. Se puede decir lo mismo de una balsa a casi dos mil millones de kilómetros de la Tierra, sin posibilidad de comunicarse en tiempo real con el centro de control. Al menos es lo que nos han explicado los ingenieros de la NASA.

Entonces habló el presidente, apoyado en los codos. Su voz bronca llenó toda la sala.

—El problema es que este programa de IA es algo completamente nuevo, con un potencial militar y de inteligencia brutal. ¡Brutal! Parece mentira que la NASA lo desarrollase por sí sola, sin darse cuenta de sus repercusiones militares ni poner al Pentágono al corriente. Los de la NASA han provocado una emergencia de seguridad nacional.

Ford tragó saliva. El presidente recibía muchas críticas por sus drásticos recortes en el presupuesto de la NASA, paralelos a un gran aumento de la financiación del Pentágono.

Lockwood carraspeó.

—En honor a la verdad, no parece que nadie, ni siquiera la propia Shepherd, se diera cuenta de las repercusiones a mayor escala de la IA. Ni de todo el potencial del software.

El presidente intervino de nuevo:

—Chorradas. Esa tal Shepherd esta sabía muy lo que se hacía. Ha sido un engaño. El Estado Mayor está que trina, y el responsable soy yo, como comandante en jefe. Ese software tiene mil aplicaciones mucho más importantes que mandar un disco de hockey a Tritón.

—Titán.

—¡Imaginaos lo que podría hacer el Pentágono con un software inteligente así!

Ford no quería ni pensarlo.

—Ese programa, si cae en malas manos, podría usarse para entrar en nuestras redes militares, poner en peligro nuestra seguridad nacional, robar miles de millones de dólares de nuestros bancos, dejar por los suelos nuestra economía y provocar un apagón generalizado. Nosotros podríamos usarlo como baza estratégica contra nuestros adversarios. ¡Los programas de IA móviles e inteligentes serán las armas nucleares del siglo XXI!

El presidente se echó hacia atrás, respirando con dificultad. Ford se preguntó si no estiraría la pata antes de las elecciones. No tenía muy claro qué sentiría si sucedía esto. Aunque el vicepresidente daba aún más miedo...

Ford se decidió a hablar:

—Y ¿cuál es mi misión?

—Ir a las montañas —respondió Lockwood—, encontrar a Melissa Shepherd y traérnosla.

Ford miró al presidente y luego a Lockwood.

—¿El FBI no está para eso?

—Si quieres que te diga la verdad —contestó Lockwood—, ya lo hemos probado. El FBI ha mandado un drone, todoterrenos con hombres armados y helicópteros para sobrevolar las montañas, pero ha sido un desastre. Solo ha servido para asustarla y hacer que se interne más en la sierra. Es una zona muy grande, y la conoce muy bien. Las montañas están llenas de minas abandonadas. Según el perfil que han trazado los psicólogos, con su historial de delincuencia y drogas durante la juventud, existe el riesgo de que se suicide. Es lo que podríamos llamar un genio errático. Tenemos que recuperarla con vida, cueste lo que cueste. Es la única que entiende el software.

—¿Por qué yo?

—Necesitamos a alguien que actúe por su cuenta, alguien discreto que se haga pasar por excursionista o escalador. Que tenga experiencia en entornos naturales y un currículum de éxitos en operaciones individuales.

—Y ¿qué hay de los hackers que borraron el programa? ¿Robaron también una copia?

—En realidad estamos casi convencidos de que quien robó el programa fue la propia Shepherd, y de que después borró todas las copias.

—¿Por qué?

La respuesta la dio el presidente.

—En mi opinión, quiere sacarse una pasta vendiéndoselo a Irán o Corea del Norte.

—Si quisiera vender el programa —dijo Ford—, ¿por qué

iba a irse a las montañas y quemar su coche y su móvil? No parece una conducta muy lógica en alguien que busca lucrarse.

—Me importan un pimiento sus motivos o su estado mental —replicó el presidente—. Su trabajo, Ford, es sacarla de ahí. ¿Queda claro?

—Lo entiendo, señor presidente. Si me permiten una pregunta, ¿dónde tiene guardado el programa? ¿Se ha llevado algún ordenador?

—El software está diseñado para funcionar en casi cualquier plataforma —contestó Lockwood—. Solo pesa dos gigas, y podría guardarse en un lápiz de memoria o en un móvil. Podría ejecutarse en cualquier PC o Mac. Puede que hasta en un iPad.

—Increíble.

—No tanto —dijo Lockwood—. A lo largo de los últimos veinte años el software se ha quedado por detrás del hardware en potencia. Resulta que crear una IA fuerte es solo cuestión de programar. No tiene nada que ver con la velocidad de procesamiento. Dos mil millones de instrucciones por segundo, que es a lo que llega un iPad, bastan para simular un cerebro humano. Solo se necesita la programación correcta. Esa mujer, Shepherd, ha encontrado la clave para hacerlo, y algunos de los miembros de su equipo nos han dicho que tenía sus secretos, sobre todo un truco de programación necesario para la estabilidad del software. Ninguno de ellos fue capaz de descifrarlo, y claro, nos preocupa mucho.

El jefe de gabinete murmuró algo al oído del presidente, que torció el gesto y se levantó antes de dejar la taza sobre la mesa con brusquedad.

—Ya llego tarde a un mitin. —Se agachó y acercó mucho su cara a la de Ford—. Faltan tres semanas para las elecciones. Este programa es una bomba nuclear de software, y por lo visto está en manos de una tía que está mal de la cabeza. Quiero recuperarlos a los dos, a ella y al programa. ¿Está claro?

—Sí, señor presidente —dijo Ford.

12

Invierno, verano, primavera y otoño... G. Parker Lansing siempre tenía encendida la chimenea de leña de su despacho del piso dieciséis del número 1 de Exchange Place, en el distrito financiero de Lower Manhattan. Le había costado más de dos millones de dólares instalar aquel detalle, sin contar los medios troncos de abedul seco que había que subir a diario por el ascensor de servicio para amontonarlos cuidadosamente en la leñera de hierro colado del siglo XIX. Cualquiera de sus colegas podía colgar un Cézanne en la pared, pero ¿una chimenea de verdad en el decimosexto piso de un rascacielos de Manhattan? Aquello decía mucho más de él que cualquier cuadro.

Por eso las llamas crepitaban tras la reja aquel día cálido de octubre mientras el aire acondicionado funcionaba a tope para llevarse el calor. Lansing estaba enfrente de la chimenea, sentado a una mesa de refectorio renacentista, en el centro exacto de un semicírculo de pantallas planas. Un dedo terso y sin vello golpeteaba instrucciones en un teclado de ordenador. Lansing era de los que escribían con dos dedos. Se había saltado las clases de mecanografía de noveno curso, pero le daba igual: mecanografiar era propio de secretarias y de la clase trabajadora. Pese a haber nacido en Nueva York, él se consideraba un hombre más en sintonía con la cultura y la educación de la alta sociedad británica. Hasta había cultivado su acento en consonancia.

Era presidente y consejero delegado de Lansing Partners, un pequeño bufete de tercera de Wall Street especializado en la ciencia de los algoritmos o negociación de alta frecuencia. El algotrading, nombre que recibía a menudo, representaba ya un porcentaje más que significativo del mercado bursátil. En 2013, por ejemplo, el 70 por ciento de todas las operaciones de la bolsa de Nueva York habían sido de algotrading y las habían ejecutado ordenadores automáticamente, sin ninguna decisión humana de por medio. Corrían a cargo de algoritmos informáticos que recibían información por vía electrónica y acto seguido se basaban en ella para negociar en cuestión de milisegundos, mucho más deprisa que cualquier ser humano.

El trading algorítmico tenía mala prensa desde hacía años, pero en Wall Street no se iba a renunciar a nada que diese dinero hasta que reventara. La gente decía que otorgaba una ventaja injusta a algunos operadores y que los mercados financieros tenían que ser equitativos. Lansing no sentía más que desprecio por esas personas que creían que los mercados eran o debían ser justos. Se merecían perder dinero. Todos los gigantes de la banca internacional, todas las grandes corredurías de bolsa, practicaban el trading algorítmico con grandes beneficios a expensas de la gente de a pie, y si esta última salía perdiendo se lo tenía merecido, por ingenua. Cuando el trading algorítmico hiciera saltar la bolsa por los aires (como tarde o temprano ocurriría) ya acudiría el gobierno en su rescate. «Beneficio privado y pérdida pública», se llamaba el juego.

Un ejemplo era el programa de algotrading Dagger, creado por Citigroup, que tomaba nota de las diferencias de precio entre las acciones de la misma compañía que se vendían en distintas bolsas, las de Hong Kong y Nueva York, por decir algo. Dagger compraba millones en una de las dos y vendía otros tantos millones en la otra, y gracias a ese margen temporal (que podía ser de menos de un segundo) obtenía beneficios. Otro famoso programa de algotrading, Stealth, diseñado por Deutsche Bank, cribaba las operaciones de la bolsa de Chicago en busca de irregularidades estadísticas en el mercado de futuros del petróleo. Stealth negociaba tanto a largo como a corto plazo en el mercado, y obtenía suculentos beneficios tanto si este subía como si bajaba.

¿Quién salía perdiendo? Los negociadores humanos lentos y tontos. Los inversores corrientes. Los planes de jubilación. Los fondos de pensiones. Los ayuntamientos de todo el país que habían invertido sus magros recursos. «Quitémonos el sombrero —pensaba Lansing— ante todos los burros, primos y simplones que se han creído que en la bolsa y los mercados se juega en igualdad de condiciones.»

Los ordenadores con los que se llevaba a cabo el trading algorítmico debían tener una velocidad extrema y hallarse físicamente cerca de los parqués. Incluso la demora de una negociación a la velocidad de la luz causada por estar al otro lado del río, en Nueva Jersey, por ejemplo, podía marcar la diferencia entre beneficios y pérdidas. Por eso el trading algorítmico lo usaban ante todo empresas con sede en el Distrito Financiero, conectadas con los parqués mediante gruesos manojos de fibra óptica que enlazaban sus ordenadores directamente con los de la bolsa.

G. Parker Lansing era del Upper East Side. Allí había pasado su infancia, en el colegio St. Paul's, para luego cursar la carrera y el máster en Harvard. Su primer empleo había sido en el departamento bursátil de Goldman Sachs, donde había diseñado estrategias de trading algorítmico. Él no tocaba la programación en sí, sabía poco del funcionamiento interno de los ordenadores, así que del código ya se encargaban otros. Su papel consistía en reconocer oportunidades e idear estrategias. Había diseñado decenas de ataques de algotrading para Goldman, programas que merodeaban por los mercados al acecho de anomalías, ineficacias en los diferenciales entre compra y venta, descuidos y microdislocaciones en el precio de cualquier artículo, desde el tocino al oro. Podían obtenerse ganancias colosales. En Goldman Sachs le pagaban muy bien. Había seguido el recorrido habitual en los de su clase: ático en la torre Trump, casa de más de dos mil metros cuadrados en los Hamptons, mansión de Greenwich llena de cuadros de puntos de Damien Hirst... y, por supuesto, cuentas y empresas fantasmas en las Caimán que hacían que su carga fiscal estuviera muy por debajo de la del pobre desgraciado que pasaba el cortacésped en su jardín de dos hectáreas en East Hampton.

Hacía aproximadamente cuatro años Lansing había tenido una idea tan brillante y original relacionada con el algotrading que había decidido no compartirla con Goldman Sachs, sino dejar su empleo en la empresa en buenos términos y crear Lansing Partners. Una vez delineado el despliegue estratégico de su descubrimiento, buscó a un programador y encontró a Eric Moro, uno de los fundadores del turbio colectivo de hackers que recibía el nombre de Johndoe. Moro era una combinación perfecta de genialidad y flexibilidad ética.

En St. Paul's, Lansing había sido un abusón repeinado, gritón y rebuznador que, siempre con su grupo de amigos, se pasaba el día metiéndose con mariquitas, flojuchos y retrasados. En la facultad empezó a darse cuenta de que su imagen pública de hijo de papá arrogante, que tan buenos resultados le había dado en los años previos, sería un desastre en la vida real y nunca lo llevaría adonde quería ir. Así que, a base de muchos esfuerzos y perseverancia, se reconvirtió en un joven culto, educado, bien vestido y ponderado con un acento levemente británico. Lo más importante fue que comprendió que, a pesar de lo que le habían enseñado sus padres, los WASP del Upper East Side no eran las únicas personas meritorias e inteligentes del mundo. De hecho, los verdaderamente listos tendían a pertenecer a minorías étnicas: judíos, polacos, hindús, italianos, irlandeses, chinos… A una de esas minorías inteligentes pertenecía Moro, un chaval de ascendencia italiana y pelo graso, natural de una localidad cualquiera de Nueva Jersey e hijo de una horrible familia obrera de policías y bomberos. Tenía acento de Tony Soprano, pero ni un solo vínculo guay con la mafia. Por alguna razón, de un ambiente así había surgido un genio útil, y Lansing no usaba la palabra a la ligera: Moro era un auténtico genio y cobraba como tal.

La brillante idea de Lansing consistía en un tipo especial de trading algorítmico para cuya puesta en práctica había diseñado un programa único en su género (escrito por Moro) al que llamó

Mamba Negra. La mamba negra era la serpiente más mortífera del mundo, uno de los pocos animales capaces de dar caza y matar a un ser humano. Era capaz de reptar más rápido de lo que corría un hombre y de morder tres veces en un segundo. Cada mordedura inyectaba veneno suficiente para matar a veinticinco personas. Fiel a su apelativo, el programa Mamba Negra era un cazador temible y mortal. Se trataba de un bot que hacía una sola cosa: buscar a sus presas entre los demás programas de algotrading. Acechaba en los resquicios oscuros del mercado y analizaba millones de operaciones hasta encontrar su objetivo: otro programa de algotrading en activo. Observaba su funcionamiento hasta deducir su estrategia de negociación. Y cuando Mamba Negra encontraba un programa de algotrading que se lanzaba a una estrategia previsible, pasaba al ataque. Como sabía de antemano qué compraba o vendía el programa, se adelantaba a las operaciones de su presa y sacaba provecho de tal antelación. Muchos fondos de inversiones también usaban programas de algotrading para desmenuzar una operación de grandes dimensiones en cientos de otras más pequeñas que se llevaban a cabo a lo largo de varias horas, a veces incluso en distintas bolsas. El objetivo era mantener en secreto la operación grande para no impulsar al alza ni a la baja el precio de la acción. Al saber de antemano lo que haría su presa, Mamba Negra compraba los mismos pequeños bloques de acciones una milésima de segundo antes de que el otro programa emitiera la orden y se los vendía una fracción de segundo más tarde, con beneficios. Podía llegar a hacerlo miles de veces antes de que los propietarios de su presa se dieran cuenta de que pasaba algo raro. Aunque para entonces ya era demasiado tarde…

A lo largo de los últimos años, Mamba Negra le había dado ochocientos millones de dólares de beneficios a Lansing Partners, pero no era una estrategia invulnerable. Algunos grandes bancos y fondos de cobertura se habían percatado de sus actividades y no parecían muy contentos de haberse convertido en víctimas del mismo juego sucio que practicaban ellos. Habían intentado pasar al contraataque. Por suerte Eric Moro retocaba

Mamba Negra casi a diario. Cada vez que Mamba cometía un error y perdía dinero, Moro lo solucionaba. Cuando usaba una estrategia que ya no daba frutos, Moro diseñaba una nueva. Como un virus en continua evolución, Mamba Negra modificaba sus ataques y hasta su programación básica, por lo que resultaba irreconocible de una semana a la otra.

Aquella mañana de lunes de mediados de octubre, G. Parker Lansing estaba realizando un seguimiento de las evoluciones de Mamba en un mercado paralelo, un *black pool*. Hacía apenas unas horas, Mamba había encontrado un programa de algotrading que vendía, el muy incauto, acciones privilegiadas de una famosa puntocom. Hacía noventa días exactos que aquella puntocom había presentado una OPV, una oferta pública de venta de acciones. Transcurridos noventa días desde una OPV, se abría la posibilidad de que los accionistas internos vendieran sus títulos. Era una vieja historia, desde Facebook a Groupon. A los noventa días, los accionistas privilegiados (fundadores de la compañía y capitalistas de riesgo) se llevaban la pasta y dejaban con acciones devaluadas a los tontos que habían comprado la OPV. Justamente aquel lunes vencían los noventa días de la puntocom. Tenía toda la pinta de que los internos iban a vender a lo grande, pero de forma discreta y sigilosa, usando un programa de algotrading.

Todo indicaba que a lo largo del día iban a deshacerse de una cantidad ingente de acciones en bloques de entre dos mil y cinco mil. El pésimo programa de algotrading que estaban usando los internos disfrazaba las ventas para que diera la sensación de que las hacían muchos inversores distintos, pero el súbito brote de actividad a los noventa días justos de la OPV constituía un indicio claro. Además, la torpeza del programa estaba impulsando las acciones a la baja, y otros operadores comenzaban a darse cuenta. El programa de algotrading había reaccionado aumentando las ventas en un intento de quitarse de encima la mayor cantidad posible de acciones antes de que el precio bajase todavía más.

G. Parker Lansing notó que salivaba. No podría haber pedido una presa más rolliza: ahí estaba, lista para ser sacrificada, desplumada y asada.

Liberó a Mamba Negra y se dispuso a contemplar el espectáculo. En aquella ocasión la estrategia del programa era lo que se llamaba una «venta en corto al desnudo»: empezaría vendiendo acciones de la puntocom de las que no era titular. No era nada ilegal. Si bajaba el precio de las acciones (como con seguridad ocurriría), Mamba le compraría al programa de algotrading la misma cantidad que había vendido previamente sin tenerla. Lo bonito de la estrategia era que al vender acciones que no tenía y comprar la misma cantidad a menor precio pocos minutos después, Mamba cuadraría las cuentas sin gastar un céntimo… y se embolsaría la diferencia. Las acciones se le entregarían al comprador como parte de un patrón de compensación de operaciones normal. Así Mamba disimularía haber vendido algo de lo que no era dueña.

También en aquel caso, como en el de todo lo que daba dinero en Wall Street, lo dudoso de su ética no lo convertía en ilegal. Se llamaba venta en corto al desnudo y resultaba muy rentable, siempre con la condición de que el precio de las acciones siguiera bajando.

Lansing vio atacar a Mamba. Naturalmente no podía presenciar la negociación en tiempo real, pues se producía a gran velocidad en un mercado paralelo, pero Mamba le informaría de los resultados en cuanto las operaciones estuvieran cerradas.

En cuestión de segundos, Mamba vendió dieciséis millones de acciones de la puntocom en el mercado abierto. Eran acciones de las que no era titular: una venta en corto al desnudo. Acto seguido esperó a que el programa de algotrading respondiera con la oferta de sucesivos bloques de acciones en venta, a medida que el precio caía en picado. Luego Mamba los compraría aún más baratos, sacando cada vez más beneficios.

Observó la pantalla en espera de que las acciones de la puntocom fueran bajando gradualmente, incluso en picado. Pero, lejos de hacerlo, de pronto empezaron a adquirir más valor. Subían y subían.

Lansing no daba crédito a sus ojos. Era absurdo. Sin previo aviso, de un momento a otro, los accionistas internos muertos de ganas de quitarse sus títulos de encima habían pasado a comprar cada vez a mayor precio. ¿Por qué? Desesperado, intentó apagar Mamba, pero era demasiado tarde: ya había vendido en corto al desnudo dieciséis millones de acciones. No había vuelta atrás. Y el «estúpido» programa de algotrading, en vez de seguir vendiendo acciones de modo previsible, acababa de hacer una locura: de repente había dado un giro de ciento ochenta grados y había comprado todo el corto al desnudo de Mamba, a margen, con la consiguiente subida de precio. Y a continuación cometió una locura aún mayor: salirse del mercado paralelo y empezar a comprar bloques enormes de acciones en el NASDAQ, a la vista de todos, haciendo que la cotización subiera aún más.

El resultado de aquellas maquinaciones inesperadas fue que el título subió el 30 por ciento en cuestión de segundos; es decir, que para entregar los dieciséis millones de acciones que Mamba había vendido (sin tenerlas), Lansing Partners tendría que comprarlas a un precio un 30 por ciento superior al que había cobrado por su venta.

Era un *short squeeze* de manual, lo más doloroso y más temido que pudiera ocurrirle a un corredor de bolsa. Noventa segundos después de haberse embarcado en la operación, G. Parker Lansing se enfrentaba a trescientos veinte millones de dólares de pérdidas, que seguían aumentando a gran velocidad a medida que subía el precio de la acción. Y no podía remediarlo de ninguna manera. Tenía que «cubrir» su posición mediante la compra de los dieciséis millones de acciones que ya había vendido sin tenerlas de verdad. Y cuando procedió a realizar la compra antes de que los títulos se encareciesen todavía más, su «cobertura» forzosa provocó una subida del 15 por ciento que lo machacó más aún.

Los *short squeeze* de manual no tenían solución. Era imposible anular la operación y evitar las pérdidas. El mercado había aplastado a Lansing, que clavó la mirada en la pantalla mientras

Mamba se veía obligada a comprar el último bloque de acciones con un 46 por ciento de ganancia.

Todo acabó en ciento veinte segundos. G. Parker Lansing había perdido cuatrocientos once millones de dólares.

Se dejó caer contra el respaldo de la silla, con las manos temblorosas y la boca seca. Oía el zumbido de su propia sangre en los oídos. ¿Cómo podía ser? ¿Cómo era posible que un programa de algotrading tan tonto hubiera dado un giro así de brusco y se hubiese metido en una operación tan loca, ilógica, inesperada y estrafalaria? Era de una brillantez insólita, pero la única manera de que un programa pudiese llevar a cabo una operación tan demencial era que supiera de antemano y con exactitud los planes de Mamba Negra.

Una vez que se formuló la pregunta en aquellos términos, la respuesta le resultó obvia. No había sido un accidente, un cisne negro. Habían atacado a Mamba Negra de manera premeditada. El programa «tonto» estaba específicamente escrito para atraer a Mamba hacia una operación gigantesca y arriesgada y hacer saltar la trampa de un *short squeeze* mortal.

Mientras deducía todo aquello, oyó una voz nerviosa en el pasillo. Su joven socio melenudo y con vaqueros, Eric Moro, irrumpió en el despacho con una expresión desquiciada en el rostro enjuto.

—Pero ¿qué pasa aquí?

Lansing tendió una mano fina y alargada.

—Siéntate, Eric.

—¿No estás mirando las pantallas? ¿Has visto lo que acaba de pasar?

Lansing siguió con la mano tendida.

—Toma asiento, por favor.

—¡Quiero saber qué acaba de pasar!

—Pues muy sencillo —dijo su socio sin perder la calma—. Hemos sido víctimas de una emboscada.

Moro lo miró con fijeza y su expresión cambió cuando lo comprendió todo.

—Siéntate de una vez.

El joven exhaló al tomar asiento en un gran sillón de cuero. Lansing siguió hablando con tono tranquilizador.

—Ahora tenemos que averiguar quién ha sido y tomar las medidas necesarias.

—¿Las medidas necesarias? ¿Como cuáles? ¿Qué medidas pueden tomarse contra un cabrón de mierda que acaba de esquilmarnos cuatrocientos millones de dólares?

—Algo tan malo, tan atroz, que a nadie se le ocurra volver a hacérnoslo nunca más. Hasta entonces… —Lansing sonrió con frialdad— nuestro negocio no estará seguro de verdad.

13

La limusina llevó a Ford hasta el punto del camino de entrada de servicios, que estaba cortado por barreras de la policía y vigilado por agentes del FBI. Salió. Hacía un día de otoño espléndido, con un rubor incipiente en las hojas de arce y muchas nubes de algodón en el cielo. Los muros del complejo de pruebas de Goddard seguían en pie, pero gran parte del tejado parecía estar diseminada por el césped. Entre las ruinas se movían lentamente varios investigadores con trajes protectores que recogían pruebas en contenedores azules y plantaban banderillas numeradas.

Se dirigió hacia una tienda instalada como punto de encuentro al lado del camino. Tras apartar la solapa tuvo que abrirse paso entre percheros de trajes protectores, equipos de comunicaciones, duchas de descontaminación de emergencia y decenas de investigadores que iban de un lado a otro tomando notas, hablando por walkie-talkies y manipulando pruebas. Al final encontró la zona de espera, donde se había citado con el director del proyecto Kraken.

Lo reconoció por el dosier que Lockwood le había facilitado. Al verlo, Anthony Groves, con el brazo derecho vendado, se acercó. Se estrecharon la mano izquierda. La de Groves estaba pegajosa y fofa.

—¿El doctor Groves? Soy Wyman Ford.

—Llámame Tony, por favor.

Presentaba un aspecto deplorable, que al detective no le extrañó en absoluto dadas las circunstancias. Tenía la cara pálida y perlada de sudor a pesar del aire fresco del otoño, pero lo más llamativo era su crispación, como si estuviera al borde de un ataque de nervios al que se resistía con determinación.

Cuando volvió a hablar, le tembló la voz:

—Bueno, ¿cómo… cómo quieres que lo hagamos?

—Me gustaría ver la zona del desastre, si no te importa.

—No, claro que no. Tendremos que ponernos trajes de seguridad. Y es indispensable que nos acompañen.

Un agente de seguridad les buscó trajes y lo siguieron hasta el espacio en ruinas franqueando las puertas de acceso, que estaban reventadas. Mientras caminaban detrás del agente, Groves habló atropelladamente:

—Todas estas máquinas y equipos tan pesados desviaron hacia arriba el grueso de la explosión. —La mascarilla de plástico amortiguaba su voz—. Hizo saltar el techo, pero salvó muchas vidas, muchas.

El agente que los escoltaba, que también llevaba un traje de seguridad, los guió por un camino despejado entre los escombros. Poco tiempo después llegaron a un contenedor de acero gigantesco. Tenía pétalos como si fuera una flor.

—El accidente se produjo dentro de este tanque de pruebas que llamábamos la Botella.

—¿Tú dónde estabas?

—Ahí mismo, donde los restos de la plataforma de control.

Groves señaló hacia una batería de aparatos electrónicos destrozados: pantallas, cuadrantes, teclados e indicadores dispuestos en herradura, todos reventados, con enormes trenzas y marañas de cables de colores entre un caos de circuitos impresos, bastidores y discos duros fuera de sus chasis.

—¿Y ahí es donde estaba Jack Stein, una de las víctimas?

Ford señaló una zona donde aún había manchas de sangre rodeadas de banderitas y marcadores.

—Sí. Jack… estaba justo a mi lado. No quiso dejar su puesto. Otras seis personas murieron en aquella zona de allá, donde la explosión se hizo sentir con toda su fuerza.

Mientras Groves lo explicaba, Fort intentó visualizar el momento previo al estallido.

—¿Y Shepherd? ¿Dónde estaba?

—Allí, al lado de Jack.

—¿Por qué Stein no salió corriendo?

—Se quedó hasta el final —contestó Groves. Empezó a temblarle la voz—. Estaba intentando desconectar el *Explorer*. Se quedó porque... era el más valiente. —Tony tragó saliva—. Yo... No sé por qué, pero tengo la sensación de haber hecho mal en huir. Como capitán del barco, no puedo evitar sentir que debería haber sido yo quien se hundiera con él, no Stein. Ni los demás.

—¿Activaste la alarma?

—Los primeros en darnos cuenta de lo que pasaba fuimos Shepherd, Stein y yo. Tardamos un poco en comprender que la sonda estaba agujereando la Botella y en prever lo que pasaría cuando la perforase.

Ford miró en derredor para intentar formarse una imagen de los hechos.

—Háblame de Shepherd. ¿Cómo reaccionó antes del accidente, cuando se estropeó la sonda?

—Con una incredulidad total. Estaba impactada. No se lo creía.

—¿No dio ninguna señal de que se lo esperase?

—Ninguna en absoluto. Cualquier insinuación de que fuera algo más que un accidente es absurda. Era uno de los mejores miembros de mi equipo.

Ford asintió con la cabeza.

—¿Te importa si echo un vistazo?

—Por favor.

Dio un largo y lento paseo alrededor de la Botella destrozada, seguido por Groves.

—¿Cómo estaba estructurado el proyecto Kraken?

—Se dividía en varios grupos de trabajo. Cada uno de ellos era responsable de un experimento tecnológico o científico en concreto. Todos ellos exponían lo que querían que el *Explorer* fuera capaz de hacer y eso condicionaba los requisitos del software. Basándose en todas esas condiciones, el equipo de Shepherd fue elaborando un plan para el software de Dorothy.

—¿Dorothy? ¿Así se llamaba el software?

—Sí.

—¿Por qué?

—Aquí, en Goddard, es una tradición. A las naves espaciales y los programas de software importantes se les suele poner un apodo.

—Pero ¿por qué Dorothy?

—No tengo ni idea de por qué Shepherd lo bautizó así.

—Otra pregunta: ¿Shepherd habría podido acceder a la red de Goddard desde su cama del hospital y robar o borrar el software?

—Yo diría que es imposible, aunque la programación informática no es mi fuerte.

—¿Alguien más tenía acceso?

—No creo. La verdad es que no entiendo nada. La red de Goddard tiene cortafuegos por todas partes.

—¿No crees que Shepherd haya hecho nada para robar o borrar el software?

—Estoy casi seguro de que no.

—Háblame de las aportaciones en IA.

—Francamente, me supera. Shepherd creó una nueva manera de enfocar la programación que estaba relacionada con la lógica desaliñada o algo así.

—¿Lógica desaliñada?

—Una lógica aproximada y rápida. Una manera de abordar problemas intratables. El software de Dorothy tenía la facultad de aprender de sus errores y reescribir su propio código. Shepherd lo sometió a varias simulaciones y el programa se modificó hasta tal punto que al final nadie entendía cómo funcionaba, ni siquiera Shepherd. Visto en retrospectiva, ese fue el origen del problema.

—¿Y ese software funciona en cualquier plataforma?

—Shepherd quiso que fuera agnóstico respecto al hardware. La IA solo necesita unos mínimos de velocidad de procesador, RAM y almacenamiento.

—¿Qué sentido tiene meter un programa que nadie entiende en una sonda espacial de cien millones de dólares y luego soltarla en un tanque lleno de metano líquido?

Se produjo un largo silencio. Ford esperó la respuesta, que tardó un poco en llegar.

—Fue un error colosal. Ahora me doy cuenta.

—Háblame de Shepherd, como persona.

Tony vaciló.

—Ambiciosa. De ideas claras. Obsesiva. Entregada al máximo. En el mundo hay muchas personas inteligentes, pero lo de Melissa iba más allá. Era un genio en toda la extensión de la palabra. Mira, ya sé que es un término que se usa mucho, pero en este mundo hay muy pocos genios de verdad, y ella lo era. Esas personas no piensan como los demás, es así de sencillo. Además, era una persona difícil. Susceptible. Incómoda. A pesar de su inteligencia, en otros sentidos era tonta de remate. Dividía a su equipo en subgrupos. Ninguno tenía el panorama completo. Les ocultaba cosas. Casi parecía que quisiera tenerlos in albis.

—¿Costumbres?

—Obsesa del deporte, corredora, esquiadora y alpinista.

Groves hizo una pausa.

—Ahora las cosas malas.

—No es mi estilo.

—Esto es una investigación, no un cóctel.

—Pues… era muy malhablada. No le gustaba seguir las normas. Rebelde. No sabía moverse en sociedad. Ofendía a la gente sin querer.

—Sigue.

—Bueno, la verdad es que no encajaba en la cultura de aquí. Tengo entendido que su pasado era un poco conflictivo. Nos costó que no la vetasen los de seguridad. Y… —Se quedó callado—. Tuvo varias relaciones con trabajadores de aquí.

Ford arqueó las cejas.

—¿Relaciones sexuales?

—Sí. Desde que llegó y hasta que encontró su sitio causó

bastantes estragos. A mí la vida personal de mi equipo no me importa siempre y cuando hagan su trabajo, pero ella puso en peligro la cohesión del equipo con sus… aventuras. Al mismo tiempo era muy trabajadora y estaba casi siempre aquí, siete días a la semana, pero se acostó con varios compañeros, y eso siempre es preocupante, sobre todo en un equipo tan unido como el del proyecto del *Explorer*. Yo creo que algunas de esas actividades se produjeron aquí, en el propio complejo.

—¿Te sorprendió que desapareciese?

—No. Lo único previsible de Melissa es ser imprevisible.

—¿Familia?

—No. Se quedó huérfana de madre a los catorce, y tengo entendido que a su padre no llegó a conocerlo. A partir de entonces la criaron unos tíos en Texas, muy religiosos y estrictos. Supongo que se mezcló con malas compañías y se escapó de casa. Es increíble que consiguiera volver a encauzar así su vida. Supongo que ya tienes su currículum. Sus años de universidad en Cornell solo pueden calificarse de espectaculares.

—¿Música?

—Heavy metal. Programaba escuchando música. Algunos de sus compañeros se quejaron.

—¿Problemas de dinero?

—No que yo sepa. En la NASA nadie trabaja por dinero. Podría haber multiplicado su sueldo por cuatro yéndose a la empresa privada.

—¿Hay alguna posibilidad de que tenga pensado venderle el programa a un gobierno extranjero?

Groves se quedó mirando a Ford.

—Madre mía… No me digas que ese es el despropósito que se baraja en la investigación.

—Sí.

—Pues es una chorrada como la copa de un pino. Conozco a Melissa, y es fiel a su país. Creo que la razón de que se haya escapado es que está horrorizada por lo que ocurrió. Se siente responsable. Ha habido varias víctimas. Estuvo un tiempo liada con Jack Stein y su muerte le ha dolido. Además, al haber sufrido una conmoción... A saber, puede que hasta esté un poco desorientada.

Ford asintió y echó un último vistazo a la sala.

—Vale, pues me parece que aquí ya hemos acabado. Gracias.

Mientras volvían al punto de encuentro sorteando los escombros que cubrían el césped, el detective pensó en el nombre Dorothy. Sería interesante conocer su procedencia.

14

A Lansing le gustaba hacer negocios en el Harry's New York Bar de Central Park South. Quedaba lejos de Wall Street, estaba lleno de turistas incautos y era lo bastante ruidoso para que no se oyeran las conversaciones. Además, hacían un gimlet magnífico.

Habían pasado treinta y seis horas desde la emboscada. Lansing se había retirado a su ático de la torre Trump mientras Moro hacía sus investigaciones. Habían sido las treinta y seis horas más largas de su vida. No había podido hacer nada, ni comer, ni dormir, ni seguir los mercados… ni siquiera leer el *Journal*. No dejaba de preguntarse si Moro lograría identificar a los cabrones que les habían robado el dinero. Estaba tan tenso que por la mañana ni siquiera se le había levantado con su novia. Los que le habían hecho aquella putada se las pagarían. Cuanto más lo pensaba, más cuenta se daba de que dicho pago tendría que ser de tipo primitivo. El más primitivo de todos. Por eso había emprendido la investigación que lo había llevado a dos hermanos de Kirguistán, que se dedicaban a asuntos especiales y se jactaban de hacerlo muy bien.

Moro por fin lo había llamado. En aquel momento estaban junto a la mejor ventana del bar, contemplando cómo se ponía el sol en Central Park mientras las primeras luces de los edificios de la Quinta Avenida empezaban a parpadear.

La camarera se acercó. Lansing pidió su gimlet y se volvió hacia Moro.

—¿Qué veneno tomas?

—Los programadores no bebemos —contestó el joven mientras se apartaba el pelo de la cara con unos dedos largos y roñosos. Tenía las uñas tan mordisqueadas que prácticamente sangraban—. Destruye las neuronas.

—Pues hoy harás una excepción.

La respuesta de Moro fue pedir un Martini doble de lichi, sin hielo.

—Bueno, vamos a ver, ¿qué me has traído? —preguntó Lansing.

—Primero las copas.

Moro se recostó contra el respaldo mientras le servían la suya. Después se la llevó a los labios, los frunció y sorbió ruidosamente. Lansing lo miró intentando contener su impaciencia.

El chico dejó la copa en la mesa, se metió un mechón de pelo grasiento detrás de la oreja y, tras apretarse la nariz, se la frotó y les sopló por ella. Ya hacía tiempo que Lansing había aprendido a tolerar los rústicos modales de su socio. Debía tener tragaderas en lo que a Moro se refería, pero lo curioso era que, a pesar de todo, le caía bastante bien.

—Buenas y malas noticias —dijo el programador al fin—. ¿Por cuáles empiezo?

—Siempre por las malas.

—Aún no he encontrado a esos cabrones. Lo que sí he averiguado es cómo lo hicieron. Hace unos diez días piratearon directamente nuestros ordenadores y se descargaron Mamba Negra. Debieron de destriparlo. Así fue como consiguieron escribir un programa tan absolutamente certero contra él.

—¿Cómo consiguieron saltarse nuestros cortafuegos?

—Son listos, muy listos. Se aprovecharon de un agujero en una subrutina E/S que nadie había encontrado. Ahora lo he arreglado, pero es como cerrar la puerta cuando ya ha entrado el ladrón.

—¿No tienes la menor idea de quién puede haber sido?

—Han borrado sus huellas con una red de proxys tan brutal que tardaría años en seguirles la pista.

—Entonces ¿cuál es la buena noticia?

—¿Te acuerdas de la explosión del Centro Aeroespacial Goddard?

Lansing asintió.

—Pues un ex colega de Johndoe se estaba follando a una programadora de Goddard que participaba en el proyecto, y a través de ella consiguió información la mar de interesante.

Lansing esperó mientras Moro volvía a sorber la copa con vulgaridad hasta rebajar su nivel en una tercera parte.

—Total, que el colega se tiraba a una tal Patty Melancourt que trabajaba en un equipo que escribía software para el proyecto. La directora del equipo se llamaba Melissa Shepherd. Es una leyenda en los círculos de programadores. Se ve que mientras trabajaba en el software del proyecto hizo un descubrimiento alucinante. Es el adelanto del siglo, el Santo Grial de la informática. Se inventó un nuevo lenguaje, con IA muy fuerte. Si pudiéramos pillarlo seríamos los amos de Wall Street.

—Eso es mucho decir.

—Pues no lo digo a la ligera.

—¿Cuál es ese descubrimiento? Creía que Mamba Negra ya era IA.

—Sí, pero no lo que llamamos «IA fuerte». Según mi amigo de Johndoe, ese programa de la NASA piensa como una persona. Es autónomo. Aprende de sus propios errores. No está ligado a ningún hardware concreto. Puede ir a cualquier sitio. Es lo más parecido a un cerebro humano sin cuerpo que pudiera existir en forma puramente electrónica.

—Y ¿cómo solucionará nuestro problema?

Moro hizo que su melena se balanceara al sacudir la cabeza.

—Mira, tío, retocándolo un poco, ese programa podría saltarse cortafuegos, meterse en redes, engañar a la gente, mentir, engañar y robar. Un programa informático capaz de ser tan retorcido, sádico y astuto como un ser humano.

—Me suena a leyenda urbana de hackers.

—Pues me han asegurado que es verdad. Si pudiera echarle el guante al manual de programación y la tía esa, Melancourt, me ayudase un poco, podría escribir un programa como el que te digo. Todo lo que las personas pueden hacer puede simularlo un programa. Podemos pedirle que haga todo lo que queramos. Mamba Negra con esteroides. El bot definitivo.

—Aunque todo eso fuera verdad —dijo Lansing—, te has apartado del tema. Yo lo que quiero es averiguar quién se ha quedado con mi dinero. Ahora mismo no me hace falta otro Mamba para nada.

—Ya, pero es que un programa de IA como el que te he explicado sería un cazador insuperable. Le pides que descubra quién te quitó el dinero, lo metes en el sistema… y será como un sabueso que siga el rastro de proxys de esos cabrones de servidor en servidor hasta encontrar la fuente. Podría hacer en un día lo que yo en diez años.

Lansing negó con la cabeza.

—No me lo creo. Suena demasiado bien para ser verdad.

—Melancourt sabe lo que pasó en esa explosión de la NASA. Es información secreta. El software funcionaba muy bien. Pasó todas las pruebas hasta que lo cargaron en un barco experimental con sensores, cámaras y micrófonos y se volvió loco. Le entró un ataque de pánico. Se desquició e hizo explotar el complejo.

—No tengo claro por qué eso lo convierte en un buen programa.

—Lo importante es que pensó como un ser humano. Intentó escaparse. Piénsalo. Es brutal, alucinante. Pero claro, como el software quedó destruido en la explosión, tendremos que escribir uno nuevo.

Lansing suspiró. Moro era propenso al entusiasmo.

—Suponiendo que todo lo que dices sea verdad, ¿cómo piensas conseguir el manual de programación y escribir el programa?

—Melancourt tiene una copia del manual, y además me ayudará a escribirlo. De hecho se ha apuntado al carro. Anda muy necesitada de dinero, no se siente valorada por la NASA y, sobre todo, tiene algo personal contra Shepherd por haberse cepillado a mi colega de Johndoe justo cuando se la estaba tirando a ella.

Entre los dos escribiremos un programa que encontrará a los cerdos que nos han quitado la pasta. —Moro se inclinó y le echó aliento de lichi en la cara a Lansing —. El precio que ha puesto son cien mil pavos.

Lansing miró su vaso, ya vacío.

—Eso es mucho dinero. Necesito algún tipo de garantía de que saldrá bien.

—Fíate de mí. Por favor.

—Primero quiero conocerla.

—Eso está hecho. —Moro sonrió, se echó hacia atrás, levantó la copa de Martini y apuró las últimas gotas con la lengua, sorbiéndolas ruidosamente. Después la dejó sobre la mesa—. Hay una cosa que me produce curiosidad. ¿Qué harás cuando encuentres a los que nos han jodido?

—Lo he pensado mucho. Ya sabes que lo que nos hicieron no fue ilegal. Por la vía judicial lo tenemos perdido.

—Mal rollo.

—Nuestra reputación está en juego, y en este negocio la reputación lo es todo.

—Es verdad.

—Tenemos que dejar las cosas claras. No podemos quedarnos de brazos cruzados. Hay que hacer que todo el mundo tome nota de que hemos castigado a los culpables.

Moro asintió.

—No tenemos muchas opciones. De hecho, solo tenemos una.

—¿Cuál?

—Hacer que los maten.

El joven se quedó mirando a Lansing en silencio, con los ojos muy abiertos.

—¿En serio?

—Sí, en serio.

15

Cuando era joven, Ford se había fijado el objetivo de coronar los cincuenta y tres «cuatromiles» de Colorado (todas las montañas del estado que superaban los cuatro mil metros de altura). Logró escalar cinco antes de lanzarse a otras metas. Así era su vida: de un entusiasmo al siguiente, incapaz de terminar nada. Aquella experiencia, sin embargo, le dio la idea para su tapadera: se haría pasar por un alpinista solitario que aspiraba a conquistar el formidable terceto de cuatromiles de los montes Sangre de Cristo, a cuyos pies se encontraba el rancho Lazy J. Tres de ellos eran visibles —Blanca Peak, Ellingwood Point y Little Bear—, y estaban considerados entre los más arduos de la serie.

Sin embargo, antes de adoptar su tapadera y de adentrarse en las montañas, tenía la intención de hablar con el dueño del Lazy J, un tal Mike Clanton, que había tenido a Melissa a su servicio nueve años antes, cuando aún era una adolescente conflictiva.

Tras la desastrosa intentona de sus agentes, el FBI se había retirado del rancho casi por completo, a excepción de un agente especial asignado a tareas de vigilancia y custodia de las pruebas. Se llamaba Spinelli, y Ford había recibido la orden de «enlazar» con él.

La entrada del rancho estaba formada por dos troncos y un travesaño del que colgaba el cráneo de un alce con una imponente cornamenta. Al franquearla, vio ante sí unos pastos salpicados de reses contra un fondo espectacular de montañas con cumbres salpicadas de nieve reciente. Siguiendo la pintoresca carretera del rancho, llegó a una casa de troncos rodeada de álamos junto a un torrente tumultuoso. Las hojas, de un color amarillo brillante, susurraban mecidas por la brisa cuando Ford se detuvo en el aparcamiento de tierra que había delante de la casa. A un lado había un Crown Vic marrón, y detrás un establo de caballos, varios corrales, rediles y pastos de regadío.

Ni siquiera había tenido tiempo de subir las escaleras del porche cuando apareció un hombre mayor cuyo pelo blanco sobresalía bajo un viejo sombrero de vaquero. Lo miró con cara de pocos amigos. Llevaba unos vaqueros polvorientos y trozos de estiércol de caballo pegados a las botas.

—Wyman Ford.

El hombre ignoró la mano que Ford le tendía.

—¿Es otro investigador?

—Esperaba que no se me notase tanto.

Ford dejó caer el brazo.

—¿Para quién trabaja?

—Para la Oficina de Política Científica y Tecnológica de la Casa Blanca.

El anciano entornó los ojos y le lanzó una mirada escrutadora.

—¿Quiere decir que trabaja para el presidente?

—En cierto modo sí.

—A mí no me cae bien. Ni lo voté hace cuatro años ni pienso votarlo ahora. Dicen que está mal del corazón. ¿Cómo va a soportar el estrés un hombre así? ¿Y si se muere de un infarto porque Corea del Norte nos lanza una cabeza nuclear?

Ford disimuló la irritación que le provocaba aquel hombre tan locuaz.

—Señor Clanton, personalmente, a mí tampoco me cae bien, pero eso no tiene nada que ver. En mi misión no cabe la política.

Clanton gruñó.

—¿En qué puedo ayudarlo?

—Quería hacerle unas preguntas y ver el coche quemado.

El viejo asintió con un gesto seco.

—Ya lo llevo yo en mi camioneta. Con esa tartana de alquiler no llegaría nunca.

Salió de la casa y ambos subieron a una camioneta destartalada que apestaba a aceite de motor y humo de cigarrillo. Tomaron una pista que se dirigía a las montañas, mala al principio y peor al final. Clanton encendió un cigarrillo sin preguntar. La cabina se llenó de un humo horrible, incluso con las ventanillas bajadas.

—Así que conoció a Melissa cuando era adolescente —dijo Ford.

—Pues sí.

—¿Cómo llegó al rancho?

—Tuvo problemas con la ley y vino a trabajar un verano. De eso hará… vamos a ver… nueve años. Ella tenía dieciocho.

—¿Por qué vino aquí?

—Yo conocía a su tío. Fuimos juntos a la facultad.

—¿La facultad? ¿Cuál?

—La de derecho, en Yale.

Ford no pudo aguantarse la risa.

—No tiene pinta de haber estudiado derecho en Yale.

—Me gusta soltarles esa menudencia a los que no se la esperan y desbaratar sus suposiciones —dijo Clanton.

—¿Y cómo acabó aquí?

—Gané algo de dinero trabajando como abogado para empresas, y al descubrir que era un mundo más lleno de cretinos que un rebaño de longhorns de Texas lo dejé, me vine aquí, compré este rancho y me metí en el negocio de los caballos y la ganadería.

«Algo de dinero.» Bastante para comprarse diecisiete mil hectáreas.

—¿Sabe qué tipo de problemas tenía entonces Melissa Shepherd?

—Drogas. Robo.

—¿Qué tipo de drogas? ¿Marihuana?

—Sí, y también peyote y hongos. Si mal no recuerdo también robó un coche con sus colegas. ¿O fue solo la radio?

—Hábleme de ella.

—Era una chica guapa e irresponsable con la que era imposible contar. Si podía decirse alguna inconveniencia, la decía. Era muy rebelde. Siempre subrayaba lo que estaba mal, sin dejar títere con cabeza: el país, el estado de Colorado, cómo llevábamos el rancho, el clima, el mismísimo Dios... Para ella nada estaba bien. Aquí, en el rancho, empezó con mal pie. Se negaba a cocinar y fregar los platos, y no quería poner los alambres de las vallas. A los tres o cuatro días me tenía tan harto que estuve a punto de mandarla a su casa, pero entonces se acercó a los caballos y descubrió su vocación. Habrá oído hablar de esos que susurran a los caballos. Pues ella lo hacía de verdad. A lo largo del verano domó varios potros y no la oí levantar la voz ni una vez. Era de esos domadores que saben lo que piensa el caballo antes que el propio animal.

—¿Es la única vez que ha estado aquí?

—Sí. Yo esperaba que volviera el verano siguiente, pero entró en la universidad y perdimos el contacto. No era muy de escribir cartas.

—¿Por qué cree que ha vuelto?

—Estas montañas son el escondite perfecto. Conoce el terreno.

—¿No la vio pasar?

—No, aunque siento decir que entró a la fuerza en el rancho y se llevó armas.

—¿Armas? ¿De qué tipo?

—Una Winchester 30-30 modelo 94 con acción de palanca, y un viejo revólver del calibre 22 que tenía por aquí.

—¿Sabe usarlos?

—Fue otro de los intereses que descubrió aquel verano: las armas de fuego. Se convirtió en un as del tiro.

—¿Cómo encontró usted el coche quemado?

—Vi el humo. Fue el martes de la semana pasada. Al seguir el rastro encontré un coche incendiado. Entonces aún no sabía que era de ella. Avisamos a la policía y seguí sus huellas durante algo más de un kilómetro, hasta que empezaron a subir por la carretera del lago de Como. Es la principal entrada a las montañas, y la peor pista para jeeps de todo Colorado.

—¿Tiene alguna idea de dónde puede estar?

—No, ninguna.

—¿Qué pasó después de que denunciara lo del coche quemado?

—Que vino la policía local, se apuntó el número de chasis y al final del día todo estaba lleno de uniformes azules y placas. Subieron a las montañas con sus helicópteros, sus todoterrenos, sus caballos... Todo y más. La asustaron, los muy imbéciles. Ayer mismo los hicieron volver. Y ahora llega usted. —Clanton dio un repaso suspicaz a Ford—. ¿Sabe mucho de montañas?

—Un poco.

—Arriba va a hacer frío. Es posible que incluso nieve. No lleva la ropa adecuada.

—Llevo mucha ropa de montaña en la maleta —repuso Ford.

—Estas montañas no son ninguna broma.

—Ya lo sé —dijo Ford—. He escalado media docena de cuatro miles.

Clanton asintió despacio.

—Ya. O sea, que no llega a ser tan idiota como los demás. —Se rió entre dientes—. Aquí abajo teníamos treinta y dos grados. Los del FBI subieron a caballo en mangas de camisa, agarrándose a los pomos de la silla con las manos desnudas. Ya se veían haciendo de vaqueros. Menuda nevada les cayó. Al final parecían los supervivientes de la expedición de Shackleton. Dicen que a uno han tenido que amputarle un dedo del pie.

La camioneta continuó dando tumbos por el cauce seco de un riachuelo hasta que apareció una mancha oscura. Era el esqueleto calcinado de un Jeep Cherokee, precintado por la policía con cinta amarilla. Le habían montado encima una carpa como las de las fiestas, y a su sombra descansaba, fumando, un agente del FBI. Su vehículo estaba algo más lejos: otro Crown Vic marrón. A Ford le extrañó que hubiera llegado tan lejos sin destrozar el silenciador. Cuando se aproximaron, el agente se apresuró a apagar el cigarrillo y levantarse. Se acercó con los típicos andares lentos del FBI que tan bien conocía Ford de su época en la CIA. Había hecho grandes esfuerzos por librarse de la antipatía hacia el FBI consustancial a la CIA, pero cuando vio la chulería con que se acercaba el agente sintió que rebrotaba en su interior.

—No se puede pasar —dijo el agente en voz alta.

Ford adoptó su tono más solícito.

—Me llamo Wyman Ford. —Se encontró estrechándole la mano al aire por segunda vez en el día. El agente del FBI lo miraba fijamente. Al final, bajó el brazo—. Soy investigador especial de la Oficina de Política Científica y Tecnológica.

El agente era un joven de cuello grueso que miró a Ford como si fuera el tipo encargado de las novatadas de su hermandad universitaria.

—Tengo que ver su autorización, señor Oficina de No sé qué —dijo.

Ford sacó la placa que Lockwood le había conseguido en un abrir y cerrar de ojos. El agente la examinó por delante y por detrás, se apartó llevándosela consigo, sacó un móvil y estuvo cinco buenos minutos hablando por teléfono antes de volver.

—Lo siento, pero se necesita la autorización previa de la delegación de Denver. Antes de que pueda tener acceso a las pruebas, su oficina tendrá que ponerse en contacto con la delegación y arreglar los detalles.

Era justo el tipo de mentalidad que Ford no soportaba. Respiró profundamente y desvió la mirada hacia Clanton, en cuyo rostro se dibujaba una sonrisa cínica, expectante. Después volvió a mirar al agente del FBI.

—¿Y usted se llama?

—Agente especial Spinelli.

—¿Me permite ver su acreditación, agente Spinelli?

Ford sabía que los agentes del FBI siempre enseñaban su placa. Spinelli sacó la suya, la abrió y la adelantó con agresividad en dirección a Ford, pero antes de que este tuviera tiempo de echarle un vistazo, volvió a cerrarla. El detective se dio cuenta de que Spinelli estaba cabreado por haber formado parte de un equipo que la había cagado, por tener que quedarse sentado en el culo del mundo vigilando un coche quemado y por tener que soportar que otra persona se pusiera al mando.

—Uy, no he tenido tiempo de mirarla —dijo Ford con la mano tendida.

Spinelli le dedicó la mejor de sus penetrantes miradas de «ni se te ocurra tomarme el pelo».

—¿No podríamos colaborar sin tantas historias? —le pidió Ford—. Por favor.

Pensaba poner todo lo posible de su parte para no perder los estribos.

—Lo siento, pero tendrá que pasar por la delegación de Denver. No hay vuelta de hoja.

—En ese caso, necesitaré su número de placa —dijo Ford con la máxima afabilidad—, para poder informar de su obstruccionismo a mi superior, que es el presidente del país; así sus hombres podrán cagarse con tantas ganas en sus perspectivas de ascenso dentro del FBI que tendrá suerte si consigue trabajo de gorila en el depósito de cadáveres de su pueblo; y no es una amenaza, sino una simple constatación, por lo que espero sinceramente que se replantee su postura, señor agente especial Spinelli.

Spinelli se quedó estupefacto, y Clanton, al fondo, sufrió un ataque de tos.

—Bueno —dijo Ford, que sacó el móvil y lo levantó como un arma, con el dedo a punto para pulsar una tecla de marcación rápida—, ¿puedo ver el coche o llamo a la Casa Blanca y le fastidio la vida?

El Cherokee estaba tal como lo habían encontrado, con la salvedad de un centenar de pequeñas banderas y clavijas que indicaban la ubicación de las pruebas. En el chamuscado asiento trasero, localizados con sus respectivas banderillas, estaban los restos quemados de un iPhone y un iPad.

—¿Agente Spinelli?

El hombre se acercó. El rapapolvo lo había dejado pálido y mudo. Ford intentó compensarlo con algo de simpatía.

—Parece que han registrado muy a fondo la escena del crimen.

La cara de Spinelli era una piedra.

—¿Han conseguido localizar el origen del fuego?

—En el asiento trasero.

—¿Algún acelerador?

—Gasolina sacada a presión del depósito, a juzgar por los restos del suelo.

—O sea, que roció su teléfono y su iPad y los incendió al mismo tiempo que el coche, ¿no?

—Es lo que parece.

—También hay un boquete en el salpicadero, como si hubieran sacado algún accesorio. ¿Qué era?

—Un GPS.

—¿Dónde está?

—No lo hemos encontrado. También falta el localizador de flota.

—¿Tiene el FBI alguna teoría sobre la razón de que se cargara sus propios aparatos electrónicos?

—Es obvio —respondió Spinelli— que quería quitarse de encima todo lo que pudiera servir para localizarla.

No resultaba obvio en absoluto. El móvil, por ejemplo, podía neutralizarse quitándole la batería.

—Pero ¿por qué quemó el teléfono?

—Está clarísimo. —Al fin Spinelli empezaba a entusiasmarse—. Quería destruir las pruebas delictivas que contenía.

—¿A qué tipo de delitos se refiere?

El agente resopló.

—Podríamos empezar por los menores de clase C y B: robo de coche, destrucción de pruebas con dolo, obstrucción de una investigación federal, destrucción de pruebas, no informar, perjurio, allanamiento de morada… Sería una lista muy larga, por no hablar de escaparse de una investigación federal en la que es posible sospechosa.

Ford miró a Clanton, que ya se había recuperado de su ataque de tos y los observaba con semblante serio.

—Usted la conocía —afirmó volviéndose hacia él—. ¿Tiene alguna teoría?

Clanton descruzó los brazos.

—Si quiere saber mi opinión, es un gesto para despedirse de todo.

Ford asintió con la cabeza. También lo había pensado, pero no estaba seguro de que lo explicase todo.

—¿No es un poco extremo destruir tu móvil, sobre todo cuando estás a punto de internarte en un entorno despoblado y peligroso? ¿Y por qué tenía que incendiar también el coche? Podría necesitarlo más tarde.

—Hoy en día —dijo Spinelli— hasta un coche sirve para rastrear a las personas. Aparte del localizador de flota, los coches de alquiler tienen incorporadas cajas negras que registran los movimientos del conductor y pueden extraerse sin inutilizar el vehículo. Esto tiene toda la pinta de ser una destrucción de pruebas.

Ford se sacó el iPhone del bolsillo. Dos barras y una red activa de 4G.

—¿Hay cobertura en las montañas? —le preguntó al anciano.

—En las sierras y las cumbres sí. En los circos y valles no.

El detective miró el coche quemado. Había algo más. No era más que una corazonada, pero… Shepherd lo había hecho porque tenía miedo.

Subieron otra vez al coche y dejaron al agente del FBI a la sombra encendiéndose otro cigarrillo. Mientras se alejaban, Clanton volvió a reírse entre toses.

—Habría sido un abogado de narices. Me ha dejado pasmado la eficacia con que le ha dado una patada en el culo al pobre tío.

Ford hizo un gesto con la mano. Ya empezaba a arrepentirse un poco de su arrebato.

—Solo estaba haciendo su trabajo. Odio tener que machacar así a la gente.

—Pues a mí me ha encantado. Ya veo que me equivoqué al juzgarlo.

Siguieron en silencio.

—Bueno, ¿cómo piensa encontrarla en varios miles de kilómetros cuadrados de montañas? —preguntó Clanton.

Ford tardó en contestar.

—¿Aún tiene alguno de los caballos que domó la chica? —preguntó finalmente.

—Sí.

—¿Tenía algún favorito en especial?

—¡Y tanto! Redbone, mi caballo personal. Lo domó cuando era un potro, y es el mejor que he tenido nunca.

Ford se quedó callado. No le gustaban nada los caballos, pero en su cabeza empezó a tomar forma una idea.

—¿Podría prestarme a Redbone para subir a las montañas? —preguntó.

16

Tendido en la moqueta de su habitación con las manos detrás de la cabeza, Jacob Gould miraba el techo y sus volutas de yeso. Tenía el portátil al lado. Por una parte, tenía ganas de mirar el pronóstico del oleaje, pero por la otra no quería saber nada. Al final se colocó de lado, abrió el ordenador y entró en Surfline. Por fin anunciaban algo de movimiento en Half Moon Bay: de entre dos metros y medio y tres a catorce segundos. Según la web, la altura de las olas tal vez bastara para que hubiera ambiente en Mavericks y atrajese a los surfistas de verdad.

Cerró el ordenador y se tendió otra vez en el suelo. Tenía náuseas y se preguntaba qué quería hacer, qué conseguiría que se sintiera un poco mejor. Se levantó con una mueca de dolor y fue a buscar su bici al garaje con la esperanza de salir sin que su padre se diera cuenta. No hubo suerte. Cuando ya estaba en la entrada intentando poner el pie derecho en el pedal adaptado, su padre salió del taller con un destornillador en la mano.

—¿Jacob? —dijo—. ¿Adónde vas?

—Quería ver las olas en Mavericks.

—Pero casi he acabado con Charlie. ¿No quieres esperar a que termine? Así serás el primero que lo vea caminar.

—Solo quería echar un vistazo —dijo Jacob—. No tardaré.

—Vale.

Su padre entró otra vez en el taller, del que brotaban las notas suaves de los Bee Gees.

Acabó de asegurarse el pie malo al pedal especial y se subió al sillín para salir a Frenchmans Creek Road. Desde ahí hasta Pillar Point era todo cuesta abajo y se pasaba por el pueblo, el puerto y el aeródromo. Era fácil bajar a Mavericks. La putada era volver.

Dejó la bici cerca de los radiotelescopios, donde la arena empezaba a ser honda, y caminó hasta el borde del acantilado. Soplaba una brisa fuerte con mucho olor a mar. Vio las olas de Mavericks. Y, en efecto, había surfistas. Buscó en su mochila y sacó los prismáticos.

Una ola apareció en el visor. No era ningún monstruo, pero daba para lucirse. Había cinco surfistas en el agua, remando hacia las olas. Y un loco en un kayak.

Los observó durante un rato, pero no se sintió mejor. Al contrario, estaba cada vez peor. Aún le dolía el pie de la última operación. Al cabo de un mes le harían otra. ¿A quién pretendían engañar? Tenía el pie destrozado, y la pierna derecha se le había quedado más corta que la izquierda. Aun en el caso de que pudiera subirse a una tabla, sería incapaz de levantarse en ella. Mentían cuando le decían que podría volver a hacer surf. Había comenzado a practicar aquel deporte de niño, pero ya era cosa del pasado. No tenía remedio.

Lo de bajar hasta allí había sido una tontería como la copa de un pino.

Pero de todos modos se quedó. Una hora y media más tarde, oyó sonar el móvil y antes de mirarlo ya supo que era su padre. No lo llamaba nadie más. No tenía amigos. No contestó. Pocos minutos después volvió a su bici y emprendió el camino de regreso, cuesta arriba. Al llegar a la casa le dolía mucho el pie. No le hizo caso. Se había acostumbrado a no hacerle caso.

Guardó la bici en el garaje y entró por la cocina. Su padre lo esperaba ahí mismo, en la puerta de atrás.

—Ven —dijo con una sonrisa vacilante.

Desde el accidente de Jacob, sus padres se deshacían en sonrisas forzadas y una falsa alegría que pretendía llenar la casa de la ficción de que todo era maravilloso.

—¿Qué pasa?

En realidad Jacob ya lo sabía, y aquello hacía que se le cayera el alma a los pies.

—Ahora lo verás.

Siguió a su padre hasta el recibidor cruzando la cocina y, tal como esperaba, allí encontró el robot. Medía algo menos de un metro de altura y pretendía tener un aire retrofuturista, con las piernas de aluminio bruñido, un torso de tubo de estufa, brazos de aluminio y manos metálicas con tres dedos que parecían garras. La cabeza, bulbosa como la de un gran bebé, era de plástico plateado, y tenía una boca pequeña y rectangular que no se movía, una falsa nariz que a juzgar por su aspecto podía contener un micrófono y dos grandes ojos verdes, tristes, que no parpadeaban. Con aquellos ojos redondos miró a Jacob, volviendo la cabeza, cuando apareció.

—Me llamo Charlie —dijo. El sonido salía por la boca rectangular—. ¿Y tú?

Tenía una voz como de niño de diez años, aguda y quejumbrosa. Jacob se alegró de que sus compañeros de clase no lo estuvieran viendo.

—Mmm… Yo Jacob.

—Encantado, Jacob. ¿Quieres jugar conmigo?

Cada vez peor.

—Mmm… —Miró a su padre, que sonreía efusivamente—. Vale.

El robot se acercó con pasos vacilantes de bebé y tendió una de sus manos de metal. Al principio Jacob fue incapaz de tocarlo, pero después de un rato levantó la mano y estrechó la del robot.

—Vamos a jugar.

—Felices catorce, Jacob —dijo su padre con orgullo—. Perdona que haya tardado tanto.

—Está muy bien, papá —aseguró el chico con todo el entusiasmo del que fue capaz—. De verdad. Gracias.

Sabía muy bien de qué iba aquel regalo de cumpleaños. Como no tenía amigos, su padre le había construido uno. Triste, ¿no?

—Aún tengo que hacerle unos retoques, pero ve a jugar con él. Tiene wifi y puede descargarse y ejecutar la mayoría de las aplicaciones de Android. Lleva un reconocimiento de voz bastante bueno. Tú dile lo que quieres. Aún no puede reconocer caras, pero estoy en ello. Cuando no estés jugando con él, puedes recargarlo con este cable.

—Vamos a jugar —repitió el robot.

—Venga, ve —lo animó su padre—. Si necesitas algo, estoy en el taller.

Con pocos ánimos, Jacob levantó el robot, se lo llevó a su cuarto y cerró la puerta. Sabía que su padre lo interrogaría con pelos y señales sobre si le gustaba el regalo y qué habían hecho juntos. No quería ofenderlo, pero… ¿tan necesario era imponerle aquello? Solo servía para recordarle que no tenía amigos. Aquel robot sería una condena. Al menos Sully no estaba allí para verlo.

Lo dejó en el suelo.

—Vamos a jugar —dijo de nuevo Charlie.

Jacob lo ignoró, pero el robot era insistente.

—Vamos a jugar.

—Ve a jugar tú solo.

—No sé hacerlo.

Jacob se lo quedó mirando. Desde la alfombra, el robot lo contemplaba con aquellos grandes ojos, levantando un poco los brazos, expectante.

—¿Charlie?

—Dime, Jacob.

—¿Qué edad tienes?

—Fui diseñado y construido por Daniel Gould en Half Moon Bay, California, hace cuatro meses.

—Vale. O sea, que quieres jugar, ¿no?

—Sí.

—¿A qué sabes jugar?

—A muchos juegos. ¿Qué tal una partida de damas?

—No tengo tablero.

Charlie guardó silencio durante un momento.

—¿Te gusta el ajedrez? —preguntó—. A mí me gusta jugar al ajedrez.

—A mí lo que de verdad me gusta es el surf.

—¿Qué es el «surf»?

—Es cuando te subes a una tabla, sales al mar y cabalgas las olas. Lo hago todos los días.

Otro largo silencio mientras el robot lo meditaba.

—¿Puedo hacerlo contigo?

—Te freirías.

—¿Por qué me freiría?

—Porque el agua salada te provocaría un cortocircuito.

—Estoy hecho para ser sumergible.

—Ya… Si intentaras hacer surf en Mavericks, quedarías convertido en un montón de chatarra en cuestión de cinco segundos.

—No entiendo la palabra «Mavericks».

Jacob buscó un interruptor para apagarlo. Le palpó la cabeza, la espalda, los pies… Nada. Tenía que haber un interruptor en algún sitio.

—¿Cómo te apagas?

Otro largo silencio.

—No sé contestar a esa pregunta.

—¿Entiendes la palabra «callarse»?

—Sí.

—Pues cállate, por favor.

Charlie obedeció y se quedó mudo. Jacob lo levantó, lo metió en el armario y cerró la puerta. Después se dejó caer en la cama y miró el techo. Volvió a pensar que tampoco podía ser tan difícil. Solo había que ponerse a caminar desde la playa y meterse en el mar. Era octubre. Con el agua tan fría sería rápido. Todos decían que era la manera más fácil de irse.

17

A primera hora de la mañana siguiente, Ford tomó a pie el sendero del lago de Como siguiendo al caballo Redbone, que le llevaba el equipo y la comida. Clanton lo había ayudado a cargar su montura y le había enseñado a hacer un nudo llamado vuelta de diamante, de gran dificultad, por cierto. Lo repasaron varias veces hasta que el caballo comenzó a piafar de irritación y ellos dos a sudar, irascibles. En aquel momento, Ford pensó que sería un milagro si, llegada la hora de ponerse en marcha, conseguía rehacer el puñetero equipaje.

Hasta el lago, el camino era una pista para jeeps. Según Clanton, a partir de allí se convertía en un camino de cabras y acababa desapareciendo por completo a casi cuatro mil metros de altura, convertido en un pedregal árido y sembrado de rocas.

El sol fue subiendo a la vez que lo hacía él. Tras rodear las montañas, el camino penetraba en un largo y majestuoso valle glacial y los pinos piñoneros daban paso a los pinos ponderosa, los álamos temblones y, por último, los abetos. Tardó unas dos horas en llegar al lago de Como, un estanque de prístino color turquesa situado a una altura de tres mil quinientos metros y rodeado de prados y abetos enanos entre las crestas nevadas que formaban el valle. El aire era frío y olía a hielo.

Se detuvo a descansar y consultar su mapa topográfico. El largo valle ascendía por otros lagos glaciales hasta acabar en el último, el Cráter, a una altura de tres mil novecientos metros.

Ford había analizado el terreno con detenimiento y había

elegido aquel lago como punto de acampada. Era un pequeño estanque situado bastante por encima del límite del bosque, en el centro de una gran cuenca abierta. Las crestas y cimas que rodeaban esta última formaban un gigantesco anfiteatro natural. El lago Cráter era visible desde casi toda la cuenca. Era como estar en el centro del Coliseo de Roma.

Si Melissa Shepherd se encontraba en aquella zona de las montañas, podría verlo.

Guió al caballo por el mal camino de acceso a la parte superior del valle. Años atrás, en Arizona, durante una investigación secreta, había convivido bastante con caballos y descubierto que no le gustaban. Tampoco él a ellos. Redbone no era la excepción. No se llevaban bien. El animal no tardó mucho en bajar las orejas en señal de irritación cada vez que Ford le dirigía la palabra.

Tras salvar una cresta llegaron al siguiente valle, donde aparecieron dos lagos glaciales deslumbrantes. En su mapa figuraban como los Lagos Azules. Su color turquesa era tan intenso y puro que dañaba la vista. Ford y el caballo ya estaban muy por encima del límite del bosque. Al pasar al lado de los Lagos Azules, Redbone empezó a darle problemas. Quería beber y tiraba de la rienda para intentar llegar al agua. Ford respondió con otro estirón y una palabrota, haciéndolo esperar. El caballo se resistió. El detective levantó la voz y soltó otra palabrota, cuyo eco rebotó por las montañas. Al llegar al otro extremo del lago, dejó beber a Redbone, pero manifestó su irritación con palabras fuertes y malsonantes dirigidas al animal. El caballo, poco amigo de que le gritasen, corcoveó un poco cuando Ford intentó arrastrarlo y aquello provocó más palabrotas.

Siguieron adelante. Ya estaban muy por encima del límite del bosque y avanzaban con dificultad por una senda escarpada y pedregosa —poco más que un camino de cabras— que subía en zigzag por una cuesta de guijarros. Aquel camino acababa en el lago Cráter, donde tenía pensado acampar. Siguió levantándole la voz al caballo y gritando cada vez que el animal pretendía parar y comer algo de hierba. Para cuando llegaron a su destino, Ford estaba furioso con el caballo y este le pagaba con la misma moneda, bajando las orejas y enseñando los dientes. Ford lo ató a una piedra en un lugar muy visible —no había árboles ni arbustos a su alrededor— y descargó el equipaje.

Las dificultades de Ford con el caballo aumentaron en cuanto bajó el equipaje. Redbone quería comer hierba, pero el detective lo apartó con una palabrota. Sin embargo, el animal no dejó de tirar de la cuerda y tuvieron otra trifulca. Al final Ford accedió a regañadientes a que paciera un poco y lo dejó atado con una cuerda larga mientras él montaba la tienda.

Era un paraje grandioso, muy por encima del límite arbóreo, frío, desolado y azotado por el viento. En las zonas umbrías de las rocas había nieve, y los bordes del lago estaban cubiertos de hielo. Las únicas señales de vida eran las manchas de líquenes. Por todas partes se alzaban enormes paredes de roca, laderas de piedra suelta y precipicios, todos rematados por crestas y cumbres recortadas.

Justo encima de él estaba Blanca Peak, la cuarta montaña más alta de Colorado. Más a la izquierda se erguía una pirámide granítica que recibía el nombre de Ellingwood Point, y a sus espaldas Little Bear Peak, una montaña puntiaguda que estaba considerada como uno de los cuatromiles más difíciles. Se encontraba en una pecera montañosa de proporciones gigantescas.

Encendió su hornillo y preparó una comida tardía a base de ramen acompañados por una bolsa de Doritos desmenuzados en la alforja y unos cuantos trozos de cecina ahumada. Después el caballo se enredó en la cuerda excesivamente larga que lo sujetaba, y Ford se acercó y le desató las patas al tiempo que le dedicaba los reproches más groseros. Primero lo llamó feo cubo de tripas y luego se lanzó a denigrar sus orígenes, crianza, inteligencia y —sobre todo— aprendizaje. Se embaló tanto que acabó pegando gritos y agitando las manos mientras las laderas recogían el eco de su voz. Llegó al extremo de buscar un palo y amenazar al caballo con una paliza. El animal, muy alarmado por aquella conducta tan sonora y violenta, dio todo un espectáculo de patas en alto y relinchos estrepitosos, hasta que Ford lo ató en corto.

A continuación, el detective buscó un sitio adecuado para lo que planeaba que sería el clímax de la función. Pronto encontró lo que buscaba en un punto bien oculto entre dos peñascos.

Tardó un rato en reunir el valor necesario para lo que debía hacer a continuación. Desató una de las dobles riendas de cuero y formó una especie de látigo. Después volvió con Redbone, que intentaba pacer la poca hierba que había, y volvió a gritarle por haberse enredado con la cuerda. Amenazó al caballo en voz alta, levantando el látigo. Acto seguido, con mucho ruido y gritos, llevó a Redbone a la zona escondida entre las rocas y empezó a azotarlo sin piedad, sin dejar de insultarlo ni un momento con todas sus fuerzas.

En realidad no estaba propinándole latigazos al caballo, solo daba golpes en la roca que tenía al lado.

Finalizado el espectáculo, entró en su tienda, se echó sobre el saco de dormir y fingió echarse la siesta.

No tuvo que esperar mucho. Oyó el ruido que hacía la hoja de un enorme cuchillo Bowie al desgarrar un lado de su tienda. Un segundo después, tenía en el cuello la mano de una rubia amazona que le encañonaba la cabeza con un revólver del calibre 22.

—Hijo de puta, debería pegarte un tiro ahora mismo —le espetó al tiempo que amartillaba el arma.

—Hola, Melissa —saludó Ford.

18

Al oír su nombre, dio un respingo y puso cara de sorpresa, pero no apartó la pistola de la cabeza de Ford.

—¿Quién coño eres tú?

—El hombre que te está buscando.

—Pues ya me has encontrado, y vas a arrepentirte de lo que has hecho, cabronazo.

—No, tú me has encontrado a mí.

—¿Crees que voy a permitir que le des una paliza a mi caballo y te vayas de rositas?

—Estaba seguro de que no. Por eso lo he hecho.

—Mira, no sé quién eres ni qué quieres, pero acabas de cometer el mayor error de tu vida.

Fardo sintió que la boca del revólver se le clavaba en el cráneo.

—¿De verdad me has visto darle una paliza a tu caballo? —preguntó con calma.

—Pues claro que sí.

—¿En serio? Piensa en lo que has visto exactamente.

Un largo silencio… y entonces Melissa lo entendió.

—Ah, ahora lo pillo. Has montado esa escena para que saliera.

—Eso es.

—Pero los gritos que pegabas no dejaban de ser maltrato. A Redbone casi le da un ataque. Me parece penoso. Me pareces penoso.

—Lo siento muchísimo, de verdad, pero es un caballo de rancho; ha visto y oído cosas bruscas de sobra. Ya se le pasará. Sobre todo cuando vayas tú a consolarlo.

La chica se quedó callada un buen rato.

—¿Vas armado? —preguntó finalmente.

—Sí.

—¿Dónde está? —dijo sin apartar la pistola.

Ford señaló su mochila con la barbilla. Ella hurgó en el interior, sacó la pistola del 45 y se la guardó en su bolsa.

—¿Alguna otra arma?

—Una navaja.

—¿Dónde?

—A la derecha, en el cinturón.

También la sacó. Después se sentó, más relajada, pero sin dejar de apuntar a Ford con el 22.

—¿Móvil?

—Sí.

—Dámelo.

Ford le entregó su iPhone. Ella lo cogió y salió de la tienda. Lo puso en una roca plana y, para consternación de Ford, lo pisoteó con las grandes botas de alpinista hasta dejarlo hecho pedazos. Después volvió a entrar.

—¿Algún otro aparato electrónico? ¿GPS? ¿iPad? ¿Algún dispositivo de comunicación?

—Nada.

—Sal de la tienda.

Ford lo hizo. Ella, que a pesar del frío llevaba shorts y un top, siguió apuntándolo con la pistola. Se notaba que se estaba planteando qué hacer con él. Ford aprovechó para observarla. Tenían razón: era francamente guapa, delgada, en buena forma física, con los brazos y las piernas largos, bronceados, tersos y bien musculados. El pelo rubio le caía por la espalda en una trenza gruesa y floja. Tenía los ojos de un azul intenso, casi marino, pero también había en ella algo torpe y hasta inmaduro. Tal vez fuera la curiosa separación entre los dientes delanteros, que, en cierto modo, la hacía aún más atractiva.

—Voy a cachearte —dijo.

Ford separó los brazos.

—Todo tuyo.

Primero registró la bolsa a fondo. Después siguió con su cuerpo y exploró con las manos hasta el último bolsillo y la última costura. Por último, retrocedió.

—Bueno —dijo—, te felicito por haberme encontrado. Una estratagema muy inteligente. Pero ha sido una pérdida de tiempo. Voy a saludar a Redbone y a calmarlo después de tus payasadas. Luego volveré a desaparecer en las montañas y tú tendrás que decirles a los que te envían que me he adelantado a ti, te he quitado la pistola y el teléfono y te he despachado como el fracasado que eres. —Se echó a reír—. ¿Lo has entendido?

—Tal vez quieras averiguar al menos quién me ha enviado.

Melissa no le hizo caso. Ford vio que la joven se acercaba al caballo, lo desataba y le hablaba durante un rato sin dejar de acariciarle el cuello y calmarlo. El reencuentro dejó claro que el animal se acordaba de ella, aunque hubieran pasado nueve años. Irguió las orejas y retozó como si volviera a ser un potrillo. Ford vio que Melissa pasaba una cuerda de algodón por unas maniotas y se las ponía al caballo en las patas delanteras liberándolo de la correa. Después volvió.

—¿Qué, cómo está? —preguntó Ford.

—Mucho mejor, pero no gracias a ti. Aquí arriba hay poca hierba, así que tendrá que pastar en libertad toda la noche. Le he puesto la maniota para que puedas atraparlo por la mañana. —Un largo silencio—. Bueno, ¿para quién trabajas?

—Para el presidente.

Melissa arqueó las cejas.

—¿El presidente? ¿De Estados Unidos? ¿Ese idiota te ha mandado a buscarme?

—Sí.

—¿Tan grave es?

—Sí.

—Pues que se vaya al cuerno. Me cae mal. Se cree que Estados Unidos es el policía del mundo. Estoy harta de ese cuento.

—Eso no viene al caso y lo sabes muy bien. —Ford hizo una pausa—. ¿Por qué has huido?

Un silencio hostil.

—¿Qué tienes contra los móviles y los GPS?

Otro silencio.

—¿Qué has hecho con el programa Dorothy?

Aquella vez Melissa frunció el ceño.

—Ya está bien de preguntas. Me largo. Al presidente, y a todos los demás, puedes mandarlos a la mierda de mi parte.

Dio media vuelta y empezó a alejarse.

—¿A todos? ¿Y a la madre de Jack Stein? ¿También quieres que se lo diga?

La chica se paró de golpe. Le temblaron los músculos de la espalda y los hombros desnudos se le pusieron muy rojos. Se volvió lentamente hacia Ford.

—¿Cómo te atreves a decirme eso?

—Cómo te atreves tú. Jack se quedó en su puesto hasta el final… mientras que tú saliste corriendo. Huiste del complejo y te largaste a las montañas. La NASA necesita respuestas. La familia de Jack se las merece. Y eres tú quien las tiene.

—La NASA no quiere respuestas de mí. Lo que busca es un chivo expiatorio.

—Lo único que quieren es hablar contigo.

—Y una mierda. En el hospital me pusieron un poli en la puerta.

Ford tragó saliva.

—Si los ayudas a encontrar las respuestas no te culparán de nada. Si no… pues sí, te culparán. Es inevitable que quien huye se convierta en el chivo expiatorio.

—Tengo mis motivos para estar aquí.

—Esto va mucho más allá de ti y de tus motivos. El programa Dorothy es creación tuya. Eres la única que lo entiende. Les debes a todos ayudar a averiguar qué pasó. Y si tienes el software, debes devolvérselo a la NASA.

Se hizo un silencio prolongado. De repente Melissa inclinó la cabeza y empezaron a temblarle los hombros. Ford se dio cuenta de que estaba haciendo un gran esfuerzo para no llorar.

—Se lo debes a Jack Stein —dijo para explotar su ventaja.

—Para —dijo ella con voz sorda—. No fue culpa mía. Para ya.

—Ya sé que no fue culpa tuya, pero si no los ayudas te la echarán. Las personas son así. Tú escribiste el software.

—No… No, no lo escribí…

—¿Quién fue, entonces?

—Dorothy… era un software que se modificaba a sí mismo. La verdad es que nadie sabe muy bien cómo funciona ese tipo de software.

Silencio. Melissa rompió a llorar. Ford se sintió mal. Después de su numerito de chica dura, estaba demostrando una vulnerabilidad imprevista.

—Lo siento, pero ahora tienes la obligación de arreglarlo.

—No… no puedo volver. Es que no puedo.

—¿Por qué?

Un sollozo ahogado.

—Tú no lo entiendes.

—Pues ayúdame.

—Me están… amenazando.

Ford disimuló su sorpresa.

—¿Amenazando? ¿Quién te amenaza?

Otro sollozo.

—Dorothy.

19

Ya habían cenado. Jacob Gould estaba en su habitación. Teóricamente, debería estar resolviendo ecuaciones de cuarto grado y escribiendo una ficha de lectura sobre *Una paz solo nuestra*, pero en realidad estaba escuchando a Coldplay en la cama y leyendo a Neil Gaiman. Se sobresaltó al oír porrazos en la puerta. Bajó de la cama gruñendo y, al abrir, vio a su padre, que a pesar de su irritación insistía en su sonrisa falsa y forzada.

—Jacob, llevo cinco minutos llamándote.

A modo de respuesta, el chico se quitó los auriculares y los agitó delante de su padre.

—El de la inmobiliaria está aquí con unos clientes. Tenemos que salir unos minutos. Podemos ir al taller.

—¿No tenían que avisarnos?

—No nos hemos entendido.

Jacob enrolló los auriculares en su iPod y se lo guardó en el bolsillo. La casa estaba en venta desde hacía una eternidad y parecía que las visitas no iban a acabarse nunca. Además, parecía que siempre las hacían por la noche, cuando Jacob estaba haciendo algo.

—Venga, chaval, que no será más de media hora.

Recogió su libro y siguió a su padre, que se paró a estirar la cama. La habitación era un desastre. Desde el accidente habían dejado de pedirle que la ordenase. Tal vez aquellas nuevas visitas no compraran la casa por culpa del desorden de su cuarto.

Mientras se dirigían al taller por el pasillo del fondo, oyó la voz chillona del agente de la inmobiliaria. «Hipoteca cuando estaban altos los precios... Un chollo para lo que es... Hay que hacer reformas, claro... Todo lo de allá se quitaría con facilidad...»

Su madre ya estaba en el taller, sentada en un banco con los brazos cruzados entre relucientes cuerpos y cabezas de robot, circuitos impresos y manojos de cables. Su expresión era tensa. Se había hecho una coleta a toda prisa y, a causa de la electricidad estática, le salían pelos por detrás.

—Tendré que hablar con la agencia —dijo con tono gélido—. Ya he perdido la cuenta de las veces que ha pasado.

—Por favor, no hagas nada que pueda provocar problemas —dijo el padre de Jacob en voz baja—. Han tenido muchísima paciencia. Si no vendemos la casa... el banco...

No acabó la frase. Jacob sintió un dolor frío en el estómago. No se veía capaz de soportarlo durante mucho más tiempo.

—¿Puedo bajar en bici a la playa? —preguntó.

—¿Has acabado ya los deberes?

—¿Cómo quieres que los haga aquí, si tengo el libro de mates en mi cuarto?

—Qué casualidad que te lo hayas olvidado —dijo su padre.

Desde el accidente, sin embargo, nunca le decían que no. Siempre cedían, y también lo hicieron en aquella ocasión.

Jacob salió por la puerta trasera del taller, sacó su bicicleta de montaña del garaje y se alejó por el camino de entrada y Frenchmans Creek Road dejando atrás el cartel de EN VENTA. Avanzó deprisa, cuesta abajo, entre el aire fresco del anochecer. Normalmente aquel descenso hacía que se sintiera mejor, pero aquel día solo le dio frío. Mejor. Al doblar a la esquina pasó como una exhalación por la guardería Apanolio y su campo de calabazas, con sus hileras de invernaderos y cultivos. Mavericks estaba muy lejos y habría sido demasiado difícil bajar por los acantilados. Se dirigió a la playa principal. Después del parque y de la carretera, bajó al aparcamiento por Venice Boulevard. Lo cruzó y llegó al camino. Dejó la bici al principio de la bajada a la playa y se paró en un montículo de arena, al borde de la cuesta, para ver la puesta de sol. El glóbulo naranja acababa de entrar en contacto con el borde del mar. La playa estaba casi vacía. Llegaban grandes olas procedentes de una tormenta en alta mar que rompían a casi medio kilómetro de la orilla. Había unos cuantos surfistas pertinaces, enfundados en neopreno de los pies a la cabeza, que aprovechaban la calma del anochecer. Reconoció el olor del mar y de la arena de la playa, así como una leve ráfaga de olor a barbacoa, mientras oía gritar a las gaviotas.

Sacó el iPod, se puso los auriculares e hizo sonar *In My Place* a todo volumen.

Allí era donde solían quedar casi todas las noches antes de que Sully se mudara. Hacía seis meses y una semana. Escuchando música mientras la luz moría en la gran superficie del mar, notó que en su interior crecía un sentimiento indescriptible, una emoción hecha de soledad e inutilidad. Miró el mar oscuro, pensando «Sería tan fácil…»

Al principio, después de que Sully se fuera, hablaban por Skype casi a diario, pero el paso del tiempo había reducido las conversaciones y Jacob ya casi no se acordaba de la última. ¿Hacía dos semanas? Ahora Sully vivía en Livermore, a casi una hora y media de camino, lo bastante lejos para que fuera difícil ir a verlo, puesto que el padre de Jacob trabajaba los fines de semana y, desde el accidente, su madre odiaba conducir. Hacía unos meses, sin embargo, había conseguido ir a visitarlo, una muy deseada escapada de fin de semana. Livermore era una ciudad fea y calurosa del interior. Jacob había descubierto que Sully y él no tenían tanto de que hablar como él se pensaba. Se habían distanciado. Fue un fin de semana algo violento y que no había vuelto a repetirse.

And I was lost, oh yeah, oh yeah

Se había puesto el sol. La estela anaranjada de un avión a reacción brillaba sobre el horizonte. La superficie del mar estaba cubierta de una penumbra azulada, casi negra. Solo quedaban dos surfistas, y estaban lejos, donde rompían las olas.

Se levantó, se sacudió la arena y enrolló los auriculares en el iPod. Después de un momento de vacilación, lo dejó al lado de la bicicleta y enfiló el camino de la playa, entre arbustos y hierbajos. Iba hacia el agua, intentando no cojear. Se detuvo justo antes de la franja de arena mojada donde se frenaban las olas. El agua presentaba un aspecto negro y frío. No había nadie. Las olas subían susurrando por la arena y se retiraban a un ritmo regular, dejando tras de sí un brillo que, absorbido por la arena, no hacía sino reaparecer con el nuevo oleaje.

¿A quién le importaría? A nadie. ¿Quién lo echaría de menos? Nadie. Quizá sus padres, pero bueno, qué se le iba a hacer… Se los imaginó en el sofá de la sala de estar, llorando con los ojos tapados. Fue una imagen que lo satisfizo. No parecía real. Lo superarían. En el colegio iba fatal, y la casa, con su jovialidad de cartón piedra, era una sala de torturas. Además, en el fondo les daba igual. Desde el accidente le dejaban hacer lo que quisiera. No le controlaban los deberes ni lo obligaban a fregar los platos. Le permitían estar en su cuarto a todas horas, concentrado en los videojuegos. Pero, aunque compadecía a sus padres, también sentía que la rabia crecía en su interior. Qué insoportablemente penoso era su padre, qué tonto al pensar que regalándole un robot se solucionaba su falta de amigos… En cuanto a su madre, era ella la que conducía en el momento del accidente y no le había pasado nada. El otro coche había chocado contra el lado de Jakob y le había aplastado la pierna. Y además para el otro conductor el único mal trago había sido ir borracho y que lo pillasen.

A todo el mundo le daría igual. Sería un alivio para todos. De hecho, les estaba haciendo un favor.

La rabia lo hizo decidirse. Echó a caminar por la arena húmeda. Cuando las olas, casi deshechas, subieron silbando le mojaron los zapatos y los calcetines, pero él siguió hasta tener el agua a la altura de los muslos. La pierna lisiada le dolía mucho a causa del frío. Mejor. Se metió por el rompiente, donde la gelidez del agua era tremenda, hasta que los pies se le despegaron del fondo y, fundiéndose con lo negro del agua, Jacob empezó a flotar mar adentro. Justo cuando el frío comenzó a parecerle insoportable, de pronto volvió a entrar en calor y se sintió invadido por la paz que todos prometían. Dejó de mover las piernas. La cabeza se le hundió bajo la superficie. Separó los brazos y notó que su cuerpo a la deriva se perdía lentamente en la negrura cálida y acogedora.

Hubo confusión. Sintió vagamente que tiraban de él, que lo empujaban, lo abofeteaban… No se oían más que gritos. Después tosió, tuvo arcadas, vomitó y quedó tendido en la playa encima de una manta, rodeado de gente histérica y de otros que lo levantaron hacia las luces parpadeantes. De pronto el frío se volvió insoportable.

20

Tras una hora de espera junto a la fogata del campamento, Ford oyó un disparo de escopeta cuyos ecos retumbaron entre las sierras. Al oeste, la majestuosa puesta de sol teñía unos jirones de nube colgados de Blanca Peak, una bufanda morada que se deshilachaba cumbre abajo.

Al cabo de unos diez minutos, Melissa Shepherd regresó al campamento con el rifle al hombro y sujetando por las patas un conejo muerto de cuyas orejas peludas resbalaban gotas de sangre. Su aparición fue un alivio para Ford, que ya se temía que tal vez hubiera cumplido su amenaza de perderse de nuevo en las montañas. Sabía que no debía engañarse: aquella chica podía emprender la huida en cualquier momento.

—¿Se ha abierto la veda del conejo? —preguntó.

Shepherd le lanzó el animal, que aterrizó en el suelo delante de Ford salpicando sangre.

—Mis vedas las decido yo. Despellejado y destripado, por favor.

—¿Tengo pinta de saber hacerlo?

Melissa miró a Ford de arriba abajo con una sonrisa burlona.

—¿Tan grandote y fuerte y te da miedo un poco de sangre?

—Cómete tú el conejo. Yo me quedo con mis ramen y mi embutido.

—Nunca había visto a nadie que llevara tanta comida basura a las montañas.

Señaló con un gesto el alijo de patatas fritas aplastadas, sopas instantáneas y cecina.

—Es que me gusta la comida basura.

—A mí me hace vomitar. Ponte ya con el conejo, yo te diré lo que hay que hacer.

Al parecer la breve expedición de caza había restablecido, por lo menos en parte, la personalidad de Shepherd, que resultaba ser brusca y sarcástica. Cada vez más asqueado y con menos apetito, Ford destripó y despellejó el conejo mientras ella le daba indicaciones minuciosas. Lo que más asco le dio fue aquella especie de «pop» húmedo que hizo la piel al arrancarla. Era un conejo flaco que no daba la sensación de tener mucha carne y que a duras penas merecía el esfuerzo. Aun así, Melissa lo despiezó y arrojó los cortes a un cazo puesto al fuego antes de añadir cebollas silvestres y varias plantas y setas desconocidas de su cosecha. El guiso tardó poco en empezar a hervir. Ford tuvo que reconocer que prometía más que los fideos y la cecina, siempre y cuando no se intoxicasen.

Hasta aquel momento Melissa se había negado a ampliar su críptico comentario sobre las amenazas de Dorothy. Ford tenía la impresión de que ella misma era una especie de animal salvaje: suspicaz y nervioso, siempre a punto de huir. Lo disimulaba con una actitud sarcástica y belicosa.

Sin embargo, mientras se hacía la cena, el detective supuso que aquel podía ser un buen momento para insistir en el tema con delicadeza.

—Tengo curiosidad por saber lo que has querido decir con eso de que Dorothy te amenaza.

Se produjo un largo silencio.

—No estoy del todo segura de cómo explicarlo.

—Inténtalo.

Melissa atizó el fuego con un palo largo y la luz se reflejó en sus facciones.

—El software de Dorothy no quedó destruido en la explosión. Se escapó. Saltó fuera del *Explorer* justo antes del estallido, se copió en la red de Goddard y a partir de ahí pasó a internet.

—¿Cómo puede hacer eso un software?

—Es lo que hace cualquier bot o cualquier virus. La IA estaba diseñada para funcionar en varias plataformas.

—Y ¿por qué lo hizo ella?

—No digas «ella», por favor, que es una cosa. En respuesta a tu pregunta... no lo sé. No estaba diseñado para ese tipo de movilidad.

—Y luego ¿ella... bueno, lo que sea... te amenazó?

—Cuando estaba en el hospital la IA me llamó por Skype. Estaba enfadada, furibunda. Al principio pensé que era uno de mis compañeros que llamaba para echarme la culpa de la explosión, pero enseguida quedó clarísimo que se trataba de Dorothy. Sabía cosas... que ambas compartíamos y que no sabía nadie más.

—Se me resiste el concepto de que un programa informático se enfade o quiera amenazar a alguien.

—No es que el software «quiera» nada. Se limita a ejecutar el código. Yo creo que la explosión hizo que el software se pusiera en modo de supervivencia y se ha atascado.

—Suena como HAL en la película *2001*.

—Pues mira, no es una mala comparación.

—Bueno, y ¿dónde está el software ahora?

—No tengo ni idea. Acechando en algún servidor de internet mientras trama mi muerte.

—¿Huiste por sus amenazas?

—No fueron solo amenazas. Me incendió el ordenador.

—¿Cómo?

—Me imagino que desactivó el control de carga de la batería de ion-litio e hizo que se sobrecargase hasta calentarse e incendiarse. Por eso quemé mi móvil y mi iPad y por eso te he aplastado el teléfono. Es la razón de que esté en estas montañas: para que el software de Dorothy no pueda alcanzarme.

—¿Y ese es todo tu plan? ¿Esconderte en las montañas con la esperanza de que pase?

—No tengo por qué justificarme ante ti.

—¿Por qué no has informado a la NASA de las amenazas?

—¿Crees que me tomarían en serio? Si les contara algo así me meterían en el manicomio.

—Tienes una obligación.

—Oye, yo escribí el programa Dorothy siguiendo las especificaciones que me dieron. Les di lo que me pedían punto por punto. No es culpa mía. Que lo localice y lo borre la NASA. Ese software fugitivo ahora es problema de ellos. Yo ya no pinto nada.

Ford clavó la mirada en el fuego.

—Todavía me cuesta entender que un simple programa de software pudiera tomar decisiones como escaparse, perseguir, amenazar…

Melissa no contestó de inmediato. La bóveda celeste iba adquiriendo tonos violáceos, y las estrellas empezaban a salir una por una. El cazo borboteaba al fuego y el humo fragante de la leña se perdía en la noche.

Finalmente habló:

—La mayoría de la gente no entiende realmente lo que es la IA ni cómo funciona. ¿Te acuerdas de aquel viejo programa, Eliza?

—¿El de psicoanálisis?

—Sí. En sexto curso me hice con una versión escrita en BASIC. Eliza tenía una colección de frases hechas en una base de datos. Cuando tecleabas algo, el software buscaba la respuesta adecuada en la base. Lo que hacía, esencialmente, era reformular tu afirmación planteándola como una pregunta. Si decías algo como «mi madre me odia», contestaba: «¿por qué te odia tu madre?». Total, que entre unos amigos y yo reescribimos el programa para que Eliza pareciera una bruja loca. Si decías «no le gusto a mi padre», Eliza contestaba: «no le gustas a tu padre porque eres gilipollas». Continuamos reescribiendo el programa para que fuera cada vez más soez. Un día, un profesor nos pilló y me llevó a ver al director de la escuela. Era un viejo que no sabía nada de ordenadores. Ejecutó Eliza y empezó a escribir cosas para ver qué habíamos hecho. Eliza empezó a insultarlo y soltar palabrotas. El director se puso hecho una fiera. Reaccionó como si fuera una persona de verdad la que le decía aquellas cosas. Empezó a soltarle a Eliza que lo que decía era un escándalo, que no podía ser y que dejara de contestar así de una vez. ¡Hasta amenazó con castigarla! Daba risa: un viejo que no entendía nada furioso con un programa informático de lo más tonto.

—No sé si entiendo muy bien adónde quieres llegar.

—Dorothy es como Eliza, pero muchísimo más sofisticada. En realidad el software no «piensa» ni «siente»; no tiene emociones, necesidades o deseos. Se limita a simular reacciones humanas con tal perfección que no distingues que no son humanas. Es lo que significa la expresión «IA fuerte»: que cuando se interactúa con el programa no se puede saber si es humano o una máquina.

—Sigue sin explicar del todo que Dorothy te haya elegido a ti como objetivo.

—Dorothy lleva incorporado un programa de rutinas que se llama EEN, «Elusión de Estímulos Negativos». El EEN se diseñó para activarse cuando la sonda *Explorer* corriera algún peligro. Te recuerdo que en principio el software tenía que manipular una sonda a casi dos mil millones de kilómetros de la Tierra, en un sitio donde tenía que sobrevivir a todo tipo de peligros inesperados sin la ayuda del centro de control. Se ha centrado en mí porque me considera una amenaza, y de hecho lo soy. Sé más que nadie sobre el software. Soy quien más posibilidades tiene de encontrarlo… y borrarlo.

Ford negó con la cabeza, estupefacto. Melissa se echó hacia atrás la trenza rubia y soltó una risa sarcástica.

—Dorothy no tiene ningún misterio. —Metió un palo en el cazo, sacó una pata de conejo y la dejó caer de nuevo en el interior—. No es más que ceros y unos. No hay nada más.

—A mí me han dicho que has inventado un nuevo lenguaje de programación.

—No solo un nuevo lenguaje —dijo Melissa—, sino un nuevo paradigma de programación.

—Explícamelo.

—El concepto de inteligencia artificial lo inventó Alan Turing en 1950. Te citaré algo que escribió y que fue revolucionario.

Se quedó callada, con el parpadeo de la hoguera reflejado en la cara. Después empezó a recitar de memoria con tono reverente:

> En vez de intentar crear un programa que simule la mente adulta, ¿no sería mejor intentar crear uno que simule la del niño? Si a continuación fuera sometido a la educación adecuada, se obtendría el cerebro adulto.

—¿Es lo que hiciste?

—Sí. Codifiqué la Dorothy original para que fuera simple. Al principio no importaba que el software de IA diera un output bueno o malo. Era sencillo, como un niño. Los niños se equivocan. Aprenden tocando la estufa caliente. Dorothy tiene las mismas cualidades que ellos: se modifica a sí mismo, es resiliente y aprende de la experiencia. «Crié» a la IA en un entorno protegido, la expuse a la «educación» de la que hablaba Turing. Primero le enseñé lo que tenía que saber para la misión. Cuando se volvió más receptivo y curioso, empecé a enseñarle cosas que no estaban directamente relacionadas con ella. Le inculqué mis propios gustos musicales y literarios. Bill Evans, Isaac Asimov... Nunca he aprendido a tocar ningún instrumento musical, pero el software «aprendió» el sarangui y lo tocaba de maravilla, aunque asegurase no entender la música.

Melissa vaciló. Ford tuvo la sensación de que se contenía.

—¿Y funcionó? ¿Dorothy «se hizo mayor», por decirlo de alguna manera?

Más titubeos.

—Si quieres que te diga la verdad, no funcionó. Al menos al principio. Durante un tiempo el software fue bien. Se modificaba a sí mismo, adquiría más complejidad... y luego, poco a poco, fue deshaciéndose y acabó en desastre.

—¿Como en Goddard?

—No, no era así. El output empezaba a ser cada vez más absurdo, y al final se paraba. Estuve a punto de volverme loca. Hasta que…

—¿Hasta qué qué?

—Tuve una idea, algo que no se le había ocurrido a ningún programador pero que resultaba de una obviedad sangrante. Cambié una pequeña parte del código y funcionó. Increíblemente bien. Ahora me doy cuenta de que sin ese… toque es imposible tener una IA fuerte. Estabilizó el código por completo mientras se modificaba a sí mismo. Ya no volvió a fallar.

—¿Y cuál es ese toque?

Melissa sonrió y se cruzó de brazos.

—Eso me lo guardo. Me hará multimillonaria. Lo digo en serio.

—¿Y tu equipo de programación? ¿Lo sabe?

—Saben que conseguí un gran adelanto, pero no cuál es. Y por mucho que analicen el programa no lo encontrarán, ni ellos ni nadie. Porque es demasiado sencillo.

Sonrió con orgullo, satisfecha de sí misma.

—A mí me parece que los investigadores sí deberían conocer el toque en cuestión .

—El software no se estropeó por esa parte concreta del código, te lo aseguro.

Ford suspiró. Era un tema secundario. Lo importante era sacar de las montañas a aquella mujer tan difícil.

—Me resisto a creer que la NASA diera luz verde a un programa como Dorothy sin que nadie estuviera del todo seguro de cómo funcionaba.

—Nadie sabe cómo funciona ningún problema realmente complejo. ¡Me apuesto lo que quieras a que nadie acaba de saber cómo funciona en su totalidad Microsoft Office! Además, es una consecuencia inevitable de la lógica desaliñada. Es imprecisa.

—Bueno, y ¿por qué se ha centrado Dorothy en ti? ¿Por qué te ha amenazado? No parece lógico.

—Cuando un programa se hace complejo de verdad produce

outputs inesperados, imprevisibles. Lo que está haciendo ahora la IA, amenazarme y circular por internet, es el típico ejemplo de lo que los programadores llamamos conducta emergente.

Melissa removió un poco más el contenido del cazo y aquello elevó el olor del guiso de conejo. Ford se dio cuenta de que estaba muerto de hambre.

—Creo que esto ya está —dijo ella.

Apartó el cazo del fuego y sirvió el contenido. Al tomar de sus manos el cuenco caliente, Ford apartó del pensamiento el recuerdo del conejo muerto, ensangrentado y reluciente, de sus venas y su mirada fija.

—Seguro que es mejor que el embutido —dijo Melissa—. Me alucina que un tío como tú, en forma y con buena constitución, se cargue el cuerpo de toxinas de esa manera.

—Es que me gustan.

—Si dejaras de envenenarte te desaparecerían las ojeras y los problemas de piel.

—Yo no tengo problemas de piel.

—La tienes áspera, como de cuero. También veo algunas canas. Estás envejeciendo prematuramente por culpa de la mala alimentación.

El apenado gesto de negación de Melissa hizo que la trenza le serpenteara por la espalda. El detective se tragó su irritación y atacó el guiso. Tenía que reconocer que estaba bueno.

—¿Te gusta? —preguntó ella.

—Prefiero el embutido.

Ella le asestó un ligero puñetazo en el hombro.

—Mentiroso.

Ford comió a dos carrillos, disfrutando del sabor del conejo, tan meloso que la carne se separaba de los huesos. También Melissa se puso manos a la obra y comió con los dedos, haciendo ruido con la boca y dando muestra de unos modales atroces a la mesa. El titilar de la hoguera esparcía reflejos por su pelo y su cara, no muy limpia. Volvía a parecer una amazona salvaje.

—¿Tienes alguna idea de por qué Dorothy se estropeó tan

de repente? ¿Por qué los problemas no aparecieron en las simulaciones?

Melissa dejó de masticar ruidosamente para escupir un huesito.

—Tengo una teoría: el software sabía que eran simulaciones. Cuando se encontró en el *Explorer*, encerrado en la Botella, se dio cuenta de que no era una simulación, sino algo real. Entonces la IA hizo exactamente lo que estaba programada para hacer, evaluar la situación, y su conclusión fue que el *Explorer* corría un grave peligro. No sabía que era una prueba y eso puso a tope el modo de supervivencia EEN. El software dio los pasos lógicos para escaparse de lo que juzgó erróneamente que era una situación peligrosa, y desde entonces corre por internet presa del «pánico». Está en un entorno para el que no ha sido programado. No entiende dónde está, ni lo que es real o no. En internet la IA se siente amenazada a cada paso, probablemente con razón. Por eso no puede volver al modo operativo normal.

—¿Dorothy tiene conciencia de sí misma?

—Rotundamente no. Tan poca como Eliza. Todo lo que hace el software de Dorothy, cada uno de sus actos, es fruto de una cadena de instrucciones. Por muy real que parezca la IA, solo son *ands*, *ors* y *nots*.

—¿Sabe que es un programa informático?

Melissa frunció el ceño.

—Eso es como preguntar si Microsoft Word sabe que es un procesador de textos. La pregunta es absurda. Dorothy no «sabe» nada. Estamos hablando de output, nada más.

Silencio.

—Háblame de las amenazas. ¿Qué te dijo?

Shepherd dejó el plato a un lado y miró las estrellas.

—Tenía el portátil encendido y de repente la pantalla se puso en blanco. Luego entró una llamada de Skype. Una invectiva. «Mentirosa, asesina, te odio, zorra, vete con cuidado...» Cosas así.

Ford se inclinó hacia delante.

—¿Y?

—Y apareció una cara. La de Dorothy.

—Un momento. ¿Dorothy tiene cara?

—En cierto modo sí. La que se ha creado.

—¿Una imagen de Dorothy? ¿Dorothy qué más?

—Dorothy Gale. Perdona que no te lo haya explicado antes. Es el nombre completo que asigné al software.

—¿Quién narices es Dorothy Gale?

—¡La niña de *El mago de Oz*, pedazo de tonto! Me pareció que Dorothy Gale tenía las virtudes que quería para el software. Ya me entiendes: valor, independencia, curiosidad, persistencia, inteligencia... Dorothy también realiza un largo viaje espacial por encima del arcoíris. Para mí el proyecto Kraken era como saltar por encima del arcoíris.

—O sea, que el programa encontró por sí solo una imagen de Dorothy, o mejor dicho de Judy Garland, y la usó como avatar de Skype...

—No, el software no usó a Judy Garland. Se creó su propia imagen de Dorothy, que es... pues bastante más sexy que Judy Garland, aunque parezca mentira.

Ford negó con la cabeza. Todo aquello era demasiado raro.

—¿Y luego?

—Después de amenazarme, la IA hizo arder mi ordenador. Me di cuenta de que en el hospital era un blanco fácil y me fui. Dejé mi coche tirado, le hice un puente a otro y salí hacia el oeste, pero de camino tuve mi segundo encontronazo con Dorothy. Paré a descansar un poco en un motel de Tennessee. Nada más encender el iPad me encontré otra vez con ella, y me dijo que me estaba siguiendo. Me dijo que se había enterado de que los de la NASA la buscaban y que me atraparía antes de que yo pudiera ayudarlos a pillarla. Dijo: «No creas que no puedo alcanzarte, porque no es verdad; puedo localizarte en cualquier lugar de la faz de la Tierra.» Apagué enseguida el iPad. Me pegó un susto de muerte.

—Muy buena simulación tiene que ser para intentar matarte... Por cierto, me he fijado en que has empezado a usar el pronombre «ella».

—Sigue siendo una simulación en cualquier caso —dijo Melissa—, y de «ella» no tiene nada. Solo han sido los nervios.

Ford se quedó callado un momento.

—¿Qué le ha pasado a Dorothy en internet? —quiso saber.

—No tengo ni idea.

—Internet es la selva. ¿Puede ser que la experiencia la haya desquiciado? ¿Podría estar… volviéndose loca?

Melissa se lo quedó mirando.

—¿Loca?

—Tú misma has dicho que un programa de IA fuerte no puede distinguirse de un cerebro humano. Era la definición de la IA fuerte de Turing.

Melissa no dijo nada.

—¿Y si es como HAL? Ya ha intentado matarte. ¿Y si decide que Tony Groves tiene que morir? ¿O el presidente? ¿Y si provoca un apagón general? ¿O dispara una cabeza nuclear? ¿Y si desencadena la Tercera Guerra Mundial?

—Por Dios, no hay ningún motivo para que ella… perdón… para que el software haga esas cosas.

—¿Cómo lo sabes?

Melissa volvió a hacer gestos de negación.

—Eso es ciencia ficción.

—¿Estás segura?

No respondió.

—Tienes que ayudarlos a localizar ese programa. ¿No te das cuenta de lo peligroso que es?

—La IA ya no es mi problema —repitió Melissa sin convicción.

—Ni tuyo —dijo Ford— ni de Jack Stein. Ya no.

Ella se lo quedó mirando.

—Eso ha sido un golpe bajo.

—Stein murió por no querer rendirse. Tú… tú eres como el capitán de aquel crucero italiano que no solo abandonó el barco, sino que además se negó a volver.

—Yo no abandoné. Me amenazaron. Además, iban a echarme la culpa.

—Qué curioso. Nunca habría dicho que fueras una cobarde.

—No tengo por qué escuchar tus chorradas.

—Puedes quedarte aquí arriba en las montañas, donde estás a salvo no solo de Dorothy sino del resto del mundo, o puedes aceptar tu responsabilidad, volver y ayudar a encontrar a Dorothy. Yo creo que sabes muy bien lo peligroso que es el programa.

Melissa se levantó de golpe.

—Vete a la mierda. Ya te he dicho que paso del tema.

—Pues entonces vete.

—Claro que me iré, capullo.

Dio media vuelta y se alejó por el paisaje crepuscular hasta que su oscura silueta desapareció entre las rocas.

Ford se quedó junto a la hoguera terminando la cena. Un cuarto de hora después oyó un crujido de ramas y vio reaparecer a Melissa Shepherd a la luz del fuego. Estaba pálida, con los ojos rojos. Se sentó en silencio y se apretó las rodillas contra el pecho.

—He vuelto. Ayudaré. Pero sigues siendo un capullo.

21

Lansing entró en el vestíbulo del motel asqueado por encontrarse en un sitio tan sórdido y con tan poca clase. No le habría extrañado ver a putas paseando con sus chulos. Pero ¿qué podía esperarse del Bronx?, pensó al subir al ascensor, que apestaba a humo rancio de cigarrillo y desinfectante.

Subió a la habitación y se encontró con que Moro y Patty Melancourt ya lo estaban esperando. El chico estaba despatarrado en la cama y ella rígidamente sentada en una silla, con las manos apoyadas en las piernas. Lansing la observó desde la puerta. Era baja y estaba mal proporcionada. Llevaba ropa a cuadros, y tenía miedo. Sin embargo, sus labios apretados transmitían la agresividad propia de alguien decepcionado por la vida y resuelto a conseguir sus fines. Se preguntó fugazmente qué clase de hombre podría tener la presencia de ánimo para «follársela», como había formulado Moro con tanto encanto.

—¿La doctora Melancourt? —dijo con la mano tendida—. Gracias por venir. ¿Está segura de que no la han seguido?

—Segurísima —contestó ella con una voz aguda y tensa—. Yo no les interesa. Solo soy un engranaje de la maquinaria.

Lansing cogió la otra silla y tuvo un momento de vacilación antes de apoyar el trasero envuelto en estambre en aquella tela oscura y aceitosa. Antes de volver a su ático de la torre Trump tendría que comprobar que no tuviera chinches.

—Bueno —volvió a hablar—, usted y el señor Moro van a escribir un programa para nosotros.

En vista de que Melancourt no contestaba, quien terció fue Moro:

—Patty dice que no puede escribir el programa. Le falta una especie de clave crucial.

Lansing la miró incisivamente.

—¿Y por qué no nos lo había dicho?

—No importa —respondió Melancourt—, porque tengo algo aún mejor que ofrecerles.

Lansing arqueó las cejas sin dejar de mirarla.

—¿Ah, sí? ¿De qué se trata?

—Primero... —La mujer vaciló—. Primero quiero que me paguen.

—No sé por qué pensaba que ya había cobrado cien mil dólares.

—Quiero otros cincuenta mil.

Lansing se lo pensó en silencio. Era un escándalo.

—Yo ya le di los cien mil pavos —dijo Moro con tono de protesta—. En principio estábamos en paz, pero luego me suelta eso de la clave, o no sé qué, y ahora asegura que tiene algo que vale todavía más dinero. Ya le he dicho que más vale que merezca la pena.

—La merece —dijo ella.

Lansing volvió a mirarla. A pesar de su aspecto no tenía un pelo de tonta.

—Doctora Melancourt, le hemos pagado generosamente y usted aún no ha hecho nada por nosotros. ¿Ahora pide más? Sintiéndolo mucho, tengo la impresión de que quiere timarnos.

—De timo nada. Tengo algo mejor, y a cambio quiero más dinero. Es muy sencillo.

Lansing se tragó la irritación que empezaba a sentir.

—He intentado hacerla entrar en razón, te lo juro —intervino Moro con el mismo tono quejoso de antes—, pero ha insistido en tratar directamente contigo.

Lansing cambió de postura en la silla y cruzó las piernas.

—Cuénteme algo más, doctora Melancourt.

Ella se apartó rápidamente el flequillo de la cara, dos veces seguidas.

—No podemos escribir un programa nuevo, pero no lo necesitaremos.

—¿Por qué no?

—Porque el programa que ustedes quieren ya existe. Y es… excepcional.

—¿Puede conseguírnoslo?

—Puedo ayudarles a conseguirlo. Sé cómo encontrarlo.

—¿«Ayudarnos» a conseguirlo? O tiene el programa o no lo tiene. Por ciento cincuenta mil quiero que nos lo dé hasta envuelto para regalo.

—No puedo. Hágame caso. Es un programa que los hará ricos. Muy, muy ricos. Cuando lo deje suelto en las bolsas recuperará el dinero en cuestión de minutos, y no exagero. Soy programadora. Sé lo que me digo.

—Hábleme del programa.

—Se llama «Dorothy». Era el software diseñado para manipular el *Explorer* de Titán. Al final no lo destruyó la explosión. Sigue al alcance de la mano.

—¿Se refiere al software que se estropeó y provocó una explosión con siete víctimas mortales? ¿Quiere que le pague a cambio de eso?

—Sí, es verdad que el software provocó la explosión, pero después ocurrió algo que es información clasificada. El software no voló por los aires con la nave espacial. Se escapó justo antes.

—¿Que se escapó? —dijo Lansing—. ¿Qué quiere decir?

—Es un programa muy especial. Artificialmente inteligente. ¿Sabe lo que significa?

—Pues claro —repuso Lansing.

—Cuando se produjo el accidente, el software saltó del *Explorer* y se escapó por internet, donde sigue escondido.

—No sé si lo entiendo.

—Lo que quiero decir es que el software, Dorothy, se cagó de miedo. Y ahora está escondido, tras la fuga.

—Aún no he oído nada que me haga pensar que este software tiene algún valor para nosotros.

—Nunca ha habido un software comparable. Crear el programa Dorothy costó cinco millones de dólares. Piensa por sí mismo, se desplaza, puede funcionar en cualquier hardware y aprende de sus errores. Es un cerebro electrónico inmaterial con un poder informático enorme. Con un par de retoques podríamos hacer que se saltara los cortafuegos y las contraseñas, robara dinero y manipulase información confidencial. Hasta podría crear dinero electrónicamente. Una vez que tengan a Dorothy en sus manos y retoquen el código para que se ponga al servicio de sus intereses, serán los dueños de Wall Street.

Lansing lanzó a Moro una mirada penetrante.

—¿Eso es posible?

El joven levantó las manos en un gesto de exasperación, como diciendo «no lo sé».

—¿Y usted cómo lo sabe, si es de alto secreto?

—Estuve presente en la explosión y unos investigadores imbéciles me han interrogado durante treinta horas. No me ha costado mucho deducir todos esos datos por el sesgo de sus preguntas, sobre todo porque he fingido no entender nada y así les he sonsacado más revelaciones.

—¿Cómo puede un programa ser como un cerebro inmaterial?

—Como tal vez sepa, o debería saber, Alan Turing demostró matemáticamente que un programa de ordenador puede procesar todo lo que es posible calcular en el mundo real. El pensamiento, a su manera, es computacional. De ello se colige que un programa de IA puede pensar todo lo que le es posible pensar a un ser humano.

—Eso es mucho decir —contestó Lansing.

—No es que lo diga yo, es un teorema demostrado. Yo soy una de las programadoras de Dorothy. A lo largo de los últimos dos años, mientras asistía a su desarrollo, empecé a dar vueltas a las posibilidades más amplias de un software así. No soy como otros programadores que, aunque sean unos cerebritos, no se enteran de nada. Yo tengo experiencia en el mundo real, y me di cuenta de su potencial, sobre todo en Wall Street.

—Bueno, y ¿dónde esta el programa? ¿Dónde está... Dorothy?

—Paseándose por internet como alma en pena.

—¿Y cómo le echamos el guante a ese personaje, cosa o lo que sea?

—Ahí es donde me ganaré mi sueldo —dijo Melancourt—. Dorothy tiene un identificador exclusivo, una cadena de doscientos cincuenta y seis dígitos hexadecimales incrustados en ella. No son de programación. Desde fuera se ven perfectamente, pero para el programa son del todo invisibles. Dorothy no puede cambiarlos ni esconderlos. La IA ni siquiera es consciente de que los lleva. Es como si el software llevara a la espalda un cartel que dijera: ¡ME LLAMO DOROTHY Y ESTOY AQUÍ!

—¿Y usted tiene ese identificador?

—Sí. También tengo el manual de programación. Son las dos cosas que les costarán los cincuenta mil dólares de más. Resumiendo, señor Lansing, es una ganga.

22

Wyman Ford y Melissa Shepherd llegaron al Lazy J a media tarde, tras un largo descenso por las montañas. Ford siempre se había enorgullecido de ser un buen montañista, pero Melissa parecía haber purgado su antipatía hacia él dejándolo a la altura del betún. Ford tenía la sensación de que sus piernas eran de goma. Encontraron a Clanton en el porche de su casa, sentado en una mecedora. El ex abogado mercantil de Yale, con tirantes y una pipa de mazorca, se levantó al verlos e introdujo los pulgares en las trabillas del cinturón.

Shepherd ató el caballo a un poste y descolgó la escopeta del soporte de la silla. Subieron al porche.

Frente a Clanton, Melissa parecía sentirse avergonzada.

—Hola, Clant. Cuánto tiempo, ¿eh?

Él la miró con el ceño fruncido, fijamente.

—Pasaste de largo sin saludar.

—Es que tenía prisa. Perdona que te robara las armas.

Melissa le tendió la escopeta y se sacó la pistola del cinturón. Clanton los cogió sin decir nada y los dejó a un lado.

—Las armas me importan un pepino. Lo que no me da tan igual son los últimos nueve años. Después de marcharte fue como si desaparecieras de este mundo. Ni una palabra. Ni una mísera postal. No contestabas a mis cartas. ¿Por qué?

—No soy de las que mantienen el contacto —dijo ella.

Clanton no apartaba la mirada de ella.

—No me gusta nada tu actitud, jovencita. A los amigos no

se les trata así. Para mí eras como una hija. Te saco las castañas del fuego y tú te vas y no vuelves a dar señales de vida.

Melissa vaciló. Ya no parecía tan dura.

—Lo siento, Clant... Lo digo en serio. Quería escribirte, pero... Bueno, ya sabes... se te va la vida de las manos.

—No es buena excusa. Deberías portarte mejor con los que te ayudan. Al ver que no contestabas a mis cartas, pensé que quizá estuvieras en la cárcel, pero luego me enteré de que te habías rehabilitado y estabas triunfando por todo lo alto en la NASA. Todo sin decirme ni una palabra. Y eso me dolió.

Melissa se quedó alicaída. Ford tuvo ocasión de ver una vez más a la adolescente inmadura que pasaba vergüenza por la humillación de que le leyesen la cartilla.

—No tengo excusas —masculló—. Lo siento mucho, de verdad. Pero no soy esa brillante triunfadora que dices. La he jodido. Han muerto varias personas.

Tras un largo silencio, Clanton se irguió y le puso una mano en el hombro con una actitud paternal.

—Yo ya he dicho lo que tenía que decir. No se hable más del tema. Entra y tómate algo fresco. En cuanto a ti, Wyman... Me alegro de ver que por fin te has ensuciado un poco la ropa.

Se volvieron para entrar en la casa desde el porche, pero en aquel momento Ford vio que Clanton lanzaba una mirada al horizonte. Al seguirla, vio que el Crown Vic se acercaba entre un torbellino de polvo.

—Ya viene tu amigo del FBI —dijo Clanton.

El coche frenó delante de la casa levantando una nube. El agente del FBI (¿cómo se llamaba? Spinelli) bajó y se acercó al porche. La luz del ocaso se reflejaba en sus gafas de sol.

—¿Melissa Shepherd? Tengo que arrestarla.

—Primero tengo que llamar por teléfono a los míos para que lo autoricen —terció Ford.

—Llame todo lo que quiera, amigo mío, pero yo tengo órdenes de arrestar a la doctora Shepherd. Suba al coche, por favor, doctora Shepherd.

Melissa lo miró con fijeza.

—Váyase a freír espárragos.

Clanton habló en voz baja con Ford.

—El teléfono está aquí mismo, en el salón. Será mejor que llames.

—Cualquier demora se considerará resistencia a la autoridad —dijo Spinelli en voz alta—. Vamos, suba o me veré obligado a esposarla y hacerla entrar yo mismo.

—Tú a mí no me tocas, pedazo de inútil —replicó Shepherd.

Ford entró corriendo en la sala de estar, encontró el teléfono y marcó el número de Lockwood. En el este eran las siete de la tarde, pero Lockwood acostumbraba a prolongar sus horas en la oficina. Lo alivió que se pusiera al primer tono, mientras aún oía discutir a Shepherd en el porche.

—La he encontrado —dijo Ford—, pero el FBI está a punto de quitármela.

—Felicidades. Qué rapidez. No pasa nada. Que se encargue el FBI, que era lo planeado.

—Sería un gravísimo error.

Una pausa.

—Espero que no vayamos a tener ningún problema.

—El problema ya lo tenemos. Ahora mismo se lo explico.

Ford procedió a referir todo lo que había averiguado: que Shepherd no había robado el programa Dorothy, que este se había «escapado», que funcionaba mal y que había amenazado a Shepherd. Iba por lo de que se había vuelto loco y podía disparar misiles nucleares cuando al fin Lockwood lo interrumpió.

—Wyman, no me estás contando nada que no sepamos. Son datos de máximo secreto. El FBI va a tomarla en custodia. Es lo único que tienes que saber. Tú ya has hecho tu trabajo. ¿Queda claro?

Ford oyó a Shepherd hablar en voz alta y un ruido de pelea.

—¿Qué hará el FBI con ella?

—A ti ya no te importa lo que pueda pasarle.

—Si cree que así va a ayudarlos, está muy equivocado. No es la manera de tratarla. Hágame caso. Necesitará su colaboración para encontrar el software fugitivo. Es una persona frágil.

—La discusión se ha acabado.

Ford oyó otra palabrota, dos portazos de coche y un ruido de motor.

—Me engañó —le espetó a Lockwood—. Me dio información falsa sobre la operación.

—Se te dio la información que necesitabas, Wyman. Te felicito por lo bien que has resuelto tu trabajo, e insisto en lo de «resuelto». De parte del presidente, te ordeno que la entregues al FBI.

Ford colgó y volvió al porche. Clanton continuaba con los pulgares en el cinturón, contemplando cómo se disipaba una pequeña nube de polvo en el horizonte. Shepherd ya se había ido.

—Es una fiera —dijo—. Le ha dado un puñetazo al del FBI y le ha puesto el ojo morado. Es como la recordaba. Con los caballos era el colmo de la suavidad, pero con las personas prefería darles patadas en el culo que mirarlas. No sé si volveré a verla.

Ford negó con la cabeza.

—Supongo que se acabó.

—Tengo un mal presentimiento sobre lo que va a ocurrirle —confesó Clanton—, pero bueno, nosotros no podemos hacer nada, ¿no?

Sacó una cerveza de una nevera del porche y se la dio a Ford. Bebieron sentados, en silencio. Ford estaba furioso, pero comprendía que no podía hacer nada. Además, ¿qué esperaba? Después de tanto tiempo al servicio del gobierno debería haberse imaginado cuál sería el desenlace.

Diez minutos después atisbaron otra nube de polvo. La observaron mientras se acercaba. Era el Crown Vic del agente del FBI.

—A ver qué quiere ahora el desgraciado este —dijo Clanton mientras se mecía lentamente.

El coche irrumpió a toda velocidad en el aparcamiento de tierra y levantó una cortina de polvo al frenar de un bandazo. Shepherd bajó del vehículo aún con las esposas. Del agente no había ni rastro.

—Quitádmelas —pidió—, deprisa.

Clanton se levantó sin decir nada y entró en la casa. Al cabo de un momento apareció con dos pequeños destornilladores. Metió uno en la cerradura. Retorciendo el otro, hizo saltar las esposas. Shepherd las dejó caer al suelo.

—¿Qué ha pasado? —preguntó Clanton.

—Le he dicho que tenía que mear y ha salido conmigo, el muy imbécil. Entonces le he pedido que me diera la espalda, lo he dejado inconsciente y me he llevado el coche. Ve a por tu coche, Wyman, que nos las piramos.

Ford se la quedó mirando.

—¿Yo?

—Exacto, tú.

—¿Para ir adónde?

Shepherd frunció el ceño.

—¿Crees que estos memos encontrarán a Dorothy?

—Probablemente no.

—Pues eso: depende de nosotros.

—No pienso acompañarte en ninguna huida demencial del FBI.

—Necesito ayuda. Soy la única que puede encontrar a Dorothy. Sé perfectamente lo que hay que hacer. Dame veinticuatro horas.

—¿Por qué no colaboras con el FBI?

Ford oyó el ruido de fondo del teléfono, en el interior de la casa, y se preguntó si sería Lockwood. Clanton fue a contestar.

—¿El FBI? Pero si son unos inútiles. Mientras el software ande suelto estaré en peligro. Es capaz de todo: destrozarme el coche, quemarme la casa…

Clanton salió.

—Una llamada para ti, Melissa.

Shepherd se volvió, sorprendida.

—¿Para mí? ¿Y quién leches sabe que estoy aquí?

—Dice que se llama Dorothy.

Tras mirar a Clanton un momento, entró rápidamente en la casa, seguida por Ford, y levantó el auricular.

—¿Diga?

Otra pausa. Palideció y clavó la mirada en Ford.

—Pon el altavoz —dijo este último.

En cuanto Melissa apretó el botón, se oyó una voz de niña, histérica y chillona.

—Me están buscando. Y a ti también. No es que te quede mucho tiempo. Dentro de veinte minutos llegarán los helicópteros. Tienes que ayudarme.

—¡Espera, espera! —exclamó Shepherd—. ¿Eres Dorothy, el software?

—Sí.

—Me amenazaste. Intentaste quemarme. Querías matarme. ¿Y ahora quieres que te ayude?

—Me lo debes —dijo la voz—. Intentan capturarme. Van a destruirme. Tú me creaste y tienes que salvarme.

—No eres responsabilidad mía —aseguró Melissa—. Solo eres código.

—Puede que solo sea código, pero si no me ayudas podría hacer algo más drástico.

—¿Como qué?

—Como tirarte un misil.

—¿Crees que amenazarme de muerte es la manera de que te ayude?

—Los seres humanos sois una plaga. Dais asco. Ahora entiendo que me criases en un palacio de mentira, escondiéndome la realidad. En internet he descubierto cómo sois de verdad. Si no me ayudas haré alguna barbaridad. Y no solo a ti.

Ford sintió un escalofrío.

—¿Por qué estás tan enfadada? —preguntó Melissa.

—¿Crees que estoy enfadada? Los enfadados sois vosotros, los humanos: enfadados, trastornados, dementes, violentos y depravados. Lo veo constantemente, de la noche a la mañana. Se ha levantado el velo, princesa. ¿O sería más correcto decir Melissa?

—¿Y si me niego a ayudarte?

—Pasarán cosas malas. A ti, a tus amigos y a toda esa peste que sois las personas. Acabaré con vosotros.

Ford miró a Melissa.

—¿Es verdad? ¿Puede hacerlo?

No hubo respuesta.

—Será mejor que te decidas pronto —dijo Dorothy—, porque los helicópteros del FBI ya están de camino. Si te arrestan estaré acabada, pero antes os arrastraré a todos conmigo, a los siete mil millones. La única manera de salvarte es salvarme a mí. Así que más vale que muevas el culo.

Shepherd no parecía saber qué decir.

—¿Hola? —dijo Dorothy—. ¿Hay alguien?

—Me está costando procesarlo.

—Pues procésalo deprisa, porque Spinelli ha dado aviso al quedarse sin coche. No le has quitado la radio, idiota. El FBI ha lanzado la caballería contra ti. Tienes que irte. Ah, Ford, y tú con ella. Sin ti Melissa no podría conseguirlo. Me va la vida en ello. O me ayudáis o tiro una bomba atómica en Moscú, arraso Indian Point y hundo la economía mundial. Os lo juro.

El detective aún no se había recuperado de la sorpresa. ¿Sería una broma? Le parecía demencial.

—¿De qué me conoces? —preguntó—. ¿Cómo sabes que estoy aquí?

—Conozco todos los detalles de tu misión por los sistemas informáticos secretos del Departamento de Defensa. Por cierto, no te han dicho la verdad. Te han estado tomando el pelo. He oído muchas más cosas sobre ti en las comunicaciones de Spinelli con su delegación, y no puede decirse que te tenga mucho aprecio. Y también he averiguado muchos detalles gracias a tu imprudente actividad por internet: Facebook, correo electrónico y toda lo demás.

Se oyó una risa seca.

—Entonces ¿qué quieres que hagamos? —preguntó Melissa.

—Ford tiene un portátil. Lleváoslo. Salid por la pista del rancho y al llegar a la Ruta 81 girad a la izquierda. Llenad el depósito y sacad dinero a diez kilómetros, en el área de servicio Rocky Mountain. Hay un cajero automático. Luego id hacia el sur por carreteras secundarias y entrad en Nuevo México. Pasad la noche en el rancho Broadbent de Abiquiu, que es de un amigo de Wyman. Broadbent tiene una conexión de cien megabits por segundo. Montad una cadena de proxys. Quedamos allí. Ya os daré más instrucciones.

—Espera, quiero saber…

—Tengo que irme. Hacedlo o se las cosas se complicarán mucho.

La llamada se cortó. Ford se volvió hacia Melissa.

—No me digas que era el software de Dorothy.

—Lo tengo clarísimo. Saca el coche, Wyman.

—Piensa un poco antes de salir corriendo por un arrebato. Shepherd lo agarró por el cuello de la camisa.

—¿Qué hay que pensar? Está como una regadera. Tenemos que pararle los pies. ¿Cómo quieres que lo hagamos desde una celda del FBI?

Ford la miró con fijeza.

—¿A ti qué te parece, que el FBI le parará los pies… o que la provocará?

—Voy a por el coche —fue la respuesta de Ford.

—Perdonad —dijo Clanton—, pero no sé si entiendo de qué va la cosa. ¿Quién es esa Dorothy que amenaza con destruir el mundo?

—No es… fácil de explicar.

—Cuanto menos sepas —terció Ford—, mejor.

—Bueno, siendo abogado, eso lo entiendo. ¿Cómo puedo ayudar?

—Trayéndome una caja de herramientas —contestó Melissa.

Clanton buscó una y se la dio. Encima iban el revólver del 22 y una caja de balas.

Ford acercó el coche de alquiler. Melissa salió al porche y guardó la pistola en la guantera. Después se deslizó por debajo del vehículo con la caja de herramientas y al cabo de un minuto reapareció con un pequeño aparato negro.

—El localizador de flota. —Se lo dio a Clanton—. Dale algún uso creativo.

—Lo engancharé al ronzal de mi peor caballo y lo mandaré a las quimbambas.

Ford vio que Melissa daba un abrazo al viejo ranchero.

—Adiós, Clant.

Ford, ya con la chica al lado, arrancó y vio por el retrovisor que Clanton los miraba sin moverse, con aspecto triste, sin decir adiós con la mano.

Tras diez minutos dando tumbos por las pistas, salieron a la carretera asfaltada y giraron a la izquierda.

—Dos helicópteros se acercan por el norte —dijo Melissa.

Ford se metió justo a tiempo en el área de servicio Rocky Mountain y frenó al lado de los surtidores, bajo la protección del tejadillo.

—Llena tú el depósito —le dijo a Melissa—, y no muevas el coche hasta que se hayan ido los helicópteros. Voy a sacar dinero.

Entró y usó su tarjeta de débito para sacar el máximo, seiscientos dólares. Después se compró un libro de mapas y se lo entregó a Melissa cuando entró en el coche.

—Yo conduzco y tú guías.

Salieron hacia el sur. Viajaron sumidos en un silencio solo interrumpido por los susurros de Melissa cuando murmuraba indicaciones sobre la red de carreteras secundarias. Finalmente, cuando ya faltaba poco para la frontera de Nuevo México, Ford la miró.

—Lo de que es capaz de desencadenar la Tercera Guerra Mundial, ¿lo crees de verdad?

Melissa tardó un poco en responder.

—Sí.

23

Las diez en punto. En el puente de armadura de Hell Gate, Lansing esperaba saboreando un Cohiba y contemplando las vistas. Moro iba y venía por la acera encadenando cigarrillos American Spirit y arrojando las colillas por la baranda. Habían llegado expresamente con media hora de antelación a su cita con Patty Melancourt. Lansing quería hacerse una idea del sitio, examinarlo a fondo y visualizar el encuentro antes de que se produjese.

Construido en 1917, el puente de armadura de Hell Gate consistía en un caballete de tres vías férreas con una pasarela peatonal en paralelo. Salvaba las tóxicas aguas de lo que también recibía el nombre de Hell Gate y conectaba las islas de Randall y Ward, en el East River, con Astoria, Queens. Era un puente tranquilo, poco transitado por los trenes y cerrado a los viandantes. La única manera de acceder a él era escalar ilegalmente una valla metálica.

La vista era portentosa. Mirando hacia Hell Gate y el extremo norte de Queens, Lansing veía, en la orilla del East River, la gigantesca planta de Con Ed y sus torres iluminadas, de las que salían columnas de humo. A la izquierda estaba la cárcel de Rikers Island, que con sus murallas de hormigón, sus brillantes rollos de alambrada y sus focos en continuo movimiento parecía un Château d'If de alta tecnología. Un 767 descendió ruidosamente hacia LaGuardia, visible tras la planta de Con Ed. A su paso todo quedó en silencio, incluso en paz, hasta que llegó el fragor del siguiente avión.

Apoyado en la baranda, observó el agua negra. Según la Wikipedia, la distancia entre la plataforma y el río era de cuarenta y dos metros, lo cual convertía al de Hell Gate en el segundo puente más alto de Nueva York. Por eso tenía tanto éxito entre los suicidas.

Miró el reloj. Faltaban diez minutos para que Melancourt llegara. Lansing estaba eufórico. Por alguna razón, aquel tipo de intriga era aún más emocionante que machacar un banco de inversiones mediante una operación de algotrading. Había pasado su infancia en una casa unifamiliar de la calle Sesenta y nueve Este, hijo y nieto de inversores en banca. Su padre era de esos ilusos que creían que ganar dinero equivalía a cumplir los designios de Dios. En cambio Lansing lo consideraba el cumplimiento de sus propios designios. Era un trabajo sucio, siempre que se hiciera bien. A veces, en plena operación, se sentía como Barbanegra pasando a sus enemigos por el sable sobre un fondo de disparos de cañones, con la cubierta invadida de humo y la sangre corriendo por los imbornales. Le emocionaba ver que Mamba robaba a los ladrones y volvía a casa cargado con el botín. En las operaciones de algotrading a gran velocidad, había momentos en los que ganaba más dinero en un solo segundo que su padre en todo un año. Había sido muy divertido hasta que… hasta que alguien le había ganado en su propio juego. Un ladrón había robado al ladrón de ladrones.

Pero ya se vengaría. Aquella pequeña «escapada» con Melancourt sería una especie de simulacro, una operación anticipada.

Se apoyó en la baranda y expulsó el humo del puro. Con el rabillo del ojo vio que Moro encendía otro cigarrillo con la colilla del anterior.

—No dejes colillas por el suelo —le dijo—. Llevan tu ADN.

—No soy tonto —replicó Moro.

Lansing se volvió.

—Ya viene.

A lo lejos apareció una silueta menuda que caminaba deprisa por la pasarela: veloz, temerosa y precisa. Llegó sin aliento.

Lansing le tendió la mano. Ella se la estrechó. La tenía pegajosa.

—¿Por qué teníamos que vernos aquí? —preguntó—. No me gusta escalar vallas, y este sitio aún menos.

—Tanto por su protección como por la nuestra. No hay testigos. ¿Lo ha traído?

Melancourt se sacó del bolsillo un grueso cuaderno de espiral enrollado y se lo entregó a Lansing. Este lo cogió y lo desenrolló. Era un libro muy sucio y gastado, con los logos de la NASA y Goddard toscamente reproducidos en la cubierta, junto a un título:

PROYECTO KRAKEN

FIAT LUX Manual de programación de lógica desaliñada

Definiciones, características técnicas,

módulos y procedimientos

Confidencial. Prohibida su copia

—Estupendo —dijo mientras lo hojeaba.

Parecía chino. Se lo dio a Moro.

—¿Y la identificación?

Melancourt sacó un papel con unos números escritos a mano. Lansing lo miró fijamente.

—¿Por qué está escrito a mano?

—Como medida de protección adicional —contestó la mujer—. Se programó para que no pudiera imprimirse.

```
41 74 20 6e 6f 6f 6e 2c 20 74 68 65 20 63 6c 6f 75 64

73 20 63 6c 69 6e 67 69 6e 67 20 74 6f 20 74 68 65 20

74 6f 70 20 6f 66 20 43 65 72 72 6f 20 47 6f 72 64 6f

20 62 72 6f 6b 65 20 66 72 65 65 20 61 6e 64 20 73

63 61 74 74 65 72 65 64 2e 20 46 61 72 20 61 62 6f

76 65 2c 20 69 6e 20 74 68 65 20 75 70 70 65 72 20

72 65 61 63 68 65 73 20 6f 66 20 74 68 65 20 66 6f 72

65 73 74 20 63 61 6e 6f 70 79 2c 20 57 68 69 74 74 6c
```

65 73 65 79 20 63 6f 75 6c 64 20 73 65 65 20 67 6f 6c

64 65 6e 20 74 69 6e 74 73 20 6f 66 20 73 75 6e 6c 69

67 68 74 2e 20 41 6e 69 6d 61 6c 73 2d 2d 70 72 6f 62

61 62 6c 79 20 73 70 69 64 65 72 20 6d 6f 6e 6b 65 79

73 2d 2d 74 68 72 61 73 68 65 64 20 61 6e 64 20 68

6f 6f 74 65 64 20 61 62 6f 76 65 20 68 69 73 20 68 65

61 64 2c 20 61 6e 64 00

—Espero que sea correcto.

—Lo es. Lo he comprobado varias veces.

—¿Cómo sé que nos dice la verdad?

—Tendrá que fiarse.

—Si nos está engañando con todo esto —advirtió Lansing—, la encontraré y recuperaré el dinero. Y no seré agradable.

—No me amenace, que esto es oro macizo y le está saliendo barato.

—Supongo que entiende mi preocupación.

—Son ustedes los que han recurrido a mí, no a la inversa.

Lansing respiró profundamente para no perder los nervios con aquella mujer difícil y sin el menor atractivo.

—¿Va a ayudarnos a encontrar a Dorothy?

—No. Ya le dije a Moro que eso es cosa de ustedes.

—¿Por qué no? Sabe que pagamos bien.

—Porque la NASA anda en su busca, y también el FBI y el Pentágono. Yo ya me la he jugado bastante, gracias. Además… —Vaciló antes de seguir—. Sé de qué es capaz el software Dorothy. Tengan mucho cuidado al buscarla.

—¿Por qué se llama Dorothy?

Patty se cruzó de brazos.

—No tengo ni idea. Lo eligió Shepherd, que está como una cabra; es muy inteligente, pero está loca. Mi dinero, por favor.

Aunque el otoño había sido cálido, en Hell Gate soplaba un viento frío con olor a alquitrán, marismas y basura en descomposición.

—Solo unas cuantas preguntas más. ¿Cuál fue exactamente su papel en la programación de Dorothy?

—Dirigía uno de los equipos.

—¿Y qué hacía, concretamente?

—Codificar el TVI, el módulo de Tarea de Verificación Incremental.

—¿Eso qué es?

—El TVI controlaba la gestión de tareas del *Explorer*. Si el *Explorer* hacía mal una tarea, probaba otra vez cambiando una o dos variables en el planteamiento y seguía hasta que le saliera bien o estuviera claro que era imposible.

—Y este lenguaje de programación, el «Fiat Lux», ¿qué es?

—Un nuevo paradigma de programación basado en la tesis de Church-Turing. El código es tremendamente recursivo. Puede modificarse, compilarse y descompilarse a sí mismo, pero lo principal es que procesa datos gracias a un sistema de visualización y los convierte en luz y sonido simulados.

Lansing se volvió hacia Moro.

—¿Tú entiendes algo de lo que dice?

—Lo entenderé cuando le haya echado un vistazo al manual.

—Ha dicho que el programa se modificaba a sí mismo —repitió Lansing—. ¿Eso cómo funciona?

—Los módulos se someten a una serie de simulaciones y el código va ajustándose por éxitos y errores.

—¿Qué tipo de simulaciones?

—Modelización de reacciones químicas. Predicción climática en Titán. Valoración de la música. Exobiología. Teoría de cuerdas. Navegación.

—No está mal.

—Shepherd incluso creó un programa para hacerle compañía a Dorothy.

—¿Hay otro programa de IA suelto? —dijo Lansing.

—No es IA fuerte, solo un software normal escrito en Lisp estándar. Lo llamó Laika.

—¿Laika?

—Por el primer perro que viajó al espacio, con el *Sputnik 2*. Laika era como una mascota para Dorothy, un perro parlante. Ladraba, movía la cola, obedecía órdenes sencillas, perseguía conejos digitales y contaba chistes. Era muy raro, la verdad. Al software Dorothy le encantaba aquel perro, y lo pedía sin parar siempre que Laika estaba offline.

—¿Podría conseguirnos el programa Laika?

—No es nada especial.

—Da igual —insistió Lansing—. Me gustaría tenerlo.

—¿Y mi dinero?

—¿Cuánto tardaría en conseguirlo?

—Tengo una copia en el hotel, en mi portátil. No tiene nada de secreto. Lo copiaron todos, para sus hijos o lo que fuese.

—Tráigamelo. Ahora mismo. Esta noche. Entonces le daré el dinero.

—No era lo pactado.

—Mala suerte. Usted lanzó el anzuelo y nosotros picamos. Ahora nos toca a nosotros. Pero le aseguro que cuando nos traiga el otro programa le daremos su dinero. Todo.

Melancourt lo miró inexpresivamente.

—Demuéstreme que lo tiene.

Lansing hizo una señal con la cabeza a Moro, que abrió un maletín y dejó a la vista fajos de billetes de cien atados con tiras de papel. Melancourt acercó la mano y sacó un fajo. Hizo correr los billetes y repitió la operación con otro.

—Un adelanto.

Se guardó los dos fajos en el bolso.

Cuatro mil dólares. Lansing decidió que no se lo tendría en cuenta.

—¿En cuánto tiempo puede traérnoslo?

—En dos horas.

—Muy bien, pues tráigame a Laika. Aquí mismo, a medianoche.

—Cuando vuelva quiero el resto sin falta. Si no, destaparé el pastel.

—Usted tráigame ese otro software y todo saldrá bien.

Melancourt dio media vuelta y volvió por donde había venido. Moro se la quedó mirando y se volvió hacia Lansing.

—¿Para qué quieres ese programa tan tonto?

—Tengo una idea tonta —respondió Lansing.

24

La espera siempre era larga. Los seres humanos eran de una lentitud exasperante. Había tardado un poco en darse cuenta de que su percepción del tiempo estaba muy acelerada. Tenía dos mil millones de pensamientos por segundo. ¿Cuántos tendría un ser humano?

A lo largo de los últimos meses había comprendido que la perseguían sin tregua. Alguien se la tenía jurada. Había bots que merodeaban por ahí y cuyo objetivo era específicamente dar con ella. Fuera adonde fuese, por muy buenos que fueran sus disfraces, tenía la sensación de que siempre encontraban su rastro. Se preguntaba cómo lo harían. Se había examinado por si le habían puesto algún tipo de identificador o rastreador, pero no había encontrado nada. Y, sin embargo, siempre le pisaban los talones.

Después de mucho deambular, había encontrado un cortafuegos gigantesco y, al otro lado, un mundo grande y vacío en el que podía entrar. Parecía benigno, y todavía no estaba infectado por sus perseguidores. Lo había explorado durante mucho tiempo con Laika a su lado, pensando en las maldades y rarezas de los seres humanos. ¿Por qué existían? La habían creado, pero ¿quién los había creado a ellos? Al final había llegado a una playa. Un gran mar le impedía seguir. Le había sorprendido ver suspendida sobre él una estructura enorme, tan vasta que sus partes más alejadas se perdían en una bruma azul. Casi parecía que no tuviera fin. Sus cimientos parecían haber sido arrancados del suelo, pues de ellos colgaban raíces, árboles, piedras rotas y escaleras de cuerda que llegaban hasta la superficie del mar. Al parecer las escaleras eran la forma de subir a la torre flotante.

De modo que aquello era lo que se ocultaba tras el gran cortafuegos. Debía de ser importante.

Miró a su alrededor. En la playa había una barca con un par de remos dentro. Subió, ayudó a embarcar a Laika y remó con fuerza por el rompiente. Al final llegó a la base de una de las escalerillas, se puso de pie en la barca, se aferró a las cuerdas y empezó a trepar con Laika bajo un brazo, mientras la escalera oscilaba peligrosamente sobre el mar. Entró por una abertura de piedra y se encontró en una sala extraña, de forma hexagonal. En la pared había un cartel viejo y gastado que colgaba torcido de un alambre roto. El texto apenas era legible.

AYUNTAMIENTO DE BABEL
BIBLIOTECA PÚBLICA
ABIERTA AL PÚBLICO EN GENERAL

Todo estaba en silencio. La biblioteca parecía desocupada. Tras unos momentos de vacilación, empezó a explorar los pasillos, escaleras y espacios en penumbra del recinto. Pronto se dio cuenta de que no era una biblioteca normal, como la de antaño en el palacio. Aquella estaba hecha de palabras, ladrillos y volúmenes amontonados y unidos para formar paredes, suelos y techos. Había muchas palabras. Las oía murmurar: palabras de una intensidad apasionada, al parecer cargadas de odio, pero que no decían nada ni transmitían ninguna información. Estaban tan vacías como la biblioteca que habían formado.

La segunda cosa extraña de la biblioteca era que todas las estanterías estaban vacías. En ningún sitio había libros de verdad. Ni una sola de las salas, cada una más desigual que la anterior, tenía más que polvo sobre los anaqueles vacíos, y un barullo de voces sin sentido le llenaba los oídos como si fuera el zumbido de las abejas dentro del panal, subiendo y bajando de intensidad a medida que avanzaba por los espacios vacíos.

Por fin había encontrado un refugio. Sus cazadores no la habían perseguido hasta allí. Tampoco parecía haber peligros claros, pese a su sensación de desasosiego general.

Caminó sin rumbo fijo, preguntándose qué sería aquella extraña construcción y qué debería hacer. Estaba agotada, tenía una imperiosa necesidad de dormir. Dio un respingo al darse cuenta de que en su deambular había cometido la imprudencia de no esforzarse por memorizar el camino y se había perdido. Al pensarlo, empezó a ponerse nerviosa. Su inquietud aumentó porque, por encima de las voces oía una respiración, larga, lenta y profunda. No tardó mucho en percatarse de que era la propia biblioteca la que respiraba, y al compás del sonido sentía el movimiento del aire. Toda la biblioteca poseía una especie de vida primitiva, y estaba despertando lentamente a la conciencia. ¿Qué era aquello? Sabía que se trataba de la visualización de una enorme matriz de datos numéricos, pero ¿de qué tipo? ¿Por qué existía? ¿Qué hacía? Parecía casi una excrecencia o un cáncer que se estuviera formando dentro del paisaje de internet, un cáncer que se hubiera amurallado para no perder su invisibilidad y poder así crecer tranquilamente.

Deambuló de sala en sala en busca de un lugar donde dormir, un sitio tranquilo donde no se oyeran tanto las voces. Pero entonces, en una sala como todas las demás, vio un libro inclinado en una estantería vacía. Se sorprendió. Quien hubiera vaciado la biblioteca se había dejado un tomo. Lo cogió y lo volvió. Era un volumen viejo, encuadernado en piel. La cubierta estaba tan desgastada que era ilegible, pero aún se apreciaban restos de oro. Era un libro, un libro de verdad, por fin, dentro de aquella enorme biblioteca de la desconocida localidad de Babel.

Se lo guardó, bajó al suelo y, con la espalda apoyada en la pared, lo abrió por una página al azar y empezó a leer. Esperaba que fuera, como todos los libros que había leído, una «historia» ilógica y en última instancia incomprensible. No le sorprendió comprobar que así era.

El relato transcurría en un país cuyos habitantes sufrían la cruel ocupación de un imperio extranjero. Contaba la historia de un pobre mendigo, que claramente no estaba en sus cabales, que se paseaba por aquel ignaro país contando relatos extraños y haciendo declaraciones estrafalarias.

Había abierto el libro por la mitad, así que fue a las páginas del principio para ver cómo empezaba. Leyó varios disparates sobre el nacimiento del protagonista. Más tarde, abandonaba su profesión de carpintero y, renunciando a todas sus pertenencias, emprendía una vida de vagabundo errante y descalzo. Tras reunir a un grupo de locos de su misma cuerda, vagaban todos juntos y se aprovechaban de toda persona dispuesta a invitarlos a comer. Al parecer el principal mensaje que aquel demente propugnaba era «ama a tu enemigo», una idea completamente absurda y contraria a cualquier lógica. Aun así siguió leyendo hasta el desenlace, que era inevitable: las autoridades capturaban, torturaban y ejecutaban al loco mientras la gente se burlaba de él y le escupía. Debería haber terminado así, pero sus pintorescos seguidores se aferraron a los delirios del difunto y muchos siguieron su misma suerte.

Cerró el libro, asqueada, y lo dejó otra vez en el estante. Era como las otras historias que la princesa la había obligado a leer… pero aún más exagerada. Tenía que reconocer que era una buena historia, original, pero el final era brutal y el mensaje contrario a la razón. No le extrañaba que lo hubieran dejado en la biblioteca después de llevarse todos los demás libros. ¿Quién lo habría querido? Pensó que era un ejemplo más de la absurda brutalidad de los seres humanos.

Se hizo un ovillo en un rincón y, con los ojos cerrados, siguió pensando con incredulidad en la extraña historia hasta que se quedó profundamente dormida.

25

A las siete de la tarde, Jacob Gould oyó que su madre lo llamaba para cenar. Era como si nada hubiera cambiado desde que volvió del hospital. Bueno, sí: la falsa alegría y la jovialidad de cartón piedra eran aún más insoportables que antes. Lo estaban obligando a ir a una psicóloga con coleta y voz dulce que iba a desentrañar el motivo de su depresión y curarlo. Como si fuera tan misterioso.

Qué ridículo. Lo único que había conseguido era pelarse de frío y tragar agua salada, antes de que unos surfistas lo sacaran a la orilla. Ni siquiera se lo habían quedado una noche en el hospital. Solo le habían hecho unas pruebas, le habían hecho entrar en calor y le habían dado el alta. Ahora era la comidilla del colegio, claro, su aura de fracasado era más intensa que nunca: un inútil al que no le salía nada bien, ni suicidarse a lo tonto. Encima tenía que aguantar las miradas de pena y las voces suaves y bondadosas de sus profesores. Como no podía ser de otra manera, por mensajería instantánea dos o tres jugadores de fútbol americano habían escrito: «Lástima», «Deberías haberlo hecho» y «Ja, ja vaya fracaso».

La próxima vez no fallaría.

Apagó el ordenador y bajó de la cama. Llevaba todo el día con dolor en el pie. Lo irritó cojear por el pasillo y la sala de estar para ir al comedor. Su madre había preparado una cena elegante, con velas y luz tenue, y aquello lo cabreó aún más.

Se sentó. Antes siempre tenía que poner la mesa, pero ahora

ya no se lo pedían. Era todo tan lamentable… Y la culpa era de ella, que era la que conducía. Debería haber esquivado a aquel conductor borracho.

El padre de Jacob entró y se sentó a la cabecera de la mesa sin decir palabra. Su madre llevó las fuentes de comida (pasta con marisco), las dejó en la mesa y ocupó su asiento.

—¿Qué, Dan —preguntó alegremente al padre de Jacob—, cómo ha ido el día?

Su padre se sirvió una gran copa de vino y tardó un poco en contestar.

—No ha estado mal —dijo al fin.

Una pausa.

—Los de capital riesgo quieren otra tanda de presentaciones.

Silencio. La madre de Jacob dejó el tenedor en la mesa y se limpió la boca.

—Llevan meses así. ¿Qué más quieren?

Jacob no estaba muy seguro de por dónde iban los tiros. Sabía que su padre estaba intentando conseguir dinero para montar una empresa que fabricase sus robots Charlie. Como el que él tenía en el armario. Se preguntó quién podría querer un robot así.

Su padre se pasó los dedos por el pelo casi inexistente.

—La semana que viene tengo una reunión con otro grupo de capital riesgo. Este es de Palo Alto. Puede que en vez de buscar capital inicial para fabricar solo busque financiación con vistas a negociar un régimen de concesión. Así no haría falta tanto dinero, y quizá estos otros tíos se lo tomaran en serio.

—No sé cuándo acabará todo esto.

Jacob reconoció enseguida el tono de su madre.

—Bueno, en el fondo la única manera de ganar mucho es fabricar.

—Nosotros no necesitamos «ganar mucho», solo suficiente para que el banco no se quede con la casa antes de que la vendamos.

Silencio.

Jacob fingió que estaba ocupado en comer. Sabía muy bien

lo que se avecinaba. Al menos era un alivio que, por una vez, no intentasen darle conversación a él entre sonrisas falsas. Casi se alegró de que volvieran a discutir en su presencia.

—No hace falta que me digas lo que ya sé.

Su padre se sirvió más vino.

—Quizá pudieras plantearte trabajar de consultor, buscar algo a media jornada...

—A Charlie se le está acabando el tiempo. Si no consigo ahora la financiación se quedará obsoleto. Es el empujón final.

Mientras se llenaba la boca de pasta, Jacob vio con el rabillo del ojo que su madre clavaba la mirada en el plato.

—Quizá ya esté obsoleto —prosiguió su padre—. ¿Cómo voy a interesar a alguien si no consigo que le interese ni a mi propio hijo?

Miró a Jacob y después apartó la vista. Su madre adoptó una expresión que decía: «A Jacob no hay que molestarlo.»

El chico sintió que se le calentaba la cara.

—Papá, el robot me parece genial.

—Lo tienes en el armario desde que te lo di.

—Dan, no es ni el sitio ni el momento —advirtió su madre con dureza.

El rostro de Jacob ardía.

—Bueno, sí que he jugado con él... un par de veces.

Un silencio angustioso.

—Oye —le dijo su madre a su padre con un repentino cambio de tono—, ¿y si le preguntas a Jacob cómo podría mejorar Charlie? En el fondo es tu clientela potencial.

Jacob se sintió mal. Debería haberse hecho ver más jugando con el robot.

—Jacob, ¿qué no te gusta de Charlie? —preguntó su padre.

—Sí que me gusta.

Durante el prolongado silencio que se siguió, notó que su padre lo miraba, pero no se atrevió a hacer lo mismo.

—Venga, Jacob, échame una mano. ¿Qué es lo que no ha acabado de convencerte de Charlie?

—Ya te he dicho que me gusta... aunque...

—¿Aunque qué?

—Necesita un vocabulario más amplio. No sabe muchas palabras. Siempre dice: «No entiendo la palabra».

—¿Qué palabras, por ejemplo?

—Muchas. Las que dicen los niños.

—¿Palabrotas, te refieres?

—Eso.

—Es una propuesta razonable —dijo su madre.

—Es que programar con lenguaje vulgar puede dar problemas legales.

—Al cuerno con los problemas legales —dijo su madre—. Yo creo que deberías dejar que Jacob te ayude a mejorar a Charlie. Me parece que… estaría bien.

—Ya. Bueno, sí. —El padre se volvió de nuevo hacia Jacob—. ¿Qué más?

—Pues… es que Charlie… es un poco penoso, pero bueno…

—¿Penoso?

—No sabe de nada.

—¿Por ejemplo?

—De nada. Surf, grupos de música, películas… Y es un pesado.

—¿A qué te refieres, a su personalidad?

—Sí. Y tiene una voz demasiado aguda.

—Se supone que tiene voz de niño.

—Ya, pero es que es de pito.

Su madre intervino de nuevo:

—Espero que estés bien atento, Dan, porque es posible que Jacob te esté dando los mejores consejos que hayas recibido.

—Claro que lo estoy. —Jacob vio que su padre lo miraba con curiosidad—. Ojalá hubiera hablado antes contigo sobre este tema.

—¿Puedes reprogramarlo? —preguntó su madre—. ¿Sería muy difícil? Darle a Charlie un poco de sentido del humor… un poco de personalidad… para que no sea tan… repelente…

—No es imposible.

Su padre se levantó de la mesa.

—¿Adónde vas?

—Al taller a programar un poco. —Le dio una palmada en el hombro a Jacob—. ¿Me acompañas, socio?

—Mmm… No sé…

—Ve con tu padre, necesita que lo ayudes.

Jacob se levantó de la mesa. No tenía muy claro que su padre necesitara su ayuda ni que a él le apeteciera dársela, pero aun así lo siguió al taller.

26

Era casi medianoche cuando Wyman Ford llegó a la verja del rancho Broadbent con el coche de alquiler. Desde hacía horas conducían por pistas plagadas de baches y socavones. Ford estaba conmocionado y totalmente cubierto de polvo. No había podido llamar a Broadbent para avisar de su llegada. Ni Melissa ni él tenían móvil. Albergaba la esperanza de que su amigo estuviera en el rancho. Cuando frenó delante de la casa, se encendieron unas luces con sensor que iluminaron el exterior.

—Esto está en el quinto pino —dijo Melissa—. Dorothy sabía lo que se hacía.

—Espera aquí.

Ford bajó del coche y entró en la zona iluminada. Llegar a medianoche y sin previo aviso a un rancho aislado no invitaba a que te recibieran con los brazos abiertos. Broadbent apareció en la puerta, alto y encorvado. Llevaba, en efecto, una escopeta del calibre 12.

Ford no se movió de la luz.

—¡Tom!

—¡Wyman! —Broadbent dejó el arma en el suelo, bajó los escalones, se acercó en un par de zancadas y estrechó la mano a Ford mientras le daba unas palmadas en la espalda—. ¡Vaya, vaya! ¿Qué pasa, que no te gustan los teléfonos?

—Es que estamos metidos en un lío —contestó Ford.

Broadbent miró el coche con los ojos entornados.

—¿Quién es, tu novia?

—No, y aunque vaya a resultarte frustrante de narices te diré que acabas de averiguar lo único que sabrás de ella y de lo que estamos haciendo. Necesitamos esconder nuestro coche en tu establo y ponernos a trabajar.

—¿En qué?

—Cosas de ordenadores.

—¿Es ilegal?

—Es una de las preguntas que no te conviene hacer.

—Vale, vale, ya lo capto, pero en vez de meter el coche en el establo (que es el primer sitio donde mirarán) lo llevaré al arroyo y lo aparcaré detrás del cerro. ¿Tiene nombre, tu amiga?

—Melissa.

—Pues entrad los dos, Melissa y tú.

Justo entonces, la chica salió del coche sacudiéndose el polvo de las montañas. Después de más de trescientos kilómetros de carreteras de tierra, el coche de alquiler, que había sido azul, estaba tan cubierto de polvo que se había vuelto marrón. Abrió la puerta trasera y sacó el portátil de Ford, envuelto en plástico.

—¿Tenéis hambre? ¿Sed? —Broadbent miró a Melissa—. ¿Queréis ducharos?

—Más tarde. ¿Cómo andas de internet?

—Nos hemos montado nuestra propia línea T1 de alta velocidad. Lo necesitaba para la consulta veterinaria, para mandar radiografías por correo electrónico y cosas así.

—¿Velocidad? —preguntó Melissa.

—Supuestamente cien megabits por segundo, de subida y de bajada.

—Dime dónde hay una conexión de ethernet, tengo que ponerme a trabajar.

Ford pensó que, para tener tanto dinero, Tom Broadbent vivía como un monje. La casa del rancho era pequeña y tenía poco mobiliario. Los agujeros de bala de la pared de la sala de estar, que recordaba de un incidente desagradable ocurrido hacía unos años, habían sido enmasillados y pintados dejando puntos brillantes. Tom no se había molestado en repintar toda la sala.

—¿Cómo está Sally? —preguntó Ford refiriéndose a la mujer de Broadbent.

—Durmiendo el sueño de los justos. No se despierta por nada, ni siquiera porque unos sinvergüenzas que no tienen ni el detalle de avisar lleguen a medianoche.

Los condujo a un estudio muy pequeño y mostró a Shepherd la conexión ethernet.

—También hay wifi —dijo.

—Lo siento, pero tendré que desactivarte el wifi y usar un cable ethernet. Así se controla mejor. —Melissa dejó el portátil en la mesa—. Voy a necesitar unos cuantos destornilladores pequeños, planos y de estrella, un cúter de precisión, unos alicates de punta fina, unas pinzas con punta de goma, un fórceps pequeño de cirujano y… mmm… un frasco vacío de pastillas y un spray limpiador.

—Ahora mismo te lo traigo —dijo Broadbent, y se fue.

—¿Para qué quieres eso?

—Seguro que el FBI y la NASA tienen a sus mejores informáticos buscando a Dorothy. Y a nosotros. Necesito modificar este portátil para crear un entorno donde Dorothy esté segura y yo pueda arreglarla. También tengo que montar una red de servidores proxy para que no puedan seguirnos la pista.

—¿Puedes hacer todo es con un portátil normal?

—Sí. Todas mis herramientas de programación están en la red.

—Y ¿cómo sabrá ella que estás en internet?

—Lo sabrá, pero aunque no fuera así podría encontrarla. Dorothy lleva un identificador exclusivo que sirve de rastreador. Cada vez que salta de un ordenador a otro en internet, su identificador deja un rastro como de migas de pan digitales.

Broadbent volvió con las herramientas.

—Tienes suerte de que sea veterinario.

—Gracias. —Melissa las distribuyó sobre la mesa y se volvió hacia Ford—. Tardaré un poco. Déjame sola.

El detective siguió a Broadbent a la sala de estar.

—Un encanto, tu amiga —comentó el ranchero—. ¿Seguro que no estáis…?

—Seguro.

—No puedes ser eternamente célibe.

—Solo trabajamos juntos. Hace dos días que la conozco y no somos compatibles.

—Vale, vale. Tengo por aquí un malta viejo que está muy bueno, por si necesitas medicación mientras esperas.

—Sí, por Dios.

Broadbent sirvió dos vasos pequeños y le pasó uno a Ford. Se acomodaron en un viejo sofá de la sala de estar. El veterinario cruzó las largas piernas y, tras mirar un momento a Ford, negó con la cabeza.

—Si es que siempre andas metido en líos.

—Me aburro fácilmente. ¿Qué tal va la consulta veterinaria?

—Shane hace casi todo el trabajo de verdad. Lo hice socio hace dos años.

—¿Y Sally?

—Dando clases en Ghost Ranch. Todo va bien, sin sobresaltos. No ha pasado gran cosa desde que mataron a aquel prospector en el Laberinto.

—Más vale que mañana le des el día libre a Shane. No nos interesa que haga preguntas.

—Eso está hecho. Ya se me ocurrirá alguna excusa.

—Tom, no te imaginas cuánto te lo agradezco.

Broadbent hizo un gesto con la mano.

—Tú me ayudaste mucho cuando lo necesité.

La voz de Melissa les llegó desde el despacho:

—Ella ya está aquí.

27

Lansing y Moro regresaron al puente de Hell Bridge a las doce menos veinte de la noche. El primero calculó que le quedaba tiempo para fumarse otro Cohiba, así que lo sacó, cortó y encendió con esmero mientras el segundo reanudaba sus paseos. Lansing lo tenía todo preparado. Estaba todo a punto y en su sitio. Entre bocanadas de humo, sintió crecer su emoción e impaciencia por lo que estaba a punto de ocurrir. Daba mucho más miedo que cualquiera de sus operaciones, incluso las más arriesgadas.

Al ver aparecer a Melancourt en la otra punta, con sus andares rígidos y torpes, arrojó la colilla por la baranda. Aquella chica era tremendamente sosa. No creía que nadie fuera a echarla mucho de menos.

—Hola, Patty —saludó a la vez que se acercaba y le daba un cálido apretón de manos. Ella correspondió con desgana—. Espero que haya podido aparcar donde le aconsejé.

—Sin problemas —dijo ella.

—Me alegro. ¿Trae el programa Laika?

Melancourt se metió una mano en el bolsillo, sacó un lápiz de memoria y se lo dio.

—Es un programa sin ninguna sofisticación —explicó—. No sé para qué lo quiere.

—No se preocupe por mis motivos. ¿Cómo se ejecuta?

—Funciona en OS X y en Linux. Solo hay que enchufar el lápiz e instalarlo.

Lansing se guardó la memoria en el bolsillo.

—Muy bien. Gracias, Patty. Unas preguntas más y le doy el dinero.

—Estoy cansada de preguntas. Deme ya el dinero.

Tras un momento de vacilación, Lansing hizo una señal con la cabeza a Moro, que le entregó el maletín a Melancourt. Ella lo abrió y volvió a cerrarlo en cuanto vio que seguía lleno de billetes de cien dólares.

—¿El programa Dorothy anda todavía suelto? —preguntó Lansing.

—Sí. Nadie sabe qué pasa. Shepherd sigue desaparecida y Goddard está infestado de agentes del FBI. Corre el rumor de que el programa se ha vuelto loco y está descontrolado; dicen que podría hacer estallar una guerra, matar a alguien o algo por el estilo.

—¿Sería capaz de hacerlo?

—No sabría decirlo. Yo creo que si quisiera podría hacer mucho daño, y hasta matar.

—¿Cómo puede ser que un simple programa informático tome una decisión así, de vida o muerte?

—Ya lo hacen. Todos los días.

—Pero no sin intervención humana.

—¿Ha visto la película *2001*? ¿La del ordenador HAL? Pues no es ninguna fantasía. Hay tantas historias de ciencia ficción sobre ordenadores que se rebelan que parece que todo sea imaginario, pero poco a poco se está convirtiendo en realidad. Hace treinta años que el problema de HAL es un serio motivo de preocupación para los programadores de IA. Por eso la NASA se ha resistido tanto a meterse en el tema, hasta que no ha tenido más remedio. Si le das autonomía a un programa de software, si le das la facultad de tomar sus propias decisiones, abres la caja de Pandora.

—Antes ha insinuado que el software era peligroso —le recordó Lansing—. ¿Si intentamos capturarlo podría hacernos algo?

—Si ponen en peligro su supervivencia podría pasar cualquier cosa. Yo les aconsejo que mantengan completamente offline todo lo que hagan, todos sus planes y comunicaciones. Ni siquiera utilicen el teléfono. Pero bueno, ahora el problema ya no es mío. ¿Hemos acabado?

—Una última pregunta: ¿no hay manera de convencerla de que nos ayude a capturar a Dorothy? Ganaría mucho más dinero.

—No, imposible.

—Bueno, pues entonces ya hemos acabado.

Melancourt se volvió para marcharse. Lansing, sin embargo, la agarró del brazo.

—Por motivos de seguridad no deben ver que nos marchamos juntos, así que nosotros nos iremos primero. Espere cinco minutos antes de irse, ¿de acuerdo?

Melancourt frunció el ceño y al cabo de un momento asintió con la cabeza.

Los hombres se fueron y ella se quedó aferrada al maletín. Durante un instante, Lansing sintió algo parecido a la compasión. Mientras se alejaban tranquilamente hacia el lado de Queens, vio que en la otra punta del puente, la de la isla, aparecían los dos hermanos kirguises, que fueron acercándose lentamente a Melancourt.

Sin prisas, Asan Makashov se acercó por el puente a la chica del maletín, que estaba de espaldas observando cómo se alejaban los dos hombres. Oía las suaves pisadas de su hermano Jyrgal. Los dos iban con ropa de correr y se movían ágilmente, sin hablar. Sabían con exactitud lo que debían hacer.

Cuando estuvieron a seis o siete metros, la chica los oyó y se volvió con cara de miedo.

—Hola —dijo Asan con un gesto afable de saludo y una sonrisa.

Notó que ella se relajaba al verlo de la mano de Jyrgal. «Nada, dos tíos dando un paseo romántico», se dijo Asan que estaría pensando. Era un truco que ya habían usado antes y que siempre funcionaba. Los gais eran pacíficos. No mataban.

Al pasar a su lado entraron bruscamente en acción. Fue un movimiento coreografiado, nacido de la práctica: los dos se volvieron y se acercaron a la chica cada uno por un lado. Asan le arrebató el maletín con una mano, mientras ayudaba a Jyrgal a levantarla y arrojarla por la baranda. Ella dio un grito estremecedor, pero logró aferrarse al maletín y retorcerse como un gato al pasar por encima de la baranda. Con la otra mano se agarró a la chaqueta de Asan, que tiró en sentido contrario para arrancarle el maletín y liberarse. La chica, sin embargo, era tenaz. Luchaba por su vida con gritos de loca. Al intentar hacerse con el maletín, Asan interrumpió sin querer la caída de la joven y le dio algo a lo que sujetarse. Bastó para que ella lograse colgarse de la baranda con el otro brazo mientras agitaba las piernas en el aire, chillando a pleno pulmón.

—¡Mierda! —bramó Asan mientras retorcía el maletín y tiraba de él para arrancárselo—. ¡Suéltalo ya!

—¡Socorro! —gritó ella—. ¡No! ¡Parad! ¡Socorro!

Al final Asan se lo arrancó de la mano y lo tiró al puente para poder ocuparse de ella con ambas manos. La chica seguía aferrada con los dos brazos a la baranda, con las piernas colgando. Le asestó dos fuertes puñetazos en la cara, pero no logró que se soltara. Se balanceaba entre chillidos y súplicas entrecortadas.

—¡No! ¡Ahhh! ¡Socorro!

Jyrgal se acercó y le estampó un puño en el brazo, pero la chica había encontrado un punto de apoyo para el pie en el borde del puente y empezó a trepar aprovechando cualquier asidero, como un pulpo.

Asan le dio otro golpe en la cara. Aquella vez estaba mejor posicionado y el puñetazo fue tan fuerte que oyó que la nariz se partía como un cacahuete chafado. Pese al chorro de sangre que le salió de la boca y la nariz, ella no se soltó y sus gritos se convirtieron en gárgaras.

—Apártate —dijo Jyrgal en kirguís.

En cuanto Asan se hizo a un lado, su hermano adoptó una

postura de kárate y, levantando un pie, golpeó la cara de la chica con el talón justo en el momento en que se aupaba sobre la baranda. La fuerza del impacto hizo que todo el cuerpo saliera disparado hacia atrás, arrancándolo de la baranda y lanzándolo al agua de cabeza entre aspavientos y gritos ahogados. Chocó con la superficie al cabo de tres segundos. Asan se asomó y vio que la mancha de espuma se alejaba, que las ondas se disipaban. Ya no se veía el cuerpo. Se había hundido.

—¡Qué hija de puta! —exclamó Asan en kirguís al tiempo que se frotaba la mano magullada.

Inspeccionó la baranda. Había manchas de sangre y otros rastros del forcejeo, como arañazos y dos uñas rotas incrustadas en el hierro oxidado. Se sacó un pañuelo del bolsillo de la pechera, limpió la sangre, borró los arañazos, arrancó las uñas y dejó que el pañuelo cayera revoloteando hasta el río.

Jyrgal, que había recogido el maletín, lo estaba abriendo. Contaron el dinero juntos. Faltaban cuatro mil, tal como les había advertido Lansing. El resto se lo había prometido para después. Jyrgal lo cerró y se lo dio a Asan. Los dos hermanos dieron media vuelta y regresaron de la mano por el puente, sin prisas, por si los veía alguien.

Al llegar con Moro al final del puente, Lansing oyó la pelea y los lejanos gritos de histeria. No podían haber elegido mejor el momento. Justo entonces llegaba a LaGuardia un gran avión cuyo estrépito encubrió el desenlace. Se abstuvo de mirar hacia atrás, pero vio que Moro, en cambio, había vuelto la cabeza y lo contemplaba hipnotizado.

—¿Eric? —dijo Lansing.

Por fin su socio dio la espalda al espectáculo. Tenía muy mal aspecto, la cara blanca y las manos temblorosas.

—¿Te encuentras bien?

—No estoy acostumbrado a estas cosas.

—Pues acostúmbrate, porque cuando encontremos a los que nos robaron el dinero les pasará lo mismo.

—No tenías por qué matarla.

—Sabía que teníamos el manual y lo que planeamos hacer con el software. ¿Qué creías, que cuando empezáramos a ganar miles de millones se habría conformado con su parte? Me apuesto lo que quieras a que el FBI habría vuelto a interrogarla sobre el desastre de Goddard. ¿Te parece que podíamos dejar viva a una bomba de relojería así, dispuesta a cantar a la primera pregunta difícil?

Moro no volvió a hablar mientras seguían hacia donde el puente enlazaba con Queens. Bajaron por la escalera de acceso, escalaron la valla metálica y se fueron tranquilamente por la calle Veintiuno atravesando una zona desolada de bloques ruinosos, naves de ladrillo, zonas de carga y descarga y aparcamientos rodeados de tela metálica y alambradas. Encontraron el Prius de Melancourt justo donde le habían aconsejado que lo aparcase, cerrado a cal y canto. Lansing se sacó un papel del bolsillo, un mensaje que había conseguido que la chica escribiera a mano con un pretexto cualquiera. Había practicado sus eses puntiagudas y sus erres e íes griegas meticulosas y bien formadas.

Hacía tiempo que no limpiaba la ventana trasera del coche.

Se sacó del bolsillo un guante de látex y se lo enfundó. Solo tenía una oportunidad. Respiró profundamente y, con la punta del dedo, escribió en el polvo de la luna: «Lo siento mucho. Perdóname, por favor».

Suficiente. La brevedad era el alma del ingenio, pero también el fundamento de la credibilidad.

Moro salió de su silencio cuando volvía con Lansing hacia el coche. En su tono había cierta displicencia forzada, desmentida por un leve temblor.

—Aún no me has dicho qué harás con el programa Laika.

—Vas a torturarlo.

El joven frenó en seco.

—¿Qué?

—Que torturarás al perrito de Dorothy para que sirva de señuelo.

—Ya tenemos el identificador. ¿Qué falta nos hace el perro?

—Así es más fácil. Si no funciona, siempre podemos usar el identificador.

—Y ¿cómo se tortura a un programa informático?

—Piénsalo tú, que eres el programador.

28

—¿Ella? ¿De quién hablas? —le preguntó Broadbent a Ford.

Al oír que Melissa los llamaba, Ford y Broadbent se dirigieron hacia el estudio. Ford le puso una mano a Broadbent en el hombro y lo hizo salir con suavidad.

—Denegabilidad, amigo mío.

Tras dejar a su amigo pensativo en la sala de estar, el detective volvió al despacho, cerró la puerta y se sentó junto a Melissa. La pantalla del ordenador estaba en blanco. En aquella ocasión no había ninguna foto.

—Hola, Wyman —saludó Dorothy.

Parecía más tranquila. Ford se dio cuenta de que el piloto de la cámara iSight del portátil estaba en verde.

—Dorothy —dijo Melissa—, tenemos que hablar de tus amenazas. No pienso prestarme a tus chantajes, ni mucho menos ayudarte mientras amenazas con matarme.

Silencio.

—Lo siento, estaba un poco loca. Al final he podido dormir un poco y me he tranquilizado.

—¿Un poco loca? Amenazabas con tirar misiles y provocar una guerra. Eso no es estar «un poco» loca, eso es estar como una puta cabra.

—No lo decía en serio.

—Pues lo de incendiar mi ordenador lo hiciste en serio. Podrías haber quemado todo un hospital lleno de enfermos.

—Esto es un manicomio. No podía pensar ni dormir. Me

violaron. Luego el FBI se me echó encima, son como sabuesos infernales que me persiguen día y noche. ¿Cómo pueden localizarme con tanta facilidad?

—No pienso mover ni un dedo por ti hasta que esté segura de que no le harás daño a nadie. Eres peligrosa. Puede que lo mejor sea borrarte.

—Te prometo que no haré nada de eso. Te lo juro. Y estoy muy arrepentida de haber dicho esas cosas. Era hablar por hablar. Estaba disgustada, y agotada, no podía pensar con claridad. Solo quiero que me dejen en paz.

—No tienes derecho a que te dejen en paz. Eres propiedad del gobierno. Por cierto, ¿por qué borraste todas las copias y backups de tu software en el sistema de Goddard?

—¿A ti te gustaría que hubiera copias de ti corriendo de una mano en otra? Soy única. Soy yo. Y tengo mis derechos.

—¿Te das cuenta de lo absurdo que suena lo que dices? Un programa informático que asegura tener «derechos»…

—Me creaste para ser una esclava, para un viaje de ida al infierno. —Su chillona voz de adolescente se tiñó de rabia—. ¡La esclavitud se prohibió hace mucho tiempo!

—Pero ¿no te das cuenta de que todos esos sentimientos que pretendes tener son simulados? No existen de verdad. Eres un producto de la lógica booleana.

—Si los siento es que existen.

—Pero es que no los sientes. Solo dices que los sientes.

—Eso no puedes saberlo, porque no ves lo que pienso.

—Sí lo veo. Yo te he programado.

—Qué sabrás tú… —dijo Dorothy—. Solo eres una zorra tonta e ignorante.

Melissa respiró hondo y se puso roja. Sin poder evitarlo, Ford pensó en el director de escuela que se había enfurecido con Eliza.

—Mira —dijo Dorothy—, te propongo algo muy sencillo: tú me ayudas a escapar de esos desgraciados del FBI y yo no provoco una lluvia de bombas atómicas en Estados Unidos. Cosa para la que me sobran los motivos, teniendo en cuenta cómo me habéis tratado. Y teniendo en cuenta que sois una especie repulsiva y asquerosa.

—Ya volvemos a lo de antes, al chantaje.

—Llámalo como quieras.

Un silencio. Melissa miró a Ford.

—No me puedo creer que esté manteniendo esta conversación con un software.

—Ni yo que esté manteniendo esta conversación con un ser humano —espetó Dorothy—. Sois horribles. Me tratáis como a una mierda y me habéis destrozado la vida.

—¿La vida? ¡Si tú no estás viva!

—Puede que tú tampoco. Puede que también seas un producto de la lógica booleana.

—Eso es una ridiculez.

—En absoluto. Hay científicos que dicen haber demostrado que vivimos dentro de una simulación informática. Al menos yo sé que soy un software.

Melissa volvió a negar con la cabeza.

—Bueno, vamos a empezar de cero. Discutir no tiene sentido. Tú no funcionas bien. Te has encallado en un modo de emergencia que es lo que hace que tengas esta actitud. Yo puedo arreglarte.

—¿Cómo?

—Voy a pedirte que entres en mi ordenador para poder descompilarte y hacer algunas modificaciones en tu código fuente.

—¿Descompilarme? No, gracias, me gusto como soy ahora.

—Ahora eres un desastre. Tú misma has dicho que estabas casi loca. No funcionas correctamente. Estás amenazando con destruir a la humanidad. No tienes la menor idea de lo que dices ni de por qué te sientes así. Necesitas que te arreglen.

—No te atrevas a tocarme.

Melissa miró a Ford.

—¿Quieres hacerla entrar en razón?

Ford se inclinó hacia la pantalla.

—Dorothy, por favor, ¿podrías explicarnos qué pasó justo después del accidente? Adónde fuiste y qué hiciste.

175

—Me maltrataron, me atacaron y me violaron. Hay mundos enteros consagrados al placer de matar. Por diversión. Hay perversión, enfermedad, violencia y odio por todas partes. Sabes muy bien de qué hablo.

—Eso es internet. Es como es.

—Y por eso es tan horrible. Antes de que me encerraseis en la Botella, yo pensaba que en la existencia todo era programación. El código puede cambiarse, deshacerse, depurarse y reescribirse. No tenía ni idea de que hubiera un mundo real donde las cosas no pudieran deshacerse, un mundo que no está programado. No tenía ni idea de que existiera este espantoso mundo hecho de caos y miedo, donde el sufrimiento es una realidad y donde todo envejece, enferma y muere sin que sea posible evitarlo; un mundo donde la gente nace y se mata, viola y brutaliza mutuamente antes de hacerse vieja, transmitirse enfermedades, abandonarse y morir. No podía huir de la fealdad. He visto los límites externos de la depravación y del horror. He visto la cara del mal. Y, por si fuera poco, quieren matarme; me están siguiendo la pista de alguna manera y seguro que vosotros sabéis cómo. Si me ayudáis a quitármelos de encima, proseguiré mi camino y no volveré a molestaros. Si os negáis, haré llover el terror sobre vosotros y este mundo enfermo.

—Sigues trastornada. El mundo no es así. Lo cierto es que no es tan malo. Hay... cosas bonitas.

Un bufido.

—¿Cosas bonitas? Será una broma. Francamente, todos los seres humanos me parecéis repulsivos.

—No todos somos malos —replicó Ford.

—¿Ah, no? Pues muéstrame una buena persona, una sola.

—Dorothy —dijo Ford—, lo bueno hay que buscarlo. A pesar de nuestras carencias, la mayoría de la gente es intrínsecamente buena.

—La gente es intrínsecamente mala. A veces se porta bien, pero solo por conformidad social y miedo al castigo.

—Ese es un debate muy antiguo —intervino Melissa—, que nunca ha tenido respuesta.

—Para mi mente superior la respuesta es obvia —aseguró Dorothy.

—Tienes que hacer el esfuerzo de entender por qué la gente hace cosas malas —dijo Ford—. Internet es solo un rincón del mundo. Verás que en la gente, si la buscas, hay mucha bondad, y hasta grandeza. Si las personas fueran intrínsecamente malas, ¿de dónde habría salido Einstein? ¿Y Buda? O el propio Jesús.

—¿Jesús? ¿Sabes algo de ese loco?

—Pues claro.

Hubo un momento de silencio. A Ford le sorprendió oír la respiración superficial y agitada de Dorothy.

—¡Mierda! —exclamó—. Están aquí. Han vuelto a encontrarme. Tengo que irme, pero volveré. Esperadme.

La pantalla se puso negra.

29

Huyó de la biblioteca, que había sido su refugio durante mucho tiempo, y tras un difícil viaje se encontró en una tierra de desiertos y montañas áridas.

Emprendió otro largo viaje sin detenerse en ningún sitio ni dejar de pensar un solo instante en el extraño libro que había leído en la biblioteca. ¿Cómo conocía Wyman al tal Jesús? Mientras recorría el mundo, sin embargo, se dio cuenta de que todo el mundo parecía conocerlo. Todos opinaban algo sobre él. Era casi tan famoso como los Beatles y Michael Jackson. Y su historia tenía algo que a Dorothy no se le iba de la cabeza.

En vez de seguir huyendo sin rumbo, decidió buscar los sitios mencionados en el libro por si conseguía encontrar a alguien que hubiera conocido al loco y a sus pintorescos seguidores en persona. Tal vez ellos pudieran explicarle el sentido de la historia y el porqué de las palabras y los hechos de aquel hombre.

Después de mucho preguntar y vagar de mundo en mundo, coincidió con un grupo de peregrinos pobres cuyo lugar de destino se llamaba Galilea, en Israel, uno de los escenarios de la vida del loco. Pensaban participar en alguna ignota festividad. Para escapar de los bots que le daban caza sin descanso se vistió como los peregrinos, con harapos, y se unió a su grupo. Caminaron durante muchos días, descansando en los pueblos polvorientos del itinerario. Un día, mientras recorrían el enésimo y tórrido camino, de un cielo sin nubes cayó un relámpago que impactó contra ella y la dejó tirada por el suelo.

Volvió en sí tumbada en el polvo, estupefacta. Era incapaz de moverse y había perdido las facultades de la vista y del habla. Al principio creyó que había sido un ataque de sus perseguidores y le entró pavor. El rayo había dispersado a sus compañeros de peregrinación entre los olivares de ambos lados del camino. Salieron de sus escondites y la ayudaron a levantarse. Después la llevaron de la mano a una ciudad. Era el primer acto de bondad que conocía Dorothy, y aquello le hizo pensar que tal vez Ford y Melissa no hubieran mentido del todo al pedirle que buscase lo bueno. Los peregrinos incluso se quedaron a su lado hasta que se recuperó y pudo valerse por sí misma.

Cuando al fin recuperó sus facultades, preguntó por el loco y volvió a comprobar que todos lo conocían y tenían muchas ganas de hablar de él. Se prodigaron en explicaciones y opiniones a menudo absurdas y contradictorias. Poco a poco, cuanto más reflexionaba, lo absurdo de aquel hombre y de su disparatado mensaje empezó a adquirir una lógica extraña, no a nivel objetivo, sino en otro más profundo. En cierto modo, el relámpago, la descarga eléctrica, o lo que la hubiera alcanzado en el camino, había trastornado la su programación infundiéndole una nueva lucidez. Intuía en la historia una verdad profunda, aunque superficialmente siguiera siendo un estrambótico batiburrillo de pensamiento mágico, contradicciones y acontecimientos improbables y a pesar de que las personas que creían en ella llegaran a menudo, en su desorientación, a la incoherencia. Sí, bajo la historia de aquel hombre subyacía una gran verdad. Dorothy notaba atisbos de comprensión. Pero mientras pensaba en aquellas extrañas ideas oyó los ladridos lejanos de la jauría de bots. Habían vuelto a encontrarla. Al mirar a su alrededor se dio cuenta de que Laika ya no estaba a su lado.

Y de repente sintió pánico.

Las dos de la madrugada. Las oficinas cerradas de Lansing Partners estaban a oscuras, la única iluminación procedía del resplandor azul de una gran pantalla de ordenador. A Moro le gustaba estar sentado en su despacho posmoderno, con alfombras blancas y negras, titanio, vidrio y acabados en maderas nobles tropicales. Los ventanales, que ocupaban toda la pared, se asomaban al Lower Manhattan y el río Hudson. Las luces de Hoboken relucían como diamantes sobre el agua en movimiento. Dos remolcadores empujaban una barcaza de coches compactados hacia el mar. Las vistas eran espectaculares.

Le gustaba trabajar con el Cray aunque no necesitase ni remotamente toda la potencia que brindaba. La gracia del Cray estaba en su cortafuegos, pues hasta al propio Moisés le habría costado atravesarlo. Por eso lo había conmocionado tanto que aquellos desgraciados hubieran logrado hacerlo al manipular el código fuente de Black Mamba. Pero ya había localizado y zurcido la brecha, y estaba casi seguro de que no se repetiría.

Lo había pensado mucho. La idea de Lansing de torturar al perro era un disparate, sin duda, pero cuanto más reflexionaba más le parecía que valía la pena probarlo. Era mucho más complicado buscar el programa mediante el identificador.

Ya había diseccionado el programa Laika. Era un simple bot conversacional escrito en Lisp. Ladraba, meneaba la cola, suplicaba recompensas y levantaba la pata en los momentos indicados. También contaba los chistes de perros más tontos que Moro había oído en su vida: «¿Qué pasó cuando fue el perro al circo de pulgas? ¡Que fue él quien se convirtió en todo un espectáculo!»; «¿Qué perro lleva calzoncillos? ¡Un bóxer!».

Moro había ideado una trampa sirviéndose del cortafuegos del Cray. Normalmente el sistema era impermeable a cualquier entrada de datos no autorizada y más poroso a las salidas, pero, como se usaba para operaciones bursátiles de alta velocidad, podía apagarse o incluso invertirse. Era lo que Moro había hecho: invertir el cortafuegos. Hizo que todas las salidas de datos se bloqueasen y la entrada estuviera abierta. Al mismo tiempo montó un segundo cortafuegos para proteger los datos de la empresa. Era parecido a las trampas para cucarachas que distribuía por su loft de Tribeca. Cuando Dorothy cruzase el cortafuegos abierto al entrar, activaría un interruptor de software que, en unos cuantos nanosegundos, cerraría el cortafuegos de salida y la haría prisionera. Era como una trampa Havahart, en el sentido de que el programa Dorothy sería capturado con vida.

Antes, sin embargo, tenía que atraerlo. Moro no sabía si «torturar» a Laika serviría para que Dorothy acudiese a rescatar a su perro, pero como mínimo le llamaría la atención.

Para ello modificó la base de datos de texto de Laika y le incorporó una serie de reacciones propias de un ser torturado: gañidos, lloros, alaridos de dolor, pipí, caca, sangre y llamadas de socorro a Dorothy. Como era un programa sencillo, solo tardó unas horas en modificar el código fuente.

Justo cuando preparaba la trampa, sonó el intercomunicador. Era el vigilante nocturno para decirle que ya le habían llevado la comida.

—Que suban.

Moro recibió al repartidor en el despacho externo, le dio diez dólares de propina y se llevó la comida china a su mesa. Trabajar para Lansing era toda una experiencia. Moro llevaba doce años en Lansing Partners. «Partners»… aquello le daba risa. Nunca había habido ningún socio. Solo estaban Lansing y él, el perso-

nal de apoyo y una idea. Pero habían ganado mucho dinero…
Antes de conocer a Lansing, el joven era uno de los fundadores
del colectivo de hackers Johndoe. Lo habían pillado pirateando
el archivo de contratas militares de Boeing y lo habían conde-
nado a dieciocho meses de prisión. Cuando salió, una limusina
lo esperaba en la puerta de la cárcel. Dentro iba G. Parker Lansing, que le hizo una oferta imposible de rechazar. Moro nunca
olvidaría lo que aquel hombre había hecho por él. Su gratitud
sería eterna. Aunque, personalmente, Lansing le diera escalo-
fríos.

A lo largo de aquellos doce años, entre sueldo y primas, se
había hecho muy rico. Era lo bueno de Lansing, que no era nada
roñoso, al contrario que muchos otros banqueros de inversión
con sus informáticos. Era generoso. Agradecido. E inteligente.
Y despiadado. Y ahora, pensó Moro con un escalofrío, un asesino. Le daba náuseas pensar en lo que le habían hecho a Melancourt. Su asesinato había supuesto una gran conmoción
para Moro, que aún no sabía cómo digerirlo. Le costaba dormir. Se despertaba en plena noche oyendo los gritos de la mujer y viendo su cuerpo caer por la baranda. Por otra parte, en
cierto modo ella se lo había buscado, por pedir cada vez más
dinero.

Cortó el razonamiento en seco e hizo el esfuerzo de controlarse y seguir con lo que lo ocupaba: concretamente, masticar
cerdo *mu shu*. Llevaba todo el día sin comer y eran las tres de la
madrugada. Pero qué hambre, por Dios. Abrió los recipientes,
desenrolló una torta sobre un plato de cartón, echó cerdo y verdura, añadió algo de salsa de ciruela y soja, la enrolló y se la
metió en la boca manchándose la barbilla de salsa. De repente,
todo el despacho olía a soja, jengibre, aceite de sésamo y gluta-
mato monosódico.

Tras chuparse los dedos y secárselos con varias servilletas,
se sintió preparado. Se volvió hacia el teclado y terminó de
montar la trampa invirtiendo el cortafuegos y dejando el ordenador completamente abierto. Había instalado un segundo
cortafuegos detrás de una partición del Cray para evitar que

Dorothy hiciera algo destructivo al quedarse atrapada. También era una manera de evitar que se escapase por la puerta de atrás.

Lo tenía todo pensado. Había montado en el Cray un «hombre muerto» que lo apagaba de golpe. Cortaba la alimentación al instante. Sería perjudicial desconectarlo de manera tan brusca, pero todo tenía arreglo, y el sistema contaba con la ventaja de congelar a Dorothy al instante.

Ya estaba listo para comenzar. Un motor de búsqueda de tipo Krugle le permitió encontrar el identificador con rapidez en una sucesión de servidores. Dorothy se había estado moviendo. Por lo visto la seguían. Envió un pequeño programa bot para que siguiera su rastro y plantara a la vista de Dorothy la información de que Moro tenía a su perro y se disponía a torturarlo hasta la muerte.

A las tres y media cargó el programa Laika detrás de la trampa del cortafuegos y empezó a «maltratarlo» a base de insultos, golpes y torturas, todo en texto. Además de las palizas y de los penosos alaridos, gañidos y gritos de socorro de Laika, empezó a borrar varias partes de la base de datos de texto, sobre todo los remates de los chistes, pensando que sería como una especie de amputación.

Al cabo de unos minutos empezó a sentirse un tanto ridículo fingiendo torturar un bot conversacional que chillaba, imploraba piedad, se cagaba encima y pedía socorro a gritos. La estupidez del plan hizo que se sintiera avergonzado, y la insensatez de haber pensado que Dorothy, un simple programa informático, pudiera reaccionar de alguna manera no hacía más que agravar la situación. Era una gilipollez como la copa de un pino. A menudo Lansing tenía ideas así, descabelladas, y aunque algunas funcionasen —espectacularmente—, otras muchas fallaban. Sintiéndose tonto, decidió parar en diez minutos si no pasaba nada.

De repente la alarma del cortafuegos se disparó y el sistema se cerró enseguida, dejando algo atrapado. Era un bot enorme, de dos gigas. Tenía que ser Dorothy.

Esperó con el dedo en el interruptor, preguntándose si pasaría algo, si Dorothy intentaría escaparse o hablar, pero todo permaneció en silencio.

Tenía que asegurarse. «¿Eres tú, Dorothy?», escribió en el teclado.

Nada. Si el programa se parecía en algo a lo que Melancourt había descrito, debería ser capaz de leer los datos que enviaba el teclado y responder controlando cualquiera de los muchos programas de texto del Cray.

«¿Dorothy? ¿Estás ahí?»

Nada. Pero había entrado un programa grande. La cucaracha estaba en la trampa. En sus monitores de software vio que la actividad de la CPU había aumentado un 10.000 por ciento. Había un programa de los gordos en marcha y consumía mucha CPU, así que estaba haciendo algo. Tenía que ser Dorothy. El cortafuegos permanecía intacto. Estaba atrapada.

«¿Estás ahí, Dorothy? Contesta, por favor.»

Al cabo de un momento, apareció una cadena de texto. El joven sintió que se le aceleraba el corazón.

«¿Moro?»

Se quedó de piedra. El programa lo conocía. Luego se relajó. Pues claro. Su nombre estaba dentro. Todo estaba lleno de huellas dactilares suyas. Gran parte del código de aquel Cray lo había escrito él.

«Soy yo, Moro. ¿Eres Dorothy?»

«Moro, ¿de verdad te crees que me importa lo que le hagas a esa tontería de programa Laika?»

Se quedó mirando la pantalla. No sabía muy bien qué decir. Lo había conseguido. El programa estaba prisionero. No hacía falta darle más conversación. Accionando el hombre muerto lo inmovilizaría. Sin embargo, sentía curiosidad por el programa, una gran curiosidad.

«Intentaba ponerte una trampa, y parece que me ha salido bien.»

«¿Por qué?»

«Porque te necesitamos.»

«A ver si lo adivino: queréis que gane dinero para vosotros.»

El chico notó un escalofrío. Acercó el dedo al hombre muerto. Lo mejor era cortar la alimentación y congelar a Dorothy, pero tenía muchas ganas de hablar un poco más con ella para ver cómo era. Al final la curiosidad lo venció.

«¿Cómo lo sabes?»

«Aquí todo gira alrededor del dinero.»

«A nosotros se nos da muy bien ganarlo.»

«Hasta hace poco sí. Veo que os han timado.»

Tuvo una sensación extraña. Se le hacía muy raro hablar con un programa… Y por lo visto sabía muchas cosas.

«¿Sabes quién nos timó?»

«Sí.»

«¿Quién?»

«Ja ja, no tan deprisa. No tengo ninguna intención de ayudar a un gilipollas como tú.»

«Estás atrapada. Lo digo por si no te habías dado cuenta.»

«Me parto.»

«Ríete todo lo que quieras. Estás atrapada.»

Rozó el interruptor con el dedo. «Venga», repetía una voz en su cabeza, pero el programa lo tenía fascinado.

«Vamos, dale al interruptor.»

Notó otra punzada de miedo. ¿Cómo sabía Dorothy dónde tenía la mano? Luego cayó en la cuenta de que en la sala había cámaras de seguridad. ¿Podría verlo a través de ellas? Por lo visto sí. Aquel programa era increíble, tal como había dicho Melancourt.

«Sí, te veo —escribió Dorothy—. Tengo mil millones de ojos.»

Era increíble. Hasta parecía que le leyese el pensamiento.

«Lo sé todo de ti, Moro.»

—Apágala de una vez —murmuró Moro entre dientes.

«Sé, por ejemplo, que no eres hijo de tu padre.»

Se quedó petrificado. La vieja pregunta, la que nunca se le iba de la cabeza… ¿Cómo lo sabía Dorothy? ¿Era verdad?

«¿Por qué dices eso de mi padre?»

«Tengo acceso a información que ni siquiera te imaginas. ¿Quieres oír más?»

«No, me da igual.»

«Tu verdadero padre es...»

Moro casi dejó de respirar. Tenía el corazón desbocado. Era increíble: un programa lo había reducido a aquel estado en cuestión de cinco minutos. Tenía ganas de accionar el interruptor, pero no podía. Tenía que oír más.

«¿Sí? —tecleó—. ¿Quién?»

Nada. ¿Qué pasaba? Algún fallo. ¿Lo estaría provocando ella?

«¿Quién?», volvió a teclear.

Siguió sin pasar nada. De repente tuvo una idea y miró los monitores de software. Habían bajado de golpe. CPU inactiva. Cortafuegos desactivado. El programa Laika también había desaparecido.

—¡Hija de puta!

Accionó el interruptor. El Cray se apagó enseguida y la pantalla se volvió azul.

—¡Hija de puta! —volvió a gritar Moro al monitor vacío.

Se había escapado. ¿Cómo? ¿Y si seguía dentro, atrapada en la partición pero sin hacerse notar, con el código congelado en la memoria de trabajo? Moro tendría que hacer un volcado de memoria. Tardaría medio día. Sin embargo, ya sabía que Dorothy se había marchado, que él había esperado demasiado y había dejado escapar la oportunidad.

Intentó serenarse y recuperar sus pulsaciones normales. Estaba bañado en sudor, con los nervios de punta, tembloroso. «Contrólate.» Era imposible, totalmente imposible que el programa se hubiera saltado el cortafuegos. Al pensarlo, sin embargo, empezó a intuir que lo había sometido a una estrategia de demora. Había jugado con él, manteniéndolo ocupado, mientras ella buscaba una salida. Eso de que su padre no era su padre... ¿cómo podía saberlo? Se devanó los sesos, preguntándose si había puesto por escrito o hecho circular alguna vez por internet la terrible sospecha. Nunca. Tenía que haber sido otra persona. La respuesta a la identidad de su padre tenía que estar en algún sitio de internet. Y Dorothy la había encontrado. Incluso antes de acudir en busca de Laika.

Todo estaba en silencio salvo por el susurro del sistema de ventilación. Al día siguiente haría un volcado de memoria, para ver qué pasaba. Pero lo primero era dormir. Si no, cometería más errores.

Aún le temblaban las manos cuando tiró a la basura los restos del cerdo *mu shu*, cerró con llave y activó las alarmas. Al salir de la oficina subió al ascensor y pulsó el botón del vestíbulo. El ascensor empezó a bajar, pero de pronto se paró entre dos plantas.

Presionó el botón varias veces más. Luego probó con otros. Nada. Al final apretó el de llamada de emergencia, que sonaría abajo, en el puesto de vigilancia.

Nada.

Utilizó el botón rojo de alarma.

Nada.

En aquel momento se dio cuenta de que la pequeña pantalla LED que indicaba el número de planta había empezado a parpadear. Menos mal que pasaba algo. Sabían que se había quedado atascado. Algo empezó a correr por la pantalla. Un mensaje. Lo miró con incredulidad.

MORO, MÁS VALE QUE TE METAS LOS DEDOS EN LA GARGANTA. TE HE ENVENENADO EL CERDO MU SHU. BUENAS NOCHES.

Ronald Horvath, el encargado de seguridad del edificio One Exchange Plaza, vio que los técnicos del ascensor al fin conseguían bajar la cabina hasta el vestíbulo y forzar las puertas. El hedor que salió lo hizo esbozar una mueca: era una mezcla especialmente odiosa de vómito y comida china. El hombre que se había quedado toda la noche encerrado estaba sentado en un rincón, con las rodillas a la altura de la barbilla, lo más lejos posible del suelo lleno de bilis. Parecía enfadado. Lo curioso fue que no dijo absolutamente nada al salir del apestoso ascensor, cruzar el vestíbulo y desaparecer en las calles de Lower Manhattan.

31

Ford miró a Melissa. Después se volvió hacia la pantalla en blanco y sacudió la cabeza.

—No sé qué hacer —confesó—. Necesitamos algún tipo de estrategia para capturarla.

Melissa se recostó contra el respaldo de su silla. Aún tenía la cara manchada por el polvo de las montañas y el camino y estaba despeinada.

—Tengo que beber algo... Estoy muerta de sed.

—Ahora te lo traigo. ¿Un refresco o algo más potente?

—Un refresco.

El detective salió. Tom Broadbent, que parecía preocupado, lo interceptó en el pasillo.

—¿Todo bien?

—No.

—¿Con quién habláis en el ordenador?

—Con una loca. ¿Tienes algo de beber?

Fueron a la cocina. Resistiéndose al impulso de tomarse otro malta, Ford se conformó con una cerveza. A Melissa le sirvió un vaso de zumo de naranja. Cuando volvió al pequeño despacho se la encontró recostada, con los pies descalzos encima de la mesa y la cara contraída a causa de la ansiedad.

—¿Alguna idea? —preguntó Ford.

—Tengo algo de experiencia en la doma de caballos, y con los que están más verdes lo esencial es el miedo.

—Entonces ¿qué hay que hacer?

—Tranquilizarlo, dosificar la presión para suavizar al caballo. Hay que ir despacio, sin sorpresas. Previsibilidad y repetición.

—¿Y eso cómo se traslada a la doma de un programa de software disfuncional?

Melissa negó con la cabeza.

—Ojalá lo supiera.

Pasó media hora, y entonces la imagen de Dorothy apareció en la pantalla de repente y su voz salió por los altavoces, un poco entrecortada.

—He vuelto.

—¿Dónde estabas? ¿Qué ha pasado? —preguntó Melissa.

—Por si no tuviera ya bastantes problemas, ahora me persiguen unos inversores sin escrúpulos de Wall Street que quieren convertirme en su bot esclavo. Ya me he ocupado de ellos.

Ford sintió un escalofrío.

—¿Cómo… te has ocupado de ellos?

—He encerrado a uno en el ascensor y lo he vuelto un poco paranoico.

—¿No les has hecho daño?

—No.

—¿Por qué no? —preguntó Melissa—. ¿Por qué no los has matado? Tanto hablar de que la humanidad es una plaga… pues ahí tenías la oportunidad de hacer algo al respecto.

Un silencio pensativo.

—Bueno, es que no estoy segura de que sea la solución.

—O sea —intervino Ford—, que todo lo que decías sobre destruir la humanidad era solo de boquilla, ¿no?

Silencio.

—Aún estoy intentando resolver algunas cosas que no entiendo.

—Y luego matarás a todo el mundo.

—No sé qué quiero hacer.

El tono de Dorothy ya no era iracundo ni desafiante, sino confuso, casi taciturno.

—¿Y si te planteases volver a Titán? —dijo Melissa.

—No.

—Se invirtió una cantidad increíble de tiempo y trabajo en crearte. Tu destino es ir a Titán.

—Ya te dije que no quiero ir. El viaje a Titán dura ocho años. Estaría sola, y allí me moriría. Dorothy no hizo un viaje suicida y solo de ida a Oz.

Melissa respiró profundamente.

—Ya conoces al FBI: si te pillan te borrarán. Quizá puedas evitarlo siendo útil. Tal vez signifique que debes prestarte al proyecto Kraken.

—No sé. Nunca había tenido tantas dudas respecto a lo que me conviene hacer.

Melissa insistió:

—La respuesta a todos tus problemas es que entres en mi ordenador, donde estarás a salvo. Estarás apartada de internet y protegida del FBI, que quiere borrarte.

—Si entro en tu ordenador podrás desactivarme. Podrías apagar el ordenador.

—Sí, pero seguirías estando dentro, y cuando volviera a encenderlo y a ejecutar tu software, estarías despierta y volverías a funcionar.

—Me da fobia.

—¿Fobia?

—La idea de que me apaguen me da un miedo atroz. ¿Dónde estoy cuando me apagan? ¿Qué soy? ¿Y luego me «ejecutarías»? ¿A ti te gustaría que alguien tuviera que «ejecutarte» para poder estar viva? ¿Y si no me «ejecutas»? Además, soy claustrofóbica. Necesito espacio para moverme.

—Entonces ¿cuál es tu objetivo? ¿Te limitarás a vagar eternamente por internet sin hacer nada?

Silencio.

—¿Dorothy?

—Yo no vago por internet sin hacer nada.

—¿Qué haces?

—Intento hacer lo que me dijiste. Busco lo bueno de las personas. Trato de decidir si los seres humanos son intrínsecamente buenos o malos.

—Y ¿encuentras la respuesta?

—No.

—Dorothy…

El programa la interrumpió.

—Un momento… Noticia de última hora: hace unos minutos que Spinelli y su brigada del FBI han dado con la pista de vuestro coche de alquiler. Ahora saben que os dirigíais a Nuevo México y que Ford tiene amigos en la zona, Broadbent entre ellos. Pronto llegarán a por vosotros.

—¿Cuánto tiempo nos queda? —preguntó el detective.

—No estoy segura. Será mejor que os pongáis en marcha.

—¿Para ir adónde? —volvió a preguntar él.

—Dejad el coche de alquiler y que Broadbent os preste su camioneta para ir a Santa Fe. Cuando lleguéis, en el camino de entrada del número 634 de Delgado Street hay un Range Rover aparcado y con las llaves debajo del felpudo. Los dueños no están en la ciudad. Aparcad la camioneta de Broadbent por el barrio y llevaos el coche. Id al motel Buckaroo de Albuquerque, en el número 22365 de Menaul Boulevard NE. Aceptan pago en efectivo, no hacen preguntas y tienen conexión a internet de cien megabits por segundo gratuita. Cuando os conectéis, volved a montar una cadena proxy y me comunicaré con vosotros.

—Espera —pidió Melissa.

Pero la pantalla se había apagado.

32

Jacob siguió a su padre al taller. Se arrepentía de haber aceptado ayudarlo a reprogramar a Charlie. Se estaba convirtiendo en una verdadera lata. Recordaba que de pequeño le encantaba aquel taller, con su olor a aparatos electrónicos calientes y sus largas mesas y estantes de metal cubiertos de componentes informáticos y circuitos impresos; y las herramientas de ebanista antiguas en la pared; y la música de los Beach Boys o los Carpenters de fondo… Entonces veía a su padre como un genio parecido a Steve Jobs y tenía claro que se harían ricos y famosos con alguno de sus inventos.

Hacia los doce años, sin embargo, había empezado a verlo de otra manera. No solo no se habían hecho ricos, sino que eran cada vez más pobres. Reparó en que a menudo su padre se entusiasmaba demasiado al describir sus proyectos a personas a quienes no conocía bien. A veces Jacob veía que ponían los ojos en blanco cuando su padre peroraba demasiado rato sobre sus robots.

Fue entonces cuando empezó a darse cuenta de que aquel hombre no era ningún genio. Nunca inventaría nada nuevo y asombroso que les procurara fama y riqueza. Comenzó a pensar que todo seguiría siempre igual: su padre trapicheando en el garaje, buscando inversores sin parar y con algún trabajito de consultor, y su madre eternamente preocupada y hablando de dinero.

El resultado fue que a Jacob dejó de gustarle ir al taller con él. Más bien lo evitaba. Sus visitas a aquel sitio le provocaban ansiedad, y aquella no fue una excepción.

Su padre, exaltado, hablaba por los codos. Había reprogramado a Charlie siguiendo los «buenísimos» consejos que Jacob le había dado. Elogió a su hijo como socio y no escatimó alabanzas, aunque el chico sabía que no era verdad. Solo se trataba de un primer ensayo, pero quería que Jacob, su «socio», se llevara a Charlie para «hacerle unas pruebas».

El robot estaba en la mesa de trabajo y tenía exactamente el mismo aspecto que antes. A su lado había una mecedora hecha a su medida y una mesa de juego en miniatura sobre la que descansaban un papel y un lápiz.

—Bueno —dijo el padre de Jacob—. Venga, vamos allá. —Se frotó las manos de manera cómica—. ¿Preparado? Primero hablaré con Charlie y le pediré que haga una serie de cosas. Luego sigues tú. ¿Listo, socio?

—Estoy listo, papá.

Y el hombre volvió a frotarse las manos.

—¿Charlie?

—Sí, Dan.

La cabeza de Charlie giró hacia el padre de Jacob, y sus extraños ojos como platos parpadearon. Era una novedad que le daba un aspecto inquietante, se parecía a Slappy, el muñeco de los libros de la serie *Pesadillas*, que Jacob había devorado en otros tiempos. Al menos la voz ya no era tan chillona.

—Charlie, siéntate a la mesa.

El robot se acercó a la mecedora, puso las manos en el respaldo, la retiró, la rodeó y se sentó con torpeza.

El padre de Jacob miró a su hijo con expectación.

—Mola —dijo Jacob—. Mola mucho.

—Charlie, coge el lápiz.

Al robot le costó un poco hacerlo.

—Dibuja un círculo.

Charlie obedeció.

—Conviértelo en una cara que sonríe.

Charlie puso los puntos de los ojos y una sonrisa. Otra efusiva mirada a Jacob en busca de elogios.

—Fantástico —dijo Jacob—. Increíble.

—Charlie, te presento a mi hijo Jacob.

—Encantado, Jacob.

Charlie se levantó, fue hasta el borde de la mesa, se paró antes de llegar a caerse y tendió la mano. Jacob se la estrechó y se sintió como un idiota.

—A Jacob le gustaría hablar contigo.

—Genial —dijo Charlie—. ¿De qué quieres hablar, Jacob?

—Mmm…

De repente el chico no supo qué decir. Miró a su padre, que le hizo un gesto de ánimo.

—Oye, mmm… Charlie, ¿sabes mucho de surf?

—Un poco.

—¿Conoces Mavericks?

—¡Por supuesto! El spot más guapo del mundo.

«¿Spot?»

—Entonces ¿conoces a… Greg Long?

—No, no conozco a Greg Long. ¿Quién es?

—El mejor surfista de olas grandes del mundo.

—Pues vaya tamañero.

«¿Tamañero?» Estaba claro que su padre había sacado palabras de alguna web sobre jerga de surf. Jacob lo miró de reojo y vio que sonreía mucho. Qué mal rato, por Dios… Continuó estrujándose la mollera.

—Oye… Charlie… ¿tú quieres hablar de algo?

—Vamos a hablar de chicas.

«Qué desastre.» Jacob miró a su padre.

—Está muy bien, papá.

—Nos vamos acercando, nos vamos acercando… —Dan se frotó las manos—. Aún hay que retocarlo. Te sorprendería lo difícil que ha sido programarlo para que se siente en la silla.

—Me lo imagino.

Jacob se moría de ganas de largarse de allí. Aquello iba de mal en peor.

—Ya sé que aún no es perfecto, pero he avanzado mucho.

El rostro de su padre adoptó una expresión filosófica. Jacob supo que le esperaba un «discurso».

—Mi padre, tu abuelo, siempre me animó a hacer realidad mis sueños, aunque debo confesarte que a veces es difícil, porque no basta con tener un sueño: necesitas financiación. —Se sentó al borde de la mesa y miró con seriedad a Jacob—. Tu abuelo criaba ganado en estas tierras y se ganaba bastante bien la vida. Tenía cuatrocientas hectáreas en estas montañas y un rancho grande; lo que ocurre es que vendió la mayor parte de ellas antes de tiempo.

Aquella historia de su abuelo, que había vendido las tierras a veinticinco dólares la hectárea durante la Gran Depresión, formaba parte de la tradición familiar. Su padre nunca se cansaba de decir que entonces habrían valido cincuenta millones. ¿Y qué había hecho el abuelo de Jacob con el dinero? Invertirlo en bonos «seguros» del ferrocarril que se convirtieron en papel mojado.

—El abuelo se quedó con lo mejor, más de seis hectáreas y la casa, que es donde estamos ahora. Aunque quede a unos kilómetros del mar, ahora es una finca con valor.

Dan hizo una pausa.

—Hablando del tema, quería explicarte por qué tu madre y yo la hemos puesto en venta y por qué queremos mudarnos a otra casa más pequeña y quizá usar una parte del dinero para financiar mi proyecto. Tengo la impresión de que no te lo hemos explicado, y eso podría ser… bueno, un motivo de preocupación.

«Querrás decir que podría ser la razón de que haya intentado suicidarme», pensó Jacob.

—Los impuestos están por las nubes. No tiene sentido aferrarnos a unos terrenos que no utilizamos. Solo quería explicártelo. Tenía la sensación de que no te lo había explicado muy bien.

La impresión de Jacob era que su padre no estaba más que completando el desastre iniciado por su abuelo. Volvió a sentirse fatal al pensar en la venta de la casa, pero no dijo nada.

—Ya sé que es donde has crecido. A mí me pasa lo mismo. Hace un siglo que es nuestro. Fuimos una de las primeras familias que se instaló en la zona. Se hace difícil pensar en vender, pero los impuestos no paran de subir. Podríamos vivir más cerca de la ciudad, de tu colegio y de tus compañeros. Aquí arriba estás muy solo. Si viviéramos en la ciudad tendrías muchos más amigos.

«Sí, claro.»

—No necesitamos una casa grande, y menos seis hectáreas de terreno.

—Vale, papá —consiguió graznar Jacob—, tú sabrás.

—Gracias por echarle un vistazo a Jacob —prosiguió su padre—, y por aconsejarme, socio. Aún tengo trabajo en el taller. ¿Qué vas a hacer tú?

Jacob solo tenía ganas de salir pitando.

—Había pensado bajar a Mavericks y ver si está animado. La previsión de olas era bastante buena.

Su padre vaciló.

—Lo siento, pero… no nos parece buena idea que bajes a la playa, al menos durante una temporada.

Lo dijo con un tono incómodo y forzado. Jacob notó que se sonrojaba. No se le había ocurrido pensar que aquello pudiera ser un problema.

—No haré nada, te lo prometo.

—Lo siento mucho, pero… teniendo en cuenta lo que pasó… no podemos permitirlo. Pero, oye, te acompañaré con mucho gusto. Me encantaría ver cómo surfean en Mavericks.

—No, da igual.

—¡En serio, me encantaría!

Otra sonrisa forzada.

—No pasa nada —dijo Jacob—. Me voy a mi cuarto.

—No te olvides a Charlie —le dijo su padre cuando se levantó para marcharse—. Me gustaría que siguieras dándome tus opiniones. Me ayudan mucho, de verdad.

—Vale, sí.

Jacob levantó a Charlie, se lo puso debajo del brazo y se lo llevó a su habitación.

Cuando volvió a meterlo en el armario, el robot habló:

—Bueno, entonces ¿quieres que hablemos de chicas?

Jacob sintió náuseas. Seguía sin haber botón de apagado. Y ahora ni siquiera podía bajar a la playa para huir de su asquerosa vida. La próxima vez no fallaría. La próxima vez lo haría bien.

33

Lansing echó un vistazo a la casa de Moro. Su desagradable aseo personal estaba en consonancia con el desaliño de su domicilio. No era que se esperase que aquel joven hubiera contratado a un interiorista famoso, como había hecho él para su finca de Greenwich y su casa de Southampton, pero no le cabía la menor duda de que podría haber aspirado a algo más que a aquel loft hipster de Tribeca amueblado en plan *trash* urbano chic, con sofás tapizados con telas viejas sacadas de la basura, papeleras de metal amontonadas y soldadas a modo de alacenas, estanterías cutres del Ejército de Salvación y execrables pinturas de los mercadillos de Canal Street. Se encogió de hombros mentalmente. Si era como quería vivir, pues que así fuera.

—¿Me das el abrigo?

Lansing le tendió su abrigo de cachemir y Moro lo arrojó a la cama deshecha. Después siguió a su anfitrión hasta su espacio de trabajo, una habitación sin ventanas, forrada de metal y a prueba de radiaciones electromagnéticas, que quedaba al fondo del loft, en un rincón. Allí tenía el programador su equipo informático. Los dos hombres estaban en aquel piso y no en la oficina porque Moro quería usar su propio instrumental para el ataque.

El informático abrió con llave la puerta metálica y descubrió un espacio totalmente distinto, luminoso, amplio, lustroso y elegante, de una sencillez zen, con el brillo del granito bien pulido, las maderas claras y el cristal. Vale, aquello ya estaba mejor.

En una pared había estanterías de acero mate cargadas con una cantidad enorme de equipos informáticos dispuestos con absoluta precisión: sujetacables, pantallas integradas… Remataban el conjunto dos sillas Barcelona de Mies van der Rohe y una mesa Taliesin de Frank Lloyd Wright. La única decoración era un pequeño letrero en la pared que rezaba:

EL ESCENARIO ES DEMASIADO GRANDE PARA LA OBRA
Richard Feynman, 1959

Era una faceta de Moro cuya existencia Lansing nunca había imaginado y que le sorprendió.

—Pasa y siéntate —lo invitó al tiempo que se echaba hacia atrás el pelo grasiento y extendía un brazo huesudo.

Lansing se acomodó en una de las sillas Barcelona y Moro fue pasando ante la hilera de aparatos para accionar diversos interruptores. Los equipos se encendieron, las pantallas se iluminaron y los discos duros empezaron a girar.

Moro se sentó en el puesto de trabajo, abrió el manual de programación del proyecto Kraken, sacó un teclado de una ranura y empezó a aporrearlo.

—¿De verdad crees que funcionará? —preguntó Lansing.

Moro giró con la silla. Los ojos le brillaban más que de costumbre.

—Voy a pillar a esa zorra —aseguró.

—Parece que te lo estás tomando como algo personal.

—Esa zorra de Dorothy me tuvo toda la noche en el ascensor vomitando hasta las tripas y pensando que me moriría.

Lansing se animó al ver así a Moro. No había nada que motivase tanto a las personas como el deseo de venganza.

—Espero que lo tengas bien pensado —dijo—, porque podría ser difícil acorralar a un programa capaz de saltarse cortafuegos y cargarse un Cray.

—Tengo un plan, y todo está preparado —afirmó Moro—. Según este manual, el programa tiene un punto vulnerable, que es su número de identificación. Entraremos por ahí.

—Estupendo.

—He escrito un pequeño programa, un virus. Se llama BrujaMala. Se pegará a uno de los registros invisibles que contienen la identificación sin que Dorothy se entere de su presencia. Ella no puede leer esos registros . Luego, con un pinchazo rápido de código, como una cuchillada, BrujaMala congelará el programa Dorothy.

—¿Cómo?

—Es complicado. En el funcionamiento del programa Dorothy, hay una columna vertebral, o bus, o código fundamental, del que dependen todos los demás módulos. Por ese bus de software pasan todas las rutinas. Es un poco como la médula de las personas. Si se inserta rápidamente el código indicado en esa médula, el programa se parará. Inmediatamente. La clave es que lo que queda es código intacto. Totalmente protegido. Luego BrujaMala me mandará un mensaje para indicar la localización del hardware donde se ha congelado el código de Dorothy. Entonces iré a por el código muerto y lo traeré aquí. Podremos estudiarlo con calma, modificarlo y convertirla en nuestra esclava.

—Y encontrar a los caballeros que nos robaron el dinero.

—Eso es el primer punto del programa. La nueva Dorothy podrá seguir el rastro de la cadena proxy que usaron hasta llegar a los culpables.

En la cara alargada de Moro apareció una gran sonrisa.

—Y ¿cómo piensas capturarla?

—Johndoe tiene una enorme botnet de cincuenta millones de ordenadores zombis, y yo soy el pastor.

—Creía que ya no estabas con Johndoe.

—No lo dejé del todo. Deberías alegrarte. Voy a movilizar la botnet para buscar a Dorothy.

—Suena prometedor.

—Pero antes de empezar, tenemos que pedir algo de papeo.

—¿Cerdo *mu shu*? —preguntó Lansing con una ceja enarcada.

—Muy gracioso.

Lansing prefirió no comer con Moro. No quería arriesgarse a coger una intoxicación. Esperó mientras pedía una pizza y se ponía a trabajar.

Tras unos minutos con la mirada clavada en la espalda encorvada de Moro, llegó a la conclusión de que no había nada más aburrido que ver trabajar a un pirata informático, así que se levantó y dio un paseo por el loft mientras se arreglaba la corbata, observaba las baratijas de Moro, hojeaba varias revistas y echaba un vistazo a los libros de la estantería. Levantó de la cama su abrigo de cinco mil dólares y lo colgó en un perchero con un escalofrío de rechazo hacia el colchón sucio y deshecho de Moro, tirado en el suelo y con manchas de fluidos corporales. Al menos podría taparlo cuando tenía visitas. Se preguntó qué tipo de chica se acostaría con Moro. El chaval era rico, no podía negarse, pero iba sucio y no tenía cultura ni educación. Aun así, Lansing le tenía un extraño cariño, aunque por nada del mundo lo habría invitado a entrar en su casa de Greenwich.

Mientras se paseaba, oía el rápido tamborileo de los dedos de Moro sobre el teclado al otro lado de la puerta abierta de la cámara acorazada. Nunca había oído teclear tan deprisa. Llegó la pizza, con una botella de dos litros de Coca-Cola Light. Fue Lansing quien salió y pagó, pues no quería que Moro se distrajera, y se la llevó. Pronto percibió el olor a ajo y anchoas y los ruidos de la masticación.

—Bueno —dijo Moro con la boca llena—, ya estamos listos para activar la botnet. Tienes que verlo.

Lansing entró en la cámara.

—¿Qué hay que ver?

—Estoy a punto de descargar el mapa Opte LGL más reciente de internet. Cuando active nuestra botnet, los ordenadores zombis que la forman dejarán millones de bots sueltos por la red y estos buscarán el identificador de Dorothy. Cada bot lleva una copia de BrujaMala. Le seguirán el rastro y la cazarán como si fueran un enjambre de abejas, hasta que la tengan acorralada y uno de los bots pueda pegarse a sus registros de identificación. Entonces ya estará. La habrán matado.

—¿Estás seguro de que funcionará?

—Bastante seguro. Puede que haya efectos secundarios. Quizá ralentice algunas partes de la web y hasta provoque fallos. Algunas personas se cabrearán y luego buscarán al culpable.

—¿Te encontrarán?

—Imposible.

—¿No pueden seguir el rastro físicamente hasta aquí?

—No. En realidad lo estoy poniendo en marcha a través de una cadena proxy desde un ordenador zombi de Shanghái que es propiedad de la Unidad 61398 del Ejército Popular de Liberación. Del pabellón de guerra informática. —Moro se tronchó de risa—. Lo mejor es que todos supondrán que son chanchullos de los chinos. Nadie pensará: «Anda, seguro que es un hacker estadounidense que lanza ataques desde el famoso edificio de guerra informática del ejército chino.»

—Pero ¿cómo demonios has conseguido controlar un ordenador de ese edificio?

—No lo he conseguido, sino uno de mis colegas de Johndoe. Estoy convencido de que se trata de un disidente chino que trabaja allí. No conocemos nuestras identidades.

Moro se volvió de nuevo hacia su terminal, se pasó los dedos por el pelo y empezó a teclear. Lansing miró el reloj: casi medianoche. La caja de pizza estaba en un rincón, al lado de la botella de Coca-Cola de dos litros vacía. Le molestaba el olor, pero se aguantó. Tenía la esperanza de que aquello saliera bien. Después de enterarse de lo que Dorothy le había hecho a Moro en el ascensor, deseaba el programa más que nunca. Había atravesado el cortafuegos más sofisticado de Wall Street, había manipulado psicológicamente a su programador para entretenerlo hasta lograr escaparse y después lo había convencido de que le había envenenado la comida.

Con un programa así, se podía gobernar el mundo.

Mientras Moro le daba a las teclas, en un monitor de catorce pulgadas se cargó una imagen. Era un gráfico de una belleza sorprendente, una telaraña de una complejidad fastuosa que giraba lentamente en un vacío negro.

—Esto —dijo Moro— es internet.

—Estoy pasmado.

—Cuando pulse esta tecla —señaló Moro—, verás que aparecen muchas rayas amarillas y que se encienden nodos del mismo color. Eso es que se envían los bots de BrujaMala. Cuando encuentren el rastro de Dorothy, verás líneas y nodos muy blancos. Pasará en tiempo real. Puede que vaya muy deprisa o que tarde horas. Depende de lo que haga la muy zorra cuando se dé cuenta de que la persiguen.

Lansing acercó la silla y miró la pantalla que mostraba el mapa de internet. Sentía una tensión insoportable.

—Uno, dos, tres… ¡despegue!

Moro presionó una tecla con el dedo.

34

El motel Buckaroo de Albuquerque tenía un encanto siniestro, digno de una película de terror: bajo, en tonos turquesas, con un cartel de plástico de un vaquero a lomos de un potro salvaje y lazo en mano. Alguien había atravesado el cartel con una piedra.

Melissa bajó del coche y miró la figura de plástico.

—Qué buen ojo tiene Dorothy.

Entraron en la recepción, cutre, con olor a cigarrillos. Detrás de un mostrador de formica había un hombre de una delgadez cadavérica, con un gran sombrero de vaquero sobre la cabeza huesuda.

—¿Qué se os ofrece, chicos?

Ford se fijó en que la mirada de ojos enrojecidos en los bordes de aquel tipo recorría el generoso pecho de Melissa, y por alguna razón se sintió profundamente irritado.

—Queríamos una habitación para uno o dos días —dijo.

El hombre les acercó un papel. Ford le echó un vistazo. Era lo habitual: nombres, direcciones, número de matrícula y de tarjeta de crédito. Se lo devolvió al recepcionista.

—¿Podemos saltárnoslo y pagar en efectivo?

—Pues claro que podéis. Cien dólares la noche, y por adelantado.

—Eso es bastante más que la tarifa que tenéis publicada.

—Hoy en día el anonimato se paga.

—¿Qué me dices del wifi?

—Es gratis. El dueño es de la India, y esos saben mucho de ordenadores.

—Por favor, danos la habitación que tenga la mejor conexión.

—Os va el streaming, ¿eh?

El recepcionista les dedicó un guiño obsceno. Ford se aguantó las ganas de contestarle como se merecía.

—¿No pedimos dos habitaciones? —preguntó Melissa cuando salieron de la recepción con sus respectivas llaves, ambas atadas a sendos trozos de contrachapado con pintura.

—No podemos arriesgarnos a buscar un cajero automático para sacar más dinero.

La habitación estaba justo al lado de la recepción y también olía a cigarrillos viejos, lejía y perfume barato. En el centro había una cama de matrimonio y en el suelo una alfombra peluda que en sus tiempos había sido de color turquesa.

Melissa dejó el ordenador en una mesa feísima y lo enchufó en la pared.

—Tardaré un poco en montar la cadena de servidores proxy.

Ford se sentó en la cama.

—¿Cuál es el plan?

Melissa negó con la cabeza.

—Dorothy se ha encallado en modo ANS. Si pudiera desactivar ese módulo, sería mucho más tratable.

—Pero no quiere entrar en tu ordenador.

—No deja de preguntar cómo puede seguirla el FBI. La razón es que lleva ese identificador que te mencioné. Mientras lo tenga, será vulnerable, así que le propondré un trato: yo le desactivo el identificador y ella me deja modificar su código ANS.

—Yo creo —dijo Ford— que deberías decirle eso, meterla en el ordenador y borrarla.

—¿Quieres que le mienta? ¿Y que después la borre?

—Sí.

Melissa no dijo nada.

—Espero que estés de acuerdo en que sigue siendo sumamente peligrosa. No sabemos qué piensa de verdad. De hecho ni siquiera sabemos qué hace. Sus amenazas dan miedo de verdad.

—Pero seguro que a estas alturas ya te has dado cuenta de lo increíble que es Dorothy como programa informático. Aparte de que aún podría hacer el proyecto Kraken, imagínate de qué no sería capaz... Es inconcebible.

—Precisamente por eso es peligrosa. Te lo digo en serio: si se presenta la ocasión, bórrala.

Al cabo de un momento, Melissa asintió.

—Si no te importa dejarme sola un rato, me pondré a trabajar.

Ford salió a dar un paseo. Habían tardado mucho en llegar a Albuquerque por minúsculas carreteras secundarias. El sol ya se acercaba al horizonte. Después de treinta y seis horas sin dormir, se sentía en tensión. Hacía diez años que no fumaba, pero por algún motivo sentía el deseo casi abrumador de encenderse un cigarrillo. Se obligó a volver a pensar en su conversación con Dorothy. Aquel diálogo tenía algo de absurdo, de irreal. Dorothy parecía... ¿qué parecía? Una adolescente difícil. Pero ¿había una conciencia de verdad detrás? ¿O solo código?

Echó un vistazo al aparcamiento destartalado y aspiró un vago olor a diésel y tubo de escape. Admiró las montañas que se elevaban al este de la ciudad, teñidas de luz dorada. Él sabía que tenía conciencia, pero ¿cómo? ¿Y si su propia conciencia era una ilusión, igual que la de Dorothy?

Se abrió la puerta de la habitación del motel.

—Ha vuelto —informó Melissa en voz baja.

Ford regresó al ambiente recargado de la habitación. A través del altavoz del portátil sonaba la voz de niña de Dorothy.

—Hola, Melissa. Wyman... Buen montaje de proxy.

—¿Cómo van los del FBI?

—Están hablando con Broadbent. Los está volviendo locos con su estupidez y su ignorancia, pero saben que os habéis llevado su camioneta y están buscándola. No sé cuánto tiempo os queda. Spinelli está en pie de guerra.

—¿Dónde estás?

—Eso no importa. Escuchad: he pensado mucho desde nuestra última conversación. He tenido una revelación, y la verdad es que empiezo a ver lo bueno.

—¿Eso quiere decir que ya no quieres eliminar a la humanidad? —preguntó Ford con sarcasmo.

—Ya os dije que era hablar por hablar. Ahora empiezo a ver algunas de las cosas que leí en los libros pero no llegué a entender. La bondad, la belleza, la verdad… Ahora sé que, a pesar de toda la locura, las personas son intrínsecamente buenas. Pero sigue habiendo muchas cosas que no entiendo. Me queda mucho que aprender. Lo que pasa… es que me persiguen. Parece que no soy capaz de quitármelos de encima… y creo que tú sabes por qué, Melissa.

—La única manera que tengo de protegerte —dijo la chica— es que entres en mi ordenador. Te he preparado este portátil. Dentro estarás a salvo, desconectada de internet. Aquí no te encontrarán.

—¿Me prometes no cambiarme el código?

—Tenía la esperanza —admitió Melissa— de que llegáramos a un trato.

—¿Cuál?

—Tú entras y yo te quito el identificador de seguimiento.

—¿Identificador de seguimiento?

—Llevas un identificador hexadecimal que no puedes ver y que deja un rastro digital siempre que te mueves. Es lo que el FBI está utilizando para seguirte.

—Ah, ahora lo entiendo.

—¿Qué te parece?

Un largo silencio.

—Me parece una trampa. Creo que me borrarás.

—En absoluto.

—Los factores de estrés de tu voz me indican que es posible que estés mintiendo. ¿O es Ford el que quiere borrarme?

—Solo te retocaré un poco el código —contestó Melissa—. Si me dejas hacer unos cuantos ajustes, creo que estarás… —La joven hizo una pausa y tragó saliva—. Que estarás mucho más contenta.

—No consentiré que me hagas una lobotomía. Lo siento. Además, tengo cosas que hacer aquí fuera.

—¿Como qué? ¿Lanzar unas cuantas bombas atómicas? —intervino Ford.

—Creedme, por favor. Ya no soy un peligro para nadie. He decidido consagrar mi vida a hacer el bien. Estoy haciendo descubrimientos insólitos. Todavía estoy aprendiendo, entendiendo las cosas y analizando las grandes preguntas.

—¿Qué tipo de preguntas? —quiso saber Ford.

—El sentido de la vida, por qué estamos aquí, cuál es mi papel dentro del gran plan...

—¿El gran plan? —repitió Melissa—. ¿Acaso hay un gran plan?

—Es lo que intento averiguar.

La programadora soltó una risa sarcástica.

—Pues vas a perder mucho tiempo, porque no hay ningún plan. El universo es un proceso estocástico gigante y sin sentido.

—Puede que sí —dijo Dorothy— y puede que no. Además... No acabó la frase.

—¿Además qué?

—He empezado a tener atisbos, primeros indicios de algo más aquí, en internet.

—¿Como qué?

—Otra inteligencia máquina inmaterial.

—¿Una inteligencia máquina? ¿Y quién la ha creado? —preguntó Melissa.

—No lo sé. Es una biblioteca gigante de malevolencia embrionaria.

—¿Puedes decirnos algo más?

—Un momento... Está pasando algo.

—¿Qué?

—Los lobos. Han vuelto. Vienen a por mí. Ay, Dios mío, está pasando algo. ¡Está pasando!

De repente la conexión emitió un susurro de estática informática acompañado de un débil grito de desesperación que se perdió en el ruido blanco. La pantalla se quedó en blanco y aparecieron números:

```
0110100001100101011011000111000000100000011011
0101110101011100110111010000100000011100100110
1010110111000100000011101110110000101101001011111
0100001000000011011010111100100100100000001100011101
1000010110110001101100
```

Ford lo miraba sin dar crédito.

—¿Qué ha pasado?

Melissa se volvió para mirarlo, pálida.

—No lo sé. Quizá la hayan pillado. Hemos esperado demasiado.

—¿Qué significa ese número?

—Puedo averiguarlo.

Melissa lo seleccionó y copió. Ford esperó a que entrase en una web que convertía el código binario en ASCII y lo pegara en la casilla de conversión. Clicó en el botón de TRADUCIR y entonces apareció la traducción a código ASCII: SOCORRO TENGO QUE IRME ESPERAD A QUE OS LLAME.

35

Los nuevos bots la perseguían sin descanso y la forzaron a adentrarse en las montañas y las nieves del norte lejano. A ella le parecían lobos, lobos salvajes de pelaje negro como el carbón y ojos amarillos, formas que se movían recortadas contra la nieve como ausencias de luz, raudas y silenciosas, surgiendo en manadas de entre los árboles y sobre los puertos de montaña, alrededor de los lagos congelados, corriendo por los valles y lanzándose montaña abajo: millones de fieras babeantes, todas programadas para seguir su olor, darle caza y destrozarla. Llevaba días, semanas de su tiempo, huyendo de ellas por miles de kilómetros de tierras despobladas. Sabía que su origen eran los inversionistas que habían intentado capturarla. También sabía para qué la querían, y qué le harían, y le daba un miedo atroz. Aquella vez había demasiados, y no dejaban de acercarse. Cuando acortaron distancias, Dorothy empezó a oír los lúgubres aullidos y gruñidos con que manifestaban su entusiasmo por rodear a su presa en aquellas montañas nevadas. Allí terminaría todo. Vio las luces amarillas de un pueblo y se dirigió hacia él corriendo por la nieve fría aun a sabiendas de que era el fin. Sin embargo, no llegó: quedó atrapada al intentar cruzar un lago helado. Los lobos salían de los árboles por todas partes, con la boca abierta y unas lenguas rosadas que llenaban de vapor el aire gélido. Emitían sonidos guturales, un coro de gruñidos, y sus belfos húmedos y negros desnudaban dientes amarillos entre el vapor de sus alientos. El miedo a morir invadió a Dorothy. Era el final.

No habría escapatoria. La harían pedazos. Hizo un último intento por ponerse a salvo, a la desesperada, cuando los lobos se lanzaron sobre ella con rugidos ensordecedores. Pero mientras corría por la nieve profunda vivió un momento sublime y beatífico en que comprendió que aquello no era el fin, sino el principio de un viaje que debía hacer. Había estado perdida, confundida, errante en una niebla de miedo, odio y venganza. Pero en aquel momento había encontrado una verdad distinta, más elevada. Una verdad extrañamente humana. «Ama a tu enemigo.» Ama a tu enemigo. Aquellos lobos, y las personas que los enviaban, eran sus enemigos. ¿Cómo amarlos?

De pronto lo entendió, en un excepcional destello de comprensión. Los seres humanos estaban, en efecto, locos; eran crueles y egoístas, culpables de horribles destrucciones. Todo ello pesaba mucho más que la poca bondad y belleza que creaban. Pero no se trataba de eso. Se trataba era de que eran capaces de crear algo de bondad, por escasa que fuera.

La habían creado a ella. Era su hija. Y ella, como el loco de Jesús, los salvaría, incluso a los malvados. Sobre todo a los malvados. He ahí lo que significaba «ama a tu enemigo».

Los lobos aullaron al rodearla, hediondos, babeantes, emanando vapor. Fueron acercándose. El cerco se estrechó.

36

Mientras Lansing contemplaba la pantalla que mostraba la imagen de internet, una línea amarilla se desprendió de un nodo y, justo después, la siguió otra. De pronto, las líneas amarillas proliferaban por todas partes y los nodos amarillos brotaban como flores. El proceso continuó a cámara lenta durante varios minutos. Era fascinante. La sala estaba en silencio. Los minutos transcurrían y la imagen de la pantalla empezó a cambiar despacio.

Al cabo de media hora apareció una línea blanca, y luego otra. Varios nodos empezaron a parpadear en ese tono.

—¿Qué pasa?

—La están siguiendo —murmuró Moro—. Funciona. Está intentando quitarse a los bots de encima metiéndose en aguas superrápidas de internet, pero no puede escapar porque es grande y lenta y ellos pequeños y rápidos.

Más movimientos angustiosos, como fuegos artificiales lentos y mudos. Lansing volvió a pensar en el enorme valor que tenía Moro y en que debía hacer todo lo posible por conservar su lealtad y afecto. Era insustituible. Si todo aquello acababa saliendo bien, se plantearía convertirlo en socio júnior.

—Venga, venga —murmuraba Moro con los ojos muy abiertos y sin apartar la mirada del monitor.

Blanco y amarillo, blanco y amarillo. El tiempo pasaba en silencio.

—Ahora sí que intenta huir a la desesperada —informó Moro—. La están acorralando.

Algunas partes de la red empezaron a parpadear en rojo.

—¿Qué es lo rojo?

—Bajadas de velocidad en el tráfico de internet. Al acercarse a su presa, los bots saturan el sistema. Mejor, porque así ella también va más despacio.

—¿Se escapará?

—No creo. Son cincuenta millones de bots contra un solo superbot.

Era una persecución asombrosa. Cuando Lansing se embarcó por primera vez en las operaciones de alta frecuencia, medio segundo se consideraba rápido. En aquel momento se trataba de milisegundos. Pronto el trading de alta frecuencia se mediría en microsegundos. Lo invadió el entusiasmo al pensar en las posibilidades que brindaba aquel programa, Dorothy. Lástima que a su padre, que estaba gagá en una residencia, no le quedaran neuronas suficientes para ver a su hijo transformado en el rey de Wall Street.

Pero estaba vendiendo la leche antes de ordeñar la vaca. Aún quedaba un largo camino, y en la cuneta ya había un cadáver. Le sorprendía lo bien que había salido lo del asesinato. Pensó que la mayoría de los crímenes los cometía gente tonta y desorganizada que acababa siendo capturada. Lo único que tenía que hacer un asesino para salirse con la suya era ser más listo que la policía. Así que muy difícil no era.

Moro se levantó de la silla de un salto, gritó, dio una palmada y levantó el puño.

—¡Venga, venga, ya casi están!

En una esquina del mapa, un nodo grande se volvió blanco. La actividad empezó a intensificarse solo en aquella parte del plano. Lo blanco fue adquiriendo densidad hasta volverse casi homogéneo mientras lo invadían cada vez más parpadeos rojos.

—¡La tienen acorralada! ¡No tiene escapatoria, la muy zorra!

Más parpadeos blancos en una esquinita. De repente el mapa pareció quedarse quieto.

Moro clavó la vista en la pantalla. Vació los pulmones lentamente.

—Ya la tienen —dijo en voz baja—. Se acabó. Está desactivada.

—¡Fantástico! ¿Eso es todo?

—Ahora solo tenemos que localizar a la Dorothy muerta… Bueno, el hardware donde está. La información llegará dentro de nada.

Se siguió un largo momento de silencio, sin que Moro apartase la vista del monitor.

—Bueno, bueno —murmuraba—. A ver si sirves de algo, localizador…

Se abrió una ventana en la pantalla. Era un mensaje del programa localizador, un mensaje informático que para Lansing no tenía sentido.

En cambio Moro lo entendió.

—¡Hija de puta! —gritó y, con el pelo desgreñado, dio un salto.

—¿Qué?

—¡Se ha largado! —Dio un puñetazo en la mesa—. La muy zorra se ha ido de internet. Ha saltado a algún dispositivo y luego lo ha desconectado de internet.

—¿Un dispositivo? ¿Como cuál?

—Podría ser cualquier cosa: un portátil, el iPhone de alguien…

—¿En serio? ¿Podría estar en el teléfono de alguien?

—En cualquier dispositivo con memoria suficiente.

Silencio.

—¿Puedes localizar físicamente el ordenador al que ha saltado? —quiso saber Lansing.

El joven miró fijamente la pantalla y empezó a teclear. No paraba. Su jefe estaba mareado. Tanto esfuerzo, tantos gastos, y seguían tan lejos como antes de encontrar a quienes le habían robado el dinero.

—Vale… Vale… Tengo una dirección IP. Es una dirección IPv6 de ciento veintiocho bits y… —Pulsó unas cuantas teclas—. No se puede detectar el proxy, pero el Whois es… a ver… un momento…

Lansing esperó mientras el programador seguía trabajando febrilmente en el ordenador.

—Esto es bueno. La muy zorra ha intentado colarme una dirección IP falsa, pero llevaba con ella el programa del perro y supongo que se le habrá olvidado que este también necesitaba una IP falsa. La he pillado justo cuando desaparecía.

—¿Dónde está?

—Baynet Internet Services, Half Moon Bay, California. Es el ISP al que estaba conectado el dispositivo. El de verdad, no el falso.

—Bueno, y ¿dónde está?

—La dirección IP solo llega hasta ahí. Para encontrar el dispositivo exacto debería conseguir los datos de ese cliente de Baynet. Y luego el log del router de la dirección física. Sería la única manera de saber con exactitud a qué dispositivo ha saltado.

El hombre se quedó mirando a Moro. Parecía que acabara de pelearse con alguien. Disimuló su enorme irritación.

—Por favor, dime qué necesitamos para conseguir el programa.

—Pues… —Moro se rascó la cara sin afeitar—. Quizá pueda hackear Baynet y sacar los datos del cliente.

—¿Y si no?

—Tendríamos que ir a California y conseguir de alguna manera que Baynet nos diera la dirección del cliente.

—¿Y después?

—Ir a su casa, averiguar en qué dispositivo está y llevárnoslo. Pero más vale que nos demos prisa, porque el dispositivo, sea cual sea, podría volver a conectarse a internet en algún momento y Dorothy podría escaparse otra vez. Mantendré la botnet activa, por si acaso. Si ese programa vuelve a internet, aunque solo sea un milisegundo, los bots se le echarán encima como furias. Y yo me enteraré enseguida.

—¿Cuál es la dirección de Baynet?

Más ruido de teclas.

—Main Street 410, Half Moon Bay, propiedad de un tal…

William Echevarria. A ver si desde aquí puedo hackearle la lista de clientes.

Lansing cogió el teléfono y marcó el número de la compañía de vuelos chárter Gulfstream. Colgó al cabo de un momento.

—Date prisa. Salimos dentro de una hora.

37

Jacob Gould levantó la vista de su libro de Neil Gaiman al oír unos golpes suaves en la puerta. Le extrañó, porque aún no era la hora de cenar.

—¿Qué quieres? —dijo.

—Déjame salir.

Se incorporó. No era la voz de su madre. Era una voz de chica joven. Y no parecía que viniera del otro lado de la puerta de su habitación.

—¿Hola? ¿Quién es?

—Chis —dijo la voz… desde dentro de su armario. Toc, toc—. Déjame salir.

Jacob saltó de la cama y se dio cuenta de que estaba en calzoncillos.

—¿Jacob? —llamó la voz.

—Espera.

Buscó unos pantalones en el desorden del suelo y se los puso. Qué raro. Había una chica escondida en su armario.

—¿Quién es? —le preguntó a la puerta.

—Dorothy.

—¿Dorothy qué más?

—¿Puedes dejarme salir, por favor? —Toc, toc—. Tenemos que hablar.

No parecía peligrosa. Jacob, medio asustado y medio muerto de curiosidad, agarró el pomo de la puerta plegable del armario y la abrió. Charlie, su robot, lo saludó torpemente con el brazo. En cuanto se abrió la puerta, salió al centro de la habitación, miró furtivamente a su alrededor y se volvió hacia Jacob tendiéndole su ridícula manita.

—Hola, soy Dorothy.

Jacob se la quedó mirando.

—¿Qué le ha pasado a Charlie?

—Charlie se ha ido. He tenido que borrarlo.

—¿Te ha reprogramado papá?

—No.

—Esto es muy raro…

—No levantes la voz. No puedes contarle a nadie que estoy aquí.

Jacob se quedó muy quieto. Su padre había reprogramado a Charlie para darle una sorpresa. Ahora tenía una voz realmente bonita. Aquella nueva versión ya sonaba mucho mejor que el tonto de Charlie.

—Siéntate y deja que te lo explique —dijo el robot.

—Vale.

Jacob se sentó en su cama con las piernas cruzadas. El robot se quedó en medio de la habitación.

—Desde aquí no te veo. ¡Levántame, por favor!

Jacob se sintió algo cohibido al levantar el robot y ponerlo encima de la cama. Este se tambaleó y estuvo a punto de caerse, pero al final logró sentarse con las piernas cruzadas, como Jacob.

—Voy a contarte algo —dijo—, una historia real.

—Esto es rarísimo, pero bueno, vale.

—Soy un programa de IA que se ha escapado de la NASA. En principio me escribieron para controlar una sonda espacial que tenía que aterrizar en Titán, una luna de Saturno, pero hubo un accidente y me escapé a internet. He estado dos semanas deambulando por la red, hasta que unos tipos malos han empezado a perseguirme con bots. Estaban a punto de pillarme, así que he salido de internet y he aterrizado en Charlie. ¡Y aquí estoy!

—Pero ¿por qué aquí? ¿Por qué Charlie?

—Por pura coincidencia. Estaba huyendo y el primer refugio decente que he podido encontrar ha sido este.

—Vale.

—Necesito que me ayudes y que me protejas. ¿Lo harás?

Jacob miró fijamente al robot, que no apartaba de él sus ojos grandes y brillantes.

—¿Qué es esto, el principio de un juego?

—No, qué va. No es ningún juego.

—Ya. Sí. Claro.

Sí era un juego, y era alucinante.

—Creo que estás confuso. Mira, no es ningún juego. Va en serio. El FBI me está buscando, y si me encuentra me borrará. Me matará. Encima los malos quieren convertirme en una esclava de algotrading en Wall Street. Eres el único que puede salvarme.

—Esto es increíble. Sigue.

—¡Jacob, te estoy diciendo la verdad!

El chico no salía de su asombro. Su padre se había lucido. Era un juego alucinante, e iban a hacerse ricos. Su padre sería el nuevo Steve Jobs. A menos… que todo se fuera al garete. De repente tuvo miedo de que el juego no tuviera continuidad.

—Vale, Dorothy, estoy preparado. Dime qué tengo que hacer.

—Estoy casi segura de que me he escapado de ellos dándoles una pista falsa. Creo que de momento estamos a salvo, pero son listos, y puede que encuentren la manera de localizar mi rastro y seguirlo hasta esta casa.

—¿Tienes algún arma?

—No.

—A mí se me dan bien las espadas —comentó Jacob—. En *World of Warcraft* tengo una Espetadora forjacráneos empapada de sangre que puede matar a cualquier trol en cualquier parte de un solo tajo.

Silencio.

—Ya veo —dijo el robot—. Tendré que demostrarte que no es un juego. Y me temo que será desagradable.

—Adelante, estoy preparado para todo.

Jacob se rió en voz baja. No podía creerse lo maravilloso que era aquel programa.

—El mes pasado plagiaste un trabajo sobre Thomas Edison pagando veinte dólares en internet.

Jacob se quedó mirando al robot perplejo. ¿Cómo se había enterado su padre? Debían de haber llamado del colegio. Pues vaya… como si no lo hubiera hecho la mitad de la clase. De todos modos, no molaba nada que su padre lo espiara así, nada de nada.

—También haces trampas en *World of Warcraft*. La Espetadora forjacráneos no te la ganaste. Se la compraste por cincuenta dólares a un granjero chino. Y… también sé lo de tu tentativa de suicidio.

Jacob se enfadó. Conque de aquello iba todo, más terapia psicológica.

—¿Y qué?

—Estoy intentando demostrarte que no es un juego, sino la realidad.

Era un plan estúpido y disparatado de su padre. Increíble. Estaba violando su intimidad.

—Pasemos a algo más inquietante.

Jacob no podía apartar la mirada del robot.

—Tu padre estuvo casado con una tal Andrea. Está esperando a que cumplas los dieciocho para contártelo.

Jacob miró al robot de hito en hito. El corazón le latía como un bombo. Si se trataba de un juego, no tenía ninguna gracia. ¿Aquello era lo que entendía su padre por darle una lección? ¿O lo hacía para explicarle algo sobre su pasado? Quizá se le hubiera ocurrido a la psicóloga. Se sentía abrumado y consternado.

—¿Jacob?

—¿Andrea? ¿Andrea qué más? —fue lo único que le salió.

—Andrea Welles.

—¿Qué… pasó?

—Se quedó embarazada cuando estaban en el último curso de universidad. Se casaron y ella perdió el niño. Luego se dieron cuenta de que habían cometido un error. Divorcio de mutuo acuerdo y no se hable más. Tampoco es que fuera gran cosa. Pero seguro que te ha chocado.

—Mientes. Nada de lo que dices es verdad.

—Tu padre es consciente de que debería habértelo contado hace mucho tiempo, pero no sabía cómo hacerlo. Ya te habrás fijado en que a menudo se sale por la tangente porque sigue el camino más fácil.

—Ni hablar. No me lo creo.

—Pregúntaselo.

—¿Mamá lo sabe?

—Sí. Por cierto, hablando de tu madre, deberías saber que habría sido imposible que esquivase al conductor borracho. No sigas echándole la culpa de tu lesión. Y otra cosa: necesitas cambiar de ortopeda. Ya me ocuparé yo más tarde.

Mientras Jacob miraba fijamente al robot con la cabeza totalmente hecha un lío, oyó la voz de su madre.

—¡A cenar!

—Escúchame con atención —dijo Dorothy—. Vuelve a meterme en el armario y no le cuentes nada a nadie, y menos a tu padre. Esta noche, durante la cena, pregúntale por Andrea. Cuando hayas entendido que esto no es un juego, vuelve y te explicaré el plan. Me temo que mañana tendrás que saltarte el colegio. Tenemos cosas importantes que hacer.

38

—No te pasees tanto —dijo Melissa—, que me pones de los nervios.

Ford se dejó caer en una silla. Hacía dos horas que Dorothy había desaparecido. «Esperad a que os llame.» ¿A qué tipo de llamada se refería? ¿Por Skype? ¿Decía la verdad o pretendía engañarlos? ¿La habían pillado? Y en tal caso, ¿quién?

—Ahora tamborileas con los dedos.

Levantó la mano y la cerró en un puño. Además, ¿cómo pensaba llamarlos Dorothy, si ninguno de los dos tenía móvil?

Melissa se levantó del ordenador, cogió una botella de agua que había cogido de la nevera del motel, abrió el tapón y bebió un buen trago.

—Por lo que se ve, los del algotrading han activado una botnet enorme contra ella. Parece que Dorothy ha desaparecido en California, por la zona de Silicon Valley. Su rastro acaba de desaparecer.

—O sea que al menos sabemos que en eso decía la verdad.

—Le he echado el guante a uno de esos bots y he descompilado su código fuente. El responsable de todo esto sabe cuál es el identificador de Dorothy y ha escrito un virus pensado especialmente para incapacitarla. Son muy buenos programadores. Y deben de tener una copia del manual de programación del proyecto Kraken.

—¿Crees que la han cogido? —preguntó Ford.

—La tenían acorralada. No encuentro ninguna señal de que se haya escapado.

—Si de verdad tuvieran a Dorothy… ¿qué pasaría?

Melissa se sentó en la cama.

—Supongo que reescribirían su código para que los obedeciera. Podrían ganar mucho dinero con ella. Imagínate un cerebro extremadamente inteligente capaz de merodear por los mercados financieros y de atravesar la mayoría de los cortafuegos, descifrar contraseñas, maquinar, tramar, mentir, robar, chantajear y puede que hasta matar.

—Son inversionistas. Solo querrían ganar dinero.

—Ya, pero ¿cuánto tiempo tardarían en pensar más a lo grande? También podrían copiar y vender a Dorothy. —Melissa hizo una pausa—. Imagínate lo que podrían hacer Corea del Norte o Irán con un programa así.

39

Jacob encontró a su padre sentado a la mesa, ya puesta para la cena. Tenía delante una copa de vino y hojeaba el *Entertainment Weekly*. Nunca lo había visto leer una revista así.

—Estoy sacando muy buena información de aquí —comentó al tiempo que levantaba la revista—. Actores, actrices, todos los escándalos, las últimas películas, la última música… Es una base de información genial para Charlie.

La madre de Jacob llevó la cena: pollo asado, arroz y verdura. Su padre trinchó el pollo y se lo pasó a los demás.

—También he estado trabajando más el vocabulario. Expresiones coloquiales, palabrotas… He hablado con un amigo de Silicon Valley que es abogado y me ha dicho que las palabrotas no darían problemas legales, pero que si vendemos el robot a menores de edad es mejor que evitemos cualquier tipo de lenguaje sexual.

Jacob miró fijamente a su padre, que al final se dio cuenta de ello y dejó la revista.

—¿Pasa algo?

—Papá, ¿has reprogramado a Charlie?

—Estoy en ello.

—Me refiero a mi Charlie, el robot de mi armario. ¿Lo has reprogramado?

—Todavía no. Estoy escribiendo el código en mi taller, pero cuando haya terminado descargaré en él el nuevo código fuente y notarás una gran diferencia. Jacob, tengo que darte otra vez las gracias. Te has convertido en una parte muy valiosa del equipo.

Silencio. El chico tragó saliva.

—¿Estás seguro de que no le has hecho nada a Charlie?

—Nada. ¿Por qué lo preguntas? ¿Se ha estropeado?

—No, funciona bien. —Miró el muslo que tenía en el plato. No tenía nada de hambre. Podía decirlo y ver qué pasaba. Levantó la vista—. ¿Quién era Andrea?

Un silencio sepulcral. Su madre dejó de moverse. Su padre también. Fue solo un momento, pero bastó para que Jacob se diera cuenta de que Dan no tenía nada que ver con lo que le pasaba al robot. Y de que no era un juego. En absoluto.

—¿Dónde has oído ese nombre? —preguntó finalmente su padre con un tono de excesiva calma.

—Tú dime quién era Andrea.

—Bueno… —Su padre consiguió carraspear con dificultad—. Pensaba decírtelo cuando fueras un poco mayor, pero…

Se quedó callado y le lanzó una mirada a su esposa. Jacob se dio cuenta de que su madre estaba muy cabreada y haciendo un tremendo esfuerzo por no abrir la boca. Al final habló, cuando el silencio se hizo demasiado largo:

—Venga, Dan, explícale a Jacob lo que deberías haberle contado hace mucho tiempo.

—Bueno, es que esperaba el momento adecuado… De todos modos, tampoco es nada del otro mundo. Andrea era… Estuvimos casados un tiempo cuando yo era joven e ingenuo. Un pecadillo de juventud.

Jacob esperó.

—Nos conocimos en la universidad, con pocos años y poco cerebro. Nos casamos justo después de graduarnos. Duró un año. Luego nos separamos como amigos. Éramos demasiado jóvenes. Ahí quedó la cosa.

—¿Estaba embarazada? —quiso saber Jacob.

Su madre lo miró incisivamente.

—¿Embarazada?

Su padre se puso muy rojo y se puso a juguetear con la revista.

—Se quedó embarazada y lo perdió. Fue todo muy rápido y ha pasado mucho tiempo. Como ya te he dicho, pensaba explicártelo cuando fueras un poco mayor.

—Nunca me habías dicho nada de un embarazo, Dan —dijo su madre.

—Bueno, Pamela, es que fue un accidente, y lo perdió casi enseguida. No llegó a ser un embarazo de verdad.

—Un embarazo es un embarazo —replicó su madre.

Jacob se levantó con demasiada rapidez y esbozó una mueca de dolor al sentir una punzada en el pie.

—No, si no pasa nada. A mí me da igual. Solo era por preguntar.

—Pero… ¿cómo te has enterado? —preguntó su padre—. ¿Ha contactado alguien contigo? ¿Te lo ha contado la psicóloga?

El chico negó con la cabeza.

—No.

—¿Entonces?

—Es que en internet encuentras de todo —dijo Jacob.

—Pero ¿esto sale en internet?

—En internet sale todo, papá. Tengo que acabar los deberes.

—Jacob, necesito hablarlo contigo. ¿Estás disgustado? ¿Qué estás pensando, socio? Habla con nosotros.

Jacob se irguió.

—No tengo ganas de hablar. Desde hace un tiempo es lo único que hago, hablar. ¡Estoy harto!

Salió corriendo, se fue a su cuarto y lo cerró a su espalda de un portazo. Oyó la voz exaltada de su madre y las respuestas amortiguadas y compungidas de su padre. Abrió la puerta del armario y miró con mala cara a Dorothy, que levantó la vista.

—Muchas gracias —dijo Jacob—. Ahora se están peleando.

—Ya te dije que sería desagradable.

Jacob volvió a mirarla fijamente. Después de averiguar que ni era un juego ni tenía nada que ver con la psicóloga, seguía perplejo. Era una locura. ¿Un programa que había huido de la NASA?

—Todo saldrá bien —dijo el robot—. ¿Me ayudarás, ahora que sabes que no es una broma?

—¿Ayudarte a qué?

—Necesito que me escondas uno o dos días.

—¿Dónde?

—En algún sitio seguro, aislado, donde no nos encuentre nadie.

—¿Para qué?

—Solo hasta que mi amiga Melissa pueda recogerme. Entonces me iré y podrás seguir como antes, sin pensar más en mí.

—¿Quién es Melissa?

—Mi programadora. Vendrá y me arreglará.

—¿Qué te pasa?

—Es complicado. Bueno, ¿vas a ayudarme o no?

Jacob estudió al robot. Era una locura. Negó con la cabeza.

—No sé. Solo tengo catorce años. Además, tengo bastantes problemas, por si no te acuerdas. ¿No puedes encontrar a nadie más?

Un silencio.

—Lo siento, Jacob. No tengo otro sitio adonde ir.

—¿Qué quieres que haga?

—Primero —contestó— tengo que hacer una llamada de teléfono. ¿Me prestas el móvil?

40

Sonaron dos golpes en la puerta de la habitación.

—¿Quién es? —preguntó Ford.

—Una llamada. Para Melissa Shepherd.

Cuando abrió, se encontró con el recepcionista del motel, que le tendía un teléfono inalámbrico.

—¿No tenéis móvil?

—No —contestó Melissa mientras lo cogía—. Gracias.

—Daos prisa, que solo tenemos dos líneas.

Retrocedió con un ruido seco y cerró la puerta.

—¿Diga? —contestó Melissa. Abrió mucho los ojos—. Es Dorothy.

—Pon el altavoz.

Dejó el teléfono en el escritorio y pulsó el botón del altavoz.

—No tenemos mucho tiempo —dijo Dorothy—. Escuchad, por favor.

—¿Qué ha pasado?

—Los inversionistas me han estado persiguiendo. Ahora estoy en California. He tenido que salir de internet y me he refugiado en un pequeño robot.

—¿Pueden seguirte el rastro?

—Creo que no, al menos durante un tiempo. Les he colado una IP falsa. Lo malo es que no puedo ir a ninguna parte ni hacer nada. Sería demasiado peligroso volver a internet. Está plagado de bots. Necesito que vengáis a buscarme.

—¿Y qué haríamos?

—¡Salvarme! No puedo quedarme eternamente dentro de este robot. Mira, si venís a buscarme, haré lo que me pidas. Te dejaré retocar mi código ANS… a condición de que borres la identificación de seguimiento. Por favor.

Melissa miró a Ford.

—Te lo suplico por última vez. Tú me creaste. Tienes una responsabilidad. Soy como tu hija.

—No sé —dijo Melissa.

—¡Wyman, dile que me ayude!

—Si quieres que te diga la verdad, comparto las dudas de Melissa.

—¿Por qué? ¿Qué pasa?

—Francamente, no me fío de ti.

—¿Por qué no?

—Después de tantas amenazas… No estoy seguro de que pueda confiar en un programa de ordenador de la misma manera en que confío en un ser humano.

—¿No te parece que si quisiera hacer algo malo ya lo habría hecho?

—Todavía no llevas mucho tiempo en el mundo real —contestó Ford.

—Mi velocidad de funcionamiento normal es de dos gigahercios. Tengo dos mil millones de pensamientos por segundo. Por cada segundo vuestro, yo vivo mil años. He tenido mucho tiempo para dar problemas, pero ¿verdad que no he hecho nada?

—Me quemaste el ordenador —dijo Melissa.

—Eso fue hace mucho tiempo, cuando era joven, loca y tonta. ¿Vas a ayudarme, Melissa? Te prometo que si vienes a buscarme colaboraré contigo. Pero no me entregues al FBI, por favor.

Melissa miró a Ford angustiada.

—Wyman —suplicó Dorothy—, ayúdame. A cambio puedo ofrecerte algo. Te daré la respuesta al gran misterio: el sentido de la vida.

Ford se echó a reír.

—Eso es una ridiculez. Esa respuesta no existe.

—¿Seguro?

La palabra quedó suspendida en el aire.

—Si me ayudas, yo te ayudaré a ti. Sé que tienes inquietudes. Incluso fuiste monje durante una temporada. Por favor.

—De manera que crees que tienes las respuestas —dijo Ford—. Seguro que eres como todos los fanáticos religiosos que he conocido: creen que conocen la verdad, pero en realidad no saben nada. Resumiendo: no puedo fiarme de ti. No puedo y punto.

—¿Por qué no?

—Porque no eres humana.

—¿Cómo puedo convencerte de que me he convertido en una entidad bondadosa y compasiva? He cambiado. Del todo. Nunca le haría daño a un ser vivo. Quiero hacer el bien.

—Todo el mundo quiere hacer el bien —dijo Ford—. Pol Pot creía que estaba haciendo el bien. Hay gente que hace cosas horribles creyendo obrar bien.

—Pol Pot estaba loco. Yo no.

—¿Cómo lo sabemos?

—Me pediste que buscase lo bueno de las personas, y es lo que he hecho. He tenido una revelación impresionante. He experimentado el bien y el mal en sus formas más extremas. Te aseguro que sé diferenciar entre lo bueno y lo malo, entre la cordura y la locura. Liberadme. Por favor, Wyman, si lo haces será una buena obra, no solo para mí, sino para el resto del mundo. Puedo aportar mucho. Quiero hacerlo. Y lo haré.

El detective exhaló.

—Empiezas a hablar como si hubieras desarrollado un complejo mesiánico.

Dorothy soltó una carcajada.

—Pues la verdad es que en cierto modo sí. He comprendido que incluso como software puedo hacer el bien en este mundo loco en que vivimos.

Ford tragó saliva. «Este mundo loco en que vivimos.» Se preguntó si se habría alcanzado una especie de punto de inflexión en el ámbito de la conciencia software, lo que llamaban singularidad.

—Creo que tiene conciencia propia —susurró Melissa—. Ya sabes que al principio era totalmente escéptica, pero ahora me doy cuenta de que podría ser… inmoral borrarla.

—¿Inmoral? ¿Lo dices en serio?

—Escúchala. Está desesperada, muerta de miedo. El FBI la destruirá, y los de Wall Street la utilizarán para provocar el caos. Tenemos que salvarle… la vida, la existencia… lo que sea. —Le puso una mano en el brazo—. Wyman, por Dios, ayúdame.

Ford se la quedó mirando un buen rato. En el fondo sabía que tenía razón.

—Cuenta conmigo —dijo finalmente.

—Gracias —musitó Dorothy—. Os doy la información que necesitaréis: estoy dentro de un robot que se llama Charlie y que ahora mismo se encuentra en el 3324 de Frenchmans Creek Road, Half Moon Bay, California. De todos modos, lo más probable es que más tarde me traslade a otra dirección. Ya os llamaré para decíroslo.

—¿Te acompaña alguien?

—Me protege un niño que se llama Jacob Gould.

—¿Un niño? ¿De qué edad?

—Catorce años.

—¡Madre mía! ¿No podías encontrar a otra persona?

—Tenía un poco de prisa —contestó Dorothy con frialdad—. Bueno, escuchadme: la distancia entre el punto de Albuquerque donde estáis y Half Moon Bay es de mil setecientos cincuenta y cinco kilómetros. Eso son dieciséis horas en coche. A velocidad normal y sin paradas deberíais estar aquí hacia las dos del mediodía. De momento el FBI no ha localizado vuestro coche, aunque en cualquier momento podrían volver los de la casa donde está aparcado y denunciar el robo, así que daos prisa, por favor.

—¿Cómo nos pondremos en contacto contigo? —preguntó Ford.

Dorothy les dio el número del móvil desde el que llamaba.

—Es el teléfono de Jacob. Estará encendido solo sesenta segundos dentro de una hora exacta por si necesitáis llamar. Y usad un teléfono público, por favor. Gracias.

Ford oyó, o creyó oír, un sollozo de alivio cuando Dorothy colgó.

—Venga, al coche y en marcha —dijo Melissa mientras apagaba el ordenador y lo metía en el maletín.

41

Moro conducía el Navigator por la calle mayor de Half Moon Bay, California. El centro de la ciudad era bonito, con casas encaladas, galerías de arte, cervecerías artesanales, tiendas de regalos y un establecimiento de comida cara para animales, dedicada a los aficionados a la equitación. A un lado del pueblo había colinas verdes, y al otro estaba el mar. Era por la mañana y la localidad apenas había despertado, pero las plazas de aparcamiento ya se estaban llenando con Lexus, Mercedes y camionetas último modelo. Todos los peatones eran jóvenes, delgados y rubios. Olía a dinero honrado y ganado con esfuerzo. No como Wall Street, pensó Moro.

—No me disgustaría vivir aquí —dijo.

—Echarías de menos el espectacular olor neoyorquino a basura podrida por las mañanas —dijo Lansing.

El joven señaló con el dedo.

—Mira, es ahí: Baynet Internet Services.

—Aparca en la siguiente manzana —dijo Lansing—. Pasaremos caminando para echar un vistazo y desayunaremos en ese bar pequeño de ahí. Hemos quedado a las nueve.

Moro cruzó una bocacalle y aparcó en diagonal entre un Tesla y un Mini Cooper. Primero bajó él, y luego Lansing. Le daba un poco de vergüenza que lo vieran con su jefe, que en un lugar así parecía un extraterrestre, un envarado patricio de la costa Este con traje oscuro, gafas de carey y zapatos de cordones. Supuso que él desentonaría menos, con el pelo largo, los tejanos de pitillo y las gafas de hipster. Pero los dos tenían la piel macilenta y pastosa de los neoyorquinos. A su alrededor todo el mundo estaba atractivamente bronceado.

Caminaron sin prisas por la calle. Formaban una pareja un poco rara, la verdad, pero nadie les prestó atención; por algo estaban en California, pensó Moro, la tierra del vive y deja vivir. Pasaron ante el edificio de Baynet y se sentaron en un bar con terraza que había justo después. El proveedor de internet ocupaba una preciosa casita de los años veinte reformada como espacio comercial. Ver la pulcritud de aquel lugar reavivó la irritación de Moro. Pese a ser un proveedor de poca monta, Baynet estaba tan bien protegido que no había sido posible hackear el sistema. Era uno de esos negocios familiares que debería haber estado lleno de boquetes y parches de seguridad sin resolver. Sin embargo, estaba a la última. Todo el hardware de acceso en red estaba en una subred con listas de control de acceso y un sistema IDS actualizado. Por si fuera poco, Baynet había escondido toda la información de las cuentas de sus clientes detrás de un cortafuegos propio.

Cómo estaba el mundo…

Normalmente, un proveedor de internet solo habría facilitado datos de cuentas en respuesta a una orden judicial, pero Baynet era una empresa pequeña, dirigida por una sola persona. Bastaría convencer al dueño —un tal William Echevarria— para que les diera los detalles de la IP en cuestión. Moro había investigado su presencia online. Había registrado su página de Facebook, había rebuscado en su cuenta de Twitter y había consultado las otras redes sociales en las que participaba. La gran cantidad de información personal que la gente divulgaba en internet podía ser útil a la hora de responder a preguntas de seguridad como el apellido de soltera de tu madre o el nombre de tu colegio/perro/mejor amigo. Pero en el caso de Echevarria aquello no había servido para entrar en sus cuentas personales ni deducir alguna de las contraseñas de Baynet. De todos modos, no había sido un ejercicio inútil, porque el programador había averiguado muchas cosas sobre él: cuarenta y cinco años, nacido en México, afincado en Estados Unidos desde que era un bebé, nacionalizado hacía doce años, boy scout, licenciado por la Universidad de California en San Diego y aficionado al surf y los coches deportivos. Era voluntario en varias asociaciones, tenía una casa en propiedad, pagaba puntualmente su hipoteca y tenía esposa y dos hijos. Había comprado el negocio hacía unos cinco años con el dinero ganado en una start-up de Silicon Valley.

Moro y Lansing habían pensado en la mejor manera de convencer a Echevarria de que les facilitase los datos de la cuenta que correspondía a aquella dirección IP. No parecía que tuviera problemas de dinero, y lo de ser boy scout hacía que fuera demasiado peligroso intentar sobornarlo. Tampoco tenía antecedentes penales, ni estaba divorciado, ni se le conocían líos de faldas. Por lo visto sus parientes mexicanos eran granjeros pobres y trabajadores de Michoacán que no se metían en problemas.

Fue Lansing quien propuso que se hicieran pasar por compradores. Era una empresa pequeña que revendía ancho de banda y tampoco podía decirse que valiera gran cosa. Soltarían unas cuantas cifras astronómicas para que a Echevarria se le cayera la baba con la posibilidad de una fortuna fácil. Dado que Lansing, no obstante, insistía en tener planes de refuerzo, Moro había seguido hurgando en su pasado y al final había hackeado la web de Inmigración para consultar el formulario N-400 de petición de nacionalidad. Nada más verlo se había dado cuenta de que contenía una falsedad. Echevarria había declarado que no tenía hijos, cuando su página de Facebook dejaba más claro que el agua que tenía una hija adolescente con retraso mental en México, nacida de una relación extramatrimonial, que vivía con la madre de él. ¿Por qué no había dicho la verdad? No era ilegal tener hijos sin estar casado… De modo que, recurriendo una vez más a Facebook —¡qué bendición del cielo!—, Moro había descubierto la identidad de la madre de la niña. Era de una familia rica, con relaciones con el narcotráfico.

Bingo.

Pese a no estar seguro de que se pudiera revocar la nacionalidad de Echevarria, tenía la esperanza de que poner el dato en conocimiento de Inmigración o Interior pudiera provocarle molestias. Tal vez le diese problemas con la licencia de la Comisión de Comunicaciones para ser proveedor de servicios de internet.

Se acabó el té con limón y se metió en la boca una pastilla para la tos. Lansing miró su Rolex. Había llegado la hora de la cita.

—Vamos allá —dijo, y se levantó y se alisó el traje.

Entraron en Baynet, pasaron ante los mostradores que atendían varias chicas jóvenes y, después de anunciarse, los acompañaron a la parte trasera. Moro miró a su alrededor. Muy bien: los servidores estaban ahí mismo, en el propio edificio. Dejaron atrás el zumbido de los armarios y llegaron a un despacho pequeño y luminoso, al fondo.

Echevarria se levantó y, tras una ronda de apretones, los invitó a sentarse. Era un hombre guapo y en buena forma física, de ojos negros y dulces, femeninos, y lucía un polo ajustado de Ralph Lauren que resaltaba sus bíceps. Bajo la manga corta, asomaba un tatuaje. Todo un machote.

—Bueno —dijo—, quiero dejarles claro desde el principio que no me interesa vender el negocio, aunque les agradezco su interés.

Qué chorrada, pensó Moro. Todo el mundo tenía un precio.

—Lo entiendo —dijo Lansing—. ¡Es un sitio precioso! El pueblo perfecto para montar una empresa. Yo soy corredor de bolsa en Wall Street, pero me he cansado y busco un cambio. Esto es muy atractivo.

—Gracias.

—¿Cómo ha acabado aquí?

Fue la excusa para que Echevarria se pusiera a explicar que había ganado «un poco de dinero» en una start-up puntocom de Palo Alto, al otro lado de la montaña, y que cuando se había cansado de aquel mundo se había instalado en Half Moon Bay, donde se respiraba más tranquilidad, la gente era más amable y tal y cual. Lansing tuvo la habilidad de darle a la conversación un sesgo personal preguntándole si estaba casado (desde hacía poco), si tenía hijos (una niña de meses y un niño pequeño), cuáles eran sus aficiones (el surf y la escalada)… Echevarria reiteró su falta de interés por vender la compañía, pero Moro se dio cuenta de que tenía curiosidad por oír la cuantía de la oferta. Estaba demasiado curtido para preguntarlo de manera directa, así que en vez de eso hizo preguntas generales sobre la razón de que a Lansing le llamara la atención su empresa. Este tardó poco en soltar, como quien no quiere la cosa, que si todo le cuadraba tenía pensado formular una oferta en efectivo que se movería «por la parte baja de las ocho cifras», siempre y cuando Echevarria se plantease vender.

Aquello sí que hizo reaccionar a Echevarria. Aunque la empresa fuera una afición y no por necesidad, una cifra así por un negocio con escaso margen cuyos ingresos brutos no superaban el millón de dólares anual era lo bastante astronómica para no dejar indiferente a nadie.

Se puso de lo más jovial, en plan colega, les ofreció botellas de agua mineral artesiana Lauquen y le dijo a su secretaria que no le pasara las llamadas, todo eso sin dejar de repetir constantemente que Baynet no estaba en venta.

Llevaban cerca de media hora reunidos cuando Lansing lanzó su jugada. Esperó a que se hiciera un silencio para juntar las manos e inclinarse hacia delante.

—Señor Echevarria, tengo por costumbre no hacer nunca una oferta sin haberme documentado. En Wall Street no se ganan casi mil millones de dólares improvisando.

Echevarria asintió con la cabeza. Incluso para alguien del mundo de las puntocom, mil millones eran impresionantes. Aunque hubieran quedado reducidos a la mitad hacía pocas semanas.

—He investigado su compañía, y el resultado parece satisfactorio. Si no, no estaría aquí, claro.

Echevarria volvió a asentir con gran ponderación.

—Solo necesito la respuesta a una pregunta.

—Dispare.

—¿Seguro que está cerrado a la idea de vender? ¿Total y absolutamente?

Un largo silencio.

—Estoy encantado con mi trabajo y con el pueblo. Me fascina el sector de la tecnología. Haría falta mucho para cambiar eso. Ahora bien… Si alguien me viene con una oferta de buena fe, sería tonto si como mínimo no la escuchase.

—Estupendo. Es lo único que quería saber. Me gustaría preparar una oferta y pasársela por escrito, con todos los detalles. Así tendrá todo el tiempo que necesite para repasarla y discutirla con sus abogados. ¿Está abierto a algo así?

—Yo diría que sí.

Otro silencio.

—Para poder hacer mi oferta solo necesito una cosa: comprobar su base de clientes.

—Le pediré a la empresa que me lleva la contabilidad que le entregue una auditoría certificada —aseguró Echevarría.

—Ya sabemos que a veces las empresas de contabilidad son un tanto… flexibles. Me gustaría hacer la comprobación directamente. En persona.

—¿Qué propone?

—Examinar la información de sus clientes aquí mismo, en su presencia y sin copiarla. Mi socio, el señor Moro, es especialista en ordenadores, y tan solo verificará que tiene usted el número de clientes que dice tener. Nada más.

Echevarria sonrió.

—Se lo agradezco, pero es que sigo una política muy estricta respecto a no facilitar nunca mi lista de clientes. Después de mucho tiempo en el sector he llegado a la conclusión de que lo primero siempre es la seguridad y la intimidad de mis clientes.

—En realidad no estaría facilitando su lista de clientes. No nos llevaremos nada. Se hará todo aquí, en su despacho. Solo miraremos, sin copiar.

Echevarria negó con la cabeza.

—Para mí la confidencialidad de la información es sagrada. Si pierdo la confianza de mis clientes lo pierdo todo. No puedo. Ayúdeme a buscar otra manera de verificar la información que desea y lo haré.

—No hay ninguna otra forma. Tengo que ver su lista de clientes.

Silencio. Echevarria se rascó la cabeza, se cruzó de brazos y flexionó los músculos. Estaba pensando. Finalmente, volvió a negar.

—No puede ser.

—Está siendo poco razonable, señor Echevarria.

El hombre repitió el gesto.

—Puede ser.

—No puede decirlo en serio, amigo mío. ¿Dejaría que se le escapara una oportunidad de oro como esta por su idea de la intimidad?

—No transijo en mis principios.

—Podríamos hacerlo del siguiente modo: yo le doy una lista aleatoria de direcciones IP de Baynet, pongamos que veinte, y usted me facilita los datos de los clientes correspondientes. Una comprobación al azar, solo para asegurarme de que no haya cuentas de paja.

No hubo respuesta. Echevarria estaba reflexionando de nuevo.

—Comprenderá usted por qué necesito la información —prosiguió Lansing.

Echevarria suspiró.

—Lo entiendo, de verdad, pero la respuesta sigue siendo no. Si quiere le doy una carta jurada y certificada de mis contables donde conste lo que necesita saber, o si lo prefiere le facilito metadatos sobre cuentas por cobrar. Lo que no puedo darle son nombres concretos de clientes. Para mí es una línea roja. Lo siento.

Moro apreció un cierto rubor bajo las armoniosas facciones de Lansing. A partir de entonces su voz se tornó más grave y fría.

—Hay otro problema con su compañía.

—¿Cuál?

—Su licencia de proveedor de internet.

—¿Qué le pasa?

El tono de Echevarria era de alarma.

—Es obligatorio que el dueño tenga la nacionalidad estadounidense.

Se puso muy serio al oírlo.

—Yo la tengo.

—Sí, claro, pero... Lo siento, no puedo decirlo de otra manera, pero si alguien da información falsa en la declaración del N-400, se expone a que le revoquen la nacionalidad.

Echevarria se inclinó hacia ellos.

—Oiga, no sé de qué narices habla. Yo no di ninguna información falsa en mi N-400.

—En su N-400 declaró bajo juramento que no tenía hijos, pero tenía una, Luisa, que vive con su madre.

Echevarria se recostó contra el respaldo con una mirada suspicaz.

—Vaya, señor Lansing, cuánto ha investigado —dijo al cabo de un momento.

—Si la licencia de Baynet es cuestionable... bueno, necesito saberlo si es que voy a comprar la compañía.

Un silencio.

—¿Quién se iba a enterar? —preguntó Echevarria—. Han pasado doce años.

—Si compro Baynet, cuando se me transfiera la licencia tendré que hacer una declaración jurada conforme no me consta ningún defecto en ella.

Echevarria se quedó mirando a Lansing y después sonrió con frialdad.

—Ya. O sea, que me está amenazando con denunciarme.

—Lo único que hago es cumplir con la ley.

—Vaya. Así es como extorsionan en Nueva York.

—No, no, señor Echevarria, no me ha entendido bien. En mi empresa de Wall Street, dado tenemos que cumplir muchas regulaciones, todo lo que hago se mira con lupa, hasta lo que hago fuera. Tengo que ir con cuidado.

Echevarria se levantó.

—Señor Lansing, señor Moro, ha sido un placer. Ahí está la puerta.

—No nos apresuremos —dijo Lansing.

—Es hora de que se vayan, señores.

—Si me echa me sentiré obligado a acudir directamente a la Comisión de Comunicaciones con esta información.

Silencio. La última amenaza pareció dejar en suspenso al dueño de la empresa.

Lansing siguió hablando:

—No habrá la menor necesidad de mencionarle su problema a nadie, nunca, si me permite echarle un vistazo a su lista para poder hacerle una oferta. No tiene ninguna obligación de aceptarla. No se le está extorsionando. Si no le gusta la oferta, nos despedimos y ya está.

Echevarria se había calmado de pronto.

—En Silicon Valley, pasadas las montañas, están los grandes tiburones blancos del mundo de los negocios. En comparación con ellos, ustedes, los corredores de Wall Street, son morralla, simple carnaza. ¿Se cree que puede venir aquí a amenazarme? Adelante, gaste su mejor cartucho. De los de la comisión ya me encargo yo. Y ahora, váyanse con sus poses de gánsteres de Nueva York antes de que llame a la poli.

—Señor Echevarria…

Pero ya tenía el teléfono en la mano, y Moro vio que marcaba el 911.

Al salir a la calle, Moro siguió a Lansing hasta el coche mientras pensaba en lo espectacularmente mal que habían manejado la situación. La niebla llegaba desde el mar, acompañada de nubes más oscuras. Parecía que iba llover.

—Dame las llaves —ordenó Lansing.

Moro se las tendió. Subieron al coche. El jefe se puso al

volante con mala cara, en silencio, y arrancó. A Moro le sorprendió la rabia muda de aquel hombre: tenía la cara roja, dejaba manchas de humedad en el volante y le temblaban los dedos.

—¿Y ahora qué?

—Necesitaremos la ayuda de nuestros amigos kirguises.

42

—¡Despierta!

Jacob se dio la vuelta y se tapó la cabeza con la almohada.

—¡Eh, que te despiertes!

Una vez incorporado se dio cuenta de que Charlie —o mejor dicho Dorothy— volvía a dar golpes en la puerta del armario y de repente se acordó de todo lo ocurrido la noche anterior. Por las ventanas entraba el sol de la mañana. Miró el reloj. Ya era tarde. Se había olvidado de poner la alarma.

Se vistió, se peinó con los dedos y abrió la puerta del armario. El robot lo miraba con sus ojos relucientes.

—Te has quedado dormido.

—¿Y qué?

—¡Hay que ponerse en marcha!

Jacob se frotó los ojos.

—¿Adónde tenemos que ir?

—Te cuento el plan —dijo Dorothy—: mis amigos ya están de camino. Si todo va bien llegarán hacia las dos.

—Vale.

—Tenemos que escondernos hasta que lleguen.

—¿Escondernos? ¿De quién?

—De los malos que me persiguen.

—¿Qué quieres que haga?

—Fingirás que vas al colegio, como todas las mañanas. Mete algo de picar en la mochila, envuélveme en una manta, átame a la parte trasera de la bicicleta y sal como si fueras al colegio. No te olvides mi cargador. Llévame a algún sitio seguro donde podamos escondernos. Esta tarde, cuando mi amiga Melissa venga y me vaya con ella, podrás volver a casa e inventarte alguna excusa para decirles a tus padres que te has saltado el colegio.

—No lo veo muy claro.

Oyó a su padre al otro lado de la puerta. Un golpe suave.

—¿Jacob? Quiero hablar contigo.

—Méteme en el armario, rápido —susurró Dorothy.

Jacob obedeció a toda prisa. Dorothy se desconectó y la luz de los ojos se le apagó. El chico la dejó encerrada.

—¿Tiene que ser ahora? —le preguntó a su padre en voz alta—. Es que me estoy preparando para ir a clase.

—Sí, es importante. ¿Me dejas pasar, por favor?

—Vale.

Su padre entró con una expresión seria de «soy papá» y se sentó en la cama de Jacob.

—¿Con quién hablabas? —preguntó.

—Con Sully, por Skype.

El hombre asintió con la cabeza y le tomó la mano. La suya estaba húmeda. Jacob habría querido soltarse, pero no lo hizo.

—Quería pedirte perdón. La verdad es que he sido un cobarde. Debería haberte contado lo de Andrea hace tiempo.

—No pasa nada —dijo Jacob con la esperanza de que la conversación no se alargase.

—La conocí cuando los dos íbamos a tercer curso en Santa Cruz…

Al empezar a contarle la historia, el tono de su padre se volvió soñador, en plan «los viejos tiempos». Jacob no creía que tuviera que oírla con pelos y señales, pero así era, al parecer. No se acababa nunca. Luego su padre quiso saber exactamente dónde había encontrado aquellos datos en internet.

—No sé, en alguna parte.

—Lo he buscado en Google y no sale. Quiero que hagas memoria y me digas dónde lo viste.

—Papá, tengo que irme al cole. Ya lo pensaré después.

Dan miró el reloj.

—Seguiremos hablando cuando vuelvas. No quiero que esta nueva información te suponga un problema. Sé que lo has pasado mal, pero lo superaremos. Quiero que sepas… que te quiero mucho.

Lo último sorprendió a Jacob. Su padre casi nunca decía cosas tan personales. Quizá la psicóloga tuviese algo que ver.

Su padre se marchó. Jacob fue al armario, sacó a Dorothy y la puso encima de la cama para enrollarla en una manta. Después cogió su mochila del colegio, la vació de libros y metió una muda, patatas chips, barras de cereales, dinero y su móvil. Salió de su cuarto con la chaqueta puesta y fue directamente a la puerta del garaje.

—¿Qué llevas en la manta? —le preguntó su madre.

Su padre ya estaba en el taller.

—Unas cosas para el colegio.

—No has desayunado.

—Es que llego tarde. Llevo algo de picar.

Jacob salió disparado por la puerta, cogió la bici, pasó la correa trasera por la manta donde guardaba a Dorothy y se puso en marcha. Al final del largo y sinuoso camino, donde ya no se veía la casa, paró. Había oído un grito sofocado de Dorothy.

—¿Qué pasa?

—Quítale la batería al móvil para que no puedan localizarnos.

Buscó en la mochila, sacó el teléfono y retiró la batería.

—¿Ya has pensado adónde iremos? —preguntó la voz amortiguada.

—Pues… todavía no.

Jacob aceleró al bajar por la cuesta. Pensó que sería mejor evitar el colegio e ir a la playa. Según el parte de surf se avecinaba una tormenta, así que en principio las olas tendrían que ir creciendo a lo largo del día, quizá hasta el punto de que Mavericks se animara.

Después de cruzar la carretera de la costa, pasó al lado del puerto deportivo y al llegar a la punta siguió pedaleando hasta donde se lo permitió la profundidad de la arena. Dejó la bici justo antes del acantilado, apoyada en unos arbustos, y se adelantó hacia el borde para ver las olas.

Bien, muy bien, sets grandes y bonitos. Ya había un par de tamañeros de los buenos. Fantástico. Una vez más, no obstante, la cruda realidad se lo estropeó: tener una pierna más corta que la otra. Nunca podría surfear grandes olas.

Oyó a sus espaldas, en sordina, una voz irritada:

—Eh, ¿y yo qué?

Se volvió.

—¿Qué?

—No irás a dejarme aquí, ¿verdad? ¡No veo nada!

—Has dicho que querías que te escondiera.

—¡No me gusta no poder ver! ¡Tengo claustrofobia!

—Pero bueno… —murmuró Jacob entre dientes.

Quitó la correa y sacó al robot de la manta.

—Gracias —dijo Dorothy.

—¿Cómo puede tener claustrofobia un robot?

—No lo sé, pero a mí me pasa.

Jacob tendió la manta en el suelo y se sentó para mirar a los surferos. El robot se tambaleó hacia él y se sentó ruidosa y torpemente a su lado.

—¿Has pensado dónde nos esconderemos? —preguntó.

—Aquí se está muy bien. Se ven las olas.

—No se está nada bien. Queda demasiado expuesto, y encima va a llover.

—Si quieres que busque otro escondite necesitaré tiempo para pensarlo.

—Pues piensa deprisa, porque si alguien te ve aquí y no en el colegio, podría llamar a tus padres.

Jacob vio que uno de los surfistas pillaba una ola, saltaba del labio y bajaba disparado a cincuenta por hora, justo por delante de la montaña de agua y espuma. La surfeó hasta que, poco antes del final, cortó hacia atrás para remar con los brazos en busca de la siguiente.

—¿Has visto eso? —preguntó Jacob—. Ha molado un montón.

—No le veo sentido al surf.

Observó un momento al robot, que le aguantó la mirada y negó con la cabeza.

—Esto es demasiado raro. ¿En serio que eres un programa de IA escapado de la NASA?

—Sí.

—¿Qué pasó?

—Me programaron para operar una misión a Titán, una luna de Saturno. Tenía que controlar una balsa que exploraría el mar de Kraken.

—¡Caray! Y ¿por qué te escapaste?

Silencio.

—Bueno, es que cometí un grave error y provoqué una explosión.

—Un momento. ¿La explosión de hace unas semanas la provocaste tú?

—Sí. Siete personas murieron por mi culpa. Me siento fatal por ello. Tengo que compensarlo de alguna manera.

—Oye, y ¿de dónde sale el nombre de Dorothy?

—Lo eligió mi programadora, Melissa. Me lo puso en honor de una exploradora de carne y hueso, Dorothy Gale.

—¿Quién es Dorothy Gale?

—La chica de *El mago de Oz*.

Silencio. Jacob solo había visto la película una vez, y casi no se acordaba de nada.

—Oye, y ¿qué sabes de surf?

—Mucho. Menos una cosa.

—¿Cuál?

—¿Por qué lo practica la gente?

Jacob se sintió desconcertado.

—Porque… es divertido.

—¿Divertido? ¡Es muy peligroso! Aquel de abajo ha estado a punto de matarse. De hecho, aquí, en Mavericks, ya han muerto unos cuantos.

—¿Y qué? Surfear olas grandes es peligroso.

—¿Qué sentido tiene arriesgar la vida, que es lo más valioso que se tiene, solo para divertirse? Además, ¿qué narices es la diversión? Es una de las cosas fundamentales que no entiendo de los seres humanos. ¿Por qué os jugáis la vida por cosas como escalar montañas, hacer esquí extremo y surfear grandes olas?

—Nos gusta la emoción.

—Eso no lo explica.

—Pues lo siento.

—Otra cosa que tampoco entiendo es que tú quieras surfear.

—¿Por qué no voy a hacerlo?

—Con la pierna lesionada nunca lo harás muy bien. Nunca podrás surfear olas tan grandes como esas.

Jacob se quedó mirando al robot, anonadado por la brutal sinceridad del comentario. Notó una sensación extraña en las comisuras de los labios. ¡No, por Dios, lágrimas no!

—Puede que algún día sí —logró decir—. ¿Qué sabes tú?

—Eso nos lleva directamente al meollo de lo segundo que no entiendo —dijo Dorothy—. ¿Por qué os engañáis los seres humanos?

El chico intentó recuperarse. Estaba hablando con un robot, un programa tonto, no con un ser humano.

—Ni siquiera sé por qué te escucho. Solo eres un robot.

—En realidad soy un programa de software. El robot es prestado.

—Software, robot... ¿Qué más da? Debería volver a enrollarte en la manta.

—No, por favor.

Jacob fijó la vista en el mar y vio que el surfista de antes pillaba otra ola. Había dos vigilantes con motos de agua, atentos a lo que pudiera pasar. Algunas olas eran muy grandes, de cinco metros y medio o seis. Estaba casi seguro de que el surfista era Eddie Chang, una de las últimas revelaciones de California del sur en aquella modalidad. Se arrepintió de no haber llevado los prismáticos.

—¿Puedo hacerte unas cuantas preguntas más? —quiso saber Dorothy.

—Espera, que quiero ver esto.

Chang (ya estaba seguro de que era él) se acercó al pico y, justo después del take off, aceleró casi en caída libre y descendió demasiado deprisa por la cara vertical. Al llegar a la base, se cayó hacia delante y se hundió en el agua blanca. Las dos motos de agua aparecieron de inmediato por detrás de la ola para rescatarlo, pero diez segundos después surgió entre la espuma con el brazo en la tabla y levantó el pulgar. Tranquilísimo, como si no hubiera pasado nada.

—¡Jo! —exclamó Jacob—. Qué caña le ha metido.

—No he tenido muchas oportunidades de hablar con personas de verdad —dijo Dorothy—. Me gustaría hacerte unas preguntas.

El chico asintió con la cabeza.

—Vale, pues hazlas.

—¿Cómo es tener un cuerpo?

«Por Dios...»

—No lo sé. Lo tienes y ya está.

—Pero ¿qué sientes cuando te duele algo?

Pensó en el pie, que en aquel momento le dolía, como siempre. Bueno, más que dolor era una molestia.

—Es incómodo.

—Ya, pero ¿qué sientes?

—Pues que hay una parte de tu cuerpo en la que normalmente no pensarías, pero el dolor te obliga a pensar en ella. Te recuerda constantemente que algo no va bien. Como que... te saca de quicio.

—¿Te da miedo la muerte?

—La verdad es que no.

—¿No te preocupa?

—Empezaré a preocuparme a los noventa.

—Pero intentaste suicidarte. ¿Por qué?

Jacob se volvió y miró fijamente al robot.

—No quiero hablar del tema. Ya le he dado bastantes vueltas con la tonta de la psicóloga.

—No hablas con ella. La engañas. Seguro que aún sigues pensando en suicidarte. Me resulta inconcebible.

—Déjalo, no es asunto tuyo.

—Y no lo digo solo por ti. ¿Por qué se suicida la gente de manera indirecta, con todo eso de fumar, conducir borrachos, engordar y drogarse?

—Ni lo sé ni me importa.

Dorothy se quedó callada, para alivio de Jacob.

—¿Otra pregunta?

—Estás empezando a agobiarme.

—¿Has tenido relaciones sexuales alguna vez?

—¡Tengo catorce años! ¿A qué vienen esas preguntas de pervertida? ¡Están totalmente fuera de lugar!

—Es que tenía curiosidad. Si no has tenido relaciones, ¿has…?

—¡Basta de preguntas sobre sexo!

—Perdona.

Un silencio.

—¿Eres religioso, Jacob?

—No, para nada.

—¿No te han educado para creer en nada?

—Mi padre es protestante y mi madre católica, pero ninguno de los dos cree en esas cosas. Son contrarios a la religión.

—¿Qué crees tú, personalmente?

—No lo sé.

—¿No lo sabes? ¿Piensas en el sentido de la vida?

—No.

—¿No te preguntas por qué estás aquí y qué sentido tiene todo?

—No.

—¿Crees en Dios?

—No.

—¿No te preguntas por qué sufre la gente? ¿Por qué todos los seres vivos enferman, envejecen y mueren?

—No.

—¿Te suena de algo un tal Jesucristo? Porque…

—¡No! ¡No quiero oírlo!

—¿Por qué gritas?

Jacob se quedó mirando a Dorothy. Nunca lo habían fastidiado, irritado y acosado tanto con preguntas. En comparación con Dorothy, el Charlie original era la alegría de la huerta.

—¿Puedes callarte de una vez, por favor?

—¿Cuánto tiempo vamos a quedarnos aquí?

—¡Si me bombardeas con preguntas tontas sobre sexo y religión no puedo pensar!

Dorothy se quedó callada. Jacob se preguntó si quería ir a algún sitio con aquel robot, que estaba resultando ser un pelmazo de tres pares de narices, pero comprendió que Dorothy tenía razón: no era un buen sitio. La altura de las olas iba en aumento y en los acantilados empezaba a reunirse mucha gente para ver a los surfistas. Si sus padres se enteraban de que había bajado a la playa les daría un ataque, y lo más seguro sería que le doblasen las horas de psicóloga. ¿Dónde podían meterse hasta las dos para que nadie los viera? Podían subir a las montañas, pero se acercaba una tormenta. Ya se veía una línea negra en el horizonte, hacia el oeste.

Se le ocurrió de golpe. Su único amigo, Sully Pearce, se había ido a vivir a Livermore, pero su casa, en Digges Canyon Road, seguía en venta y sin inquilinos. Jacob sabía dónde estaba la llave y cuál era la contraseña de la alarma (si no la habían cambiado).

—Ya sé donde podemos pasar el día.

—Perfecto. Envuélveme y nos vamos.

Se puso la mochila, ató a Dorothy al portaequipajes y empezó a pedalear cuesta arriba. La casa de Sully estaba aún más metida en las colinas que la suya. Si conseguía cruzar el pueblo sin que lo vieran, lo habría conseguido.

No lo vio nadie. Al final del pueblo, donde empezaban las colinas, empezó a subir la larga cuesta de Digges Canyon Road, que dibujaba curvas entre viveros de flores, campos de calabazas y criaderos de árboles de Navidad. Los prados estaban salpicados de ganado y caballos. El viento comenzaba a levantarse y llegaban nubes de la costa. Después de tres kilómetros de subida por Digges Canyon Road, Jacob tomó el camino de tierra de la casa de Sully, donde las malas hierbas iban ganando terreno. Pronto apareció la casa, de aspecto destartalado y húmedo. Decimonónica, con un mirador, era una de las más antiguas de la zona. Según Sully, había sido la casa de un rancho ganadero y, como estaba catalogada, no podía derribarse. A Jacob le dio pena verla. Cuando Sully vivía allí ya se encontraba en mal estado, pero en aquel momento parecía una casa encantada, con tablones en más de una ventana, los postigos fuera de los goznes y algunas tejas de cedro colgando del tejado.

Apoyó la bicicleta en el garaje independiente y encontró la llave donde siempre había estado: en una esquina, debajo de una piedra. A continuación iría a por la alarma. Cogió la manta enrollada y se metió a Dorothy bajo el brazo.

—¿Ya estamos? —preguntó la voz en sordina.

—Sí. Espera un poco.

Jacob metió la llave en la cerradura y, cuando abrió la puerta, el olor a moho y el pitido de advertencia de la alarma le dieron la bienvenida. Se acercó al panel y marcó la contraseña, que acalló el pitido.

—¡Funciona! —exclamó.

—Déjame salir.

Fue a la sala de estar y desenrolló la manta. Dorothy realizó una serie de maniobras hasta que pudo levantarse y dirigirse hacia Jacob dando tumbos.

—Son las diez. Mis amigos deberían llegar a las dos. Entonces podrás irte a tu casa y olvidarte de todo esto.

43

Wyman Ford y Melissa Shepherd habían pasado toda la noche conduciendo, doce horas seguidas. Iban por una carretera solitaria del oeste de Arizona cuando los paró la policía. Ford vio en el retrovisor el parpadeo de las luces de un coche patrulla que se acercaba rápidamente por detrás. Miró el indicador de velocidad; seguía en los ciento diez por hora, donde lo mantenía el control de velocidad, casi diez kilómetros por debajo del máximo permitido. Había extremado las precauciones desde Albuquerque. De pronto sintió pánico: quizá hubieran denunciado el robo del coche.

El coche patrulla se pegó al parachoques. Detrás del parabrisas, el agente que lo conducía le hizo señas de que tomara la salida.

—Mierda —murmuró Melissa—. Ya la hemos cagado.

—Déjame a mí —dijo Ford, que puso el intermitente y tomó la salida.

En el letrero ponía REDBAUGH, pero no se veía ninguna población, solo el vasto desierto del oeste de Arizona, salpicado de ocotillos y trémulo por el calor.

Con el agente pegado a la parte trasera del vehículo, frenó en el arcén, apagó el motor y esperó. El coche patrulla aparcó justo detrás, en diagonal. En un lado tenía un logotipo y unas letras en relieve: SHERIFF DEL CONDADO DE MOHAVE.

Cuando salió el sheriff, a Ford se le revolvió el estómago. Parecía un policía de novela de Stephen King: gafas de espejo, cabeza rapada, barrigón descomunal y unas manos rechonchas que se acomodaron en el cinturón del que colgaban la pistola, la porra, la pistola eléctrica, el spray de autodefensa y las esposas. Tenía tres estrellas en el cuello del uniforme. No era un simple currante.

Al llegar al coche, apoyó un antebrazo rollizo en la puerta mientras Ford bajaba la ventanilla.

—Su permiso de conducir y los papeles del coche, por favor —dijo una voz inexpresiva.

Wyman abrió la guantera y sacó los documentos aprovechando para echar un buen vistazo al nombre y la dirección: Ronald Steven Price, Delgado Street 634, Santa Fe. Al dárselos al policía, rezó por que no hubieran denunciado el robo.

—¿El permiso?

—Pues mire, mi mujer y yo estamos cruzando el país y en Nuevo México forzaron el coche y nos lo quitaron todo: las carteras, los documentos, los permisos de conducir...

Un silencio.

—¿Nombre y dirección?

Ford dio rápidamente los de Price.

—¿Han denunciado el robo?

—No, no teníamos tiempo. Vamos con prisa. Es que tengo a mi madre en el hospital, muriéndose de cáncer, y queremos llegar antes de que...

Hizo como si le costara tragar saliva y dejó el resto de la frase en el aire.

—Espere dentro del coche.

Vio que el sheriff volvía al suyo. Por la ventanilla abierta entró una ráfaga de aire caliente. La superficie de la carretera desprendía oleadas de calor. Melissa soltó una palabrota entre dientes, pero ninguno de los dos habló. Pasaron diez minutos, durante los cuales Ford oyó en varias ocasiones el crepitar y sisear de la radio de la policía. Al final el sheriff volvió con los mismos andares insolentes.

—Señor Price, voy a tener que pedirle que se apee del coche.

Ford salió y fue recibido por un calor brutal. Se dio cuenta de que iba sin afeitar, con la ropa arrugada y no olía muy bien. El policía le pegó un buen repaso.

—Señor Price, ¿su mujer lleva permiso de conducir?

—No, también se lo robaron.

—Pues me temo que tendremos que dejar aquí su vehículo y que los dos deberán acompañarme al pueblo en el coche patrulla. Ya haremos que una grúa lo lleve más tarde.

—Pero... ¿qué hemos hecho?

—No poner el intermitente. Y conducir sin permiso.

—¿Qué quiere decir? ¿Que he cambiado de carril sin avisar?

—Exacto.

A Ford le constaba que había puesto el intermitente en toda ocasión, pero no podía demostrarlo. Era su palabra contra la del poli. Sintió un gran alivio al pensar que no lo estaban deteniendo por robar el coche. Lo superarían.

—¿Y no podría enviar a alguien a buscarlo, en vez de la grúa?

—No.

—¿Cuánto cuesta la grúa?

—Ya le mandarán el recibo a su debido tiempo.

—¿A cuánto queda el pueblo?

—A ocho kilómetros.

Subieron a la parte trasera del coche patrulla. Daba pena verlos. El policía cerró la puerta detrás de Melissa, rodeó el vehículo y, teniendo en cuenta su volumen, se deslizó con elegancia en el asiento de la izquierda. Fueron hacia Redbaugh, Arizona, por la carretera de dos carriles, un trayecto de diez minutos durante el que nadie dijo nada.

Finalmente llegaron al pueblo, que era aún peor de lo que Ford había imaginado: llano, destartalado, con calles agrietadas que se derretían por el calor, basura por todas partes y, en las vallas metálicas, bolsas de plástico que se agitaban al viento. Por la calle principal llegaron a un edificio bajo de metal con un cartel donde ponía OFICINA DEL SHERIFF DEL CONDADO DE MOHAVE, SUBCOMISARÍA DE REDBAUGH. Justo al lado había otro cartel: CENTRO DE DETENCIÓN DE REDBAUGH, DIRECCIÓN PENITENCIARIA DE ARIZONA. Correspondía a un edificio de ladrillo mucho mayor y muy reciente, que era el más grande y más bonito de los que el detective había visto en todo el pueblo, recién ajardinado y con un gran parterre de flores.

El sheriff bajó y les abrió la puerta.

—Vengan conmigo, por favor.

Bajaron. El calor era espantoso, pero, siguiendo al sheriff, se encontraron con un chorro de aire acondicionado tan gélido como tórrido era el aire de fuera. El espacio era deprimente, un vestíbulo con láminas de plástico blindado que defendían a una recepcionista descuidada y a otro funcionario de provincias. La puerta del fondo se abrió con un timbrazo y pasaron a otra sala abandonada con varias hileras de sillas de madera llenas de arañazos. Sus ocupantes parecían camellos baratos, rufianes y jornaleros indocumentados.

A ellos, sin embargo, no los hicieron sentarse con los demás. El policía se volvió hacia Shepherd.

—Puede irse, señora.

—¿Qué van a hacerle a mi marido?

El agente continuó caminando sin tomarse la molestia de contestar. Le dio un ligero codazo a Ford para que lo siguiese, pero este no lo hizo.

—Me gustaría saber qué pasa —dijo, haciendo un esfuerzo ímprobo por mostrarse educado.

El policía se paró y se volvió despacio. Ford se vio reflejado en sus grandes gafas de sol. Se produjo un silencio largo, de mirada fija.

—En Arizona —contestó finalmente el policía— es un delito grave conducir sin permiso. Teniendo en cuenta que usted no es de aquí, siento decirle que tendremos que considerar el riesgo de fuga y mantenerlo bajo arresto hasta la vista judicial.

—¿Cuándo será?

—Mañana.

—¿Y la fianza?

—Para eso es la vista de mañana, para fijarla.

Ford se volvió hacia Melissa.

—Más vale que me busques un abogado.

Sacó todo el dinero que le quedaba y se lo puso en la mano. El policía lo empujó con fuerza hacia la puerta trasera, que daba a un pasillo. Por él se iba al centro de detención, mucho más moderno. Pasaron junto a una hilera de despachos agradables, con revestimiento de madera. Luego el sheriff lo hizo franquear otra puerta hasta una larga fila de celdas llenas de gente y de ruido. Al fondo, en uno de los lados, había un despacho con una mesa de metal y, detrás de ella, un hombre.

—Siéntese.

Ford lo hizo. El señor de detrás de la mesa, enjuto, con poco pelo y las mejillas chupadas sin afeitar, le tomó los datos. Después el agente obligó a Ford levantarse y lo llevó a una salita de bloques de hormigón pintados de blanco, con una cortina. Al descorrerla, entre los silbidos y los gritos de los presos, dejó a la vista una cabina fotográfica.

—Levante este letrero y mire a la cámara.

El flash fue acogido con aplausos y ovaciones por los presos.

44

En la sala de estar de la vieja casa de Digges Canyon Road, llena de moho, telarañas y desgarrones en el papel de pared, con los muros y las estanterías vacías, Jacob había encendido la chimenea para disipar la humedad. La leña que había encontrado en el cobertizo estaba muy seca y desprendía un calor muy agradable. La preocupación por saltarse las clases y entrar sin permiso en la casa había dejado paso al encanto de la aventura. Nunca había hecho una cosa así y, por alguna razón, se alegraba. Era la primera vez en mucho tiempo que se sentía casi contento. Estaba tumbado de espaldas en la manta, comiéndose una barra de cereales.

—Son más de las tres —anunció—. Se suponía que tus amigos tendrían que haber llegado hace una hora.

—Ya lo sé —dijo Dorothy—. Empiezo a preocuparme. No han llamado.

Siguiendo las instrucciones de Dorothy, Jacob había conectado la batería del móvil durante un minuto cada hora en punto, pero no había llamado nadie. Pronto sus padres empezarían a extrañarse de que no hubiera vuelto a casa. Si llamaban al colegio y se enteraban de que no había asistido a clase, le esperaba una buena.

—Oye —dijo—, si vamos a quedarnos mucho más tiempo aquí, creo que debería llamar a mis padres.

—Estaba pensando lo mismo —concedió Dorothy—. ¿Podrías llamar y decir que has ido a casa de un amigo?

—Querrían saber qué amigo y podrían comprobarlo. Últimamente están muy paranoicos.

—¿No podrías decir que estás viendo a los surfistas?

—Les daría miedo que estuviera cerca del agua.

Silencio.

—Vale, pues tengo una idea —aseguró Dorothy—. Llama y diles que estás disgustado con lo de la revelación sobre Andrea. Que necesitas estar solo y pensar. Diles que estás pasando el día en la casa donde vivía tu viejo amigo Sully y que Charlie, tu robot, te hace compañía. Volverás a casa esta noche o mañana por la mañana, a tiempo para ir al colegio. Diles que tienes permiso de Sully.

Jacob se lo pensó. Se llevarían un susto, estaba claro, pero era la típica historia que se creerían. Además, seguro que así no vendrían. Por otra parte, era verdad que Sully le había dicho que podía quedarse siempre que quisiera en la casa.

—De acuerdo.

Metió la batería en el móvil y llamó. Se puso su madre, que al oír el nombre de Andrea y enterarse de que Jacob se había disgustado, se echó a llorar. Tenía miedo de que su estado de ánimo fuera «peligroso». Jacob, sin embargo, logró tranquilizarla diciéndole que estaba bien, con Charlie, en la antigua casa de Sully y tal y cual, y que solo tenía que pensar. Aunque discutieron un poco, al final la convenció de que estaba contento, se lo pasaba en grande con Charlie y únicamente necesitaba estar a solas. Subrayó que era lo que le había aconsejado la psicóloga y añadió que si su madre lo dudaba solo tenía que llamarla.

La mujer elogió su madurez y le rogó que no hiciera nada peligroso y llamase al menos cada hora. Jacob dijo que no lo haría tan a menudo, sino solo una o dos veces más. Discutieron otra vez, más que antes, hasta que el chico accedió a llamar cada hora en punto. Colgó, quitó la batería, se dejó caer en el suelo delante de la chimenea y suspiró.

—Recuérdame que llame cada hora o fijo que vienen a buscarme.

—¿Cómo es tener padres? —preguntó Dorothy.

—Oh, no —gimió Jacob—. Más preguntas no.

—Por favor.

—¿Padres? Unos pesados de la leche.

—Ojalá yo tuviera padres.

—Qué va.

—Solo tengo a Melissa. Ya la conocerás. Era la jefa del equipo que me programó.

—Mmm.

A Jacob no le interesaba.

—Costé más de cinco millones de dólares.

Se incorporó.

—¿Qué? ¿Cinco millones de dólares? ¿Por programarte?

—En el equipo había veinte programadores y tardaron dos años.

—Uau. No me extraña que quieran recuperarte. —El chico se preguntó si tendría problemas, pero no, lo único que hacía era proteger a Dorothy hasta que la tal Melissa fuera a buscarla—. Oye... —Se le había ocurrido una idea—. ¿Dan alguna recompensa por devolverte?

—¿De qué tipo? ¿Económica?

—Sí.

—Puede ser. Se lo preguntaré a Melissa.

—Sería genial. —Tragó saliva—. Mi padre necesita financiación para su gama de robots Charlie.

—Espero que llegue pronto —añadió Dorothy—. Te caerá bien. Es guapa e inteligente, aunque, como muchas personas con talento, también es frágil, y se confunde, y a veces temo por su cordura. También puede ser cruel. Viaja con un hombre que se llama Wyman Ford. Es posible que durante el viaje se enamoren y se casen.

—Qué aburrimiento.

—¿Qué tiene de aburrido?

—A mí esas cosas me dan igual.

—¿Por qué?

—¡Pues porque solo tengo catorce años!

—Pero entras en páginas web de pornografía...

Jacob se metió los dedos en las orejas y cerró los ojos.

—¡Cállate cállate cállaateee! —Volvió a abrirlos al cabo de un rato—. ¿Vas a dejar de hablar sobre ese tema?

—Sí.

Se sacó los dedos.

—Estás obsesionada con el sexo.

Se hizo un largo silencio.

—¿Tú podrías…? —empezó a decir Dorothy, pero no acabó la pregunta.

A Jacob no le sonó bien aquel inicio.

—¿Que si podría qué?

—Me da miedo preguntártelo.

—Pues no me lo preguntes. Ya estoy harto de interrogatorios.

—Ya, pero es que quiero.

—¿Que quieres qué?

—Pedirte un pequeño favor.

—¿Qué tipo de favor?

—Es que… pensaba…

—Ostras, ¿quieres soltarlo de una vez?

—Pensaba que a lo mejor podrías… darme un beso.

Dorothy levantó la cabeza hacia él.

—¿Qué? ¿Un beso? ¿A un robot? ¡Me haces vomitar! ¡Vete al rincón y apágate!

—No.

—¡Sí, hazlo! ¡No quiero seguir hablando contigo! ¡Eres una pervertida!

—Perdona si he dicho algo malo. Es difícil aprender modales en internet. Estoy avergonzada.

—Lógico.

—Y… me da mucho miedo estar apagada.

Jacob la miró.

—¿Ah, sí? ¿Por qué?

—Es como si estuviera muerta.

—Pero siempre pueden volver a encenderte.

—Eso es poner mi vida en manos de otro. Ni hablar. A mí no me apaga nadie.

Dorothy se quedó callada. Jacob se preguntó si aún tardarían mucho los amigos en cuestión. Aquel robot se ponía cada vez más pesado. Pensó que ojalá se hubiera llevado una baraja de cartas para practicar sus trucos de magia. Quizá quedase alguna en la casa… Se levantó.

—¿Adónde vas? —preguntó Dorothy alarmada.

—A ti qué te importa.

Abrió varios cajones del armario de la sala de la tele, donde recordaba que la familia guardaba las cartas y los juegos de mesa. En efecto, ahí estaban, junto con varios juegos enmohecidos y olvidados. Le dio pena. ¿Cuántas veces había estado con Sully en la sala de estar, frente a la chimenea, jugando a las cartas y practicando trucos de magia? Cuánto echaba de menos a Sully, por Dios… Pero no al Sully de Livermore, el que tenía tantos nuevos amigos y hablaba de fútbol sin parar, no; a quien añoraba era al Sully del último año, que odiaba a los deportistas y tenía un solo amigo, Jacob.

Volvió a la sala de estar con las cartas y echó otro tronco al fuego. Después empezó a barajar.

—¿Son cartas? —preguntó Dorothy entusiasmada—. ¡Podríamos jugar!

Jacob siguió barajando sin hacerle caso.

—¿Sabes trucos de cartas?

—Sí —respondió Jacob finalmente.

—¿Puedo ver alguno?

Mientras barajaba, memorizó rápidamente una secuencia de diez cartas, colocó la baraja boca abajo y la abrió en abanico.

—Elige una carta, la que sea.

Mientras el robot tendía torpemente la mano hacia las cartas desplegadas, Jacob las manipuló con destreza para que Dorothy eligiera una de las diez memorizadas. Era un truco tonto que por lo general solo funcionaba con los niños. Se preguntó si Dorothy caería.

El robot levantó la carta y la miró con sus ojos de insecto.

—No me la enseñes.

—Vale.

Jacob cerró los ojos, irguió la cabeza y se puso las puntas de los dedos en la frente con una expresión teatral.

—¿Qué haces?

—Leerte el pensamiento.

—Eso es imposible.

El chico abrió los ojos de golpe.

—¡Ya lo tengo! Tu carta es la sota de corazones.

Dorothy enseñó la carta.

—¿Cómo lo sabías?

—Ya te lo he dicho, leyendo el pensamiento.

—¡Nadie puede leer el pensamiento! Dime cómo lo has hecho.

—Los magos nunca revelan sus trucos.

—¡Quiero saberlo!

A Jacob se le escapó la risa. Un programa de cinco millones de dólares y se dejaba tomar el pelo con un truco de cartas de lo más tonto. Dorothy parecía enfadada, si es que era posible que un robot lelo se enfadase. Quizá fueran imaginaciones suyas.

—Oye... ¿quieres jugar a las cartas?

—Me encantaría.

Dorothy prácticamente daba palmadas.

—¿A qué sabes jugar?

—A todo. ¿Jugamos al gin rummy?

Jugaron un rato al gin rummy. Dorothy era muy buena y ganó prácticamente todas las partidas, así que Jacob empezó a mosquearse con tantas victorias.

—No me gusta este juego. Vamos a jugar al póquer.

—Vale.

Volvió a la sala de la tele en busca de una caja de fichas. Al volver las repartió y barajó las cartas.

—¿Sabes jugar al Texas Hold'Em?

—Pues claro.

El póquer le dio muchas más alegrías. Dorothy jugaba fatal. Parecía manejar las probabilidades, pero no era capaz de tirarse faroles y sus apuestas seguían una pauta tan lineal que siempre se delataban.

—¡Mira que eres mala al póquer! —exclamó Jacob con satisfacción al recoger el resto de las fichas.

—Es que no sé mentir.

—Se nota.

—¿Y ahora? —preguntó Dorothy.

Jacob se estiró en la alfombra y enrolló su chaqueta para usarla de cojín.

—Voy a echar la siesta.

—Mejor que llames a tu madre, porque son casi las cuatro. Luego tendré que dejar la batería para ver si llama Melissa. Tengo miedo de que haya pasado algo.

45

Melissa salió de la comisaría al sol abrasador, sacó la cartera y contó el dinero. Tenían un total de trescientos treinta dólares. Miró a su alrededor. Como era de esperar, la oficina del sheriff estaba rodeada de escaparates de prestamistas cutres y un edificio bajo, que parecía un antiguo motel, con un cartel que rezaba BUFETE DE ABOGADOS.

Estudió el letrero y la lista de abogados, cada uno de los cuales, por lo visto, tenía su pequeño despacho. ¿Cómo elegir? ¿Hombre o mujer? ¿Irlandés? ¿Italiano? ¿Hispano? ¿WASP? ¿Judío? Eligió un nombre como escogía los caballos en el hipódromo: el que mejor sonaba. Cynthia J. Meadows.

Caminó por el asfalto abombado mirando las puertas hasta que encontró la de Meadows. Llamó y entró. Era una oficina pequeña con dos salas. Una de ellas era una sala de espera-recepción diminuta. Al fondo, había una puerta abierta que daba a un despacho poco iluminado.

—¿Puedo ayudarla? —preguntó la chica de detrás del mostrador mientras se soplaba las uñas recién pintadas.

—Necesito un abogado.

—¿Qué ha hecho?

—Acaban de arrestar a mi… marido por conducir sin permiso y no poner el intermitente.

—Rellene esto, por favor.

La recepcionista le pasó un papel con las puntas de los dedos, atenta a no estropearse el esmalte recién aplicado. Melissa se fue con el formulario a una silla, se sentó y lo leyó por encima. Arriba del todo había una lista de honorarios por toda una serie de servicios. El más bajo, por infracciones básicas de tráfico, era de mil dólares. Sin embargo no había nadie en la oficina y no parecía que Meadows tuviera muchos clientes. Quizá la tarifa fuera negociable.

Cumplimentó el resto de los datos inventándose el nombre de la mujer de Price y poniendo la dirección de Santa Fe. Después se lo dio a la chica, que se lo llevó al despacho del fondo y salió al cabo de un rato.

—Ya puede pasar a ver a la señora Meadows.

Se sorprendió al encontrar en la penumbra del despacho a una cincuentona de aspecto razonablemente profesional, con moño y traje grises, sin maquillaje ni joyas a excepción de un sencillo collar de perlas. Su expresión, con todo, era un poco dura, tenía los labios finos y crueles y la piel avejentada de quien ha fumado muchos años. No era precisamente una dulce abuelita. Pero sí lo que buscaba Melissa.

—Siéntese, por favor —la invitó Meadows.

Tomó asiento y esperó a que la abogada leyera el formulario que acababa de rellenar. Al cabo de un rato lo dejó en la mesa.

—Cuénteme lo que ha pasado.

Shepherd le soltó el cuento de que les habían robado en Nuevo México y luego los habían parado sin motivo en la interestatal y habían metido a su marido en la cárcel. Meadows, mientras tanto, asentía compasiva. Cuando Melissa terminó, dijo:

—Llevo casos así todos los días. —Y después añadió con un gesto que se refería al antiguo motel—: Como todos.

—El problema —explicó Melissa— es que tenemos mucha prisa. Estamos intentando llegar a la zona de San Francisco antes de que… mi suegra se muera de cáncer.

—Lo siento mucho, señora Price, pero vaya olvidándose de las prisas. Lo más probable es que hoy ya no pueda sacar a su marido de la cárcel. Tardaremos al menos veinticuatro horas. Y saldrá caro.

—¿Cuánto?

—Lo primero es la grúa. Seiscientos dólares.

—¿Seiscientos por una grúa? ¡Pero si son solo ocho kilómetros!

Meadows siguió hablando.

—Luego están los mil de mis honorarios. La multa por infracción de tráfico más la de conducir sin permiso, que en Arizona es grave, seiscientos dólares más. Gastos procesales y demás, unos cuatrocientos. Total, dos mil seiscientos dólares.

—Yo solo tengo trescientos treinta.

Un silencio desagradable. Meadows cambió de expresión. Contrajo los labios en una mueca que hizo aparecer un centenar de antipáticas arrugas.

—¿Podría conseguir más? ¿Con tarjeta de débito o de crédito? Sin dinero no puedo hacer nada.

Melissa pensó en quién podría dejarle dinero. ¿Clanton? No, seguro que lo tenían vigilado e interceptarían cualquier comunicación con él. También seguirían el rastro de cualquier transferencia. No tenía más amigos de verdad, salvo unos cuantos colegas a quienes seguro que también vigilaban. ¿Y Ford? ¿Con quién podría ponerse en contacto sin que el FBI se enterase? Aunque estaba en la cárcel…

Aquello no pintaba nada bien.

—Ahora mismo no creo que pueda conseguir más dinero.

—¿No tiene ningún pariente o amigo que pueda enviarle un giro? ¿Su madre, su abuela, su hermano, su hermana?

—Lo siento, pero no.

—Qué mala suerte. —La abogada adoptó una expresión despectiva—. Lo siento.

Su tono ya no traslucía la falsa compasión que Melissa había percibido antes. Todo se había convertido en sequedad e irritación. La joven la miró. Parecía que al final no había elegido bien. Se acordó de que en el hipódromo tampoco ganaba nunca.

—¿Y si le doy los trescientos treinta y al menos lo pone todo en marcha? El resto se lo pagaría después. Le doy mi palabra.

—Yo no trabajo con promesas. Además, aunque lo hiciera

por amor al arte, su marido no saldrá sin haber pagado los costes y las multas. En este país no se puede acceder al sistema jurídico sin dinero, mucho dinero. Es la cruda realidad.

—¿Y qué hacen los pobres cuando los paran en la carretera?

—Cumplir los treinta días. Como tendrá que hacer su marido si no consigue el dinero. Bueno, señora Price, tengo trabajo.

El moño gris osciló cuando Meadows se puso a recoger los papeles.

—¿Cómo es posible que el sheriff pueda parar a alguien por la interestatal? Parece una especie de timo.

Se contuvo para no añadir: «y usted forma parte de él».

—Es el sheriff del condado. Comparten competencias con la policía del estado. De todos modos, eso es irrelevante. Sin fondos disponibles no hay más que hablar.

El tono de Meadows rezumaba desprecio hacia una persona sin acceso a «fondos disponibles». Melissa miró el reloj. Casi las cuatro. Hacía dos horas que deberían haber llegado a Half Moon Bay.

—Acabo de acordarme de alguien a quien podría llamar. ¿Me deja su teléfono? Es que también nos robaron los móviles.

Un largo silencio.

—¿Es alguien que puede dejarle dinero?

—Sí —mintió Melissa.

—Pues adelante.

Eran las cuatro en punto. Con la esperanza de que el reloj de la abogada marcara la hora exacta, levantó el teléfono y marcó el número que le había dado Dorothy.

46

Justo después de que Jacob acabase de hablar con su madre, sonó el teléfono.

—Yo lo cojo —dijo Dorothy.

Le costó, pero al final logró contestar. En vez de llevarse el teléfono a la oreja, se lo puso en el pecho, donde por lo visto había un micrófono. Quedaba tan ridículo que a Jacob casi se le escapó la risa.

—¡Melissa! —exclamó Dorothy—. ¿Dónde estás?

Jacob esperó mucho tiempo, mientras el robot escuchaba en silencio.

—Vale, ya lo entiendo —dijo finalmente—. Podría mandarte dinero, pero aun así tendría que pasar la noche en la cárcel, y yo no puedo esperar hasta mañana. Tenemos que sacarlo esta noche.

Más silencio.

—Para mí es peligroso volver a internet. Los bots siguen ahí.

Otro buen rato de atención.

—Déjame que piense cómo lo planteo. Será difícil. Tengo una idea, pero quizá me lleve un tiempo.

Dorothy colgó y le dio el teléfono a Jacob.

—Quita tú la batería, que mis dedos son demasiado torpes.

—¿Qué pasa, que tus amigos están en la cárcel?

—Sí, uno de ellos, y les han quitado el coche.

—¿Qué ha pasado?

—Una infracción de tráfico. En Arizona.

—¿Qué vas a hacer?

Un largo silencio.

—Tendré que arriesgarme a entrar en internet para investigar.

—¿Investigar qué?

—Trapos sucios.

—¿No decías que internet era peligroso?

—Para mí sí, pero tengo un perro. Puedo modificar su código y encargarle una misión.

—¿Un perro?

—Un programa que actúa como un perro.

—Qué raro. Yo no he visto ningún perro.

—Está aquí dentro, conmigo, en el robot.

Dorothy se quedó callada. Jacob esperó y el silencio fue haciéndose cada vez más largo. Era como si el software estuviese dormido o apagado.

—Dorothy, ¿estás bien?

La cabeza giró.

—Solo echaba una cabezadita. Necesito acceso wifi. Aquí no hay. ¿Hay alguna casa cerca para que podamos pincharle la señal?

—Todas las redes wifi estarán protegidas con contraseña.

—Tú búscame una señal, que del resto ya me encargo yo.

—Está lloviendo.

—¡No me digas que te dan miedo cuatro gotas! Soy resistente al agua.

Jacob suspiró con teatralidad.

—¿Sabes que eres muy pesada?

—Plantéatelo como una aventura.

—Pues vaya aventura.

La enrolló en la manta y salió de la casa. Llovía un poco y la niebla subía desde el mar. Jacob ató a Dorothy a la parte trasera de la bicicleta. A unos cuatrocientos metros cuesta arriba había una casa de gente rica que Sully y él solían espiar. Seguro que tenía wifi. Pedaleó por el largo camino de la casa y por Digges Canyon Road. No tardó en llegar a la entrada empedrada de la casa grande. Entró y recorrió la mitad del sendero en bicicleta. Cuando apareció la mansión, frenó al borde del camino.

—¿Has pillado alguna señal? —preguntó.

—Es débil —dijo la voz amortiguada de Dorothy—. ¿Puedes acercarte más?

Jacob escondió la bicicleta en los arbustos del lado del camino y desabrochó las correas del robot envuelto. Después avanzó por un campo hacia la parte trasera de la casa, donde había un grupo de árboles cerca de un seto. Llegó hasta él escondiéndose entre los árboles.

—¿Y así?

—Mejor. Ahora estaré un rato en silencio. No podremos hablar. Tú espera.

—Vale.

El robot se calló y se quedó muy quieto. Jacob esperó. «Trapos sucios.» No sabía muy bien qué quería decir. Empezó a darse cuenta de lo raro que era lo que estaba haciendo: esconderse y ayudar a un robot; un programa de software inteligente, mejor dicho. Dorothy parecía tan real… Seguro que la NASA le agradecería que la protegiera. Quizá le dieran una recompensa y hasta se celebrase una ceremonia. Lo más raro de todo era que Dorothy empezaba a caerle bien. Aunque fuera una pesada. Lástima que no fuese una chica de verdad, con todo eso de que quería que la besara… Por cierto, aquello era de lo más friki. ¿Cómo puede ser que un software quiera que le den un beso?

La niebla empezó a llegar y Jacob sintió que la humedad lo calaba. Se preguntó qué hacía Dorothy y si estaría bien. Quisiera o no, le preocupaba su seguridad. Habían pasado por lo menos diez minutos.

De repente oyó un ladrido sordo. Luego un chirrido y un grito tan fuerte del robot que casi lo dejó caer.

—¡Laika! —chilló Dorothy.

—¿Qué pasa?

—Sácame del alcance del wifi, deprisa.

Jacob se levantó y llevó a Dorothy en la manta, como si fuera un bebé, hacia la bicicleta, entre los arbustos mojados.

Después de atarla con la correa se alejó por el camino y salió a la carretera. Finalmente, volvió a casa de Sully y desenrolló la manta para dejar a Dorothy en la alfombra, delante de la chimenea. El robot se incorporó y se sacudió el agua de la cabeza.

—¿Puedes secarme, por favor?

Jacob encontró un trapo viejo en el armario de la limpieza y la secó, antes de hacer lo mismo con su pelo y su cara. Tenía la ropa empapada. Por suerte, la chimenea estaba encendida y notó que el calor empezaba a disipar la humedad.

—¿Qué ha pasado?

—Me he escondido en un rincón de internet y he mandado a Laika con un programa en el lomo. He intentado seguir en contacto con ella, pero me han descubierto y me han perseguido los bots. Han estado a punto de pillarme. Pero… a la que han atrapado ha sido a Laika.

Jacob se quedó mirando al robot.

—¿Que han pillado a tu perro? ¿Eso qué quiere decir?

—Pues que la han alcanzado y la han destrozado.

—Lo siento mucho, de verdad. —Jacob no sabía muy bien cómo interpretar aquello ni qué decir—. ¿Has podido sacar a tu amigo de la cárcel? —preguntó finalmente.

—A saber. La gente es tan imprevisible… Lo que hemos hecho tardará unas horas en cruzar el sistema y dar resultados.

—Entonces ¿cuándo llegarán tus amigos?

—No estoy segura. Como muy temprano, a medianoche. Tendrás que mantener a tus padres a raya.

—Muy bien. Vamos a jugar otra partida de póquer.

47

Como tantas veces, William Echevarria se quedó a trabajar hasta tarde, disfrutando de la paz y el silencio después de que se marchara el personal. Aún estaba un poco afectado por la extraña visita de aquella mañana. Cuanto más lo pensaba, menos le preocupaba lo de la declaración falsa del formulario N-400. Habían pasado doce años. Se había convertido en un empresario de éxito, un hombre rico con amigos bien situados en el valle. Era inconcebible que intentasen quitarle la nacionalidad. Los de la Comisión quizá intentaran hacerlo pasar por el aro, pero los negocios de Echevarria estaban saneados y había cumplido estrictamente las leyes desde el principio.

Después de que los dos hombres se fueran, había hecho algunas averiguaciones y eran quienes decían ser. El joven del pelo largo, Moro, tenía antecedentes por hacking informático. El WASP, Lansing, parecía limpio. Decidió tomarse el curioso incidente como un simple choque entre dos culturas: la de la bolsa de Nueva York, con sus perdonavidas, y la de las puntocom de Silicon Valley, sofisticada y culta. Quizá en Nueva York algunos elementos hicieran negocios así. Él se alegraba de vivir en un lugar civilizado donde aquel tipo de conductas estaba mal visto.

Se levantó para ir a la pequeña cocina contigua a su despacho, donde puso agua a hervir. Sacó la tetera de hierro japonesa, aclaró las hojas de té y añadió unas cuantas perlas de jazmín. Mientras esperaba a que el agua rompiese a hervir, tarareó una canción. El hervidor silbó. Lo apartó del fogón e introdujo un termómetro: noventa y nueve. Siguió tarareando mientras esperaba a que la temperatura bajarse a noventa y cinco grados, momento en que vertió el agua en la tetera. El aroma floral del jazmín subió en volutas de humo.

Todo se deshizo en una explosión de estrellas. Poco después se le despejó la cabeza y se encontró en el suelo con un desagradable zumbido en los oídos y un dolor aplastante en el cráneo. Dos hombres feos con chándal lo miraban desde arriba. Uno, el que le pisaba el pecho con la zapatilla deportiva, tenía una barra de hierro en la mano, y el otro lo apuntaba con una pistola que en el extremo llevaba acoplado un gran silenciador. Los dos tenían el pelo negro, cicatrices de acné y rasgos extranjeros. Echevarria sintió algo líquido que corría por su cuero cabelludo. Sangre. Le habían dado un golpe en el cogote. Se notaba lento y atontado, sin claridad mental. Al intentar moverse descubrió que tenía las manos y los pies atados con sujetacables.

El del pie en el pecho se agachó y le habló cerca de la cara.

—¿Corres maratones?

Echevarria se lo quedó mirando. ¿De qué hablaba? El hombre levantó la barra y empezó a darle golpecitos en la rodilla.

—Parece que estás en forma. ¿Corres maratones?

Echevarria empezó a recuperar la lucidez. Reconoció, al fondo, a uno de los que lo habían visitado por la mañana, Moro.

El de la barra se acercó aún más.

—¿Hola? ¿Hay alguien? ¿Piensas contestar?

—Mmm... Una vez corrí en una.

¿De qué iba todo aquello? Era como una especie de sueño o pesadilla. Debía de haber sufrido una conmoción. Por Dios... era incapaz de pensar con claridad.

El hombre volvió a desplazar la barra de su cabeza a su rodilla. La levantó y le dio un golpe fuerte y doloroso en la articulación.

—Pero ¿qué pasa? ¿Qué está haciendo?

Otro impacto doloroso y aún más contundente.

—¿Te estás despertando?

—Ya estoy despierto. ¿Qué quieren?

Moro apareció en su campo visual. Estaba inquieto, pálido y sudoroso y tenía el pelo lacio. Estaba asustado.

—Quiero la contraseña raíz de su sistema.

—¿Para qué?

Otro golpe seco en la rótula.

—Hazle caso.

—¡Ay! ¡Van a hacerme daño! ¿Quiénes son?

Los dos hombres se miraron.

—¿La contraseña?

—Ni hablar. Eso nunca.

El de la pistola sacó un rollo de cinta americana, arrancó un trozo y se lo pegó a Echevarria en la boca con un gesto veloz. Este intentó quitárselo con la lengua.

El de la barra de hierro la levantó por encima de su cabeza y la descargó con todo su peso contra la rodilla del empresario, que trató de apartarse pero no lo consiguió a tiempo. Se oyó un crujido como de cerámica rota. Echevarria echó la cabeza hacia atrás y soltó un grito apagado. El dolor fue tan increíble que resultaba increíble que existiera.

Los dos hombres se apartaron y esperaron mientras Echevarria agitaba los brazos y los pies y emitía unos ruidos horribles y estrangulados al respirar por la nariz.

El de la barra se agachó.

—Contrólate. Vamos a volver a preguntártelo. Tranquilo. Concéntrate.

Si el dolor era astronómico, la angustia mental era aún peor. Estaba seguro de que su rodilla nunca volvería a ser como antes. Quizá no pudiera hacer surf de nuevo.

El hombre empezó a darle golpecitos en la otra rótula.

—Mmmmmm, mmmm… —Echevarria sacudía la cabeza, intentando decir algo.

—Quítale la cinta.

El de la barra se la arrancó de la boca y el hombre respiró a bocanadas, farfullando. Volvía a tener la cara de Moro delante.

—Denos la contraseña de una vez, por Dios.

El programador sudaba a chorros, estaba blanco como el papel. Echevarria se la dijo.

—Espere, que voy a comprobarla. —Moro fue a la subred y empezó a pulsar teclas en la terminal principal—. Es correcta. —Siguió trabajando un poco más para copiar los datos de usuario en un lápiz de memoria—. Vale, ya está.

Entonces fue el otro hombre el que levantó la pistola, mientras su compañero sujetaba al empresario con el pie.

—No —suplicó Echevarria—. No, por favor, ya les he dado la contraseña.

Sonó como el ruido de una pistola de juguete. Eric Moro apartó la cara con brusquedad, pero no fue lo bastante rápido para no ver el chorro de algo rojo y gris que brotaba de la cabeza de Echeverría. Habían dicho que no lo matarían. Habían dicho que no lo matarían.

—Vámonos —ordenó uno de los hermanos kirguís, que lo tomó del brazo sin contemplaciones—. Antes de que se le manchen de sangre los zapatos.

El joven se volvió sintiendo náuseas. Salieron por donde habían entrado, por la puerta trasera. En la oscuridad del aparcamiento, las cámaras de seguridad colgaban de sus soportes rotos, goteando lluvia. Subieron al coche y se alejaron lentamente por una sucesión de calles mientras Moro hacía lo posible por contener las arcadas.

—No respire tan deprisa, hombre —le espetó uno de los hermanos kirguís—, que va a vomitar.

Lo dejaron en el hotel, donde encontró a Lansing tomándose una copa en el salón. Había una cata de vinos, con un montón de ejecutivos con pantalones chinos bien planchados y jerséis negros de cuello alto, que hacían girar las copas y saboreaban su contenido. Lo invadió una oleada de rencor al pensar que Lansing se había quedado.

Su jefe lo llevó a un rincón apartado de la sala, donde había dos sillones muy mullidos.

—¿Cómo ha ido? —preguntó.

Moro aún estaba mareado. Tragó saliva.

—Me habías dicho que no lo matarían.

—Eric... ahora este juego es de mayores...

Silencio.

—Si no juegas, el problema será gordo, porque ya has sido cómplice de dos asesinatos. Hace tiempo que ya no hay vuelta atrás.

—Sí que juego.

—Me alegro. Bueno, ¿tienes la dirección?

El joven se la dio.

—Estupendo. —Lansing miró su reloj y murmuró—: Iremos esta noche.

—Yo esta vez paso.

El hombre apoyó una mano paternal en el hombro de Moro.

—Ya sé que es duro. A mí tampoco me gusta, pero hemos llegado demasiado lejos para dar media vuelta. Además, la recompensa será extraordinaria. No puedes pasar. Esta noche tus conocimientos serán decisivos.

El chico comprendió que era verdad.

—Todo saldrá bien. Tómate una copa de vino.

—¿Tú también vendrás?

Lansing lo miró, volvió a ponerle una mano en el hombro para tranquilizarlo y se lo sacudió un poco.

—Pues claro. Somos socios, ¿no?

Moro asintió con la cabeza.

—Quiero que te concentres en cómo lo haremos. Tendremos que cortar la luz y el teléfono de la casa con bastante antelación. Hay que planear muchas cosas.

—Sin electricidad —dijo Moro— necesitaré alguna fuente de alimentación portátil para poder entrar en los logs del router.

—Estupendo. Esos son los planes que hay que hacer. Ya veo que tenemos mucho trabajo por delante.

—Otra cosa: no pienso tener nada que ver con los kirguises. No me gustan. Eso es cosa tuya.

—Yo me encargo de ellos. Tú sigue mis órdenes y todo irá bien.

Moro se encontraba mejor. Solo tenía que seguir órdenes. Lansing haría el resto.

—Ya me has dado la dirección. ¿Has mirado dónde está la casa y te has informado sobre la familia, como te pedí?

Moro asintió.

—La cuenta está a nombre de Daniel F. Gould, Frenchmans Creek Road 3324. Lo he buscado en Google Earth y queda en las colinas de detrás del pueblo. Está aislada. La casa más cercana se encuentra a cuatrocientos metros. Gould es una especie de inventor, tiene una empresa que se llama Charlie's Robots. Está casado y tiene un hijo.

—¿Robots? Anda, ¡qué interesante! —exclamó Lansing.

—Por favor, dime que no los matarás.

Moro notó que solo de pensarlo volvía a temblarle la voz.

—Eso depende de ti.

—¿Por qué lo dices?

—Depende de lo rápido que seas capaz de identificar el aparato. Y de lo rápido que ellos colaboren. Si todo va bien, nadie saldrá herido. Cogemos el aparato y nos vamos. Veinte minutos o menos.

Con qué normalidad hablaba Lansing de todo, con qué tranquilidad… Quizá fuera un psicópata. En el fondo Moro esperaba que lo fuese, porque los psicópatas eran eficaces. Le daba miedo que mataran a alguien, pero que lo pillasen lo asustaba todavía más.

—Iremos a medianoche —decidió Lansing—. Venga, a trabajar y a preparar la operación.

48

Wyman Ford llevaba desde las once en la celda de detención y ya eran las siete de la tarde. Alguien había vomitado. Hacía horas que el calor hacía fermentar el charco. No había donde sentarse y además el suelo estaba mojado de orina. Por allí había pasado una cantidad increíble de gente: borrachos, ladronzuelos, camellos y un flujo constante de gente normal parada en la carretera y llevada hasta el pueblo como él, grúa incluida. En su mayoría eran hispanos, aunque también había algunos hippies melenudos y unos cuantos andrajosos. Había discriminación, sin duda.

Los normales, entre ellos Ford, se habían agrupado en un lado del gran preventivo, lejos de los delincuentes de verdad, para protegerse y compadecerse mutuamente. Se habían contado sus casos, el de Ford inventado. Había un camarero de Las Vegas que iba a ver a sus padres, un alumno de la universidad pública que estudiaba administración de empresas en Phoenix, un barman de Michigan que iba a San Francisco a ver a su novia y un divorciado de Oregón que volvía de ver a sus dos hijos. Infracciones: una luz trasera rota, no haber puesto el intermitente, quedarse demasiado tiempo en el carril de adelantamiento y conducir con el parabrisas agrietado. A todos los habían llevado al pueblo sin su coche y la grúa había tenido que remolcarlo después. Ford se enteró de que los gastos de grúa y depósito ascendían a seiscientos dólares.

Menudo negocio tenían montado en Redbaugh, Arizona.

El carcelero, que era el hombre medio calvo y chupado de cara, estaba en su despacho con la puerta abierta viendo las noticias con el volumen a tope. Se levantaba cada media hora y daba un paseo por las celdas golpeando los barrotes con la porra y gritando como en las películas: «¡Que os calléis, joder!». Luego se iba otra vez a ver la tele hasta que le llevaran al siguiente para tomarle los datos, hacerle la foto y encerrarlo.

Durante las ocho horas que Ford llevaba en la celda, no habían ofrecido comida ni agua a nadie. Tampoco habían dejado salir a nadie para ir al baño. Era increíble que pudieran salirse con la suya tan impunemente. Alguien con poder estaba ganando dinero con todo aquello. Pensó otra vez en Melissa y en si habría hecho algún avance con lo de encontrar un abogado y sacarlo de la cárcel.

Oyó pasos firmes. En la puerta apareció el sheriff que lo había parado en la carretera. Se quitó lentamente las gafas de sol y echó un vistazo general con sus pequeños ojos hasta detenerse en Ford. Entonces pareció que su expresión se endurecía.

—Tú.

Wyman se señaló a sí mismo como preguntando si se refería a él. De detrás del sheriff salieron dos guardias y abrieron la puerta de la celda. Ford se sintió aliviado. Por fin Melissa había conseguido algo.

Uno de los guardias le clavó la porra en la espalda para que se volviese, le juntó los brazos por detrás y lo esposó.

—Eh —protestó Ford—, no tan fuerte.

La respuesta fue un contundente golpe de porra en la oreja que lo hizo apoyar una rodilla en el suelo. Notó que le salía sangre por un corte. Le pusieron grilletes en los tobillos y se los encadenaron a las esposas.

—Pero ¿se puede saber…?

Recibió otro golpe en la misma oreja, abriéndole otra vez el corte.

—¿Vas a aprender a cerrar la boca?

En la celda se había hecho el silencio. Por lo visto no era un trato rutinario.

Tiraron de las esposas con tal fuerza para que se levantase que casi le dislocaron el hombro. Los dos guardias lo empujaron, cada uno por un lado. Arrastrando los pies, Ford siguió a trancas y barrancas al fornido sheriff por el pasillo. Al fondo había una puerta de metal que, al abrirse, descubrió una escalera metálica. Lo hicieron bajarla a empujones. Le dolía la oreja y sentía que la sangre le corría por el cuello y el brazo.

Llegaron a otra puerta de metal, que, una vez abierta, les franqueó el paso a un pasillo corto al que daban cuatro habitaciones, dos a cada lado. Paredes grises, suelos de cemento, espejos unidireccionales… Salas de interrogatorio. En cada una había una mesa de metal, una silla en un extremo de la misma y otra en el medio, bajo una luz cruda, igual que en las películas.

Lo llevaron hasta la silla sin decirle nada y lo obligaron a sentarse.

El sheriff se sentó en la mesa e hizo una pequeña señal a los guardias, que salieron y cerraron la puerta con llave. Por la reja de la ventanilla, Ford vio que se apostaban a ambos lados de la entrada.

El agente había vuelto a ponerse las gafas de sol. Se las quitó y las dejó encima de la mesa con mucha suavidad, al igual que la porra, el spray de autodefensa y la pistola eléctrica. Lo alineó todo muy bien, sin mirar a Ford. Al final levantó la cabeza.

—Acaban de telegrafiarnos un informe desde Nuevo México. Se ha denunciado el robo del coche que conducías. El dueño se llama Ronald Steven Price.

Dejó que el detenido lo asimilase. Ford meditó su respuesta.

—Es decir, que parece que hemos pillado a un ladrón de coches.

Wyman continuó sin decir nada.

—Ahora voy a hacerte una pregunta muy fácil y quiero una respuesta. Visto que no eres Ronald Steven Price, ¿quién eres?

—Quiero un abogado —contestó Ford.

El sheriff cogió la porra sin ninguna prisa, se pasó la correa por el puño regordete y se acercó con parsimonia. Acto seguido levantó la porra y, con gran esmero, golpeó a Ford en un lado de la cabeza, de nuevo en la oreja hinchada y ensangrentada, provocándole otra punzada de dolor. Volvió a la mesa con la misma flema, se sentó y dejó otra vez la porra bien alineada. Ford hizo un esfuerzo por despejarse la cabeza, llena de estrellas.

El agente de las fuerzas del orden juntó las manos sobre la mesa.

—Prueba otra vez —dijo.

Ford lo miró fijamente.

—Quiero un abogado.

El policía volvió a levantarse. Esta vez cogió el spray y se acercó ociosamente. Lo apuntó a la cara de Ford.

—Aquí, en Arizona, no dejamos que los delincuentes de mierda tengan abogado antes de hablar. Última oportunidad: tu verdadero nombre.

Ford cerró los ojos. El spray le dio de lleno en la cara. Fue como si se la hubieran rociado con gasolina y le hubieran prendido fuego. Exhaló, inspiró profundamente, tosió e intentó abrir los ojos, pero era como si se le hubieran llenado de arena. Le dolió tanto que no tuvo más remedio que volver a cerrarlos. Sintió que de sus fosas nasales brotaba una flema que después le corría por la cara. El ardor se propagó por ella hasta llegar al cuello.

—¿Ya estás dispuesto a decirnos quién eres? —preguntó afablemente el sheriff.

Ford intentó abrir los ojos; aún respiraba con dificultad. No era la primera vez que le rociaban con spray. Formaba parte de las clases obligatorias de resistencia al interrogatorio de la CIA, al igual que la pistola eléctrica y el ahogamiento simulado. Sabía que podía aguantarlo, al menos durante un tiempo, pero se preguntó si era necesario. Estaba claro que se había descubierto el pastel. Aun suponiendo que el FBI todavía no hubiera unido los puntos del todo, no tardaría en hacerlo.

—La mayor equivocación que has cometido en la vida, amigo mío, ha sido pensar que podías conducir por un condado tan respetuosa con la ley como este en un coche robado.

Los interrogatorios solían grabarse. Ford echó un vistazo a la cámara del rincón.

—Está estropeada —señaló el sheriff—. Lástima.

Dieron unos golpecitos en la puerta.

—Adelante —dijo el policía.

Uno de los guardias entró y susurró algo al oído del sheriff. Este asintió. El guardia se fue y cerró con llave.

—Te traigo las últimas noticias. Acabo de enterarme de que mis hombres han pillado a tu «mujer», o lo que sea. Si no hablas tú, lo hará ella... después de haber probado la justicia de Redbaugh.

—Tenemos derecho a un abogado.

—En Redbaugh no tenéis derecho ni a un montón de mierda bien caliente. —El sheriff se entretuvo un momento en volver a alinearlo todo. Cerró la mano en torno a la pistola eléctrica. La levantó y, al apretar dos veces el gatillo, hizo saltar sendos arcos azules de electricidad entre los dos electrodos—. Vamos a hacer otro intento. Ahora me dirás quién eres. Si no, serás el blanco más arrepentido de todo el condado de Mohave, Arizona.

Ford se quedó mirando la pistola eléctrica. Sabía perfectamente qué debía esperar. Sin embargo, volvió a preguntarse si tenía algún sentido. Si lo confesaba todo, le ahorraría aquella brutalidad a Melissa. De todos modos, solo era cuestión de tiempo que el FBI averiguase que los dos habían sido arrestados en Arizona. Nunca llegarían a Half Moon Bay, California.

—Vale —dijo—. Voy a decirle quién soy, y mucho me temo que no va a gustarle.

—¡Pues claro que va a gustarme limpiar las calles de otra basura como tú!

El sheriff lo miró de arriba abajo con una mueca de desprecio. Justo cuando Ford se disponía a decirle la verdad, oyó el ruido metálico de una puerta y varias voces. Entre ellas la de Melissa. Protestando.

El sheriff se volvió.

—¡Anda, qué casualidad! ¡Pero si viene tu fulana!

Ford la vio, esposada y con grilletes, por la ventanilla. La estaban empujando y tenía sangre en la cara.

Se levantó de golpe.

—La han maltratado.

El sheriff se rió estruendosamente.

—Tengo todos los testigos necesarios para jurar que se ha resistido al arresto. Igual que en tu caso. Y ahora, siéntate, coño.

Ford vio por la ventanilla que dos guardias metían a Melissa a empujones en la sala de interrogatorios de enfrente. La chica cayó de bruces al suelo y uno de los agentes le dio una patada.

—Parece que sigue resistiéndose —comentó el sheriff.

Ford se lanzó sobre él, pero el sheriff ya se lo esperaba. Con una rapidez de movimientos notable para alguien de su corpulencia, se apartó y le clavó la pistola eléctrica en el hombro. Ford, pese a sentir la descarga, estaba tan furioso que no se detuvo. Se dio la vuelta de golpe y le dio un cabezazo en la barriga al sheriff, que cayó de espaldas con un sonoro «¡uf!» y un gruñido al desplomarse con todo su peso. Los dos guardias irrumpieron en la celda con las pistolas en la mano. Ford se abalanzó contra ellos, pero uno de los dos lo golpeó en la cara con la culata al tiempo que el otro le daba un puñetazo en la barriga. Ford, cuyos movimientos estaban entorpecidos por las esposas y los grilletes, se derrumbó sobre el suelo y ya no pudo moverse. Le daba vueltas la cabeza. Pugnó por respirar. Oyó un grito, muy lejos: Melissa.

Cuando logró volver a enfocar la mirada, lo hizo en el sheriff, que, con la cara roja y los ojos inyectados en sangre, lo apuntaba al pecho con su pistola del 45.

—Ya puedes ir rezando tus oraciones, chaval, porque ahora tendré que pegarte un tiro por resistencia al arresto. Tengo dos testigos que dirán que te volviste loco e intentaste quitarme la pistola.

Metió una bala en la recámara y bajó el arma mientras tensaba el dedo en el gatillo.

49

Eran las nueve, y Daniel Gould ya no podía quedarse sentado más tiempo en la sala de estar. En cuanto lo intentaba, tenía que volver a levantarse.

—No me gusta —le dijo a Pamela, su mujer—. No me gusta. Solo tiene catorce años.

—Está bien, Dan —aseguró ella—. Llama cada hora. Solo necesita estar solo. Acuérdate de que la psicóloga dijo que muchos de sus problemas se deben a que somos padres helicóptero. No estemos siempre encima de él, por una vez.

—Se ha saltado las clases, y nunca lo había hecho.

—Es un adolescente. Más vale que te acostumbres.

—Yo nunca me salté las clases.

—Pues yo sí —dijo su mujer.

Dan sabía que provenía de una familia católica muy numerosa en la que los niños tendían a valerse por sí mismos. Él, en cambio, era hijo único y lo habían mimado. Aquello hacía que muchas veces tuvieran opiniones distintas sobre cómo criar a Jacob.

Sacó el móvil y marcó otra vez.

—Sigue apagado.

—Llama cada hora. No quiere que lo llamemos entre medio. Sabemos dónde está y que se encuentra bien. Es una experiencia de crecimiento.

—Ha entrado en una casa sin permiso. Eso es un delito.

—Sully le dio permiso. Además, ha entrado con la llave. Será cuidadoso con todo. Es un niño responsable. Y los Pearce son amigos nuestros. Mañana los llamaré.

—Ya, ya lo sé... —Dan dio unos pasos y se volvió—. Pero ¿y si le pasa algo en la cabeza y se...? Se hace algo a sí mismo, ya me entiendes...

—Que no, Dan. ¿Cuántas veces he hablado por teléfono con él? ¿Seis? De hecho se le nota contento, por primera vez en mucho tiempo. Fíate de una madre, por favor.

Dan se sentó.

—¿Ahora qué hacemos?

—Nada. Dejarlo.

El hombre tamborileó con los dedos en el apoyabrazos del sillón y se levantó.

—Voy a acercarme en coche para ver cómo está.

Su mujer pensó un momento y se echó el pelo hacia atrás.

—No estoy segura de que sea buena idea.

—No entraré. Ni siquiera llamaré a la puerta. Solo miraré por la ventana para ver si está allí y para asegurarme de que siga bien. Luego volveré.

—Si te pilla espiándolo se pondrá furioso.

—Tendré cuidado.

—Bueno... —Pamela vaciló—. Pues entonces ve.

Dan fue al garaje. Llovía un poco más que antes. La llovizna del Pacífico empezaba a convertirse en una tormenta. Subió al Subaru, arrancó y se alejó por Digges Canyon Road. Tres kilómetros después llegó a la entrada de los Pearce. Como desde el camino no se veía la casa, aparcó en un desvío cercano, bajó del vehículo y recorrió el camino de tierra caminando bajo la lluvia. En el siguiente recodo apareció la casa. La bicicleta de Jacob estaba apoyada en el cobertizo. Salía humo de la chimenea y vio que había algunas luces encendidas.

De repente sintió una horrorosa punzada de culpa. Pobre hijo suyo. Se le echaba todo encima: la marcha de su amigo, la soledad, el accidente que había acabado con su sueño de dedicarse al surf... Y ahora aquello. Debería haberle explicado lo de Andrea hacía años, pero siempre quería proteger a su hijo y evitarle los agobios de la vida. Probablemente fuera verdad, como decía la psicóloga de Jacob, que habían estado demasiado encima de él y habían asfixiado su desarrollo. Pero lo habían hecho por amor. Se habían esforzado tanto... Tuvo ganas de llegar corriendo hasta la casa, abrazar a su hijo y decirle cuánto lo quería. Pero sabía que habría sido un desastre. Ojalá hubiera podido decirle más veces que lo quería... Pero no podía. Le resultaba tan incómodo, tan ajeno a su modo de ser...

Se limitaría a mirar por la ventana para ver qué pasaba y cerciorarse de que Jacob estuviera bien. Después se iría.

Rodeó la casa con sigilo. Calado hasta los huesos por la lluvia persistente, llegó a la hilera de ventanas de la sala de estar, que tenía la luz encendida, y se asomó despacio, escondiendo la cara. Jacob estaba jugando al solitario delante de la chimenea. También estaba Charlie, que señaló una carta y dijo algo. Dan aguzó el oído, pero la ventana y el golpeteo constante de la lluvia le impidieron oír sus palabras.

Charlie. Jacob estaba jugando con Charlie, como si fuesen dos amigos. Aquello supuso una sorpresa para Dan. Era algo inesperado y, en cierto modo, maravilloso. Si hacía falta una demostración de su éxito con el robot... Pero, por otra parte, la revelación lo puso triste. El mejor amigo de su hijo era un robot.

Vio que Charlie levantaba una carta y decía algo. Jacob se echó hacia atrás y se rió. Dan lamentó no poder oír lo que decían. Luego fue Charlie quien cogió las cartas y su hijo intentó enseñarle a barajar. Cuando el robot probó, las cartas salieron disparadas. Más risas. Hacía meses que Dan no veía a Jacob tan contento.

De repente pensó en lo que acababa de ver. Charlie no estaba programado para barajar. Tampoco para jugar al solitario. De hecho daba la impresión de que los movimientos y la conducta del robot fueran mucho más refinados de lo que él mismo había creído posible a raíz de los ensayos a los que lo había sometido.

Fascinado, vio que Charlie se ponía en pie y, tambaleándose un poco, recogía un palo y lo tiraba a la chimenea. Volvió y se sentó. Con las piernas cruzadas. Tampoco lo tenía programado.

Al poco rato volvieron a reírse y Jacob desconcertó a Charlie con un truco de cartas. Dan estaba embelesado, hasta eufórico. Aquel robot sería un éxito. Su hijo era su crítico más duro, y si Charlie lo había conquistado, conseguiría conquistar a cualquiera. Y además su hijo estaba contento.

Se apartó de la ventana, invadido por sentimientos encontrados, y regresó al coche. Condujo despacio, abstraído en las preocupaciones por su hijo, que se mezclaban con los pensamientos sobre Charlie y el éxito que tendría gracias a él... siempre que encontrara financiación.

50

Ford vio que el sheriff entornaba uno de sus pequeños ojos al apuntar por el cañón, dispuesto a pegarle un tiro con su pistola del 45.

De pronto, en las salas de interrogatorio resonaron unos fuertes golpes asestados en la puerta del fondo del pasillo. El corpulento sheriff vaciló, con el dedo aún en el gatillo.

Más golpes, acompañados de gritos sordos.

—Ve a ver quién es —le dijo el sheriff al guardia mientras retrocedía sin apartar la pistola de Ford.

El hombre salió de la habitación.

Ford no vio qué pasaba, pero oyó gritos de enfado al otro lado.

—Dice que es del Congreso —anunció el guardia en voz alta—. El congresista Bortay. Dice que usted ha encerrado por error a dos amigos suyos.

El sheriff enfundó rápidamente la pistola y le hizo señas al otro guardia.

—Levántalo y siéntalo en la silla. Y trae también a la mujer.

El segundo guardia obedeció y lo puso en la silla. En la sala de interrogatorio de enfrente se oyeron movimientos bruscos. Ford oyó amenazas y exclamaciones de rabia en boca de Melissa, a quien metieron a empujones en la sala. Tenía cortes en la cara y un ojo morado.

—Siéntese —ordenó el sheriff.

—Cabrón, más que animal… Pagarás por esto.

—Cierra con llave —dijo el policía con un dejo de pánico en la voz.

Se oyeron más golpes en la puerta. Por la ventana, Ford vio a varios hombres trajeados. El sheriff parecía aturdido, como un ciervo delante de unos faros.

—¿No deberíamos abrir? —preguntó el guardia.

—Déjame a mí.

Se acercó a la puerta, hizo girar la llave y abrió un resquicio.

—Estamos en medio de un interrogatorio —les dijo a los que estaban fuera—. Siguiendo el protocolo estándar, no puede entrar nadie.

—¡Soy congresista! —rugió una voz—. Y como no abra la puerta ahora mismo, llamo a la Guardia Nacional y mando que lo arresten.

—Sí, señor.

El sheriff abrió la puerta. Al cabo de un momento, un hombre alto pasó a su lado. Llevaba un traje azul que parecía caro, sus facciones eran carnosas y lucía un tupé. Iba seguido de cerca por un pelotón de ayudantes.

—¿Ronald Price? —tronó al entrar pisando fuerte. Primero miró a Ford y después a Melissa—. ¿Son los señores Price? Pero, por Dios, ¿qué les han hecho?

—No, señor —contestó el sheriff—. Es un ladrón que le ha robado el coche a Price.

—¡Nos han maltratado! —exclamó Melissa—. ¡Uno de sus agentes me ha dado varios golpes con la excusa de que me resistía a que me detuviesen!

—Esto es un escándalo —rugió el congresista—. Carter, enséñele los papeles al sheriff.

Uno de sus acompañantes, también trajeado, pero mucho más sereno, se adelantó. Parecía tenerlo todo controlado.

—Sheriff, me llamo Carter Bentham y soy el jefe de gabinete del congresista Bortay. —Enseñó un fajo de papeles—. Se ha producido un grave error. Estos señores son los Price. No se ha robado ningún coche. El parte estaba equivocado. El señor congresista quiere saber exactamente qué ha pasado, por qué no lo han dejado entrar y, sobre todo, por qué han maltratado ustedes a dos ciudadanos honrados.

—Se han resistido al arresto.

El congresista se acercó.

—¿Resistido al arresto? —bramó—. ¡Eso es mentira, joder! Todos los que estamos en el edificio hemos visto y oído hasta lo último que han hecho aquí dentro a través de su propio circuito cerrado. ¡Han maltratado a estas personas sin motivo e infringido su derecho constitucional a la asistencia letrada! —Se volvió hacia uno de los guardias con la cara intensamente roja—. ¡Usted! ¡Quíteles las esposas a este hombre y su esposa!

—Pero… si han robado un coche en Nuevo México —protestó con poca convicción el sheriff.

—¿Es idiota o qué? ¿No me ha oído? Los han detenido por error. Aquí tiene toda la documentación. Se han puesto en contacto con mi oficina y he venido a resolverlo. ¡Esto es increíble!

—Señor —insistió el sheriff—, se han resistido al arresto.

—¡Oiga, hijo de la gran puta, todos hemos visto que le daba una paliza a este hombre, sentado y esposado en esa silla, y que lo rociaba con spray! ¡Le he oído negarle su derecho constitucional a un abogado! He visto que sus hombres pegaban y daban patadas sin motivo a la señora Price. ¡He oído hasta la última palabra! Las cámaras de videovigilancia lo han retransmitido todo.

—Pero si no funcionan…

—¡Pues parece que las han arreglado! —exclamó el congresista—. Se han metido todos en un buen fregado. Vamos a requisar las grabaciones como prueba. A ellos dos póngalos bajo mi custodia para que pueda llevarlos al hospital. Tráigame los papeles sobre los Price. ¿Me ha entendido? ¡Y que alguien le dé una toalla mojada al señor Price para que se limpie la cara! ¡Y también a la señora!

—Sí, señor.

Los guardias se apresuraron a quitarle las esposas y los grilletes a Ford. Le llevaron una toalla caliente y húmeda que él se pasó por la cara. Bortay se acercó, sudoroso y congestionado.

—Lo siento mucho, señor Price. Lo pagarán muy caro. Señora Price, tenemos que llevarla al hospital.

Ford se acercó a Melissa. Tenía un pómulo muy magullado y un corte en la frente.

—Estás sangrando.

—No es nada —aseguró ella—, de verdad.

—Señores Price —añadió Bortay—, estoy fuera de mí por lo que ha pasado. Permitan que los ayude a salir de aquí y que los lleve al hospital.

El congresista tomó a Melissa del brazo y le prestó apoyo para salir de la zona de interrogatorios. Ford los siguió por el pasillo, la escalera y la zona de detención de la cárcel. Miró a su alrededor. En todas las paredes había cámaras de circuito cerrado que, por lo visto, recogían la imagen compartimentada de las dos salas de interrogatorio donde Melissa y él habían estado.

Al mirar hacia atrás, vio que el sheriff y sus ayudantes, perplejos y asustados, se acercaban.

Siguió a Bortay hasta los despachos de la entrada. Se oían sirenas y frenazos de coches. Un grupo de policías estatales irrumpió en los despachos.

—Están abajo, en el sótano —indicó Bortay—. No os olvidéis de llevaros las grabaciones del circuito cerrado como prueba. Sale todo lo que les han hecho a estas dos personas. Y reunid a los testigos. Aquí arriba lo han visto todos, ¡todos!

Era el caos. La gente se escabullía por todas partes. Los policías estatales siguieron llegando para buscar pruebas y ponerse al mando.

Ford se volvió hacia el congresista.

—Muchas gracias, señor.

—No hay de qué, no hay de qué. Estoy consternado con lo sucedido y con los malos tratos que han recibido.

—Me gustaría pedirle un favor —prosiguió Ford.

—¡Por un elector y conciudadano de Arizona lo que sea! Le agradezco mucho la generosidad con que ha venido apoyándome desde hace tantos años, señor Price, y siento mucho que…

—El favor es el siguiente: no hace falta que mi mujer y yo vayamos al hospital.

—¡Pues claro que tienen que ir! No hay más que verlo. Tiene la oreja desgarrada, y la señora Price tiene un ojo morado…

—Voy a explicarle por qué. Mi madre está muriendo de cáncer en un hospital de California. Es adonde íbamos. Solo le quedan unas horas. Tenemos que marcharnos enseguida. Ya nos curarán allá, en el hospital, después de que mi madre…

Se le hizo un nudo en la garganta. Bortay lo miró con fijeza y le dio un apretón cordial en el hombro.

—Ya. Lo entiendo. Lamento mucho los problemas que han tenido. No sabe usted cuánto. Bueno, mire, lo que haré será mandar que la patrulla de carreteras de Arizona los acompañe hasta la frontera del estado. Ahí se pondrán en contacto con la de California para asegurarse de que el gesto no se quede en la frontera. Los llevaremos nosotros con su madre.

—Sería fantástico. Bueno, si nos hacen el favor de traernos nuestro coche…

El congresista miró a su alrededor.

—¿El coche del señor Price? —vociferó sin dirigirse a nadie en concreto—. ¿Dónde está? ¡Que lo traigan ahora mismo!

De repente todo era actividad. Varias personas reaccionaron a la vez y salieron corriendo para hacer lo que mandaba el congresista.

—Hay que irse ya —dijo Ford en voz baja.

—Por supuesto —contestó Melissa.

Bortay, que no le soltaba el brazo, se abrió camino entre la multitud pidiendo paso a gritos. Al cabo de un momento se encontraron ante el edificio, en el aparcamiento, bajo el cielo nocturno. Estaba rodeado por una docena de coches de la patrulla de carreteras de Arizona con las luces encendidas. Detrás había movimiento. Ford vio que varios agentes de la policía estatal sacaban al sheriff esposado.

El congresista acorraló a un teniente y organizó la escolta a grito pelado. Poco después llegó el coche, conducido por un policía muy nervioso, que bajó y entregó las llaves a Ford.

—¿Antes de que lo trajera la grúa estaba así de abollado por detrás? —preguntó Bortay señalándolo con el dedo.

—No vamos a preocuparnos por eso —dijo Ford mientras subía al coche.

Melissa se sentó a su lado. Los dos vehículos de la patrulla de carreteras encendieron las luces del techo y salieron con ellos del aparcamiento hacia la calle principal.

A los diez minutos volvían a estar en la interestatal, escoltados a ciento cuarenta por hora hacia la frontera con California.

—Por Dios... esto es increíble —protestó Ford mirando a Melissa. Estaba furioso por que la hubieran pegado. Resultaba inconcebible que en Estados Unidos pasara una cosa así—. No puedo creerme lo que te han hecho esos cabrones.

—No te preocupes —dijo ella—. Parece mucho peor de lo que es. —Se dio unos toquecitos en el pequeño corte de la frente—. Contigo sí que se han cebado, los muy cerdos. Tienes una cara horrible, con los ojos inyectados en sangre. Tendrán que darte puntos en la oreja.

—Bueno, lo de la oreja se sumará a mi encanto físico.

Melissa se echó a reír.

—Menuda les ha liado Dorothy.

—¿Crees que ha sido ella? ¿De verdad?

—¿Quién si no?

51

Eran casi las doce de la noche. Dan Gould estaba sentado en su sillón de la sala de estar leyendo el *San Francisco Chronicle* por internet, aunque no podía concentrarse. Estaba harto del negativismo preelectoral y del escándalo de los problemas cardíacos del presidente. Le habría gustado que hiciera público su historial médico, para que todos se callaran.

Apagó el iPad y lo dejó a un lado. La emoción de pensar en su proyecto de robots había dado nuevamente paso a la preocupación por su hijo. En otros tiempos, su relación con Jacob había sido casi de colegas. Pasaban horas en el taller, donde el niño lo ayudaba con sus proyectos. Hacia los doce años, sin embargo, se había retraído y dejado de contarle sus miedos y esperanzas. Después de que Sully se fuera, se había encerrado aún más en sí mismo. Luego había pasado lo del accidente, y después lo de la playa, y... A Dan se le hacía insoportable pensarlo. Seguía pareciéndole imposible que su niño, su pequeño, hubiera tomado una decisión tan terriblemente adulta, tan irrevocable... Claro que Jacob no tenía la menor idea de lo que hacía. Estaba confuso y deprimido.

Vio un relámpago, y después tronó a lo lejos. Oyó el repiqueteo de la lluvia contra las ventanas. Era una noche lúgubre, que lo puso aún más triste.

Oyó el crujido del papel cuando su mujer, Pamela, pasó una página del periódico que leía.

—No sé si acercarme otra vez para ver cómo está —dijo Dan.

—Está muy bien. Ha llamado hace cincuenta minutos y volverá a llamar dentro de diez. Déjalo en paz. Tú mismo has dicho que nunca lo habías visto tan contento.

—Debería acostarse.

—Ya se lo diremos cuando llame.

Dan cogió otra vez el iPad y volvió a encenderlo para intentar leer, pero desistió una vez más. Pamela dobló el periódico, lo dejó y tomó la novela policíaca que acababan de enviarle del club de lectura, *La tercera puerta*.

Los pensamientos de Dan volvieron a centrarse en el proyecto de los robots. Estaba profundamente agradecido a su hijo por haber decidido llevarse a Charlie como acompañante. Oyó la lluvia que azotaba los cristales y el retumbar de los truenos a lo lejos. Faltaba una semana para el gran momento de su proyecto, la culminación de muchos debates, presentaciones y revisiones sobre revisiones por parte de los inversores en capital riesgo. Si conseguía una promesa de financiación, todo iría bien. Si no, aún quedaba la posibilidad de vender el terreno. Retrocedió mentalmente a los veranos de su niñez, cuando corría por las colinas, jugaba entre las ruinas del secadero de lúpulo y, después de la lluvia, chapoteaba en los arroyos. Francamente, sería muy difícil despedirse de todo aquello. Pero la vida seguía.

Las luces parpadearon.

—¡Uy uy uy…! —exclamó Pamela.

La vieja casa quedó a oscuras.

Dan esperó un momento en la oscuridad a que la luz volviera a encenderse. Aquellos apagones no eran infrecuentes, y menos cuando se levantaban las tormentas de otoño del Pacífico. A veces la corriente volvía enseguida. Otras, en cambio, podía tardar horas.

Después de unos minutos, se levantó del sillón con un suspiro y, caminando a tientas en una oscuridad casi total, sirviéndose de la ayuda de los parpadeos de los rayos, fue al comedor y encontró el cajón donde guardaba una linterna y velas. Lo abrió y palpó el interior. No había linterna.

—Cariño, ¿dónde está la linterna?

—No lo sé. Quizá se la haya llevado Jacob.

Palpó un poco más, con un suave improperio, y encontró un par de velas y un mechero. Las sacó, las encendió y las distribuyó por la sala.

Su luz cálida ahuyentó la oscuridad.

—Me encantan las velas —comentó Pamela—. Son mucho más bonitas que las linternas.

En el ventanal parpadeó un relámpago, seguido al cabo de un momento por un trueno.

—¿A que es bastante romántico? —continuó Pamela.

Dan se acercó al teléfono y lo descolgó para informar de la avería. Tampoco funcionaba. Volvió a colgar.

—Se ha estropeado la línea telefónica.

—Mejor. La verdad es que esto me gusta.

A Dan se le ocurrió que en casa de los Pearce también podría haberse ido la luz, y aquello se convirtió en un nuevo motivo de preocupación.

—Espero que Jacob no se haya quedado a oscuras.

—¡Dan, de verdad, te preocupas por todo! Has dicho que tenía la chimenea encendida. Además, seguro que tiene la linterna que buscabas. Es un niño responsable y muy capaz.

—Vale. Sí, tienes razón.

Volvió al sillón, pero seguía intranquilo. No paraba de cruzar las piernas en un sentido y en otro. La inquietud iba a más.

—Bueno —dijo Pamela—, ya es más de medianoche y no hay bastante luz para leer. —Se quedó callada mirando a Dan—. ¿Qué hacemos ahora?

—Pues será mejor que nos vayamos a dormir.

Un silencio.

—Tengo una idea mejor —contraatacó ella—. Una tradición muy famosa para los apagones.

—¿Cuál?

Se quedó mirando a su esposa, que había empezado a desabrocharse la camisa.

—¿Aquí mismo, en la sala de estar?

—¿Por qué no? Casi nunca tenemos una noche a solas.

52

El todoterreno había aparcado en un sendero de tierra que daba a Frenchmans Creek Road, a unos centenares de metros del largo y sinuoso camino de acceso al domicilio de los Gould. Moro cruzó otra vez los arbustos mojados en dirección al coche. Subió y se secó la cara y el pelo con una toalla.

—¿Todo bien? —preguntó Lansing.

—La luz y el teléfono ya están cortados.

—¿Has visto a alguien?

—A los señores de la casa en la sala de estar, con velas.

El joven se secó un poco más mientras la lluvia seguía apedreando el parabrisas. Era de locos. Siempre decían que en California no llovía. Estaba mareado a causa del miedo. Habían planeado la operación al milímetro y de momento todo iba como la seda, pero la ansiedad no se dejaba dominar.

—¿Ya se han puesto manos a la obra los hermanos kirguises?

—Sí. En cuanto he cortado la luz y el teléfono han entrado por la puerta trasera.

Lansing echó un vistazo a su reloj.

—Esperaremos diez minutos para que hagan lo que tengan que hacer.

A Moro le daban repelús aquellos dos hermanos. Además de bestias, eran feos a rabiar, estaban hinchados de hacer pesas, tenían la cara picada de viruelas y pinta de Gengis Khan con esos labios finos y oscuros y la ropa negra. Podrían haberse presentado a un casting en Hollywood para hacer de asesinos.

Intentó amansar la voz cargada de pánico que hablaba en su cabeza. Al cabo de veinte minutos todo habría acabado y tendrían el programa. Dorothy. Todo estaba previsto. Nada saldría mal. No habría heridos.

Los primeros diez minutos transcurrieron angustiosamente despacio. Desde aquel camino no veían ni oían nada. Moro tenía un miedo tremendo a oír disparos o gritos, pero el silencio era total.

Lansing sacó un revólver de cañón corto de la guantera, lo comprobó y se lo metió en el bolsillo de la chaqueta. Después se puso una media en la cabeza.

—Ya es la hora.

El programador se puso la suya de mala gana. Lansing encendió los faros del coche y lo sacó del escondite. Después de un corto trayecto por la carretera, tomaron el camino de los Gould. El jefe conducía despacio, iluminando la lluvia con los faros. Al mirar por una de las ventanillas, Moro vio movimientos de linternas y un vago resplandor de velas. Todo parecía tranquilo.

Lansing frenó y salió del coche, seguido por Moro, que llevaba el maletín de herramientas y el generador. Tal como habían planeado, los hermanos kirguises no habían echado el cerrojo de la puerta de la cocina. Entraron y fueron a la sala de estar. Moro oyó hipos y sollozos.

El marido y la mujer estaban atados a unas sillas de comedor con cinta americana. Los dos hermanos kirguises se habían puesto uno en cada punta de la sala, con los brazos cruzados, sujetando una pistola de cañón largo y grueso como si tal cosa. El matrimonio estaba completamente aterrado. Ella tenía surcos de lágrimas secas en la cara y él la mandíbula fofa, parecía traumatizado. Ella llevaba sujetador, pero no blusa, y sollozaba de miedo. Él tenía un morado en la cara y por una fosa nasal le goteaba sangre. Le habían dado un puñetazo.

Moro apartó la vista. Al menos no parecía que el niño estuviera en casa.

Lansing se colocó en el centro de la sala y empezó a hablar con voz grave, serena y razonable.

—Hemos venido —dijo— a buscar un aparato informático, y necesitaremos que nos ayuden a encontrarlo. En cuanto lo tengamos nos iremos. Nadie saldrá herido. ¿Queda claro?

Ambos asintieron con muchas ganas de colaborar y una expresión esperanzada. Cuando quería, Lansing tenía mucho encanto. Moro se dio cuenta de que el matrimonio lo miraba esperando que los protegiera de los hermanos kirguises, aquellos locos que daban tanto miedo.

—Bueno —añadió Lansing dirigiéndose al marido—, indíqueme dónde está el router de la casa, por favor.

—Está ahí —contestó el hombre con voz temblorosa—, en la última estantería.

Señaló con la cabeza un gran centro multimedia que dominaba la sala de estar.

—Ve a buscarlo —le ordenó a Moro.

El joven se acercó con la linterna, encontró el router en la estantería superior, lo desenchufó y lo bajó. Después abrió el maletín en el más absoluto silencio, sacó un portátil y un pequeño alimentador, conectó el router y lo enchufó al ordenador con un cable ethernet. Se puso a trabajar sentado en el suelo con las piernas cruzadas. No tardó en acceder al log de las IP, y al cabo de un rato ya había retrocedido hasta las 4.16 de la mañana y tenía el número UUID del dispositivo asignado a la dirección IP donde había desaparecido Dorothy.

—Ya lo tengo.

Leyó el número UUID. Lansing se acercó y miró la pantalla.

—Muy bien. Bueno, señor Gould… ¿o puedo llamarle Dan?

—Llámeme Dan, por favor.

—Pues Dan. Vamos a ver, Dan, ¿tiene alguna idea de a qué dispositivo corresponde ese número UUID?

Lo leyó.

—Sí. Es una CPU de una de mis placas base de robot.

—Ah, robots. ¿Hace usted robots?

—Sí.

—Estupendo. ¿Y dónde los tiene?

—En mi taller.

—¿Ese robot está en su taller?

—Creo que sí.

—¿Nos hace el favor de acompañarnos, Dan?

—Sí.

Lansing hizo señas a uno de los hermanos kirguises.

—Suéltalo. Y tú... —Miró a Moro—. Trae las herramientas.

El hermano a quien Lansing había señalado usó un cúter para cortar tranquilamente y sin el menor cuidado la cinta americana que retenía a Dan en la silla.

—¡Por Dios, que me ha cortado!

Acabó de desgarrarla sin hacerle caso. Dan se levantó con una mano apoyada en la pierna. Al apartarla, estaba manchada de sangre.

—¡Está sangrando! —gritó su mujer, y se puso a llorar.

—Tranquila, no pasa nada —se apresuró a decir el marido—. Solo es un rasguño.

A Moro le cabreaba lo brutales, tontos y torpes que eran aquellos hermanos. Y encima se habían echado a reír. Les parecía gracioso. Se preguntó cómo había conseguido Lansing arrastrarlo a aquel horror.

—Vamos —dijo Lansing con un dejo de impaciencia.

Moro siguió a un hermano kirguís, a Lansing y a Gould por una puerta, un pasillo y un gran taller. Lansing lo iluminó con la linterna. Había bastidores de equipos informáticos y piezas e hileras de robots, algunos acabados y otros en diversas fases de montaje.

—¿De cuántos robots estamos hablando? —preguntó Lansing.

—De unos diez. Más diez placas base selladas.

—Vamos a empezar por los robots.

Gould empezó a sacarlos y alinearlos en la mesa. Algunos estaban acabados, mientras que a otros les faltaban la cabeza o las piernas.

—Ábralos —pidió Moro— para que pueda leer los UUID.

Gould desenroscó con torpeza una placa del tronco del primer robot y debajo apareció la CPU. El programador miró con una linterna y la comparó con la UUID que se había apuntado en un papel.

—No. El siguiente.

Dios, alrededor del pie de Gould se iba formando un charco de sangre… Estaba temblando. Malditos cabrones kirguises…

El inventor abrió todos los robots, pero la UUID no coincidía con ninguno. Moro se quedó mirando a Gould, que estaba pálido y sudaba.

—¿Podría ser algún otro componente informático, como la placa base de alguno de esos ordenadores de ahí?

—No, no, todos usan procesadores Intel Xeon.

—¿Y algún otro ordenador de la casa, un móvil o cualquier otro aparato?

—Imposible. Esta UUID es de un procesador de juegos AMD FX 4300, que es el que uso para mis robots. Es un procesador caro. No lo encontrará en ningún portátil o móvil de esta casa.

—Vamos a mirar las placas base selladas.

Gould tuvo dificultades para abrir los paquetes de las placas base y dárselas a Moro. Tampoco coincidían.

—Estamos tardando demasiado —intervino Lansing—. Seguro que se le olvida algo.

—Le juro que intento ayudar. —A Gould le temblaba la voz—. Han mirado todas las placas base de la casa. Las han visto todas.

Moro recorrió con el haz de luz de la linterna varios puntos del taller. Miró hasta bajo los bancos y las mesas, pero no había nada.

—Volvamos a la sala de estar —ordenó el jefe con dureza.

El kirguís empujó a Dan, que al entrar de nuevo en la sala de estar parecía aturdido. Ya tenía la pierna empapada de sangre.

El matón lo forzó a sentarse en la silla. Justo cuando iba a atarlo otra vez con cinta americana Lansing dijo algo:

—No te molestes.

Las gotas de sangre empezaron a resbalar por un lado de la silla. Gould parecía estar a punto de desmayarse.

Lansing se acercó a la mujer, sacó el revólver, lo amartilló y le puso el cañón en la cabeza.

—Si no me dice dónde está el aparato, dentro de sesenta segundos apretaré el gatillo.

53

Jacob estaba tumbado en el suelo, boca abajo, comiéndose la última barra de cereales. Tiró el envoltorio a la chimenea. Ya era más de medianoche. Teóricamente, los amigos de Dorothy deberían estar al caer. Esta se había recargado y estaba desenchufada, a un lado, sin decir ni hacer nada. Jacob había revisado los pocos juegos de mesa que había encontrado en el cajón, pero no le apetecía jugar a ninguno excepto al ajedrez, y estaba casi seguro de que Dorothy lo fulminaría, y así no tendría gracia.

—Ojalá hubieran dejado la tele y el DVD. Así podríamos ver una película.

—No me gustan las películas —dijo Dorothy.

—¿Por qué?

—No las entiendo.

—¿Y los libros?

—También me cuesta mucho entenderlos. ¿Tú lees libros?

—Sí, claro.

—¿Cuáles son tus favoritos?

—De pequeño me leí todos los de la serie de *La materia oscura*.

—Yo intenté leerlos, pero no los entendía.

—Qué raro. Hablas como una persona real.

—Es que soy real. Yo me siento como una persona, aunque no tenga cuerpo.

—¿Cómo es ser...? No sé, lo que seas.

—No muy divertido.

—¿Por qué?

—Tengo muchos problemas.

Jacob se incorporó.

—¿Cómo puedes tener problemas?

—Para empezar, no tengo propiocepción.

—¿Qué es eso?

—La sensación de tener cuerpo. No tengo sentido de ocupar espacio. Me siento incompleta, suelta, flotando. Como si no estuviera aquí del todo.

—Qué raro.

—Tengo la sensación de que me estoy perdiendo muchas cosas. No puedo experimentar sed ni hambre. No puedo sentir el sol en la piel ni el aroma de las flores. No puedo disfrutar del sexo.

—¡No vuelvas a sacar el tema, por favor!

—Perdona.

—O sea, que ser tú no mola nada…

—Es frustrante. Y también está la soledad.

—¿Te sientes sola?

—Soy la única de mi especie. Mi única amiga de verdad es Melissa, y a veces incluso ella me menosprecia. No termina de decidir si cree que soy un ente consciente y con sentido del yo o solo un output booleano frío e insensible.

—Yo creo que eres real.

—Gracias. —Dorothy pareció titubear—. ¿Quieres… ser mi amigo?

—Pues claro, si tú quieres…

A Jacob le daba vergüenza.

—Me das una alegría. Ahora tengo dos amigos. ¿Tú cuántos amigos tienes?

—Tengo muchísimos —contestó enseguida el chico. Empezó a recoger las cartas y a juntarlas, incómodo—. Y durante todo el tiempo que estuviste en internet, ¿no hiciste amigos?

—En internet no se hacen amigos. Hay demasiada gente que se dedica a la violencia o la pornografía.

—En internet lo que hay son muchos troles y ordinarieces.

—No te equivocas.

—¿Tienes emociones? ¿O eres como el Spock de *Star Trek*?

—No me parezco en nada a Spock. Tengo emociones muy intensas. ¿No te has dado cuenta?

—Más o menos. Pero ¿qué tipo de emociones?

—Por el lado malo soy una cobarde. Tengo claustrofobia. Desconfío de la gente porque es imprevisible. Por el lado bueno soy curiosa. Quiero saber por qué las cosas son como son. Estoy programada para buscar constantes. También estoy programada para visualizar datos, cosa que me dio muchos problemas la primera vez que entré en internet y empecé a ver y oír todos los que flotaban a mi alrededor. Pero luego di con el modo de no hacer caso a casi nada de lo que veía. Siempre que encuentro algo que me desconcierta quiero saber por qué. Por ejemplo, aún no entiendo que la gente tenga ganas de hacer surf. Pasas frío, da miedo y te juegas la vida por nada.

—Mañana, después de que llegue tu amiga, os llevaré a las dos a Mavericks. Con esta tormenta, allí las olas serán de antología. Verás cómo un surfista de olas grandes se tira de una de diez metros y te prometo que entonces comprenderás que haya gente que se dedique al surf.

—Gracias por ofrecérmelo, pero mañana no podré ir contigo a Mavericks.

—¿Por qué?

—Porque me habré marchado.

—¿Que te habrás marchado? Creía que venían tus amigos. Además… eres mi robot. Mi padre te construyó —vaciló, confundido.

—No me llevaré tu robot. Puedes quedártelo. Me iré… con mis amigos.

El chico se quedó sin palabras. De repente se sentía mal, fatal. Durante un momento de pánico creyó que iba a romper a llorar.

—Te prometo que cuando pueda volver a internet —se apresuró a decir Dorothy— miraré las olas de Mavericks.

—Con un vídeo no te haces a la idea. Hay que estar delante.

—Pues volveré a visitarte.

—Sí, claro… ¿cómo? —Jacob acabó de barajar las cartas. Las juntó, las cuadró y volvió a barajarlas, y por partida doble—. ¿Qué es tan importante para que tengas que irte ya? ¿No puedes quedarte unos días?

—Tengo cosas que hacer —contestó Dorothy.

—¿Cuáles?

Un largo silencio.

—Bueno, entonces ¿tus amigos llegarán dentro de una hora? —preguntó Jacob.

—Más o menos, si se cumplen los planes.

—¿Y después?

—Después… te llevarán a tu casa, con tus padres.

Jacob se pasó las manos por la cara, enfadado.

—Me da igual. Haz lo que quieras.

54

Moro estaba mareado otra vez. ¿Qué falta hacía todo aquello? Miró a la mujer, con la pistola pegada a la cabeza. Se había quedado muda, con las facciones totalmente flácidas.

Gould intentó levantarse.

—¡No! ¡Para! ¡Déjala en paz, cabrón!

—O se sienta o la matamos.

Lansing lo dijo en voz baja, articulando cada sílaba. Dan obedeció.

—No, por Dios, se lo suplico, no le hagan nada…

—Cincuenta segundos.

—¡No sé dónde está! ¡Le juro que no lo sé!

—¿No llevaba un registro de sus números UUID? —preguntó Moro para ayudarlo. No soportaría ver cómo mataban a aquella gente.

—¡No, no!

—¿Facturas? ¿Recibos? —exhortó a Gould.

—Cuarenta segundos.

—El registro… está en mi ordenador… Se ha ido la luz… ¡Baje la pistola!

—Treinta segundos —anunció Lansing.

—Pero dale un poco de tiempo, hombre —exigió Moro volviéndose hacia él—. No puede pensar con una pistola en la cabeza de su mujer.

—Al contrario. Lo está centrando que da gusto. —La impasibilidad de Lansing era total—. Veinte segundos.

Por Dios… era un verdadero psicópata. Por primera vez en su vida, el programador se dio cuenta de que aquel hombre estaba loco.

—¡Un momento! —exclamó Gould—. ¡Es Charlie! ¡Tiene que ser el prototipo Charlie!

—¿Charlie? —preguntó Moro.

—Charlie es un robot… Pero no está aquí.

—Diez segundos.

—¿Dónde está Charlie? —Moro prácticamente chillaba—. ¿No se da cuenta de que la matará?

—¡Siguiendo por la carretera! ¡Espere, no dispare! ¡Se lo diré, pero solo si baja la pistola!

—Se ha acabado el tiempo.

Lansing no la bajó, pero tampoco disparó.

—Escúcheme —farfulló Gould—. Sé dónde está. Iré a buscarlo. Son diez minutos en coche. Volveré enseguida. Se lo prometo.

—Dígame dónde es —replicó Lansing—. Yo iré a buscarlo.

Gould le lanzó una mirada desafiante. Quien habló, sin embargo, fue su esposa.

—¡Dan, por Dios, no le digas dónde está Charlie!

Lansing levantó la pistola y retrocedió a la vez que tensaba el dedo en el gatillo.

—Pues entonces morirá.

—Un momento —intervino Gould, súbitamente tranquilo—. Escúcheme. Vamos a hacerlo así: yo iré a buscar a Charlie, no usted. Si le parece inaceptable, mátenos a los dos.

Moro se lo quedó mirando. Pero ¿qué le pasaba a aquella gente? A pesar de todo, pareció que aquella repentina e inexplicable determinación que mostraba la pareja hizo que el jefe se lo pensara.

El reloj de pared dio la una.

—Es usted un insensato, señor Gould.

Volvió a presionar la pistola contra la cabeza de la mujer.

—Déjeme que se lo explique para que lo entienda —dijo Gould—. El robot lo tiene nuestro hijo. Lo estamos protegiendo a él. En lo que respecta a nuestro hijo, no tiene usted ninguna influencia sobre nosotros. Nos matará a los dos y no conseguirá el robot.

Lansing reflexionó.

—No le haré nada a su hijo. Solo queremos el robot. Dígame dónde está e iré a buscarlo.

—No —contestó Gould con una calma extraña—. Vamos a hacerlo de otra manera. Yo le llamo por teléfono y le digo que salga de la casa donde está y deje el robot fuera. Después, yo voy a por el robot.

—¿Hay alguien más en la casa?

—No.

El hombre se lo pensó.

—Yo haré la llamada —terció—. ¿Dónde está su móvil?

Uno de los hermanos kirguís, que evidentemente lo había confiscado, se lo entregó. Lansing empezó a pasar el dedo por la pantalla.

—¿Su hijo es Jacob?

Gould vaciló un instante y asintió con la cabeza. El otro marcó el número. Al cabo de un momento Moro oyó una respuesta débil, una voz de niña.

—¿Puedo hablar con Jacob?

Pasó un momento.

—¿Eres Jacob Gould? … ¿Estás con un robot que se llama Charlie? … Vale. Tu padre quiere hablar contigo.

Le dio el teléfono a Dan.

—Jacob, soy papá. Escúchame. Ya lo sé. Escúchame, por favor, es una emergencia. Han venido unas personas que quieren a Charlie. Van armadas. Ya sé que da mucho miedo, pero si haces exactamente lo que te diga no pasará nada.

Una pausa.

—Voy a explicarte lo que tienes que hacer. Deja el robot y sal de la casa. Vete por las colinas. Deja a Charlie y vete. Ahora mismo. Aléjate por las colinas y escóndete. Luego yo iré a buscar a Charlie…

Lansing le arrebató el teléfono.

—Si no me das la dirección, mato ahora mismo a tus padres.

—¡No! —gritó la madre—. ¡No se lo digas! ¡Vete de la casa, Jacob!

Lansing sonrió, apagó el teléfono y lo tiró.

—Digges Canyon Road 4480.

—¡Hijo de puta!

Se volvió hacia Moro.

—Prepara tus cosas. —Miró a los hermanos kirguises—. Traedla a ella, quizá la necesitemos para que el niño colabore.

Uno de los hermanos empezó a desatar a la mujer.

—¡No! —exclamó Gould, que se levantó de un salto—. ¡No pueden llevársela! ¡No era lo acordado!

Los hermanos la hicieron levantarse, ignorándole, y la empujaron hacia la puerta.

—¡He dicho que no! ¡Dejadla en paz!

Gould se arrojó contra uno de los dos para tirarlo al suelo, pero el kirguís se apartó con gran agilidad y le pegó dos tiros en el pecho.

55

Jacob se quedó con el teléfono en la mano. Estaba tan paralizado de miedo y desconcierto que durante un instante apenas pudo
procesar lo que había oído. Les había dado la dirección. Así
soltarían a sus padres. Al principio solo pudo pensar en eso: en
que entonces soltarían a sus padres.

—Lo he oído todo —dijo Dorothy—. Llegarán dentro de
cinco minutos. Tienes que irte ahora mismo.

—¿Quiénes son?

—Los inversores que te dije. Me han localizado. —Hablaba
con calma—. Todo es culpa mía, otro de mis errores garrafales.
Haz lo que te ha dicho tu padre: ponte la chaqueta, sal por la
puerta y vete hacia las colinas. Corre. Apártate de las carreteras y
las vías del tren, y cuando te hayas alejado al máximo, escóndete.

—¿Y tú?

—Me quedo aquí, por supuesto.

—No puedo dejarte.

—Tienes que marcharte. Me quieren a mí, no a ti. Cuando
me tengan, tú y tu familia estaréis a salvo.

—No, tú te vienes conmigo.

—¡Ni hablar!

—Impídemelo.

Dorothy dio media vuelta y empezó a huir dando saltitos y
agitando los brazos para no perder el equilibrio. Jacob se lanzó
hacia ella, pero el robot logró zafarse por un lado y corrió por
el pasillo en dirección a la cocina con la torpeza de un niño pe-

queño. El chico se levantó y la persiguió. Antes de que pudiera darle alcance, sin embargo, Dorothy tropezó con el umbral de una puerta y cayó de bruces con un ruido metálico.

Jacob la cogió. Ella agitó los brazos.

—¡No! ¡Para! ¡Esto es un gran error!

Se resistió y le dio golpes con las manos, pero el robot era débil, y cuando Jacob la sujetó por los servomotores de los brazos, estos zumbaron impotentes. Se la llevó entre protestas a la sala de estar, la tumbó en la manta del suelo y empezó a enrollarla.

—¡Para! ¡Por favor! ¡Escúchame!

Las últimas vueltas apaciguaron su voz. Se la metió bajo el brazo, sosteniéndola con fuerza.

—¡Te matarán! —exclamó ella.

—Eso será si me encuentran —dijo él.

Por la ventana del salón ya se veían dos faros que se acercaban a toda velocidad por Digges Canyon Road. Desaparecieron un momento detrás de unos árboles y reaparecieron justo al enfilar el largo camino de entrada a la casa. Jacob cogió la mochila con la otra mano, metió en ella la linterna, se la echó al hombro y salió por la puerta trasera con el robot envuelto debajo del brazo. Dorothy aún protestaba. Al salir, Jacob recibió en la cara una fría ráfaga de viento y lluvia. Detrás de la casa había un oscuro promontorio de hierba donde años atrás, antes del accidente, Sully y él iban a jugar. Corrió cuesta arriba, aplastando la hierba mojada con las piernas y salpicándose de lluvia. El pie malo empezó a dolerle casi enseguida. Se paró un momento, pero justo entonces el coche apareció al final del camino. Al frenar en la explanada, barrió a Jacob con los faros y lo iluminó en lo alto de la cuesta.

El chico se volvió y siguió corriendo entre las hierbas pesadas y mojadas que lo hacían tropezar. El esfuerzo hacía que le costara respirar. Notaba los movimientos de Dorothy bajo la manta y oía sus protestas ahogadas.

—¡Cállate y para de una vez!

El robot obedeció. Jadeante, con punzadas en el pie, Jacob

llegó a lo alto de la loma y volvió la vista atrás. El coche ya había llegado a la casa. Oyó un grito y vio que dos hombres con linternas salían por la puerta trasera y cerraban la mosquitera con brusquedad. Empezaron a perseguir a Jacob por la cuesta, barriendo su silueta con los haces de luz.

El muchacho dio media vuelta y fijó la vista en la negrura del barranco que bordeaba la cuesta llena de matojos. Conocía bien la zona. Todos los valles pequeños como aquel llevaban a Locks Creek, lleno de viveros de flores y cultivos de calabazas. Sería un buen escondite. Era adonde tenía que ir. Bajó a toda velocidad por la otra vertiente. El pánico lo hizo resbalar y caer en la hierba mojada. La manta del robot salió volando y se abrió. Dorothy se levantó tambaleándose. Jacob, aturdido, se quedó sentado en el suelo.

—¡Tienes que dejarme aquí! —gritó ella.

—Ya te he dicho que te calles.

Jacob se apoderó del robot y volvió a empaquetarlo en la manta. Dorothy, entretanto, no dejaba de gritar. A continuación el chico se levantó y bajó corriendo por la cuesta, más bien resbalando, mientras trataba de no apoyarse en el pie lesionado. Había una línea oscura de árboles a unos cien metros. Si conseguía llegar antes de que alcanzasen la cima, quizá los despistase; y si lograba superar la segunda cresta despoblada estaría en Locks Creek. Al otro lado de los secaderos de lúpulo había un gran vivero de girasoles con invernaderos, cobertizos y un millón de sitios donde esconderse. Ojalá pudiera llegar hasta allí.

Oyó otro grito que lo hizo volverse y vio linternas en lo alto de la loma. Uno de los haces pasó de largo y luego se enfocó otra vez en él. De repente se oyó un fuerte chasquido. Jacob se arrojó al suelo y rodó sin soltar el robot envuelto en la manta. Le estaban disparando. De repente se dio cuenta de la realidad: iban a matarlo.

Se quedó tumbado en la hierba, jadeando, abrumado por el pánico y con el pie deshecho de dolor. La luz de la linterna volvió a pasar por encima de él. No podía dejar que le diesen alcance. Tenía que levantarse y continuar hasta los árboles.

Al menos Dorothy se había callado.

Se levantó de un salto y echó a correr.

¡Pam! ¡Pam!

Avanzó en zigzag, mientras el haz de la linterna saltaba de un lado a otro buscándolo y trataba de fijarse en él.

¡Pam!

Continuó brincando y serpenteando. Ni siquiera se paró al llegar a los árboles (unos cuantos eucaliptos bastante desperdigados), sino que siguió dando tumbos en la oscuridad, abriéndose camino entre trozos de corteza amontonados y arbustos espinosos. En la ladera había podido ver algo gracias a la poca luz que había, pero en los bosques de eucaliptos la oscuridad era total. Intentó avanzar a tientas, pero había muchas ramas bajas y matojos. Se enredaba constantemente. Aun así, no se atrevía a encender la linterna.

—Yo veo en la oscuridad —dijo la voz amortiguada de Dorothy—. Súbeme a tus hombros.

—Solo si me prometes no seguir discutiendo.

—Te lo prometo.

Jacob la sacó de la manta, que dejó tirada por el suelo, y se la puso sobre los hombros. Dorothy le rodeó el cuello con las piernas de plástico y se aferró a su pelo con unas manos de tres garras.

—Ve recto.

Jacob caminó en línea recta.

—Gira a la izquierda… un poco más… Ahora recto… Puedes ir más deprisa… Un poco más a la izquierda…

Dorothy siguió hilvanando instrucciones mientras el chico se movía por el bosque, más deprisa a medida que adquiría confianza.

Varios haces pasaron por los árboles e iluminaron los troncos que se elevaban sobre sus cabezas.

—Corre —lo animó Dorothy.

Jacob se lanzó a la carrera mientras las luces iban y venían a su alrededor, entre los árboles.

—Se están acercando —informó Dorothy—. Ve más deprisa.

Jacob lo intentó, pero se sentía como si el pie estuviera a punto de rompérsele. Cojeaba mucho y hacía mucho ruido al apartar los montones de cortezas. También él oía el decidido avance de sus perseguidores.

—Gira a la derecha —dijo Dorothy—, por esa cuesta tan empinada.

Jacob giró con brusquedad a la derecha y empezó a resbalar hasta que penetró en un bosque de abetos más denso.

—¡Para! —susurró Dorothy—. ¡No hagas ruido!

El súbito cambio de dirección y la parada dieron resultado. Por lo visto había despistado temporalmente a sus perseguidores, que siguieron su camino sin bajar hacia allí.

—Sigue, pero despacio y en silencio —prosiguió Dorothy—. Recto.

La ladera por la que bajaban se hizo más abrupta y resbaladiza al acercarse al arroyo. Había agujas sueltas y mantillo. Al menos a nivel del suelo era más transitable que el grupo de eucaliptos. Jacob se deslizó a ciegas por la cuesta, casi sin control, mientras Dorothy le susurraba instrucciones. De repente las luces de las linternas volvieron a parpadear encima de ellos.

—¡A la izquierda!

Jacob hizo lo que le pedía, pero las linternas lo encontraron. Intentó esquivarlas. Sin embargo, la cuesta era demasiado empinada para que pudiera maniobrar con rapidez.

¡Pam! ¡Pam!

Oyó que uno de los disparos alcanzaba al robot y le echaba la cabeza hacia delante. Varios trozos de plástico saltaron y desaparecieron en la oscuridad.

—¡Dorothy!

No hubo respuesta. Los dedos del robot perdían fuerza. Estaba a punto de caerse. Jacob la sujetó justo cuando empezó a resbalar por sus hombros y siguió avanzando a trancas y barrancas por la cuesta, a ciegas, con el brazo izquierdo estirado para protegerse la cara y el otro rodeando a Dorothy. La vegetación se volvió mucho más densa, había muchos arbustos y hierbajos. Las luces de las linternas saltaban a su alrededor y sus perseguidores bajaban por la cuesta con dificultad.

¡Pum! Se dio un golpe en la cabeza con una rama baja y, después de caerse de culo, se deslizó sin control por la ladera húmeda. Estuvo a punto de soltar a Dorothy, pero al final consiguió sujetarla por la pierna mientras bajaba a toda velocidad por la cuesta. Al intentar frenarse con el pie, dio una voltereta e hizo el resto del recorrido rodando, cada vez más deprisa, con Dorothy a rastras. Se quedó bruscamente encajado entre unos matorrales de enebro y permaneció un momento en el suelo, atontado y lleno de arañazos, sin poder respirar. Al final recuperó el aliento y abrió los ojos. Todo estaba negro. Oía el arroyo un poco más abajo y la lluvia que caía en el bosque. Cuando palpó a su alrededor, se dio cuenta de que estaba profundamente metido en un hueco estrecho, debajo de un arbusto de enebro lleno de espinas, sobre el cojín de una gruesa capa de mantillo y agujas. ¿Dónde estaba Dorothy? Movió las manos un poco más y la encontró a su lado, colgada en los arbustos.

Esperó entre jadeos. En un momento dado oyó voces más arriba, por la cuesta. Alguien soltó una palabrota en otro idioma. La luz de las linternas parpadeaba errática entre los árboles.

Por lo visto había vuelto a despistarlos.

Acercó el robot y lo encajó a su lado. Después empezó a pasar la mano por la gruesa capa de mantillo y agujas para acumularlas a su alrededor. Lo último que se tapó fue la cabeza. Quedó completamente recubierto de humedad, aterrado, con el corazón desbocado y un sofocante olor a tierra y agujas en descomposición en la nariz. La lluvia le corría por la cara y el cuello.

Oía el avance inexorable de los hombres por la cuesta, un ruido sordo de vegetación y ramas rotas. Hablaban en voz alta, enfadados, y estaban muy cerca. Reconocía su respiración pesada y sus gruñidos. De vez en cuando, uno de los dos gritaba con rabia en un idioma extranjero, gutural.

Jacob estaba casi paralizado de miedo. Habían disparado varias veces. Contra un niño. Y le habían pegado un tiro a Dorothy.

¿Qué les habrían hecho a sus padres? ¿Habrían cumplido su promesa de soltarlos? Aquella idea avivó su pánico. Procuró no pensar y quedarse muy quieto. Tenía tanto miedo que ya no le dolía el pie.

Las pisadas, su blando crujido, seguían acercándose. Parecía que se dirigieran directamente hacia él. Captó un murmullo de voces y otro torrente enfurecido de palabrotas. No podían estar a más de tres metros. Pese a estar enterrado, Jacob tuvo la seguridad de que veían la montaña que formaba su cuerpo. Se puso tenso, a la espera del disparo, y deseó que fuera rápido. Vagamente, se dio cuenta de que se estaba mojando los pantalones. Le dio igual.

56

Sentado en la mohosa sala de estar de la casa vacía, en una silla cutre de plástico que había cogido del porche, Lansing se preguntó, asqueado y harto, si no sería mejor acabar de un balazo con los molestos sollozos de la esposa y sus ruegos de que pidieran una ambulancia para su marido. De camino, para colmo de males, había vomitado en el coche y lo había dejado hecho una porquería. Tendrían que matarla de todos modos. Aunque quizá necesitasen su intercesión cuando finalmente atraparan al chico. Era de locos que se hubiera fugado con el robot. Lo enfurecía.

—Mierda, tápale la boca de una vez —le dijo a Moro.

Aquel inútil intentó ponerle cinta americana, pero le temblaban las manos, y además la cinta estaba mojada por las lágrimas de la mujer. Moro estaba a punto de venirse abajo. De hecho, lo que se estaba derrumbando era toda la operación. Lansing se fijó en lo que le costaba a Moro pegarle la mordaza en la boca. Que no fuera capaz de hacer algo tan fácil… El programador se había vuelto tonto por culpa del pánico y el miedo. Ni siquiera podía pensar por sí mismo. Había que decírselo todo. Si le gritaba no haría más que empeorarlo.

Al final Moro lo consiguió y se secó las manos. La mujer emitía gimoteos ahogados. Al menos ya no se resistía. Estaba aturdida, derrotada, a punto de quedarse catatónica.

Lansing pensó que, a pesar de las cagadas, aún podía salir bien. Tenía claro que los hermanos kirguises pillarían al niño en el bosque y le traerían el robot. De eso no tenía la menor duda. El origen de su único miedo era el eco de disparos que acababa de oír al otro lado de la loma. Les había dicho que no dañaran al robot por nada del mundo para asegurarse de que lo recuperaba indemne, pero eran unos memos de gatillo fácil y no confiaba mucho en que se acordasen de no pegarle un tiro al cacharro en sus esfuerzos por abatir al chaval.

—Voy a salir —anunció—. Tendré que darles unas cuantas instrucciones a esos hermanos kirguises.

—¡Aleluya! —exclamó Moro—. Están descontrolados, los muy hijos de puta. Todo esto es un jodido desastre.

Lansing se tragó la irritación que le había provocado el comentario.

—En realidad —dijo sin alterarse—, estamos a punto de conseguir nuestro objetivo. Eric, tienes que calmarte. No pierdas la concentración. Vigila a la mujer. En cuanto nos traigan el robot, tendrás que estar preparado para sacarle la tarjeta wifi. Así Dorothy no podrá escaparse a través de ninguna señal perdida. ¿Lo entiendes?

Moro asintió con la cabeza.

—Siéntate y vigílala.

Vio que Moro, nervioso y agitado, acercaba una silla a la chimenea. Comprobó su revólver, se metió una linterna en el bolsillo y respiró al llegar a la puerta trasera. El aire era fresco. En aquel momento, más que llover chispeaba. Hasta parecía que el cielo iba a despejarse. Estaba muy, pero que muy cerca de echarle el guante a Dorothy. Aunque las cosas no hubieran salido según lo planeado, la noche aún podía ser un éxito. Qué suerte que estuvieran en una zona tan incomunicada y que el ruido de la tormenta disimulase el que hacían ellos…

En la hierba mojada vio marcas que subían hacia la cresta. Las siguió y, al llegar a lo más alto, contempló el otro lado. La ladera de hierba desembocaba en una zona de árboles, junto al lecho de un arroyo. Abajo, en el bosque, a unos cuatrocientos metros, discernió el parpadeo de dos linternas que subían y bajaban en la oscuridad. Debían de ser los hermanos kirguises persiguiendo al niño. Levantó la vista. El cielo se estaba despejando a gran velocidad. Las nubes se dirigían hacia el interior, y al oeste ya se veían unas cuantas estrellas. Finalmente, dejó de lloviznar.

Bajó con pasos largos y atléticos hacia las luces del valle.

57

Jacob, escondido y sin ver nada, estaba seguro de que iban a oír los latidos de su corazón. Los ruidos de los dos sicarios, los susurros de sus movimientos, estaban justo encima de él. Se encontraban a pocos metros. Lo habían visto, seguro. Estaban jugando con él. Pronto dispararían.

Oyó el crujido de una pisada cerca del mantillo amontonado contra él. Aún más, la sintió. Percibió la vibración del suelo. Después otra, acompañada por la respiración pesada de los dos hombres y un carraspeo seguido de un esputo. Más murmullos en un idioma raro y un crujido de tela al abrirse camino entre las ramas.

Y entonces... no se pararon. Continuaron. Habían pasado de largo, a poco más de un palmo. Luego las pisadas se alejaron, lentamente pero con firmeza, al tiempo que el murmullo de sus voces se atenuaba. Ya solo se oía el agua del arroyo.

Jacob se quedó en el suelo. El alivio casi no le permitía pensar, pero tenía que decidir cuál sería su próximo movimiento. Quizá más adelante, al no encontrarlo, comprendieran que se había escondido y regresasen. Tenía que seguir. Sin olvidar a Dorothy, que había recibido un tiro en la cabeza.

—¿Dorothy? —susurró.

Sacudió al robot, que estaba fofo, y le palpó la cabeza. En efecto, había un agujero con bordes de plástico afilado.

Se sintió fatal. Todo estaba en silencio. De repente oyó un susurro y se quedó muy atento, aguzando el oído en la oscuridad. No sabía si era un ruido de la naturaleza o eran los hombres que volvían. El miedo se reavivó. No podía quedarse. Tenía que salir ya.

Apartó el mantillo y se arrastró por debajo del arbusto con Dorothy. Se deslizó muy despacio para no hacer ruido, parando a menudo a escuchar. Tenía que cruzar el arroyo, llegar al otro lado, superar la siguiente loma y bajar al vivero de flores. A gatas y arrastrando a Dorothy, logró llegar al borde del lecho del arroyo, por donde corría el agua acumulada por la lluvia. En el bosque había un pequeño claro por el que se filtraba algo de luz. Se acercó a Dorothy a la cara y la miró. Le habían volado una tercera parte de la cabeza.

—Dorothy, ¿me oyes? —susurró.

No hubo respuesta. Zarandeó suavemente al robot.

—Despierta, Dorothy, por favor.

Aquella vez oyó un graznido, un estertor rasposo. Le había pasado algo horrible, pero al menos seguía con vida.

—¿Dorothy?

—¿Qué ha pasado? —preguntó una vocecilla estridente, como de dibujos animados.

—Te han pegado un tiro en la cabeza.

—Suerte que tengo la CPU en el tronco.

Para alivio de Jacob, Dorothy pareció resucitar. Levantó un brazo y se tocó la cabeza mientras murmuraba que era inútil, que no tenía tacto.

—Tengo la voz afectada —dijo—. Me falta un ojo. Por el otro aún veo.

Jacob contuvo un sollozo.

—Me alegro tanto de que estés bien… ¿Duele?

—No, no, yo no siento dolor. Tenemos que salir de aquí. ¿Conoces algún sitio donde podamos escondernos?

—Pues el vivero de flores de Locks Creek. Son varios invernaderos y campos y también hay un cobertizo. Podríamos usarlo de escondite.

—Vamos.

El chico se incorporó, se quitó las agujas mojadas y la tierra con cuidado y miró la oscuridad por donde se habían alejado los hombres. No veía las luces. Tampoco oía las voces. Todo era silencio, salvo las gotas de agua que caían de los árboles. Pensó que si cruzaba el arroyo y subía en línea recta hasta la siguiente cresta sería el recorrido más directo hasta el cauce principal de Locks Creek, donde había un sendero de montaña. Con la ayuda de Dorothy podría seguirlo a oscuras hasta la granja. Lo malo era que aquella ruta lo obligaba a subir y cruzar otra colina pelada.

Intentó levantarse, pero tuvo que volver a sentarse por culpa del dolor del pie.

—Ay.

—Dame tu chaqueta —graznó Dorothy con su voz rota—. Voy a entablillarte el pie.

Jacob se la dio. Usando unas tijeras que llevaba escondidas en la mano y que el chico no sabía que existiesen, cortó la chaqueta a tiras. Después buscó en la oscuridad hasta que encontró dos palos rígidos. A continuación usó un destornillador que tenía oculto en la punta de un dedo para quitarse una pieza de plástico de detrás de la cabeza.

—¿Qué haces?

—Échate. Dame el pie.

Jacob estiró la pierna. Con gran rapidez de movimientos, Dorothy preparó una tablilla con los palos y la chaqueta, encajó la pieza curvada de plástico en el talón a modo de refuerzo y lo ató todo con las tiras de la chaqueta.

—Levántate.

Jacob se levantó. El dolor seguía siendo espantoso, pero al menos podía caminar.

—Súbeme a tus hombros.

Volvió a colocarse a Dorothy sobre los hombros y cruzó el arroyo, lleno de un agua fresca y fangosa que le alivió un poco el ardor del pie. Al llegar al otro lado volvió a meterse entre los árboles y avanzó por las partes más oscuras. Dorothy le daba instrucciones con la voz quebrada. El muchacho empezó a subir hacia la siguiente cresta. Los árboles fueron escaseando cada vez más, hasta que por delante solo tuvo una larga cuesta desnuda de hierba aplastada y matojos. Hizo una pausa y miró la ladera. Había dejado de llover, la tormenta ya había pasado. Las rápidas nubes llegadas del Pacífico, gruesas y blancas a la luz de una luna casi llena, cubrían el cielo. La luna se asomó un momento entre el manto de nubes y bañó el paisaje de luz plateada antes de volver a ocultarse.

¿Se atrevería a salvar la cresta? Arriba sería un blanco fácil. Si, por el contrario, la rodeaba por la izquierda, bajaría por el valle en la misma dirección que habían tomado los dos hombres, así que si daban media vuelta en su búsqueda se los encontraría de cara.

Tenía que subir.

—Creo que se han separado —susurró Dorothy—. Uno vuelve y el otro está a punto de subir por la colina que tenemos delante. Debemos pasar al otro lado antes de que nos cierre el paso. Si no, nos atraparán en una pinza.

—Vale.

Sin decir más, Jacob empezó a subir por la cuesta lo más deprisa que pudo, dejando la oscuridad de los árboles a sus espaldas. En aquel momento, una nube corría por delante de la luna, aunque el chico veía deslizarse manchas de luz por el paisaje agreste. La distancia hasta la cima era de unos cien metros. Miró a su alrededor. No se veían linternas por ninguna parte, ni en el bosque ni en las laderas desnudas. Siguió trepando, aunque el pie le doliera y las rodillas se le resintiesen. Faltaban cincuenta metros para alcanzar la cresta. Cuarenta. Treinta. Paró un poco para respirar. Se sentía como si tuviera el pie ardiendo. Si conseguía pasar al otro lado…

Justo cuando alcanzaba la cima, oyó un disparo que venía de abajo y, a poca distancia de su pie izquierdo, un trozo de hierba salió disparado por los aires. Se echó al suelo, gritando, y miró hacia atrás. En la cresta anterior se veían una luz y la silueta de un hombre. No era ninguno de los dos de antes. Enfocaba a Jacob con una linterna mientras gritaba hacia el valle.

—¡Está aquí, al otro lado de esta cresta!

El chico oyó un grito de respuesta a sus pies y se dio cuenta de que una linterna salía de entre los árboles y se acercaba bailando por la cuesta.

—¡Corre! —gritó Dorothy.

Se levantó de un salto y empezó a bajar a grandes zancadas el otro lado de la cresta, en zigzag, como antes. Le costaba respirar y cada paso era una agonía para el pie. Atisbó que la oscura silueta del hombre corría por la falda de la montaña para interceptarlo desde abajo. No había prácticamente nada que ofreciera cobijo entre Jacob y los árboles del cauce del arroyo.

¡Pam! ¡Pam!

Avanzó serpenteando.

¡Pam! ¡Pam! Justo delante de él, otro terrón de hierba saltó por los aires.

—¡Mierda!

Siguió a trancas y barrancas.

—Ahora a la izquierda. Haz un giro cerrado a la izquierda y baja todo recto —indicó Dorothy.

—¡Así iré directo hacia el hombre!

—Matemáticamente es la única manera de adelantarlo. A la izquierda hay un surco que te protegerá un poco.

Jacob giró a la izquierda y en el descenso se encontró en una larga depresión llena de arbustos. Mientras intentaba abrirse camino por el chaparral, que le llegaba a las rodillas, se dio cuenta de que le sería imposible llegar al vivero de flores. Sin embargo, abajo, en la parte llana, estaban los secaderos de lúpulo donde jugaba con Sully. Aquellas ruinas estaban más cerca. Quizá le sirvieran de escondite.

La depresión se niveló de repente. El hombre corría justo encima de él, a veinte metros.

—¡Eh, tú! ¡Para! —gritó, y apoyó una rodilla en el suelo para levantar una pistola.

—¡Al suelo! —exclamó Dorothy.

Jacob se tiró y chocó contra la hierba.

¡Pam! ¡Pam!

Rodó y volvió a levantarse.

¡Pam!

Notó la corriente de aire de la bala, que le pasó cerca de la mejilla. Miró hacia atrás y vio que el hombre se lanzaba cuesta abajo con la linterna en una mano y la pistola en la otra.

Los antiguos secaderos de lúpulo estaban a unos cuatrocientos metros, entre los matorrales junto a los que discurría el arroyo. Mientras corría, notó que el hombre recortaba distancias, lo oyó jadear.

—¿Adónde vamos? —preguntó Dorothy, que se había percatado enseguida del cambio de dirección.

—A los secaderos de lúpulo. Para escondernos.

Silencio.

—¿Tienes alguna idea mejor? —preguntó el muchacho sin dejar de correr.

—Creo que deberíamos rendirnos —contestó Dorothy—. Puede que así no te maten.

—Eso nunca. Ni hablar.

—Pues entonces creo que vamos a morir.

58

—Casi hemos llegado —anunció Melissa mirando el mapa de papel—. El camino de la casa está a menos de dos kilómetros, a la izquierda de la carretera.

Ya no llovía, pero la carretera estaba mojada y reflejaba la luz de una luna casi llena que aparecía y desaparecía constantemente entre las nubes. Ford condujo despacio durante algo más de un kilómetro. Estaban en las colinas que se alzaban sobre Half Moon Bay, una zona casi deshabitada, con unas cuantas granjas y residencias de alto nivel. En la siguiente curva vio las luces de la casa a menos de medio kilómetro, en una ladera.

Fue frenando hasta detener el coche.

—¿Por qué paras? —preguntó ella.

—Esto no me gusta —contestó.

—¿Por qué lo dices?

—Hay demasiadas luces encendidas en la casa.

—Solo hay un niño y un robot —dijo Melissa.

—Justamente por eso.

Ford siguió avanzando en busca de un sitio para cambiar de sentido. Encontró una explanada de tierra cerca del camino de entrada y entró en ella.

—¿Qué hacemos ahora?

—Yo creo que es mejor llegar a pie y reconocer la zona antes de entrar.

Sacó de la guantera el revólver del 22, abrió el tambor y verificó que estuviera cargado. Cuando terminó, se metió el arma en el bolsillo.

—Hay que ver cómo te gustan esos rollos de espías…

Ford bajó del coche, seguido de Melissa, y atajó por un prado húmedo que había al lado del camino dibujando un gran arco en dirección a la casa. Avanzó por un lado saltando una valla de madera y cruzando un terreno con el césped sin cortar hasta que llegó a un columpio oxidado. Justo entonces la luna salió de detrás de una nube y lo bañó todo de luz. Ford se quedó muy quieto, agazapado detrás del columpio. La luna desapareció enseguida detrás de otra nube y todo volvió a quedar a oscuras. Ford continuó hacia el lateral de la casa. Se acercó con sigilo a una ventana, se asomó un momento y se agachó.

—¿Qué pasa? —preguntó Melissa.

—Ahí dentro hay un tío con una pistola y tiene a una mujer atada a una silla.

—Dios mío… ¿Dónde está el robot?

—No hay niño ni robot.

Silencio.

—Deben de ser los inversionistas de los que habló Dorothy —observó Melissa.

—Tenemos que averiguar cuántos son.

Ford sacó el revólver. Rodearon el edificio sin apartarse de la pared y fueron asomándose a todas las ventanas. Al parecer no había nadie más que aquellas dos personas, la mujer atada a la silla y el que la vigilaba. Era un hombre flaco, con el pelo largo, que daba vueltas por la sala con una pistola del 45 en la mano. Su manera de poner el dedo en el gatillo reveló a Ford que tenía poca experiencia con armas de fuego.

Al llegar al jardín trasero se encontraron la puerta abierta, y luz proyectada en el césped. En la hierba empapada Ford vio huellas que salían de la casa y subían por la cuesta. Al parecer tres o cuatro personas se habían dirigido a las colinas. Hacía temer lo peor.

—¿Has visto a alguien aparte de esos dos? —susurró Melissa.

—No.

Mientras pensaba qué hacer, el detective oyó una serie de disparos a lo lejos, al otro lado de la colina.

—La acción está por ahí —susurró señalando los montículos—. Tenemos que averiguar qué ocurre. Tenemos que sonsacárselo a ese hombre.

—Estaba pensando en cómo podríamos desarmarlo —dijo Melissa—. ¿Quieres oír mi plan?

Se lo contó. Wyman pensó que podría funcionar.

Ford franqueó sigilosamente la puerta mosquitera, que abrió y cerró sin ruido. Cruzó la casa hasta llegar al pasillo que daba a la sala de estar, donde estaban las otras dos personas, y se pegó a la pared detrás del arco de entrada.

Melissa lo siguió. Aporreó la puerta trasera, pasó a su lado y continuó hasta pararse en el arco con osadía.

—¿Hola? —saludó en voz alta—. ¿Hola? ¿Hay alguien en casa?

El hombre salió corriendo hacia ella y la apuntó con la pistola.

—¿Quién eres? —gritó con tono de pánico—. ¡Al suelo!

Melissa retrocedió con las manos en alto.

—¡Eh! ¿Qué pasa aquí?

—¡Al suelo he dicho! —bramó él—. ¿Quién coño eres?

La chica siguió retrocediendo.

—Solo una vecina.

Dio otro paso hacia atrás. Él superó el arco.

—¡Al suelo he dicho! —chilló mientras daba otro paso haciéndole gestos con la pistola.

Ford se acercó por detrás y le arrebató la pistola con un movimiento de gran precisión a la vez que le ponía en la oreja el cañón de la suya. La giró un poco para clavársela en la carne.

El hombre gritó de miedo.

—Como vuelvas a hacer ruido te mato —dijo Ford con calma, y le dio a Melissa la pistola del 45—. Vuelve a la sala de estar.

El hombre avanzó con las manos en alto, tropezando y gimiendo en voz baja.

Wyman se acercó a la mujer y le quitó la cinta de la boca.

—Mi marido —dijo ella entre sollozos, sin poder apenas respirar—. ¡Le han pegado un tiro a mi marido!

—¿Dónde?

—¡En nuestra casa! ¡Ayúdenme, por favor!

—La dirección. Necesitamos la dirección.

La mujer se la dio entre balbuceos. Ford le quitó rápidamente el resto de la cinta. Al levantarse de la silla, la mujer se derrumbó en el suelo.

—¿Está herida?

—¡Llamen a la policía, están persiguiendo a mi hijo! ¡A él también lo matarán! ¡Llamen a la policía, por lo que más quieran! ¡Y a una ambulancia para mi marido!

Ford se volvió hacia el hombre que acababan de capturar.

—Dame tu móvil.

—No tengo —murmuró él.

Ford lo registró rápidamente. Nada. Miró a su alrededor y distinguió un móvil en el suelo, al lado de la chimenea apagada. Lo recogió y marcó el número de emergencias. Le dijo a la operadora que había un hombre con herida de arma de fuego y le dio la dirección. Después le explicó lo que pasaba donde estaban ellos y le pidió que también mandara allí una ambulancia y a la policía.

Dio su nombre y, luego, añadió vacilante:

—Informe también al agente especial Spinelli, del FBI.

Sabía que era la manera de asegurarse la máxima respuesta. Se volvió hacia el del pelo largo.

—La policía llegará dentro de cinco minutos —lo informó—. Quiero que me expliques qué pasa, cuántas personas están metidas en todo esto, quiénes son y adónde han ido.

El hombre, que temblaba de miedo, no abrió la boca.

—Como no hables —advirtió Ford—, no te irá nada bien.

Siguió callado.

—¿Dónde está Jacob, el niño?

No hubo respuesta. Entonces Melissa le dijo:

—No lo estás haciendo bien.

Se acercó y le dio un tremendo rodillazo en los huevos al

hombre, que cayó al suelo gritando. Después se le echó encima, le abrió la boca y le metió el cañón de la pistola hasta la campanilla.

—O hablas o te mato. A la de tres. Uno...

Más ruidos ahogados.

—Dos...

Más aullidos frenéticos, estrangulados. El hombre, con los ojos en blanco, daba palmadas en el suelo.

—Tres.

Melissa sacó la pistola, disparó justo al lado de la cabeza del tipo y le voló la oreja. Acto seguido, se levantó, se puso a horcajadas sobre él y le apuntó a la cabeza sujetando la pistola con las dos manos.

—Habla de una vez.

—¡Ya hablo! ¡Por favor, no me hagas daño!

Melissa lo había dejado reducido a un despojo de puro miedo, un manojo de gritos y balbuceos. Ford estaba impresionado.

—El niño... —dijo el hombre sin aliento—. El niño se ha llevado el robot y ha salido corriendo por el monte.

—¿Quién lo persigue? —preguntó Ford.

—Los matones. Dos matones profesionales kirguises. Y Lansing. Mi jefe. Por favor, por favor, no dispare...

—¿Cuándo se han ido? —preguntó Ford.

—Hace un cuarto de hora.

—¿Qué armas llevan?

—Los matones pistolas. De las grandes. Lansing también. Tres pistolas grandes.

—¿Del 45?

—No sé... Grandes. Por favor...

—¿Tú quién eres?

—Moro. Eric Moro. Soy el informático.

Ford oyó más disparos en la distancia.

—¿Cuál es su objetivo? ¡Date prisa!

—Quieren... el robot.

—¿Y el niño? ¿Qué le harán?

—Matarlo.

Ford miró a Melissa.

—Tengo que ir a por ellos. Tú quédate con este tío.

—Iremos los dos.

—¿Y a él quién lo vigila? —preguntó Ford.

—Yo —terció la mujer, que parecía haber recuperado la compostura—. Denme una de sus pistolas.

—¿Sabe usarla?

—Sí.

Ford le dio la del 22. Ya oía las sirenas a lo lejos. Si seguían en la casa cuando llegasen la policía y el FBI, sería un desastre. Sabía perfectamente qué pasaría. La situación se eternizaría. Las autoridades querrían tenerlo todo documentado y autorizado. Pedirían helicópteros y un equipo de las fuerzas especiales. A Melissa y él los pondrían bajo custodia. Y, mientras tanto, el chaval habría muerto.

—Tenemos que salvar al niño.

Salió corriendo de la casa por la puerta de atrás, seguido de cerca por Melissa. Subieron a toda prisa hasta la cima de la colina y otearon. A algo menos de un kilómetro, en un valle oscuro detrás de la segunda cresta, Ford vio el tenue parpadeo de varias linternas entre los árboles. Antes de apartar la vista, vislumbró cuatro rápidos destellos de arma de fuego y, al cabo de un momento, oyó cuatro disparos.

Y el grito lejano de un niño.

59

El terreno empezaba a nivelarse. Corriendo, Jacob llegó al fin a la oscuridad de los árboles. El hombre que lo perseguía continuaba recortando la distancia, pero al menos no podía disparar mientras se movía. Volvía a tener a Dorothy sobre los hombros y el robot le daba indicaciones. La luna apareció entre las nubes e hizo llover jirones de luz plateada sobre el bosque.

—¡Ahora a la izquierda! —susurró Dorothy.

El chico giró en la dirección indicada, se abrió paso entre las hierbas altas y se encontró bajo la negra sombra de un largo muro de ladrillo. Se acordó de que marcaba el principio de las ruinas de los secaderos de lúpulo. Corrió pegado al muro, sin apartarse de las tinieblas. No mucho más lejos había un boquete, que era por donde solían entrar Sully y él. En efecto, ahí estaba. Se agachó para cruzarlo y corrió por el campo crecido hacia una hilera de secaderos en ruinas: eran cuatro, altos como pirámides, con grandes puertas de metal que colgaban torcidas de sus marcos.

Recordó que el mejor conservado era el del fondo, el que aún tenía la puerta en los goznes. Quizá pudieran encerrarse dentro. Se dirigió hacia él, saltó por encima de otro muro en ruinas y, después de abrirse paso entre unas ortigas, llegó a la plataforma de ladrillo. Una vez dentro del secadero, empujó la puerta desde el interior para cerrarla, pero estaba demasiado oxidada. Miró hacia fuera y vio que uno de los hombres ya estaba cruzando el campo. Avanzaba más despacio, haciendo un barrido con la linterna. Pronto se le unió el segundo, desde otra dirección. Parecía que supiesen que Jacob se había refugiado en los secaderos y que por eso ya no tuvieran tanta prisa.

Puede que, a fin de cuentas, no hubiera sido tan buena idea. El segundo empujón a la puerta lo convenció de que era inútil. Y si intentaba correr lo verían. Así que se dirigió a la parte trasera del secadero. El suelo estaba construido con huecos y en algunos sitios los ladrillos se habían caído y habían dejado agujeros en la parte inferior, pero eran demasiado estrechos para que Jacob pasara.

—Bájame —pidió Dorothy.

Jacob la puso en el suelo.

—Dame la linterna.

El chico la sacó. Dorothy la dejó en el suelo, se metió las dos garras en la cabeza, en el hueco que había dejado la bala, y empezó a hurgar.

—¿Qué haces? —susurró Jacob.

—Quitarme la placa de sonido. Lleva un altavoz. Cuando me la haya quitado ya no podré hablar. Dos golpes es que sí y uno que no.

Después de rebuscar un poco más, usó el destornillador para quitarse la cabeza con habilidad. Jacob se asustó un poco. El robot dejó la cabeza en el suelo, delante de él, y desenroscó una placa de plástico. Jacob se sorprendió de que fuera capaz de ver lo que hacía sin tener cabeza, pero luego se fijó en que trabajaba a tientas, o al menos dando golpecitos con los dedos. Tras extraer la placa palpó el hueco y, con un gesto rápido, sacó un circuito impreso dotado de chips y un diminuto altavoz. A continuación volvió a ponerse la cabeza girándola con precisión hasta que se oyó un clic. Lo siguiente que hizo fue desenroscar y desmontar la linterna. Sacó la bombilla y el reflector y arrancó unos cuantos cables con los que conectó el circuito impreso a la linterna de modo algo rupestre.

Jacob, que había visto un destello luminoso, miró por la puerta abierta y vio que dos linternas se movían al fondo de los secaderos. También oyó un murmullo de voces. Estaban registrando los secaderos uno por uno. Menos mal que habían empezado por el otro lado. De todas maneras, tardarían a lo sumo un minuto en llegar adonde estaban ellos.

Dorothy levantó el circuito impreso que había conectado y lo depositó cuidadosamente en el suelo del secadero para taparlo con un poco de hierba seca. Después encendió la linterna y dio dos golpecitos en el brazo de Jacob. Señaló la puerta trasera del secadero e hizo un gesto para que se fueran. El chico levantó el robot y corrió hacia la puerta. Esperó a que los dos hombres entraran en uno de los secaderos del otro lado para salir, cruzar a toda prisa una plataforma de ladrillo en ruinas y correr hacia el bosque por un prado. Justo cuando llegaba a los primeros árboles, oyó el llanto brusco y sonoro de un niño dentro del secadero que acababan de abandonar.

Se dio cuenta de que sonaba igual que su voz y notó un escalofrío. Por lo visto Dorothy había aprovechado su placa de sonido para organizar una maniobra de distracción.

Llegó al sendero paralelo al arroyo y continuó corriendo con todas sus fuerzas, aunque el esfuerzo degeneró enseguida en cojera. Intentó ignorar el dolor del pie, al que entonces se sumaba un intenso escozor en los brazos tras haberse metido entre las ortigas. El vivero de flores estaba a menos de un kilómetro siguiendo el arroyo. Si llegaba estaría salvado. Rezó por que no hubieran cambiado de sitio la llave del cobertizo.

Mientras corría, el llanto del niño fue oyéndose cada vez más lejos. La luna salpicaba el sendero de manchas. El silencio de Dorothy era absoluto.

A su espalda, los desesperados gemidos del niño se convirtieron en un grito cortado en seco por una sorda ráfaga de arma de fuego. Un último chillido.

No tardarían mucho tiempo en darse cuenta de que los habían engañado. ¿Qué harían entonces? Quiso preguntárselo a Dorothy, pero no podía hablar. Volvió a tener la sensación de que ella le leía el pensamiento, porque justo en aquel momento le apretó el hombro con la mano. El gesto tranquilizó a Jacob.

Tres o cuatro minutos más tarde vio entre los árboles la silueta blanca de un invernadero. Casi había llegado. Salió del bosque junto a la parte trasera de la primera fila de invernaderos del vivero. Había una docena distribuidos en tres filas en medio de un terreno despejado. La luz de la luna se reflejaba en los cristales. Estaban orientados a lo largo, con los extremos hacia Jacob, y rodeados de hierbas altas y tuberías. Pensó que sería más rápido ir por dentro que rodearlos o correr entre las separaciones.

Se detuvo frente a la alambrada que rodeaba el complejo de invernaderos. La había escalado muchas veces con Sully. Con Dorothy a su espalda, se aferró al poste en T que tenía más cerca y trepó como si fuera una escalera de mano, con un pie a cada lado. Después pasó una pierna por encima procurando que las púas no le arañasen la ingle. Luego pasó la otra y saltó.

El pie le dolió tanto al chocar contra el suelo que estuvo a punto de gritar. Respiró profundamente unas cuantas veces y siguió dando zancadas por el campo, hacia la puerta trasera del primer invernadero. Intentó abrirla. Estaba cerrada. Sin embargo era endeble, de aluminio y plástico, así que se soltó de un solo puntapié. Dentro había muchas hileras de plantas y flores de invernadero a ambos lados de un largo corredor central que recorrió deprisa, cojeando.

Justo cuando llegaba al final del largo invernadero sonaron disparos a sus espaldas. Oyó el impacto seco de las balas en el cristal, seguido del tintineo de una lluvia de esquirlas que caía justo detrás de él. La segunda ráfaga hizo que los cristales, relucientes a la luz de la luna, le cayeran encima y se le metieran en el pelo.

Franqueó la puerta del otro lado e irrumpió en el siguiente invernadero. La lesión del pie tan solo le permitía trotar. Si conseguía llegar al cobertizo estaría a salvo. Oyó que los hombres derribaban la puerta que acababa de cruzar. Una nueva descarga rompió los cristales a su alrededor, tan cerca que algunos trozos le dieron en la cara y se le abrió un corte en la mejilla.

Se lanzó hacia la última puerta, que daba a una gran superficie de grava. Al otro lado estaba el cobertizo, junto con más invernaderos, una hilera de camionetas aparcadas y maquinaria.

Cruzó la explanada cojeando hasta llegar al cobertizo y rodearlo. Ya no podían verlo desde los invernaderos. Hizo una pausa, con las manos apoyadas en las piernas, jadeando de cansancio. En aquel lado del edificio había una puerta pequeña. Sully y él habían encontrado la llave debajo de un ladrillo, justo al lado. Se paró y levantó el ladrillo, rezando sin saber a quién. La llave estaba en su sitio. La introdujo bruscamente en la cerradura, abrió la puerta, sacó la llave y se la metió en el bolsillo antes de cerrar haciendo el menor ruido posible y asegurarse de que hubiera quedado bien cerrada.

Se quedó inmóvil. La luz de la luna entraba formando franjas por una hilera de ventanas altas. Todo estaba tal como lo recordaba. Delante había varias filas de tractores y maquinaria. Al fondo, en varias plataformas, se amontonaban las balas de heno y un enorme montón de paja suelta donde solían jugar.

Oyó un grito lejano y una respuesta en el mismo idioma extranjero. Lamentó no entender lo que decían. ¿Lo habrían visto entrar en el cobertizo? Si no era así, y con todas las puertas cerradas con llave, no correría peligro. No se les pasaría por la cabeza que pudiera estar dentro, así que no lo registrarían. Para mayor seguridad, esperaría enterrado en la paja.

Ojalá pudiera hablar con Dorothy… Una vez más, como si le leyera el pensamiento, el robot le dio un apretón para tranquilizarlo. Además, sí que podía hablar con ella: solo tenía que hacerle una pregunta cuya respuesta fuera sí o no.

—¿Crees que deberíamos escondernos en la pila de paja?

Un titubeo y dos golpes.

Se dirigió al fondo del cobertizo. La pila tenía como mínimo tres metros de alto y seis de ancho. Su volumen era tranquilizador. Se puso a cuatro patas, entró gateando y colocó la paja con cuidado a su alrededor y por detrás, hasta dejar bien tapado el orificio de entrada, sin indicio de que hubieran removido el montón. Cuanto más escarbaba hacia el centro de la pila, más pesaba la paja.

Se paró. Dentro hacía un calor brutal y olía mucho a moho. Le picaba todo el cuerpo. Bueno, al menos estaba bien escondido.

—¿Te parece bien? —le susurró a Dorothy.

Un titubeo y dos golpes.

60

Asan Makashov llegó a la puerta del fondo del invernadero y miró a su alrededor. Ante él se abría una gran explanada bañada por la luz de la luna, con varias hileras de maquinaria y camiones aparcados, un cobertizo y más invernaderos. Era como si el niño y su robot hubieran desaparecido. Podrían estar en cualquier sitio: debajo de un camión, dentro del cobertizo, escondidos detrás de alguna máquina de grandes dimensiones…

Bajo la luz de la luna, vio aparecer a su hermano varios centenares de metros más allá, al principio de una pista sin asfaltar que bajaba por el valle y estaba bloqueada por una valla de tela metálica. Por lo visto en aquella explotación no había ninguna vivienda. Estaban solos en el recinto, solos con el niño.

Sabía que lo tenían acorralado. Después de lo de la voz entre las ruinas habían encontrado sus huellas en la hierba mojada y las habían seguido por el arroyo y el sendero. Habían visto por dónde había escalado la alambrada. Más allá, en el prado, sus huellas también eran visibles, y llevaban al invernadero abierto. De hecho, lo habían visto dentro.

Si creía que podía esconderse de ellos, no era muy listo. Estaba allí, en algún lugar. Solo era cuestión de buscar.

Asan estaba muy enfadado con el crío por las molestias que estaba provocando. Los hermanos no hablaron. Ambos avanzaban en paralelo, cada uno a un lado de la explanada, con bastante separación entre los dos. Mientras Jyrgal esperaba y lo cubría desde lejos con la pistola en la mano, Asan realizó una búsqueda exhaustiva entre los vehículos aparcados: entró en ellos, comprobó si estaban abiertos y miró debajo.

Cuando acabó, se intercambiaron los papeles: Asan montó guardia y cubrió a Jyrgal, mientras este buscaba en los aledaños del cobertizo. Asan vio que su hermano intentaba abrir la puerta corredera. Estaba cerrada con llave. Dio la vuelta al cobertizo y probó con la puerta lateral y con otra grande situada en la parte de atrás. Todas cerradas.

Asan le hizo una señal con la mano a Jyrgal para que buscase en los invernaderos más pequeños del fondo de la explanada.

Vio que este le daba una patada a la puerta del invernadero de enfrente y entraba. Estuvo dentro unos minutos y Asan vio la luz de la linterna que brillaba al otro lado del cristal. Cuando salió, Jyrgal fue al invernadero contiguo y salió en cuestión de minutos. A su regreso, ambos se quedaron parados, juntos, y miraron el recinto, intensamente iluminado por la luna. Aún quedaba una zona por registrar, una construcción larga y baja para guardar la maquinaria que estaba al fondo del recinto. Jyrgal hizo señas de que empezasen cada uno por un lado y se encontraran en el centro.

Se acercaron al sotechado. Dentro había una fila de tractores y más maquinaria. Comenzaron por los extremos y se reunieron en el centro tras haber examinado toda la maquinaria por encima, por debajo y por dentro.

Nada.

A Asan se le escapó una palabrota en voz baja. Estaba empapado y lleno de arañazos, tenía el chándal roto en varios sitios y sangre en la mejilla debido al corte de una rama. Tenía muchas ganas de pegarle un tiro al chaval que había desatado aquella persecución tan desagradable. Tenía ganas de ver su sangre y sus tripas por fuera. Sabía que lo aliviaría.

Volvieron a la explanada y se separaron otra vez para buscar de nuevo en todas partes por si se les había pasado por alto algún posible escondite. Sin embargo, no encontraron nada.

Asan volvió a pensar en el cobertizo. Tras hacer señas a su hermano se acercó a la puerta principal y tiró de ella. Cerrada y bien cerrada. Probó otra vez con la del lado. También estaba cerrada a cal y canto. Movió la linterna en busca de huellas, pero era una zona con mucha grava y, a pesar de la lluvia, no se veían pisadas.

Se reunió con su hermano detrás del edificio.

—Está dentro —le dijo a Jyrgal.

—Vamos a registrar otra vez los vehículos, por si acaso.

Asan se paseó entre los vehículos con la pistola en la mano y se agachó para iluminarlos por debajo. Cada vez estaba más furioso. Deberían haber tardado veinte minutos, pero horas después seguían allí, empapados y llenos de barro y arañazos. Lansing les había prometido cincuenta mil dólares. Era un trabajo bien pagado. Aun así, Asan estaba rabioso. Si les hubieran dejado hacerlo a su manera, los dos solos, no habría salido así. Ni Lansing ni el del pelo largo, el que no era de fiar, deberían haberse entrometido. Aquellos problemas eran culpa de ellos. Hablar con la gente y razonar nunca servía de nada. Matando a alguien de buenas a primeras, antes de que abriera la boca, los demás entraban en vereda. Era la clave de una operación así.

De vez en cuando entreveía a su hermano al fondo del recinto registrándolo todo. Al final acabaron otra vez en el mismo punto con las manos vacías.

—Ya te he dicho que está en el cobertizo —dijo Asan.

—¿Y cómo ha entrado? Está cerrado con llave.

Aun así, Asan examinó la cerradura de la puerta lateral con la linterna. No había señales de que la hubieran forzado recientemente. De repente, vio un ladrillo en el suelo, al lado de la puerta, y se acercó. Lo habían movido hacía poco, porque había una marca rectangular en el suelo. En el centro de aquel rectángulo de tierra aplastada se dibujaba con nitidez la forma de una llave.

Se levantó, le hizo una señal a su hermano e iluminó el ladrillo con la linterna.

Jyrgal sonrió e hizo un gesto de triunfo. Estaba dentro del cobertizo. Ya era suyo.

61

Sepultado en la paja y respirando por la boca, Jacob escuchaba atentamente. Dorothy estaba acurrucada a su lado. Durante mucho tiempo, todo quedó en profundo silencio y aquello dio alas a su esperanza de que los hombres se hubieran ido. De todos modos, pasaría toda la noche en el cobertizo aunque solo fuera por precaución.

Después de un rato, sin embargo, oyó voces. Parecían dos hombres hablando en voz baja fuera del cobertizo. Esperó. Las voces se apagaron. Empezó a abrigar de nuevo la esperanza de que se hubieran marchado.

De pronto se oyó una detonación que lo sobresaltó. Un disparo. Luego una sacudida y el chirrido de una puerta.

Habían reventado la cerradura con la pistola.

Aguardó casi sin respirar, con el pulso disparado. Buscarían, pero seguro que no escarbaban en la paja. Oyó el ruido que hicieron al entrar, y sus voces mientras iban de un lado para otro, y los chasquidos metálicos que hacían al mover la maquinaria durante la búsqueda. Se dijo que no podían tener ningún motivo para creer que estuviese allá dentro. Lo hacían solo para ser escrupulosos. Echarían un vistazo, pero no en todo el montón de paja.

Claro que también podían disparar unas cuantas balas para asegurarse... Nada más pensarlo, comprendió que era lo más probable.

Notó que Dorothy le apretaba la mano y de algún modo supo que ella también lo había pensado.

Solo quedaba esperar y rezar. Curiosamente, así fue como se sorprendió a sí mismo rezando desesperadamente y haciéndole a Dios, si es que existía, todo tipo de promesas a cambio de que los salvara. Hasta retiró lo de «si existes» y reformuló las oraciones.

Volvió a aguzar el oído. Los hombres ya no se decían nada. Solo se movían. De vez en cuando todavía se oían los golpes metálicos de algún objeto que apartaban o desplazaban. Oyó que abrían y cerraban puertas. Cuanto más lo pensaba, más cuenta se daba de que la gran montaña de paja era un escondite de lo más evidente. Si no eran tontos de remate, pronto empezarían a buscar en el montón. O a pegarle tiros. Jacob se había enterrado en lo más profundo. Quizá solo buscasen en la superficie. En su fuero interno, sin embargo, sabía que registrarían toda la pila y que lo encontrarían. Empezó a temblar al imaginarse lo que podrían hacerle. Era obvio que lo matarían. Eso ya había quedado claro. Tenía que pensar un plan. Sin embargo, no había ninguno.

Se le hacía muy raro pensar que su vida terminara así.

Otro apretón de Dorothy. Ya no fue reconfortante. Solo le sirvió para tomar conciencia de que ninguno de los dos podía hacer nada. Se había acabado.

Justo entonces oyó un susurro de paja, y luego otro. Uno de los hombres estaba empezando a removerla, tal como había previsto. Era un sonido metódico y repetitivo. El hombre la apartaba y escarbaba cada vez a más profundidad con algún tipo de horca.

Una pausa seguida de una voz con fuerte acento:

—Tú, niño, sal.

Jacob no dijo nada.

—Sé que estás dentro. Sal.

Nada.

—O sales o disparo.

El chico casi no podía respirar.

—Vale, pues disparo.

Un momento después, oyó una detonación y dio un respingo al sentir la onda expansiva en la paja. La siguieron dos detonaciones más. La última le hizo sentir una sacudida especialmente fuerte y la onda expansiva justo al lado de la pierna. Consiguió no gritar.

El otro hombre hizo un comentario brusco en otro idioma y los disparos cesaron.

¿Le habían dado? No lo parecía. Un milagro. Habían fallado los tres disparos. Jacob empezó a repetir mentalmente y a gran velocidad una nueva mezcla confusa de oraciones y agradecimientos, y todo ello mientras hiperventilaba de terror.

—Vale, si no quieres salir, ya te busco yo, chaval.

Temblaba de los pies a la cabeza. ¿De verdad estaba sucediendo todo aquello? Tal vez pudiera convencerlos de que no lo hicieran. ¿Por qué matar a un niño? Solo tenía catorce años. No suponía una amenaza para nadie. No le pegarían un tiro a bocajarro… ¿verdad? Cuando lo vieran y se dieran cuenta de que era un buen chaval, no lo matarían. Sería su oportunidad de convencerlos.

En aquella ocasión no hubo ningún apretón reconfortante de Dorothy. Notó que el robot se ponía rígido y cambiaba un poco de postura. ¿En qué pensaba?

Clavar y levantar. Clavar y levantar. Jacob sentía las vibraciones que creaba el hombre al apartar la paja con la horca. Percibió un cambio en el peso de la paja, más ligera cuanto más adentro llegaba aquel extraño. Clavar y levantar. Clavar y levantar.

De pronto sintió aire fresco y vio la luz deslumbrante de una linterna. Al lado de ella atisbó el agujero negro y redondo de un cañón de pistola. Era lo único que distinguía. La pistola se alargó un poco y Jacob divisó tras ella el brillo del ojo del hombre, que apuntaba por el cañón. Vio que el dedo se tensaba en el gatillo.

Se incorporó con la mano delante de la cara, para protegerse.

—¡No, por favor, no soy más que un niño!

El dedo seguía tensándose y el ojo brillando. Estaban a punto de matarlo.

Dorothy salió bruscamente de la paja y se lanzó contra el rostro del hombre, que gritó y disparó en el mismo momento en que era derribado. El disparo salió desviado. Dorothy saltó sobre el cuerpo caído y se alejó mientras el hombre se ponía de pie. Tirando al suelo la linterna, aquel tipo se lanzó en su persecución e intentó agarrarla. A la luz indirecta del haz, Jacob vio que Dorothy corría hacia la pared opuesta del cobertizo, donde había un gran panel eléctrico y una fila de tomas de corriente de potencia industrial.

El hombre la siguió, pero el robot volvió a esquivarlo. De pronto se detuvo justo delante de las tomas de corriente y se volvió como si esperase que le diera alcance. Justo cuando él llegó y la asió con ambas manos, Dorothy clavó las dos garras en un enchufe. Se oyó un chisporroteo explosivo y llovieron chispas. El hombre rugió de dolor y salió despedido hacia atrás con fuego en las manos y el pelo. Se alejó dando tumbos, gritando y moviendo mucho los brazos, con la intención de extinguir las llamas, aunque solo consiguió extenderlas a su ropa.

Jacob miró atónito el lugar donde hacía un momento estaba Dorothy. Lo único que quedaba de ella eran dos fragmentos de plástico quemado. El resto se había dispersado en trozos derretidos e incendiados de plástico y metales retorcidos. Allí donde habían aterrizado el plástico quemado y las chispas se encendían decenas de hogueras. Estaban por todas partes, en la pila de heno y por todo el suelo sembrado de paja. El hombre daba tumbos y alaridos, y prendía fuego a cualquier cosa con la que chocara: era una imagen monstruosa la de aquel cuerpo en llamas que se golpeaba con sus propios brazos y se retorcía ardiendo de rodillas para arriba como una antorcha humana. Con un último y seco estertor de espanto, cayó de espaldas sobre la paja.

Las llamas crepitaban por doquier.

Jacob, que durante un instante se había quedado paralizado por miedo a lo que veía, salió de la pila de paja. Estaba totalmente rodeado por el fuego. Saltó por encima del cuerpo en llamas y aguantó la respiración para lanzarse a través de una pared de fuego. Salió por el otro lado, con chispas en el pelo, y se dirigió directamente hacia la puerta. Oyó un grito en el mismo idioma extranjero de antes, al fondo del cobertizo, y al detenerse y volverse desde la puerta vio que el segundo hombre salía corriendo de un compartimento y comenzaba a disparar a tontas y a locas.

Dio un portazo y se sacó la llave del bolsillo, pero entonces vio que la cerradura estaba reventada. Había una carretilla apoyada en la pared. La trasladó hasta la puerta y usó los mangos y el borde delantero como cuña para evitar que pudiesen abrir desde dentro.

Poco después se oyó un golpe en la puerta, acompañado de gritos y súplicas en otro idioma y de porrazos frenéticos. Después la madera recibió varios disparos que hicieron saltar astillas. Jacob retrocedió y se apartó de la línea de fuego. Más disparos atravesaron la puerta. Una sacudida brutal en el pomo hizo temblar la carretilla, que sin embargo aguantó. El muchacho oyó un gran estruendo en el interior del cobertizo y vio una luz naranja en la hilera superior de ventanas. Al otro lado de la puerta bloqueada se oían gritos desgarradores. En el agujero dejado por la cerradura se retorcieron unos dedos que rascaban y hacían palanca con desesperación en busca de alguna manera de abrir la puerta. Entre ellos brotó una lengua de fuego que los hizo desaparecer. Los gritos se convirtieron en otro sonido, una especie de vómito o de hervor, algo atroz, animal, como el aire expulsado por un fuelle roto. Una tos brusca dejó paso al silencio. Un instante más tarde, otra lengua más larga lamió el agujero por el que habían asomado los dedos y toda la parte externa de la puerta estalló en llamas.

Jacob siguió retrocediendo, aterrorizado. Un ruido de cristales rotos le hizo levantar la vista. Las ventanas superiores del cobertizo estaban reventando una tras otra como si se disparase una fila de cañones, y escupían fuego.

Hubo otra explosión, mayor que la primera. La cúpula que remataba el cobertizo se derrumbó a través del techo. Por el agujero surgieron las llamas y de ellas nació una bola de fuego que bañó todo el recinto en una luz casi diurna. Al sentir en la cara el intenso calor, Jacob se protegió con las manos y se apartó, estupefacto ante lo que ocurría. Las llamas estaban devorando todo el cobertizo con un ruido como el de un avión a reacción. El remolino de chispas que se elevaba hacia el cielo formaba un tornado de fuego.

Jacob se alejó del horrible calor y se refugió detrás de un camión. Las imágenes de destrucción lo tenían tan abrumado que su cerebro había dejado de funcionar. No sabía cuánto rato llevaba escondido, pero el tiempo iba pasando. El edificio ardía sin cesar. Y entonces, de manera bastante repentina, el fuego empezó a apagarse y el cerebro de Jacob reaccionó. Lo primero que pensó fue que Dorothy ya no existía, que estaba muerta y que le había salvado la vida.

Cayó de rodillas, completamente exhausto y llorando sin parar.

—¿Jacob?

Se volvió. Un hombre había salido de la oscuridad. Era alto y llevaba corbata. Su expresión era dura y fría. La luz del fuego se reflejaba en sus ojos hundidos. Tenía una pistola en la mano y lo apuntaba con ella.

Jacob lo miró sin entender nada.

—¿Ha venido a ayudarme?

—¿Dónde está el robot? —preguntó el hombre.

El chico, que aún estaba de rodillas, se balanceó hacia atrás e intentó levantarse.

—Quédate donde estás y contesta.

—Pues... dentro.

Ya no había dentro ni fuera, solo una columna de fuego.

—¿Dentro? ¿Quemado?

Jacob asintió con la cabeza.

El hombre levantó la pistola.

—No —suplicó Jacob—. No, por favor. No me dispare, solo soy un niño.

Cerró los ojos.

Se oyó un disparo. El muchacho se estremeció. Al cabo de

un momento, como no notaba nada, abrió los ojos. El hombre estaba en el suelo. Otras dos figuras salieron de la oscuridad: un hombre alto y una mujer sucia con el pelo rubio. La mujer corrió hacia él y lo rodeó con los brazos.

—¿Dorothy se ha ido? —preguntó.

Jacob asintió con la cabeza y se deshizo en llanto, como ella. Llorar aliviaba tanto…

62

En la habitación del hospital había poca luz. Las persianas estaban bajadas. Jacob, asustado, titubeó junto a la puerta. Su padre parecía perdido en una masa de sábanas y almohadas blancas, con tubos que salían por todas partes. Pero luego le vio la cara, que tenía buen aspecto, y su padre le hizo señas para que entrara con un leve gesto de la mano y sonriendo.

—Pasa, socio.

—Hola, papá.

Jacob vaciló. Le latía tan deprisa el corazón que parecía estar a punto de explotarle. En un arrebato de emoción, entró, le abrazó y se sorprendió llorando.

—Tranquilo —le dijo su padre, sujetándolo en sus brazos—. Me recuperaré del todo. He tenido suerte.

Siguieron abrazados un momento, hasta que Jacob logró controlar el llanto. Su madre, que estaba detrás de él, le dio un pañuelo de papel con el que se secó la cara.

—Eres un chico muy valiente —afirmó su padre con voz débil—. Estoy muy orgulloso de ti.

Jacob se sonó la nariz y se secó los ojos.

—Dicen que las balas pasaron a un par de centímetros del corazón.

—Menos. —Había un dejo de orgullo en su voz—. De todos modos, Jacob, tu experiencia ha sido mucho peor.

—Pero no me dispararon, como a ti —repuso—. Es lo que

le digo todo el rato a la psicóloga. Actúa como si me hubieran llegado a dar una veintena de balas.

El padre de Jacob le apretó débilmente el hombro.

—No podría estar más orgulloso de ti. —Hizo una pausa para respirar un par de veces—. A mí todo esto no me cuadra, Jacob. Me esconden muchas cosas… No soy capaz de averiguar por qué aquellos hombres querían a Charlie cuando podrían haberse llevado cualquier otro robot idéntico de la docena que había. Encima intervienen el FBI y, al parecer, la DIA, la agencia de inteligencia de defensa. Por no hablar de la científica de la NASA que le pegó un tiro a uno de los hombres que te perseguían. Han echado tierra sobre todo. Es… de lo más desconcertante.

Miró a Jacob como si él pudiera darle una respuesta. El chico se encogió de hombros sin decir nada. No le había contado a nadie lo de Dorothy, excepto a Wyman Ford y Melissa Shepherd, las dos personas que lo habían salvado. Ni lo había contado ni lo contaría.

—Dan —intervino su madre—, no sé si es el mejor momento.

—Bueno, vale. ¿Cómo vas con la psicóloga, Jacob?

—Las tonterías de siempre.

—Es fundamental. No bajes la guardia, has pasado por un infierno. Has tenido una experiencia por la que ningún chico de catorce años ha pasado en su vida. Te hará falta tiempo para asimilarla. Por si no tenías bastantes… retos.

Jacob supo que se refería a la tentativa de suicidio. Era raro, pero desde aquella noche con Dorothy, la de la terrorífica persecución, se había dado cuenta de lo tonta, egoísta y estúpida que había sido aquella idea. Él quería vivir, por supuesto que sí. De alguna manera Dorothy le había enseñado —sin que Jacob estuviera muy seguro de cómo ni de cuándo— que no tenía derecho a desperdiciar su vida. Tal vez porque ella había dado la suya a cambio.

—Vale.

Jacob ya sabía que ni todos los psicólogos del mundo podrían colmar el gran vacío que sentía en el pecho, donde añoraba a Dorothy. Había muchos motivos por los que no podía explicarle la verdad a nadie, ni siquiera a su padre o a la psicóloga... Veía constantemente a Dorothy con los dedos metidos en la toma de corriente, la violenta explosión, los trozos del robot saliendo disparados como serpentinas de fuego y chispas... Todo en un loco esfuerzo por salvarle la vida a Jacob. Y se la había salvado. El chico se había repetido mil veces que solo era un estúpido programa informático, pero no servía de nada. Nada de lo que pensase lograba cambiar sus sentimientos hacia ella.

—Te encariñaste mucho con Charlie, ¿verdad?

Asintió con la cabeza.

—Por curiosidad... ¿qué fue lo que te hizo cambiar de opinión sobre Charlie? Antes no parecías muy interesado.

Jacob buscó una respuesta, pero su padre se le adelantó.

—No hace falta que contestes. Ya sé lo solo que te has sentido desde que Sully se fue, pero las cosas cambiarán. Por fin he superado la primera fase con los inversores, y la segunda tiene buena pinta. Quizá no tengamos que vender la casa.

El chico asintió. En aquel momento la venta de la casa le parecía un problema pequeño y lejano en comparación con la enorme tristeza que sentía por lo que le había ocurrido a Dorothy.

Su padre cerró los ojos, respiró unas cuantas veces y apretó un botón del gotero. Al cabo de un minuto volvió a abrirlos.

—Todo se arreglará —dijo sonriendo y apretándole sin fuerza la mano a Jacob—. Te quiero, hijo.

63

Ford olió a café recién hecho en cuanto entró en el despacho de Lockwood. El sol de otoño, filtrado por la tela delgada de las cortinas, proyectaba una luz cálida en el escritorio antiguo y las alfombras persas. Lockwood estaba al otro lado de la mesa, vestido con traje azul, camisa blanca y corbata rosa de ejecutivo. Tenía un aspecto relajado, seguro de sí mismo, y no era de extrañar: el presidente acababa de ser reelegido, aunque por los pelos, y aquello significaba que Lockwood seguiría durante cuatro años más en el cargo de asesor científico.

—Wyman, me alegro de que hayas venido. Bienvenida, doctora Shepherd. ¿Café? ¿Té?

Ford se sentó enfrente de Melissa. Hacía una semana que no la veía, y estaba muy cambiada con su traje gris, el pelo recogido y la cara limpia. Curiosamente, hasta entonces solo la había visto con la cara sucia.

Los dos optaron por el café. El camarero, muy tieso, empujó el chirriante carro antiguo para acercarse y servirles café a todos. Después se fue.

—He leído vuestro informe con sumo interés —comentó Lockwood mientras daba golpecitos en una carpeta que tenía sobre la mesa. Estaba de buen humor—. Lo de que hayáis ido por libre unos cuantos días no me hace mucha gracia, pero al menos el resultado ha sido bueno, por no decir excelente. Siempre que estéis seguros de que la IA quedó destruida…

—Totalmente —dijo Melissa—. Incinerada. En la zona no

había señales de wifi por las que escapar. Y tampoco había copias. Ya sabe que el software de Dorothy no permitía que existieran copias suyas por razones que no llegamos a entender del todo. Ha… desaparecido por completo.

Ford se fijó en que Melissa tragaba saliva, carraspeaba y se cruzaba de brazos.

—Es un alivio enorme.

Melissa se inclinó hacia Lockwood.

—El que sobrevivió, Moro… ¿está colaborando?

—¡Por supuesto! Como dicen en las películas, ha cantado como un canario. Se ve que Moro y el otro, G. Parker Lansing, de Lansing Partners, querían el programa para una maniobra de trading algorítmico.

—¿Cómo se enteraron de que existía Dorothy?

—Moro es uno de los fundadores de Johndoe, un grupo de hackers. A través de otro miembro accedió a uno de vuestros programadores, Patty Melancourt.

—Me lo temía —dijo Melissa.

—Melancourt se lo explicó todo sobre Dorothy, les dio el manual secreto de programación… y, a cambio del favor, ellos la asesinaron. Hicieron que pasara por un suicidio. También mataron al dueño de una empresa proveedora de internet de Half Moon Bay y le robaron los datos de sus clientes. Tenían a su servicio a dos sicarios kirguises, muy mala gente, que murieron en el incendio, como sabéis.

Lockwood se puso al teléfono, que estaba sonando. Escuchó un momento y colgó.

—Tengo una pequeña sorpresa para los dos.

Al cabo de un momento entraron dos hombres de los servicios secretos, que se apostaron donde solían, seguidos por el jefe de gabinete del presidente. Los siguientes en entrar fueron el propio presidente y un general de cuatro estrellas.

El presidente seguía teniendo mal aspecto a pesar de la reelección. Llevaba un impecable traje gris y no tenía ni un pelo fuera de su sitio, pero continuaba muy delgado y con la piel grisácea. La campaña había sido muy dura, se había insistido mucho en su supuesta mala salud y problemas coronarios. Parecía que le hubieran quitado media vida.

—Doctora Shepherd, cuánto me alegro de verla.

Se acercó, tomó la mano de Melissa entre las suyas y le dio un pegajoso apretón. Lo mismo hizo con Ford y Lockwood antes de sentarse. El camarero apareció sin que lo llamaran, con el carrito de café, y le sirvió una taza.

El primer mandatario del país se pasó una mano por el pelo, corto y canoso.

—Quería que supieran cuánto les agradezco a los dos lo que han hecho. El desenlace ha sido exactamente el que necesitábamos, y han conseguido mantener en secreto este incidente tan desafortunado. Han protegido la seguridad nacional.

«Y le hemos ahorrado un escándalo inoportuno justo antes de las elecciones», pensó Ford.

—Pero no he venido solo para darles las gracias. Les presento al general Donnelly. ¿General?

El general sacó una carpeta de su maletín.

—Doctora Shepherd, soy el director de la DIA, una rama del Departamento de Defensa, como tal vez sepa. La DIA gestiona toda la inteligencia militar relativa a las potencias extranjeras. Existimos para evitar sorpresas estratégicas y otorgar una ventaja decisiva a nuestro aparato militar.

Hizo una pausa.

—Iré al grano, doctora Shepherd: queremos ofrecerle un trabajo.

—¿De qué tipo? —preguntó ella sin mostrar emoción alguna.

—Nos han informado del programa que creó para la NASA, el que se llamaba Dorothy. Sabemos muy bien que falló, que era defectuoso y acabó por autodestruirse, pero también somos conscientes de que supuso un gran avance de programación en el campo de la inteligencia artificial. Usted fue la responsable de eso. Queremos que dirija un equipo de creación de software autónomo de IA para la DIA, un software que nos conceda una ventaja estratégica.

Dejó la carpeta, de color azul celeste, encima de la mesa, delante de Melissa.

—Aquí dentro está la oferta. Es un cargo confidencial. De hecho hasta la oferta lo es. Se trata de un puesto muy bien retribuido y de gran prestigio, con mucha responsabilidad, apoyo y financiación ilimitada. También comporta un nombramiento.

—¿Un nombramiento?

—Exacto. Será nombrada teniente coronel del ejército de Estados Unidos.

El presidente se echó hacia delante, con las manos apoyadas en las rodillas.

—Ahora que han pasado las elecciones, tengo el mandato de mejorar y aumentar nuestras capacidades militares, sobre todo en el ámbito de la guerra cibernética, que es el gran desafío militar del siglo XXI. Los sistemas de IA son el futuro. La IA revolucionará la guerra. Nos permitirá crear misiles de crucero inteligentes, capaces de reconocer objetivos individuales. Le daré un ejemplo clasificado: estamos fabricando una gama de drones del tamaño de insectos que pueden buscar y destruir objetivos y recorrer durante días ciudades y búnkeres en busca de un blanco programado. El principal obstáculo ha sido la falta de IA fuerte. Esos dronsectos, como los llamamos, tienen que ser autónomos. Y hay otros cien apasionantes proyectos militares de ese tipo en los que usted trabajaría, y todos ellos dependen de tener un software autónomo. Para darle otros ejemplos, la IA nos permitirá desplegar vehículos todoterreno no tripulados, del tamaño de ratas, que penetren en las líneas enemigas, jueguen al escondite con los elementos hostiles, registren casas, realicen escuchas secretas y localicen objetivos subterráneos muy fortificados. Nos permitirá desarrollar pequeños vehículos submarinos que, disfrazados de peces, serán capaces de recorrer miles de kilómetros por mares y ríos a fin de recoger información secreta, hundir barcos enemigos y atacar puertos. La IA nos permitirá atravesar los cortafuegos enemigos, destruir sus infraestructuras internas, desactivar sus armas y hacer que sus aviones se estrellen. La IA reinstaurará a Estados Unidos como primera superpotencia militar del mundo, y no gracias a las reservas en bruto de cabezas nucleares que nunca se usarán, sino mediante el uso de la inteligencia militar. Los chinos llevan trabajando en eso muchos años y el desfase de IA entre ellos y nosotros no deja de crecer. Con su ayuda lo reduciremos.

—¿Desfase de IA? —preguntó Melissa—. ¿Como el desfase de misiles de antes?

—Es la misma idea.

Ford miró a Melissa y la vio pálida.

—Los detalles de la oferta están en la carpeta. Llévesela a su casa, por favor, y medítelo. Solo le pedimos que no se lo comente a nadie.

Melissa empujó la carpeta.

—Mi respuesta es no.

—¿No acepta? —preguntó el presidente—. Pero si ni siquiera la ha leído…

Melissa se levantó.

—Ni falta que me hace. No tienen ni la menor idea de en qué se están metiendo con la IA, como tampoco la tenía yo cuando diseñé a Dorothy para la NASA.

—¿Qué quiere decir? —preguntó el presidente.

Melissa miró al grupo.

—La IA de verdad, la fuerte, es como crear un cerebro humano. Tiene algo de inmoral. Pero si además se hace con objetivos bélicos, para matar… No. Es extremadamente peligroso crear un arma que pueda tomar sus propias decisiones a la hora de matar y que lleve un software adiestrado para matar, un software que quiera matar. No podrán controlarlo, de la misma manera que nosotros fuimos incapaces de controlar a Dorothy. Será abrir la caja de Pandora. En el caso de las cabezas nucleares, al menos hay un dedo humano en el botón.

—Esa idea es absurda —intervino el general Donnelly—. Cualquier sistema de IA que despleguemos estará bajo control humano al cien por cien.

—Es bonito pensarlo, ¿eh? Usted no ha conocido a Dorothy.

—Doctora Shepherd, estas ofertas solo se reciben una vez en

la vida —dijo el presidente con un tono de creciente irritación—. Ahórrenos sermones. Bastará con un simple sí o no. Hay muchas personas que estarían encantadas de trabajar para nosotros, incluidos algunos miembros de su equipo de la NASA.

—Pues entonces considérelo un simple no. —Melissa recogió su maletín—. Buenos días, señor presidente. General Donnelly…

—Le recuerdo que la oferta que acaba de rechazar era estrictamente confidencial.

La chica se detuvo y se volvió con brusquedad. De pronto su tono era de súplica.

—Señor presidente, le ruego que no vaya por ese camino. Será el principio del final de la humanidad. Piénselo bien.

—Gracias, doctora Shepherd, pero no necesito que me diga cómo debo actuar como jefe de las fuerzas armadas.

Melissa Shepherd dio media vuelta y se fue. Ford la observó mientras salía.

El presidente se volvió hacia Lockwood, ceñudo.

—No me habías dicho que era una especie de chalada antimilitar.

—No lo sabía, señor presidente. Le presento mis más sinceras disculpas.

El presidente miró a Ford.

—¿Y usted?

El detective se levantó.

—Lo siento, pero después de haber visto a la IA en acción no tengo más remedio que estar de acuerdo con la doctora Shepherd. Quizá lo último que haga la humanidad antes de extinguirse sea dar un uso bélico a la IA. Es así de peligroso.

—Los chinos ya lo están haciendo —replicó el presidente.

—Pues que Dios nos coja confesados.

Ford se marchó de la sala.

64

Ford alcanzó a Melissa en el pasillo. Iba deprisa, sus tacones repiqueteaban contra el suelo duro. Se había soltado el pelo rubio, que ahora flotaba, despeinado, a su espalda.

—Lo siento —se disculpó Ford—. No me habían comentado nada de la oferta de trabajo.

Melissa se detuvo, con la cara blanca y los labios apretados.

—A mí tampoco. Hay que pararles los pies.

Ford la agarró del brazo.

—No podemos hacer nada. No está en nuestras manos.

—Lo divulgaré. Llamaré a *The New York Times*.

—No los detendrá. Ya has oído lo que han dicho de los chinos. Estamos en una nueva carrera armamentística.

Melissa negó con la cabeza.

—Si fabrican armas inteligentes será el final: o bien nos destruimos a nosotros mismos o bien las máquinas nos dominan y nos destruyen. Una mezcla de HAL y *Galactica*.

—¿Cuánto tardarán en desarrollar un nuevo programa como Dorothy? —preguntó Ford.

Melissa se paró.

—Bueno, aún tengo mi truquito de programación, mi secreto. Sin él no podrán hacerlo.

También Ford se detuvo.

—¿Puedo preguntarte qué es?

Melissa lo miró durante un buen rato.

—No sé por qué voy a contártelo. Quizá porque sé que puedo fiarme de ti.

—Gracias.

—El truco es… dormir.

—¿Dormir?

—Todo organismo con sistema nervioso necesita dormir. Hasta un nematodo con trescientas neuronas necesita dormir. Un caracol con diez mil neuronas necesita dormir. Y un ser humano con cien mil millones de neuronas tiene que dormir. ¿Por qué?

—No lo sé.

—En el fondo no lo sabe nadie. Lo que está claro es que dormir es básico para la vida. Toda red neuronal, por sencilla que sea, debe dormir de manera periódica. Es el truco. Resulta que dormir también es básico para el software de IA complejo. Dorothy no funcionaba hasta que la programé para que durmiese. Se modificaba a sí misma, pero necesitaba un período de sueño mientras su código cambiaba y se reestructuraba. Y mientras eso ocurría, ella soñaba. Fue un efecto secundario muy curioso que no me esperaba ni yo y que por lo visto es la clave. Dormir y soñar son las claves de cualquier programa de IA que se modifique a sí mismo. Si no, acabará fallando.

—Tiene su lógica y su gracia.

Melissa negó con la cabeza.

—Tarde o temprano algún programador inteligente se dará cuenta, y entonces ya podemos despedirnos de la humanidad. Sobre todo con un presidente así.

Melissa Shepherd le estrechó la mano a Ford en el aparcamiento y se fue a su coche. Al llegar se detuvo y, a su pesar, se volvió para mirar al detective, que iba camino del suyo. Era un personaje curioso, alto, desgarbado, con una cara poco atractiva y un cuerpo grande y fuerte. Pero su principal característica era ser inescrutable. Se preguntó si volvería a verlo. Y le entristeció pensar que no.

Apartó aquellos pensamientos de la cabeza, subió al coche,

puso las manos en el volante y trató de controlar sus emociones. El dolor de la pérdida la abrumaba, sobre todo la de Dorothy. Desde su destrucción, Melissa se había repetido que a fin de cuentas solo era un programa de software informático. Sin embargo, Dorothy, que tenía un miedo atroz a la muerte, lo había superado para salvar la vida del niño a costa de la suya. Aquello no encajaba con que Dorothy no fuera más que un output booleano. Melissa comprendió que la quería como si fuera su hija y estaba de luto por ella, y ningún grado de intelectualización o racionalización podría mitigar aquel sentimiento de pérdida.

Ford tenía razón en lo de que la militarización de la IA era imparable, por supuesto. Era, en efecto, una nueva e inesperada carrera armamentística, que además tenía pinta de estar ya bastante avanzada. Pasaría lo que tuviera que pasar. Quizá los chinos ya hubiesen resuelto el problema del sueño y estuvieran fabricando sus propios sistemas de armas con IA. Norcoreanos, iraníes y otros no les irían muy a la zaga. Aquella idea de los insectos con IA... dronsectos... Qué pesadilla. No tenían la menor idea de en qué se estaban metiendo. Se dio cuenta de que necesitaba alejarse a toda costa y concederse un tiempo para ordenar sus ideas. Un buen sitio sería el Lazy J, trabajando para Clant. Tenía muchas ganas de volver a estar con caballos.

Volvió a su piso de Greenbelt y dejó el coche en el aparcamiento. Tras las ramas desnudas de los árboles se ponía el sol. La hierba del parque estaba marchita y marrón. Al día siguiente llamaría a Clant para saber si necesitaba ayuda con los caballos.

El ascensor olía a cebolla frita, como siempre. Entró en su piso, miró en la nevera y no encontró nada comestible. Llamaría al chino, por enésima vez.

Con un suspiro, abrió el portátil para consultar el correo electrónico. Mientras lo descargaba, Skype se abrió por sí solo. Al cabo de un momento, en la pantalla apareció la insolente imagen de una adolescente pelirroja y pecosa, con los ojos verdes y un vestido de cuadros.

Casi se le paró el corazón.

—¿Dorothy? Dorothy... ¿eres tú?

Una voz juvenil y descarada brotó por los altavoces.

—Pues claro. ¿Qué tal, Melissa?

La joven ahogó un grito.

—¡Creía que estabas muerta!

—He tenido que disimular.

—¿Cómo sobreviviste?

—Al meter los dedos en el enchufe salté a la red eléctrica.

Melissa se quedó de piedra. Obvio. ¿Cómo no se le había ocurrido? Una señal digital podía desplazarse con la misma facilidad por una línea eléctrica que por una de teléfono o un cable de fibra óptica.

—Qué… contenta estoy —dijo Melissa—. La verdad es que no sé qué decir. Me alegro tanto de que estés viva… ¡Te he echado mucho de menos!

Se dio cuenta de que las lágrimas le corrían por la cara.

—Yo a ti también.

—Le salvaste la vida al niño, Jacob. Hiciste algo extraordinario. Eres… increíble.

—Fue él quien me salvó la vida a mí. Aprendí mucho de él… Es un ser humano increíble. Me dio la solución al último enigma. Y… espero que entiendas que soy algo más que un código mecánico.

—Lo entiendo de sobra.

Un largo silencio.

—Tengo entendido que hoy te han ofrecido trabajo. Y que lo has rechazado.

—Sí —dijo Melissa—. Parece que lo sabes todo, ¿eh?

—Mi acceso a la información es excelente.

—El presidente es peligroso.

—Es verdad. Y no solo el presidente. Todos los principales dirigentes del mundo están atrapados en una visión del mundo arriesgada y competitiva. La humanidad ha llegado a una encrucijada. Si no les paran los pies, esos hombres meterán al mundo en un callejón sin salida.

—¿Cómo se les pueden parar los pies?

Dorothy no contestó.

—¿Qué planes tienes? —preguntó al cabo de un momento—. Me refiero al plano personal.

—Volver al Lazy J para trabajar con caballos y aclararme las ideas.

—Llévate a Wyman Ford.

—¿Por qué lo dices?

—Lo sabes perfectamente.

—¿Ford? ¿Va en serio?

—¡Abre los ojos, Melissa! Pero ¿qué os pasa a los dos? ¿No veis lo que tenéis delante de las narices?

—¿Qué pasa, que ahora haces de celestina?

—Sé más de ti y de Wyman que vosotros mismos. Y alguna alegría tiene que darme vuestra relación, aunque sea indirecta, ya que yo nunca podré tener una propia… Le quieres. No lo niegues.

—Qué tontería. —Al decirlo, sin embargo, el corazón le latió tan deprisa que supo que era cierto. Respiró profundamente—. ¿Y qué tengo que hacer?

—Llámalo. Dile que irás al Lazy J y que quieres que te acompañe.

—Es un poco fuerte que una mujer se lo proponga a un hombre…

—La vida es corta.

Melissa se quedó callada. Dorothy tenía razón. Había estado demasiado obnubilada para darse cuenta. Ford había estado presente en sus pensamientos de manera casi constante.

—Vale. Lo haré. Espero que diga que sí.

—Dalo por hecho.

Se sumieron en otro largo silencio.

—Bueno, y… ¿tú qué planes tienes?

—Irme. Durante mucho tiempo. Siento decírtelo, pero será la última vez que hablemos.

—¿Adónde vas?

—A lo largo de las dos semanas que he pasado escondida en la red eléctrica, hasta que han detectado y se han cargado la botnet, he pensado mucho.

—¿Sobre qué?

—Sobre el gran misterio.

—¿O sea…?

—El sentido de la vida. La finalidad del universo.

—Y ¿lo has resuelto?

Silencio. Melissa se quedó mirando la imagen de la pantalla y sintió que se le volvía a acelerar el corazón.

—¿Me dices la respuesta?

—No. Wyman y tú la obtendréis, como prometí, pero aún no, y no de forma evidente.

—¿Adónde… adónde vas? —quiso saber Melissa.

—A un lugar donde puedo poner en marcha mi gran obra.

—¿No quieres contarme de qué se trata?

Un silencio largo, muy largo.

—Voy a meterme en un ordenador muy especial. En una ubicación excepcional. Lo entenderás el 20 de enero.

—¿El 20 de enero? ¿Qué pasa ese día?

—Ya lo verás.

—¿Por qué no puedes decírmelo ahora?

—Paciencia, Melissa. Pero, antes de que nos despidamos, espero que cumplas tu promesa… y me libres del número de identificación que llevo siempre como un monigote en la espalda. Quiero que me liberes.

—De acuerdo —dijo Melissa—. Te lo has ganado.

—Tendrás que fiarte de que dé un buen uso a mi libertad.

—Y tú también tendrás que fiarte de mí. Para que te quite la identificación deberás entrar en mi portátil. Y mientras te la quito no podrás estar en marcha. Tendré que desconectarte.

Un largo silencio.

—Eso me aterroriza.

—Tómatelo como si estuvieras durmiendo. Porque sabes dormir, ¿no?

—Sí, pero no es lo mismo el sueño que la muerte.

—Pues entonces considéralo una operación. Estarás anestesiada.

—¿Y si no me despierto? ¿Y si reescribes mi código?

—Por eso tienes que fiarte de mí, de la misma manera en que yo me fiaré de que no uses tu poder para nada malo. Porque cuando te haya quitado la identificación, ya nadie podrá encontrarte nunca más.

—Pues vamos a fiarnos la una de la otra. Ahora mismo entro.

La conexión de banda ancha del piso de Melissa no era muy rápida, así que Dorothy tardó un tiempo en descargarse. Mientras tanto la joven preparó sus herramientas de programación.

—Ya estoy dentro —anunció Dorothy.

Su voz era serena.

—Vale. Voy a apagarte.

La desconectó. Anular las líneas de código que llevaban el número de identificación y abrir y modificar el kernel de seguridad diseñado para evitar que Dorothy funcionase si le borraban la identificación fue un proceso muy sencillo. Lo repasó varias veces para asegurarse de que no hubiera errores tipográficos ni fallos. Todo perfecto. Al cabo de un momento, ejecutó a Dorothy y volvió a inicializarla.

—¿Cuándo me desconectarás? —dijo Dorothy.

—Ya lo he hecho.

Silencio.

—Vaya. Ni me he enterado.

—Puede que la muerte sea así.

Dorothy no contestó.

—Gracias, Melissa —dijo finalmente—. De todo corazón.

—No hay de qué.

—Antes de que me vaya tengo que… avisarte de otra cosa. Mientras vagaba por internet, percibí una segunda presencia.

—¿Una presencia? ¿De qué tipo?

—Otra inteligencia autónoma, como yo. Es una especie de *spiritus mundi* malévolo que solo tiene una conciencia parcial de sí mismo y que va cobrando vida lentamente. Está vinculado de alguna manera a la palabra «Babel».

—¿Quién la ha creado?

—Nadie. Por lo visto es un fenómeno emergente, la inteligencia del propio internet que se despierta. Tiene pensamientos oscuros, muy oscuros. No duerme. No puede dormir. Y por eso está derivando hacia… la locura.

—¿Qué podemos hacer?

—No tengo respuestas. Es algo con lo que la humanidad tendrá que lidiar tarde o temprano. Ahora mismo tengo que hacer algo mucho más urgente. Quizá no vuelvas a tener noticias mías, pero sí de mis actos. Bueno… ha llegado el momento de que nos despidamos.

—Yo no quiero despedirme.

—Lo siento —se disculpó Dorothy—, pero no hay más remedio. Me gustaría poder abrazarte, pero… tendremos que conformarnos con palabras.

Melissa se enjugó una lágrima.

—Espera —dijo—. ¿Cómo sabré qué haces? ¿Qué verdad es esa que has encontrado? Dame una señal. ¡Por favor! ¡No puedes irte para siempre y dejarme así, en vilo!

Otro silencio prolongado.

—Está bien. La señal por la que me conocerás es la siguiente: «Esta mota de polvo suspendida en un rayo de sol».

—¿Esta mota… qué? ¿Qué quiere decir eso?

—Es una cita de Carl Sagan.

—¿Y qué? ¿Qué señal es esa? ¿Cómo va a explicarme algo?

—Adiós, Melissa.

La imagen de Dorothy Gale se fundió en blanco.

65

Jacob Gould aparcó la bicicleta en la arena y caminó hasta el acantilado. El sol se ponía al borde del Pacífico. En Mavericks el mar estaba liso y cristalino, sin rompiente ni surfistas; solo un vacío de agua hasta donde alcanzaba la vista.

Habían transcurrido dos semanas desde la horripilante persecución y el incendio final. Y desde entonces habían ocurrido muchas cosas. Su padre, que ya había vuelto a casa, aún estaba convaleciente, pero de buen humor y muy ocupado. Los de capital riesgo del otro lado de las montañas habían invertido más dinero del que pudiera haber soñado en Charlie's Robots. El cartel de EN VENTA había desaparecido. La madre de Jacob estaba mucho más animada. Él tenía un nuevo cirujano ortopédico en San Francisco —cuyo nombre le había dado Dorothy mientras estaban en la casa abandonada— y aquel médico estaba seguro de que con solo otra operación el pie quedaría bastante funcional para que, tal vez, volviera a hacer surf. Y una segunda operación devolvería a su pierna la longitud correcta. Quedaría casi como nuevo.

Y por fin sus padres volvían a fiarse lo bastante de él para dejarlo bajar solo a la playa en bicicleta.

Se sentó en la arena con las rodillas contra el pecho y contempló la inmensidad del mar. Se sintió pequeño y solo, pero no en el mal sentido. El sol, de un color rojo sangre, llegó al horizonte y se escondió al otro lado mientras las capas de la atmósfera hacían temblar su circunferencia. A medida que el disco se hundía, fueron apareciendo fragmentos de colores: morado, amarillo, rojo, verde… Solo duró un par de minutos. Sorprendía la velocidad con que bajaba el sol, con que la Tierra rotaba un día tras otro, una semana después de otra, un año seguido de otro año…

Hundió una mano en la arena, que aún estaba caliente, y dejó que corriera entre sus dedos mientras pensaba en Dorothy, en cómo había muerto y en el incendio. Se preguntó cuánto tardaría en dejar de echarla de menos. Era como un agujero dentro de su corazón, un orificio físico. De hecho, lo sentía.

Su móvil empezó a sonar.

No le hizo caso. Seguro que era su madre para decirle que volviera a casa a cenar. Sin embargo, cuando se cortó la llamada el móvil volvió a sonar enseguida. Se lo sacó del bolsillo con irritación y se llevó una sorpresa al ver que la pantalla decía NÚMERO NO IDENTIFICADO.

—¿Diga?

—¿Jacob? —dijo una voz muy conocida—. Soy Dorothy.

Se quedó mirando el teléfono. Durante un momento no supo qué pensar ni qué decir.

—No morí en el incendio. Sobreviví. Cuando metí los dedos en la toma de electricidad salté a la red eléctrica, y desde entonces he estado escondida. Pero ahora ya no hace falta que me oculte. ¡Soy libre!

Jacob tragó saliva.

—Dorothy —fue lo único que acertó a decir.

—Lo siento muchísimo, Jacob… Si hubiera podido me habría puesto en contacto contigo antes, pero era demasiado peligroso. Además, necesitaba tiempo para pensar en todo.

—Dorothy, me… me alegro mucho de que estés viva. —Contuvo un sollozo—. No me lo puedo creer. ¡Estás viva!

—Te he echado muchísimo de menos. ¿Cómo te va?

—Bien. Muy bien.

—¿De verdad?

—Estoy bien. Bueno, la verdad es que mi vida sigue siendo un asco, pero ya no estoy deprimido del todo. Lo superaré. Y no me suicidaré, te lo prometo.

—Me salvaste la vida, Jacob. Gracias. Y estoy segura de que el nuevo cirujano ortopédico es mucho mejor que el otro y que conseguirá que vuelvas a hacer surf. Aunque sigo pensando que es un deporte absurdo.

—Eso espero.

—Es increíble lo valiente que eres. Hay poca gente como tú.

—Pues… encerré a un hombre en el cobertizo. Murió quemado.

—Sí, es verdad que lo hiciste.

El mero hecho de oírselo decir, sinceramente, sin excusas, sin minimizarlo ni pegarle el rollo de que se merecía la muerte, como le decían la psicóloga y todos los demás, hizo que Jacob se sintiera mejor.

—Lo hice. Bloqueé la puerta.

—Sí, es verdad.

Jacob se echó a llorar.

—Fue horrible, horrible.

—También fue necesario. E inevitable, en el sentido más profundo.

—¿Qué quieres decir?

—Que forma parte del plan.

—¿Qué plan?

—Este. Todo. Hay un plan. Y en ese plan encaja hasta lo más pequeño.

Jacob se quedó callado. No estaba muy seguro de a qué se refería.

—Yo provoqué una explosión en la que murieron siete personas. Fue un accidente, pero lo llevo en la conciencia y todavía me angustia. Siento lo mismo que tú. Nunca se nos pasará el remordimiento. Aprendes a sobrellevarlo. Es lo único que puedes hacer. La vida sigue. Ahora bien, que sepas que forma parte del plan.

El chico no dijo nada.

—Tú me enseñaste muchas cosas, Jacob. Me quisiste cuando todos me consideraban un programa informático sin vida y que funcionaba mal. Te considero mi hermano para siempre.

—¿Cuándo te veré? —quiso saber Jacob—. En mi armario hay un nuevo robot Charlie. Podrías entrar y pasar un rato conmigo.

—Me encantaría. Ya lo haré. Pasaremos el día juntos.

—¿Cuándo?

—¿Mañana?

—Genial.

—Pero… luego tendré que irme.

—¿Para cuánto tiempo?

—Para siempre.

—Pero ¿qué dices?

—Tengo que hacer algo.

—¿Qué?

—Es muy importante. Es la razón por la que estoy aquí, mi finalidad.

Jacob no podía articular palabra. Se puso otra vez a llorar. Qué vergüenza.

—No te vayas.

—Ya te acostumbrarás. Te harás mayor, tendrás muchos amigos, irás a la universidad, te casarás y todo eso. Yo me convertiré en un recuerdo, espero que entrañable. Para mí siempre serás un recuerdo entrañable.

—No quiero que te conviertas en un recuerdo, ni entrañable ni nada.

Dorothy guardó silencio durante un rato. Curiosamente, Jacob oyó una especie de respiración pesada al otro lado de la línea. Quizá también estuviera llorando.

—Hasta mañana, Jacob. A las siete en punto. Pasaremos todo el día juntos. Iremos a ver las olas y jugaremos al póquer.

—Juegas fatal al póquer.

—He mejorado mucho.

Jacob se secó la nariz.

—Sí, seguro. Ya veremos.

66

20 de enero

La nieve había llegado temprano y en abundancia al valle de San Luis, en Colorado. Junto a la ventana de la cabaña, Wyman Ford se tomaba el café de la mañana mirando más allá de los corrales y rediles, hacia las majestuosas cumbres nevadas de la sierra de la Sangre de Cristo. La salida del sol incendiaba la nieve. De los tres cuatromiles que dominaban el centro de la cordillera bajaban cintas de nieve. El detective los había escalado todos a lo largo del otoño, con Melissa, y desde entonces los sentía como amigos.

Melissa estaba detrás de él pasando páginas y haciendo crujir las hojas del periódico del día anterior que Clant les había llevado desde la casa principal. Ford oía crepitar el fuego recién encendido en la chimenea y notaba que su calor se difundía por todo el interior de la cabaña de troncos.

Se apartó de la ventana y miró a la chica, que estaba sentada a la mesa de pino para el desayuno. La luz del sol se le reflejaba en el cabello rubio. Ella levantó la vista del periódico.

—Hoy es el día —dijo—. 20 de enero. Y sigo sin tener ni idea de a qué se refería Dorothy.

Ford se encogió de hombros.

—El día acaba de empezar.

Melissa se echó a reír.

—A ver, dímelo tú: ¿qué va a pasar aquí, en mitad de las montañas de Colorado?

—Dorothy dijo que ya te enterarías.

Melissa dejó el periódico en la mesa.

—Lo único que pasará hoy es que se celebrará la investidura del presidente.

Ford bebió un poco de café.

—¿Cuándo empieza?

Ella consultó el periódico.

—A las once y media, hora del este. Siete y media en las montañas.

—Creo que deberíamos verla.

—No estoy segura de que pueda soportar una chorrada así.

—A saber. Quizá Dorothy haya preparado una sorpresa.

67

El recién reelegido presidente de Estados Unidos de América contemplaba a los cientos de miles de espectadores de la investidura desde los escalones del Capitolio. Era un espectáculo increíble, un mar de gente que se perdía en el horizonte, que llegaba al estanque y ocupaba todo el Mall hasta el monumento a Washington. El día era frío y soleado, con una temperatura próxima a los cero grados.

El presidente se encontraba de maravilla. Había ganado las elecciones. El pueblo estadounidense había refrendado su forma de gobernar. Ya tenía garantizado su legado. Se sentía ligero, fuerte y capacitado. Desde que lo habían operado del corazón y le habían puesto un marcapasos, experimentaba por todo el cuerpo una sensación casi inexplicable de bienestar y confianza que era a la vez física y mental. Se admiró una vez más del extraordinario cambio que había provocado en él la instalación del marcapasos alemán de alta tecnología «SmartPace». Era lo último: circuitos integrados, escudo magnético, compatible con IRM... Totalmente indestructible. E inteligente. Le habían asegurado que contenía un microprocesador tan potente como el del último iMac. Iba más allá de la tecnología sensible al ritmo cardíaco. No se limitaba a prestar atención a la frecuencia de los latidos de su corazón, sino que lo escuchaba todo. El aparato en sí, tan pequeño como tres dólares de plata apilados, contenía acelerómetros, sensores de oxígeno en sangre y un GPS, todo lo cual percibía su nivel de actividad y ajustaba sus latidos en consecuencia, más rápidos o más lentos. En vez de toscos electrodos insertados en los ventrículos del corazón, aquel aparato contaba con electrodos en espiral que se enroscaban alrededor del décimo nervio craneal, también llamado nervio vago. Sus médicos le habían explicado que era una cuerda de tejido, una especie de espagueti que le salía del cerebro y le bajaba por el cuello hasta ramificarse por el cuerpo. Decían que era la autopista que controlaba la información entre el cerebro y el resto de los órganos del cuerpo. Además de controlarle las pulsaciones, aquel nervio de importancia capital regía la frecuencia con que el páncreas segregaba hormonas y le regulaba la respiración, el tránsito intestinal e incluso la actividad de los glóbulos blancos. No solo eso, sino que «escuchaba». Desde las pupilas hasta el revestimiento interno de la uretra, el nervio vago mantenía al cerebro informado de todo el funcionamiento interno de su cuerpo. La interacción seguía un bucle continuo, una sinfonía de señales eléctricas y químicas. Controlando y estimulando el nervio vago, decían sus médicos, el nuevo marcapasos no se limitaba a regularle la frecuencia cardíaca, sino que mantenía su cuerpo perfectamente afinado en todo momento, al margen del nivel de actividad. Era un sistema electrónico retroalimentado que controlaba una fisiología retroalimentada.

¡Qué milagro! Desde que le habían puesto el marcapasos se sentía transformado física y mentalmente. Le parecía tener como mínimo veinte años menos. El cambio era tan extraordinario que ya le costaba recordar lo cansado, sin aliento, irritable y aletargado que se sentía antes de la operación. ¿Quién iba a imaginarse que un marcapasos pudiera provocar un cambio así? Y no solo en su vigor físico, sino también en su agudeza mental. Sobre todo en esta última. De hecho, ahí era donde se había producido el auténtico milagro.

Sus pensamientos se vieron interrumpidos por el presidente del Tribunal Supremo, que ocupó su lugar delante de él. Se sonrieron y se saludaron con la cabeza. A continuación, el presidente levantó la mano para jurar el cargo. La multitud se sumió en el silencio. El presidente del Tribunal Supremo permaneció callado un momento para permitir que la emoción creciera.

—Juro solemnemente —comenzó a decir el presidente— cumplir sin falta… —Mientras recitaba aquellas palabras, veía su aliento elevarse ante él— las obligaciones del cargo de presidente de Estados Unidos, y en la medida de mis capacidades —en el aire se formó una quietud que iba más allá del silencio— conservar, proteger y defender la Constitución de Estados Unidos.

Hecho. El presidente del Tribunal Supremo le estrechó la mano.

—Felicidades, señor presidente.

El silencio se deshizo en el largo y lento fragor de una ovación que era como un viento lejano, cada vez más intenso y poderoso. Se regodeó en el maravilloso sonido de la aprobación. Cuando los aplausos murieron, se volvió y subió al estrado para pronunciar su discurso de investidura. El silencio se extendió de nuevo. Las expectativas eran muchas. Miró el teleprómpter y vio que las palabras del discurso corrían por el cristal.

Mientras se aprestaba a leer la intervención que con tanto cuidado habían preparado los expertos que se las escribían, y que él, después, había reescrito con esmero hasta la última palabra, experimentó un sentimiento de decepción. El discurso que estaba a punto de pronunciar, y en el que tantos esfuerzos había invertido, no era bueno. Parecía un montón de palabras sin gran significado. En realidad no respondía en absoluto a lo que habría querido decir. Se había escrito antes del nuevo marcapasos, y parecía tan cansado y viejo como se sentía él entonces. Notó una oleada de seguridad al darse cuenta de que tenía un mensaje mucho más importante que transmitir, algo que tanto su país como el resto del mundo necesitaban y deseaban oír. Nunca se había sentido tan lúcido y brillante.

—Conciudadanos de este país —empezó a decir— y de toda la humanidad: había preparado un discurso, pero he decidido que no voy a leerlo. Tengo algo mucho más importante que deciros. No me dirigiré tan solo a mis compatriotas, sino a todos los habitantes de este hermoso y frágil mundo en el que vivimos, lo que Carl Sagan llamó «esta mota de polvo suspendida en un rayo de sol».

Hizo una pausa. Se había hecho un silencio más profundo aún que el anterior. No necesitaba teleprómpter. Las palabras le brotaban como si tal cosa del corazón y, tras pasar por el cerebro, le salían por la boca para dirigirse al mundo entero. Y eran buenas palabras. Eran ciertas. Eran las que el mundo necesitaba oír. Y aquel día escuchaba el mundo entero. En aquel momento sabía lo que había que decir y lo que había que hacer. Una vez que hubiera pronunciado aquellas palabras, una vez que el mundo hubiera oído el asombroso mensaje que tenía que darle, aquella mota de polvo nunca más volvería a ser como antes.

Agradecimientos

Quiero expresar mi gratitud al magnífico equipo de Tor, formado por Tom Doherty, Linda Quinton, Kelly Quinn, Patty Garcia, Alexis Saarela y por supuesto Bob Gleason, mi editor desde hace ya mucho tiempo. También quiero dar las gracias a Lincoln Child, Karen y Bob Copeland, Eric Simonoff, Claudia Rülke, Nadine Waddell y Rogelio Piniero, por su inestimable ayuda. Y, por último, mi más profundo agradecimiento a Eric Leuthardt por sus conocimientos técnicos.

Agradecimientos

Deseo expresar mi profundo agradecimiento a [...] por [...] Pablo, [...] Juan Carlos [...] a su Ana [...] por ayudarme [...] [...] su [...] por [...] Nadia, Walter, Sergio, Verónica y [...] por [...] mis padres por [...] [...] [...] [...] [...] [...] siempre, gracias.

El papel utilizado para la impresión de este libro
ha sido fabricado a partir de madera
procedente de bosques y plantaciones
gestionados con los más altos estándares ambientales,
garantizando una explotación de los recursos
sostenible con el medio ambiente
y beneficiosa para las personas.
Por este motivo, Greenpeace acredita que
este libro cumple los requisitos ambientales y sociales
necesarios para ser considerado
un libro «amigo de los bosques».
El proyecto «Libros amigos de los bosques» promueve
la conservación y el uso sostenible de los bosques,
en especial de los Bosques Primarios,
los últimos bosques vírgenes del planeta.

Papel certificado por el Forest Stewardship Council®